此研究成果为四川省教育厅人文社科重点项目，项目编号为11SA115。

此书由四川民族学院资助出版。

鲁迅新诗散论

蒋道文◎著

Collected Essays onthe
Modem Poems of Luxun

光明日报出版社

图书在版编目（CIP）数据

鲁迅新诗散论 / 蒋道文著 . -- 北京：光明日报出

版社，2013.7（2022.9重印）

ISBN 978 - 7 - 5112 - 4973 - 9

Ⅰ.①鲁… Ⅱ.①蒋… Ⅲ.①鲁迅诗歌—诗歌研究

Ⅳ.①I210.97

中国版本图书馆 CIP 数据核字（2013）第 153538 号

鲁迅新诗散论

LUXUN XINSHI SANLUN

著　　者：蒋道文

责任编辑：曹美娜　　　　　　　责任校对：张明明

封面设计：中联学林　　　　　　责任印制：曹　净

出版发行：光明日报出版社

地　　址：北京市西城区永安路 106 号，100050

电　　话：010 - 63169890（咨询），010 - 63131930（邮购）

传　　真：010 - 63131930

网　　址：http：// book. gmw. cn

E - mail：gmrbcbs@ gmw. cn

法律顾问：北京市兰台律师事务所龚柳方律师

印　　刷：三河市华东印刷有限公司

装　　订：三河市华东印刷有限公司

本书如有破损、缺页、装订错误，请与本社联系调换

开　　本：710×1000 毫米　1/16

字　　数：331 千字　　　　　　印　　张：19

版　　次：2013 年 7 月第 1 版　　印　　次：2022 年 9 月第 2 次印刷

书　　号：ISBN 978 - 7 - 5112 - 4973 - 9

定　　价：68.00 元

《鲁迅新诗散论》序

　　毋庸置疑，关于鲁迅研究可谓中国所有作家作品研究之最。由于鲁迅是站在历史时代与社会生活的制高点和最新的视角进行俯视的，其诸多观点看法、判断已成为对整体的特定的历史、时代、社会、生活以及对人的审视而得出的带有真理的结论。鲁迅研究本身是开放的发展的系统，随着时代的变化而变化，不受一时一地或某种环境的局限，即使在今天，不同的人从不同的角度，同一个人在不同的时候，对鲁迅的观念的认识往往在基本赞成的同时又有新的感悟。这主要得于鲁迅惊人的超前性和前瞻性，给人留下无穷无尽的思索。以前，鲁迅的小说、杂文、散文诗、散文、翻译以及鲁迅与外国文化文学等的研究成果已汗牛充栋，可对于鲁迅新诗的研究，似乎有些稀少及忽略。

　　鲁迅在1918年至1919年间也写了好几首新诗在《新青年》上发表。这些新诗虽然在当时发生了较好的影响，但鲁迅由于初登文坛又没有继续写作新诗，因而还是没有发生特别大的反响。当时人们在鲁迅《狂人日记》等小说发表时所产生的轰动效应后，好像只知道鲁迅是个小说家。而鲁迅曾经发表的新诗无论当时还是后来以至今天都不为大多研究者所注意。所以关于鲁迅新诗的研究者就很少，研究成果实为寥寥。从诗学的角度看，鲁迅新诗是达到了诗歌的高境界，也产生了相当的诗学意义；就新诗而言，鲁迅新诗诸多韵致，具备了新诗完好的雏形。连新诗的首创者胡适也不得不承认鲁迅新诗的新颖与别致，他说当时新诗多像"一个缠过脚后放大了的妇人，"而"会稽郡周氏兄弟却是例外。"后来朱自清高度评价道："多数作家急切里无法甩掉旧诗词的调子，……只有鲁迅氏兄弟全然摆脱了旧镣铐"。郭沫若认为鲁迅新诗达到极致甚至至境："偶有所作，每臻绝唱"，这虽有点过誉，但鲁迅新诗是现代诗歌的上品却是无疑的。也有人说鲁迅新诗至今还没人超过，认真考察中国现代诗歌状况，也确有道理。鲁迅新诗给人留下的审视和思索的空间太广阔了，加上意境的宏阔与深邃，以至于需要很长的时间方能把握其中的真意与深意，具有永久的耐读力，真是"自觉之声发，每响必中于人心，清晰昭明，不同凡响。"而遗憾的是没有多少人去高度注意鲁迅新诗，是因为鲁迅新诗数量太少，还是因为鲁迅新诗的幽深性与哲理性不大为人所理解，还是即使到了现在有些学者根本看不起鲁迅新诗，还是另有其他原因？总之，鲁迅新诗研究甚是薄弱，几乎是鲁迅研究的一个空白，少量一些文章也不过是对鲁迅新诗的常规性的简单而又粗浅的研究，更缺乏深入性与系统性。也正因为如此，才有对鲁迅新诗研究的必要。

古今中外常有这样的现象，就是一个文人或作家的作品往往在他死后过了好长一段时间才被后人发现其作品的价值和意义。中国明朝的文学家、戏剧家、书画家徐文长是如此，外国的画家凡高是如此，小说家卡夫卡是如此。鲁迅虽然一步入文坛就赫赫有名，应该不在此列，但鲁迅的新诗却还是遭到如此命运，直到今天我们才发现其真正的价值和意义。虽然当时有胡适、朱自清和郭沫若等人已经看出鲁迅新诗的不同凡响，但由于宣传的范围和力度太小了，所以到底没有引起大多数人的注意。我有时猜想，虽然鲁迅说对新诗并不感兴趣，只是在新诗开创期为了引发新诗人的产生而呐喊助威似的敲敲边鼓创作了好几首而已，但如果有人真正大力宣传，也许会激发鲁迅新诗创作的高度热情，会写得更多一些。鲁迅对新诗的创作一开始就定位很高，期望值很大，而他对新诗创作的标准又难以把握，对自己创作的要求又很高，对彻底摆脱古典诗词羁绊的新诗面貌和出路也实在难以估计，因而感觉难有成功的希望，加上鲁迅是个要么不作要么就一举成功的人，这在很大程度上影响了他的自信，所以按他说的待到新诗人（如郭沫若、徐志摩等）一出现就撒手不作了。其实鲁迅是很有诗才的，并有着深厚的古典文学的底蕴，而且对古典诗词颇有感念和体认，他的旧体诗不是写得非常出色吗，我们现在都还背诵他的一些有名的旧体诗歌及名句，也吸引了不少人的研究兴趣，也取得了很大的研究成果。所以我想如果鲁迅能够在五四时期继续创作下去，他一定会给我们留下更多的新诗佳作。

本书定名为"鲁迅新诗散论"，意在对鲁迅新诗设置为25个专题进行研究，分别从不同方面和不同角度对鲁迅新诗进行全方位关照与审视，由此使鲁迅新诗研究能够进入更多研究者的研究视野，最终解决鲁迅新诗研究这个薄弱环节和填补鲁迅新诗系统研究的空白，从而开辟鲁迅新诗研究的新领域，也从而更加充实和丰富鲁迅研究，让鲁迅新诗研究给我们现当代文化的更好形成和现当代文学的更好发展以有益的启示，也为现当代作家作品研究增添一份礼物和一种亮色。这就是本课题研究的主要目标。

本书的主要内容有：鲁迅新诗印象琐谈、鲁迅新诗的批评观、鲁迅新诗与外国诗人之关系、鲁迅新诗的理论与实践、鲁迅新诗创作的背景与动因、鲁迅新诗的真诚与执著、鲁迅新诗的情趣与意趣、鲁迅新诗的思想内容与艺术技巧、鲁迅新诗的个性与气质、鲁迅新诗的战斗性、鲁迅新诗的时代性与现代性特色、鲁迅新诗的诗体解放、鲁迅新诗的意象特征、鲁迅新诗的意象把握、鲁迅新诗意象的象征性、鲁迅新诗意象所指的不定性和多义性、鲁迅新诗的对比性意象显示、鲁迅新诗中的寻梦者与追求者形象、鲁迅新诗的叙述模式与叙述者身份、鲁迅新诗的对话结构、鲁迅新诗的语言色彩、鲁迅新诗与中国早期其他白话诗之比较、鲁迅新诗创作的诗学意义、鲁迅对新诗的见解及其当代意义、鲁迅新诗对当代诗歌创作的深刻启示。

鲁迅新诗有着丰富而深刻的内涵，其中有对陈旧历史的否定，有对封建势力的揭露与批判，有对丑恶现象的揶揄与讽刺，有对裹足不前的人的忧虑，有对待新生事物的基本态度，有如何对待过去、现在和未来的基本立场，有作为人应该具有怎样的个性气质，有对历史、现实与人自身的本质思考，有对爱情和理想的自由追求，有上下而求索的意志精神，有大胆学习和借鉴外来文化的魄力和举动，有对明天与未来的热情向往，等等。鲁迅新诗其实也是一面明亮的镜子，从鲁迅新诗的明镜中进行历史与现实的反思，这对于我们作为现代的人与社会应该怎样开辟美好的前途，走好自己的路，无疑具有很好的社会意义和效益。

本书采用专题研究的结构形式进行，即是分成25个相互关联的专题进行分项研究。在每个专题研究过程中，又具体采用理论论证与事实论证相结合的研究方法，即是先进行理论阐述，再以文本为例证。理论阐述是鲁迅新诗创作的理论根据，鲁迅新诗文本是理论阐述的印证，二者紧密结合，互为依托。在理论阐述中既有诗学理论，也有前人对诗歌创作的经典言论，也有鲁迅本人对新诗的独到见解，也有诗评家和一些诗人关于新诗创作的精辟意见。在以文本为例证的分析中，既有鲁迅新诗创作的符合规律的具体表现，也有鲁迅新诗创作的灵活性把握与创造性发挥，由此表现出鲁迅新诗不同于其他新诗的独特性。同时还将鲁迅新诗放在特定的背景形势下，指出鲁迅新诗产生的历史必然性，并与中国初期其他白话新诗进行比较性考察，从而找到鲁迅新诗区别于其他白话新诗的创意特色与创新点。

本书以专题形式对鲁迅新诗进行了比较整体而系统的研究，打破了传统的章节导要点的研究结构形式。这样避免了繁琐冗长累赘，显得单纯明了而又紧凑，能使主要的内容与观点一目了然。本书还注重对鲁迅新诗进行立体透视，以发展的眼光将鲁迅新诗与现代生活联系起来，阐述鲁迅新诗对现代生活产生的影响，避免了单一而平面的研究弊病。

　　几年前，本书作者来四川大学文学与新闻学院访学，他与当年我指导的博士生一样，勤奋钻研，笔耕不已。在本书付梓之际，我回忆起他在川大的刻苦情景，我相信他将取得更丰硕的成果。是为序。

靳明全

2013 年 4 月于川大

目 录
CONTENTS

鲁迅新诗印象琐谈

自古以来，那种充满清新与气概、力量与壮美的诗歌，恐怕更加振奋人心，激励斗志，也更令人肃然起敬，称赞不已。在翻检中国古典诗歌的浩大书卷中，那种具有新与气、力与美的诗歌却并不多见，当然总还是有的，这也就让人感到不少快慰。如李白的浪漫之诗，苏轼和辛弃疾的豪放之词，就具有如此特色，也是这类诗歌的代表。当我们读到李白《行路难》中"长风破浪会有时，直挂云帆济沧海"，《将进酒》中"黄河之水天上来，奔流到海不复回"的诗句时；当我们读到苏轼《念奴娇·赤壁怀古》中"大江东去，浪淘尽，千古风流人物。故垒西边，人道是：三国周郎赤壁。乱石穿空，惊涛拍岸，卷起千堆雪。江山如画，一时多少豪杰"；当我们读到辛弃疾《永遇乐·京口北固亭怀古》中"想当年，金戈铁马，气吞万里如虎"的词句时；当我们又读到毛泽东《沁园春·雪》中"北国风光，千里冰封，万里雪飘。望长城内外，惟余莽莽；大河上下，顿失滔滔。山舞银蛇，原驰蜡象，欲与天公试比高。须晴日，看红装素裹，分外妖娆。//江山如此多娇，引无数英雄竞折腰。惜秦皇汉武，略输文采；唐宗宋祖，稍逊风骚。一代天骄，成吉思汗，只识弯弓射大雕。俱往矣，数风流人物，还看今朝。"读着这样的诗歌，真是激情满怀，热血沸腾，干劲十足，让人心中的勇气与斗志、豪迈与奔放、希望与信心不禁油然而生。

那么，中国新诗中有没有如此新颖刚健之作呢？在翻阅中国新诗浩如烟海的诗作中，我们发现，中国新诗不仅有着刚健凌厉之作，而且在中国新诗初期的诗作中都存在着富有气概与力量的诗作，赫然醒目，让人刮目相看。其中，鲁迅的新诗就是一个代表和典型。比起以上所举的古典诗词，鲁迅新诗的气势与雄壮更多地表现于内在的骨力，不是表面能够轻易看出，但当我们进入到诗歌的情境中，便分明看到一个骨气冲天、豪气干云的诗歌形象。他可谓毅然决然，抛却一切也不顾一切，他气冲霄汉，又如气贯长虹，他奋力冲刺,又引导人们,似乎要杀出一条有利生存的血路。正因为鲁迅新诗中有着如此新颖特别的形象,才给人耳目一新之感。中国古典诗词虽然取得了辉煌而重大的成就,但真正给人深刻记忆的震撼之作并不多见,又尤其是中国新诗更应该打破旧诗的僵化思想和沉闷局面,否则新诗也就没有产生和存在的必要。中国新诗是伴随崭新的历史趋向和时代潮流应运而生的,自然也不负历史与时代赋予的重任,而反映出历史前行的脚步和时代潮流的浩浩荡荡。鲁迅新诗正是如此,也才更加震动心灵,启迪人心,发生重大而深远的影响。当我们阅读鲁迅新诗的时候,联想到特殊的历史与现实、时代与社会、人的思想与观念,既为鲁迅新诗的大胆作为而欢呼喝彩,也实在为鲁迅新诗的新奇雄壮深受感动,并留下难以抹去的印象记忆。

一、一缕清新的扑面而来

赏读鲁迅新诗,总有一种清新之感,总感觉一缕清新扑面而来。这种清新不仅表现在诗体诗貌与从前的大不一样,而且着重表现在活跃其中的主体诗歌形象。这个主体诗歌形象或许就是诗中的主要人物,或许就是作者自己即抒情主人公,二者又似乎合而为一,交融一体,让人分明看到他那意气风发的飒爽英姿,让人分明看到他那作为"人"的凛然大义、浩然正气和应有作为。

说到人,我以为,人是了不起的,人是值得珍视的,人本是上帝的骄子,具有无穷的智慧和才能,有了人,才有人类社会,有了人,才有无数的发明创造,也才有人类社会的发展和进步。对于人的歌赞,正如莎士比亚在《哈姆莱特》中借人物之口所说的那样:"人类是一件多么了不得的杰作!多么高贵的理性!多么伟大的力量!多么优美的仪表!多么文雅的举动!在行为上多么像一个天使!在智慧上多么像一个天神!宇宙的精华!万物的灵长!"好一个"宇宙之精华!万物之灵长!"从外形与内质上说,这无疑是正确的,也是值得歌赞的。然而,就每一个单个人的出路、处境和命运来说,却不容乐观。在几千年人类社会的历史长河中,毕竟只是少数人出身富贵,身为上等,成为人上人,过着富足优裕的日子。由于受到统治阶级的黑暗统治、封建思想的严重桎梏和社会习俗的严厉禁锢,致使绝大多数人出身贫寒,身为下贱,沦为人下人,过着贫穷痛苦的日子。这种卑微的身份、卑贱的地位、悲伤的生活、悲凉的感受一代一代延续下去,时间太久了,也就形成了多数人自我认命的心理,也就使多数人变得麻木愚昧,保守落后,因循守旧,没有个性,没有脾气,不敢反抗,也不思反抗,成为了百依百顺、柔弱不堪、任人欺凌、任人宰割的"奴隶",人已经不成其为人了。这种状况已经延续了几千年了,这是怎样悲惨的历史与现实,难道还要继续延续下去吗?

历史总是迈步向前的,社会总是发展进步的。当一个崭新的时代和崭新的潮流到来的时候,那些最先觉醒并正在艰苦求索的人们是不会错过为争取人的独立与尊严的大好机遇的,鲁迅正是其中的一个,他正赶上了"五四"新潮的历史机遇,也决不会放过历史给予他的机遇。于是,从那时起,鲁迅便正式开始致力于对"人"的认识、建设和发展。他在诸多文章尤其是杂感中发表了许多关于"人"的精辟见解。他在《灯下漫笔》中说:"中国人向来就没有争到过'人'的价格,至多不过是奴隶,到现在还如此",并认为中国以往的时代无非只是两个时代——"一,想做奴隶而不得的时代;二,暂时做稳了奴隶的时代。"[1]他又在《两地书》中说:"中国大约太老了,社会上事无大小,都恶劣不堪,像一只黑色的染缸,无论加进什么新东西去,都变成漆黑。"[2]这些对中国人和中国社会的认知,好像有些过激甚或偏激,但仔细想来,事实现象又何尝不是如此。鲁迅一生都在努力做着唤起人的觉悟与觉醒的工作,也确实通过自己的笔墨文字在对人的发现方面起着重要的开启和引导作用,进而实现他的美好希望和达到他的进步目的,那就是要创造一个从未有过的崭新的时代,也即是要"创造这中国历史上未曾有过的第三样时代",而这种时代的创造,"则是现在的青年的使命!"[3]

如果说在鲁迅文章中更多的是对人的病根的揭露和批判,那么我们更没有想到,在鲁迅为数不多的诗篇中也有着对人的发现和抒写,而且更多的是发掘人的亮点和美点,张扬人的个性、胆量和智慧。如《梦》中的"明白的梦"、《桃花》中的"我"、《爱之神》中的"小娃子"、《人与时》中的"时间"、《他们的花园》中的"小娃子"、《他》中的"他"等诗歌形象就是如此。"明白的梦"在面对群魔乱舞、乌七八糟、漆黑一团的梦时,敢于大胆说出"颜色许好,暗里不知",敢于大胆说出"暗里不知,身热头痛"。"我"敢于打破陈规,敢于随便在园中散步,敢于指出桃花、李花各自开在园西园东。爱神"小娃子"敢于勇敢射出爱箭,敢于讽刺和批评受箭之人的保守与迂腐、机械与畏缩。"时间"敢于批判那三个偏颇之人,敢于道出"你们都侮辱我的现在",敢于发表响亮的意见:"从前好的,自己回去。/将来好的,跟我前去。""小娃子"敢于"走出破大门",敢于采摘邻家大花园里的百合花,也敢于继续采摘邻家花园其他许多好花。"他"敢于冲出"锈铁链子系着"的铁屋子,敢于踏上寻梦的漫长旅程,去追寻心中那向往已久的闪光的希望和理想。这些诗歌形象的勇敢举动、大胆作为及所体现出的个性特征着实特别新奇，不同寻常，非同一般，动人心魄，引人注目，给人新颖之感。要知道，在过去的几千年，由于诸多清规戒律的限制和束缚，又有几人敢冒大逆不道的风险，去做出与世俗社会的要求相悖的言行。即便诗文中有这种言行特别的形象，却也少之又少。而在鲁迅的新诗中，这种特行独立的形象却满篇皆是。中国从来很少有对"人"的重视，很少有对"人"的尊重，而鲁迅新诗中总有一个"人"的活动，总有一个人在活动。这个人敢于离经叛道，敢于毅然决然，敢于显露个性，敢于发表意见，敢于奋力向前。这是与世俗社会的传统决不一致的，显现出的是一种全新的诗歌形象。由此可见，鲁迅正是在以诗歌形象的塑造而努力做着对人的建设工作，也从中透视出诗人的深意和一片良苦用心。

鲁迅创作的新诗虽然不多，但首首都给人新颖之感。在中国新诗的开创期，新诗很难呈现出崭新面貌，而鲁迅新诗恰恰呈现出崭新面貌，而且无论形还是意都是那样的新颖，给人耳目一新之感。也正是如此，鲁迅新诗才格外引人注目，才更加弥足珍贵。鲁迅在评价白莽的诗集时说："这《孩儿塔》的出世并非要和现在一般的诗人争一日之长，是有别一种意义在。这是东方的微光，是林中的响箭，是冬日的萌芽，是进军的第一步，是对于前驱者的爱的大纛，也是对于摧残者的憎的丰碑。一切所谓圆熟简练，静穆幽远之作，都无须来作比方，因为这诗属于别一世界。"[4]其实，鲁迅自己的新诗又何尝不是如此。我们以此来评论鲁迅的新诗，也可谓恰当而准确。

二、一种气概的兀然出现

品读鲁迅新诗，总是感觉一种非凡的气概，总是感觉一种气概的兀然出现。所谓气概就是在重大问题的对待上所表现出来的正直而豪迈的态度、举动和气势。鲁迅新诗中的主体诗歌形象个个都有着灼人的气质、动人的气魄和不屈的精神，给人一种毫不畏惧、奋勇前行的感觉，好像他们就是要在重重阻碍中与传统社会的指向背道而驰，就是要在那种黑暗的社会环境里冲杀出一条生存的血路，让人觉得这是多么了不起的英雄气概。

中国古老的社会从奴隶社会到封建社会都不过是"非人"的社会，处在那个社会的大多数人是没有尊严和自由的，稍有一点出格的想法、异样的言语、叛逆的举动，就会受到所谓正统势力的钳制与惩罚，就会遭到王权社会的打压与消灭，以至造成多少人间悲剧。随着长时间的延续，一代又一代的传播与传染，人的仅有一点个性也消除殆尽。于是，人的性格模糊，个性泯灭，思想麻木，意志薄弱，神情呆滞，身心倦怠，行动慵懒，没有应有的振作的精神面貌，有的只是人的死气沉沉和社会的死水一潭。对此，鲁迅在不少文章中都作了揭示、讽刺与批判。他在《娜拉走后怎样》的演讲中曾说："可惜中国太难改变了，即使搬动一张桌子，改装一个火炉，几乎也要血；而且即使有了血，也未必一定能搬动，能改装。不是很大的鞭子打在背上，中国自己是不肯动弹的。"[5] 中国人向来讲求婉转含蓄，这本是一种很好的表达法，然而对于愚昧麻木者，对于社会的沉疴痼疾，这种表达或表述是不起作用的。它需要的是一剂猛药甚至一付毒药，才能起到以毒攻毒、有所触动的疗效；它需要的是毫不客气、不留情面的直接的揭露，方能起到震耳欲聋、振聋发聩的作用。鲁迅正是基于这样的事实和看法，才说出"不是很大的鞭子打在背上，中国自己是不肯动弹的"这样的狠话。

鲁迅在《狂人日记》中所发现的"吃人"社会，在《灯下漫笔》中所发现的奴隶时代，以及在很多文章中所说的非同寻常的话语，其实都是电闪雷鸣、石破天惊的狠话，这在那个时候是一般人们不敢言说的，而鲁迅却偏偏道出了人们想说而未说也不敢说的话语，这种响当当的话语的确令人震惊而又爽心惬意，也体现了一个正义者难得的凛然正气和英雄气概。元代的关汉卿有着响当当的"铜豌豆"的禀性与气质，现代的鲁迅也有着一样灼人的人格精神，这是几千年中国社会甚是难得的精神体现。鲁迅不独在文章中表达了自己对中国人和中国社会的深刻意见，在新诗中也一样表达了自己对人与社会的真知灼见。在《梦》中，诗人把当时人们各种各样稀奇古怪的想法以及一些群魔乱舞的表演归结为变幻莫测、昙花一现的乌黑的梦，并用"黑如墨"、"墨一般黑"的色彩词语表示对它们的否定，还用"颜色虽好，暗里不知"，"暗里不知，身热头痛"的话语进行辛辣的揶揄。在《桃花》中，诗人以花喻人，将桃花与李花面对"我"的赞叹所作出的不同反应进行了对比，委婉地批评了桃花的狭隘主义的思想意识。在《爱之神》中，诗人以古罗马神话丘比特的故事为蓝本，结合中国的现实情况，敷衍出行行诗句，严肃批评了追恋者对于爱情追求的犹疑不定、畏葸不前。在《人与时》中，抒情主人公对于三种人的不同的错误观点大胆提出批评，以"你们都侮辱我的现在。/从前好的，自己回去。/将来好的，跟我前去。"的豪迈誓言，勇敢地表明了自己对于社会人生的鲜明态度，同时也是一种有所作为、奋然前行的宣言。在《他们的花园》中，抒情主人公为了更好地生活，毅然决然走出破大门，坚决执著地采摘邻家花园的美丽花朵，表现了他不怕挫折、勇往直前、敢于拿来、勇于更新的意志精神。在《他》中，抒情主人公终于从沉睡中醒来，砸碎锁链，冲出大门，义无反顾地去追求心中的热切希望和远大理想，无论秋去冬来，也阻挡不了他追求的脚步，显示出一个觉醒者的清醒意识、勇猛行为与执拗意志。上述诗作都有一个共同特点，那就是抒情主人公都体现出一种充满正义的言行与气概。要知道，千古百年来，处于一潭死水中的人们大多只是死气沉沉、装聋作哑或敢怒而不敢言，要表现出如此大胆的言行与凛然之气概，又是多么的不容易。即便处于现代社会的开始之际，空气似乎宽松得多了，思想似乎解放得多了，言论似乎自由得多了，但也并不是人人都敢于大胆说话和行动，要如此大胆言行，也不是一件容易的事。而鲁迅正是现时代中敢于大胆言行中的一个典型。他以其酣畅淋漓的笔墨文字表现出一个现代人应有的精神气质和难能可贵的英雄气概。毛泽东说鲁迅"没有丝毫的奴颜和媚骨"，这正是对"鲁迅精神"的恰好注脚。这也从鲁迅新诗中得到明显体现。这也无疑对当时的社会人们起到感染、鼓动和激励的作用。

古人最讲究文章的"气"。所谓"气"，其实就是一种内在的气质与气概，就是一种内在的骨气和勇气。宋代的苏辙在评论孟子和司马迁时曾说："文者气之所形，然文不可以学而能，气可以养而致。孟子曰：'我善养吾浩然之气'。今现其文章，宽厚宏博，充乎天地之间。称其气之小大。太史公行天下，周览四海名山大川，与燕、赵间豪俊交游，故其文疏荡，颇有奇气。此二子者，岂尝执笔学为如此之文哉？其气充乎其中而溢乎其貌，动乎其言而见乎其文，而不自知也。"叶燮在《原诗》中说："诗之基，其人之胸襟是也。……有是胸襟以为基，而后可以为诗文。不然，虽日诵万言，吟千首，浮响肤辞，不从中出，如剪彩之花，根蒂既无，生意自绝，何异乎凭虚而作室也。"[6] 二位文学行家从不同的角度以不同的例举阐述了"气"对于文章的重要，说明了"气"的形成根源。由此可见，"气"可谓文艺作品的灵魂与生命，是赖以长久生存的根基。鲁迅新诗有着一种明显的内在气韵，它好像在奋力昭示着人们，呼唤着人们，催动着人们，让人们在流动的诗行中自然受到某种思想观念的洗礼和浸染，从而振作精神，戮力向前。也正因为如此，鲁迅新诗才那么别具深味，传之久远，愈久弥坚，越到后来越令人咀嚼和品味，越令人难以忘怀，以至铭刻肺腑。

三、一股力量的冲天而起

在读鲁迅新诗的时候，总觉得其中隐含着一股不可磨灭的力量，这股力量又在不知不觉中冲天而起，使人躲闪不及，无法回避，又是那么令人惊喜不已，热情地加以肯定和赞赏，甚至自觉不自觉地去拥抱这种难得的力量。这种力量主要体现在主体诗歌形象的超越时代的言行上，并由此浸染诗歌整体，使整首诗透射出一种遮挡不住的张力，再外射到读者的身心，从而受到感染，获得启迪。我们常说鲁迅新诗总是有着振奋人心、鼓舞精神、催人奋发、激励斗志的审美效应，其根源就在于诗歌本身蕴含着的那股罕见而又灼人的力量。

鲁迅从文章写作的开始就非常注重文章的感染力。他尤其厌恶和反对那种四平八稳、不痛不痒或隔靴搔痒的文章，认为那种文章不过是一种毫无意义的摆设而已。所以他的文章写作总是力求发生某种作用。他在最早的论文之一《摩罗诗力说》中就特别阐明了这一点。而发生感染与作用的关键是来源于作品反抗与战斗的声音和力量。他对以拜伦为首的摩罗诗人格外注意，倍加赞赏，认为"凡立意在反抗，指归在动作"的作品，才能深入后世人心，又认为"凡是群人，外状至异，各禀自国之特色，发为光华"，就能感世动人，并且直言不讳地认为摩罗诗人的诗"大都不为顺世和乐之音，动吭一呼，闻者兴起，争天拒俗，而精神复深感后世人心，绵延至于无已。"他们"无不刚健不挠，抱诚守真；不取媚于群，以随顺旧俗；发为雄声，以起其国人之新生，而大其国于天下。"[7]鲁迅后来又在《杂忆》中曾写道："有人说G. Byron的诗多为青年所爱读，我觉得这话很有几分真。就自己而论，也还记得怎样读了他的诗而心神俱旺；尤其是看见他那花布裹头，去助希腊独立时候的肖像。"时隔那么多年，鲁迅还清晰地记得并描绘出当时阅读拜伦诗的令人振奋的情景，可见他对拜伦诗的那种刚健有力有着多么深刻的感怀和印象。又写道："时当清的末年，在一部分中国青年的心中，革命思潮正盛，凡有叫喊复仇和反抗的，便容易惹起感应。"这就明白无误地说明了以拜伦为首的摩罗诗人的诗能够引起感应和反响的原因。在鲁迅看来，只有那种充满复仇精神和反抗精神的诗作，才具有撼动人心的力量，才能使人从愚昧走向文明，从麻木走向清醒，从昏聩走向振作，才能真正"激发自己的国民，使他们发些火花"。[8]无论从中国几千年的极度压抑的文化心理，还是从中国不知多少年积贫积弱的社会状况，还是从中国国民麻木不仁的实际情形，还是从中国当时兴盛炽热的革命潮流来说，鲁迅的看法毫无疑问都是正确的。

鲁迅不仅从理论上阐述了他的创作主张，而且从创作上也身体力行地进行了可贵的实践。他不仅在大量的文章和小说中紧跟革命步伐，弘扬革命精神，高扬革命力量，而且即便在为数不多的新诗中也不忘革命的书写和宣传，抒写着他那革命的豪情壮志，传达出革命的响亮声音。也正是这种少有而难得的诗歌元素，才使他的新诗让人倍觉新奇，倍感振奋。《梦》表面列举的是各种稀奇古怪的黑色的梦的丑恶表演，但实际上喻指了社会各种丑恶势力的兴风作浪，又偏偏有个"明白的梦"在那里与之对垒抗衡，阻遏各种丑恶势力的倒行逆施。《桃花》中的"桃花"那样的小气，那样的狭隘，那样的自私，而"我"偏偏不留情面，定要进行委婉的讽刺。《爱之神》中受箭之人虽然有了爱的意识，但还是有着依赖心理，希望爱神包办到底，而爱神偏偏不给他好言语，反而给他难堪和窘迫。《人与时》中那三种人自以为自己的言论与看法非常正确，但偏偏有个时间对之进行厉声斥责，可谓斩钉截铁，又头头是道，态度鲜明。《他们的花园》中小娃子敢于费尽心机去采摘别家花园的花朵，意味着去盗取别国的火种以煮自己的肉，去借鉴异域的文化以更新自己和发展自己。在采摘的花朵遭到破坏和玷污之后，并没有灰心丧气，一蹶不振，而是再想办法，继续行动。这种行为显然是没有勇气和力量的人所完全不能的，值得赞佩。《他》中的"他"尽管表面沉睡不醒，昏睡不已，但还是总有醒来的时候，一旦清醒，便去追求心中远大的理想和志向，哪怕长路慢慢，也要上下求索。这也分明体现了一种顽强的意志和一种难能可贵的力量。纵观鲁迅新诗，总觉得其中隐含着一种内在的力量，这种力量其实就是一种敢于说"不"的魄力和一种敢于反叛的精神，或者就是一种有悖于前人的精神力量。归结起来，鲁迅新诗具体表现出这样四种力量：揭露的力量、讽刺的力量、批判的力量和反叛的力量。这四种力量在鲁迅新诗中有时是单独进行的，但更多时候是同时进行的，也由此显现出鲁迅新诗格外引人注目和格外打动人心的诗意。

著名画家吴冠中在评论梵高时曾说："梵高画出的向日葵是一张张有表情的人脸。我想，这其实道出了中西文化之间不同的表达途径。东方的花是趣味，是意韵。却是缺少直接来自田野的强烈的生命冲动。而梵高诉诸的正是这种直接的力量。"这句话用于对鲁迅新诗的评说，似乎也是恰当而准确的。纵览鲁迅新诗，每首诗也写出了"一张张有表情的人脸"，也显露出一种压抑不住的强烈的生命冲动和生命力量。也正因为如此，时至今日，将它放在特定的时代背景与社会环境，才更让人感觉到它的格外的弥足珍贵。

四、一种壮美的诗美感觉与体验

从美学角度看，我们明显感觉鲁迅新诗呈现出一种壮美的美学形态。这种壮美就是一种高大、崇高与伟美，来源于诗歌主体形象或抒情主人公的胆识、气概与力量。从前的人们是不敢悖逆传统社会的所谓法则和金科玉律的，是不敢道出人们想说而未说的言语的。而鲁迅新诗中的主体形象恰恰敢冒天下之大不韪，就是要与以前的传统东西背道而驰，就是要与陈旧的观念认识彻底决裂。这正是显示出了一种简直就是凤毛麟角而难能可贵的非凡的胆量、气势与魄力。我们也正是从中感觉与体验到了这种壮美的诗美风格。

何为壮美？简而言之，壮美就是雄壮之美。在社会生活中，人们经常见到巍峨的高山，奔腾的河流，广阔的草原，浩瀚的海洋，巨大的声涛，威武的姿态，以及天空、大地、山峰、彩虹，等等，它们都富有磅礴的气势和伟大的力量，都能给人强烈的视听感和形象感，动人心弦，振聋发聩，人们便认为这就是雄壮之美的表现。这种壮美不仅来源于某种自然物，人类自身也能体现出雄壮之美，比如英雄豪杰的壮志凌云、气冲霄汉、豪情气概，就是如此。孔子曰："大哉！尧之为君也。巍巍乎！唯天为大，唯尧则之。"（意思是说：真的伟大啊！像尧帝这样的君主。多么崇高啊！只有上天才是最高大的，只有尧帝才能效法上天。）康德说："高耸而下垂威胁着人的断岩，天边层层堆叠的乌云里面挟着闪电与雷鸣，火山在狂暴肆虐之中，飓风带着它摧毁了的荒墟，无边无界的海洋，怒涛狂啸着，一个洪流的高瀑，诸如此类的景象，在和它们相较量里，我们对它们抵拒的能力显得太渺小了。但是假使发现我们自己却是在安全地带，那么，这景象越可怕，就越对我们有吸引力。"[9] 这种壮美的东西有时的确是带有威胁性的，令人惧怕的。在它面前，也常常令人感到自身的渺小与无力。但在平安无事的时候，又常常令人赞叹不已，情不自禁地称赞它的伟大与壮美。而鲁迅是最喜爱和赏识这种壮美的，他曾说："养肥了狮虎鹰隼，它们在天空，岩角，大漠，丛莽里是伟美的壮观，捕来放在动物园里，打死制成标本，也令人看了神旺，消去鄙吝的心。"[10] 看来鲁迅对壮美的认识可谓独到。事实上，鲁迅不独在言论上表达出了对于壮美的审美倾向性，而且在实践中也努力践行了这种壮美的美学主张。

由上可知，凡是表现出这种雄壮之美的作品，当然给人壮美的感觉与体验。鲁迅新诗毫无疑问表现出了这种壮美。鲁迅在《摩罗诗力说》中那么赏识摩罗诗人及其诗作，对之评价又那么高，根本原因之一就在于他们都有着不同凡响的举动，他们的诗都体现出壮美的美学元素。按鲁迅自己的说法是"顾瞻人间，新声争起，无不以殊特雄丽之言，自振其精神而绍介其伟美于世界"。"若其生活两间，居天然之掌握，辗转而未得脱者，则使之闻之，固声之最雄桀伟美者矣。"[11] 鲁迅不仅这样高度评论和赞赏摩罗诗人的诗，而且在十年之后还亲自进行新诗创作，并在新诗创作中努力追求壮美的美学风格，力求发出雄壮伟美的声音。《梦》中"明白的梦"在面对各种乌黑之梦的污七八糟的丑恶表演时，敢于正气凛然，厉声痛斥。《桃花》中的"我"敢于批评桃花的自私与偏狭，甚至敢于对桃花的生气进行调侃与戏谑。《爱之神》中的爱神对于受箭之人的犹疑不决和过分要求，敢于进行辛辣的嘲笑、讽刺和挖苦。《人与时》中的时间对于那三个人的极端错误的言论，敢于义正辞严，进行严厉的叱责、训斥和批驳。《他们的花园》中小娃子敢于把西方社会崭新的科学文化的园地喻为鲜花盛开的大花园，敢于把国外的新文化、新思想、新观念喻为新美的花朵，敢于想尽办法去摘取那富于新鲜的文化气息和文化内涵的美丽百合花。《他》中的"他"敢于从沉睡中永久醒来，敢于砸碎锁链，冲破铁屋子，敢于去追求心中远大而美好的理想。要知道，这诸多的"敢于"在封闭保守落后的传统社会里是严重违背主流意识的，是被人们认为大逆不道的。然而，正是这诸多的"敢于"打破了传统社会生活延续太久的沉寂，犹如空谷传响，令人精神为之一振，身心爽然，痛快淋漓。鲁迅正是凭着这股罕见的胆量、魄力和气势，实现了他壮美的人生追求，也完成了他新诗壮美的美学追求。

叶燮在《原诗》中说："成事在胆。文章千古事，苟无胆，何以能千古乎？"[12]以此对照鲁迅及其新诗创作，恰好印证了这一点。正是鲁迅的胆量与气魄才成就了他自己和他的作品，才使他进入了壮美与崇高的境界。郎吉弩斯在《论崇高》中说："所谓崇高，不论它在何处出现，总是体现于一种措词的高妙之中，而最伟大的诗人和散文家之得以高出侪辈并在荣誉之殿中获得永久的地位总是因为有这一点，而且也只是因为有这一点。"又说："但是一个崇高的思想，如果在恰到好处的场合提出，就会以闪电般的光彩照彻整个问题，而在刹那之间显出雄辩家的全部威力。"[13]由此观照鲁迅作品及其新诗创作，正好证明了这一精辟的论述。

注释

[1]［3］《坟·灯下漫笔》，《鲁迅全集》，西藏人民出版社，1998 年，第66、67 页。

[2]《两地书·第一集》，《鲁迅全集》（二），中国人事出版社，2005 年，第 416 页。

[4]《且介亭杂文末编·白莽作〈孩儿塔〉序》，《鲁迅全集》，西藏人民出版社，1998 年，第 1031 页。

[5]《坟·娜拉走后怎样》，《鲁迅全集》，西藏人民出版社，1998 年，第52 页。

［6］叶燮《原诗》，张耀辉编《文学名言录》，湖南文艺出版社，1986年，第46页。

［7］《坟·摩罗诗力说》，《鲁迅全集》，西藏人民出版社，1998年，第19、34页。

［8］《坟·杂忆》，《鲁迅全集》，西藏人民出版社，1998年，第68、69、71页。

［9］康德《判断力批判》，人民出版社，2002年，第101页。

［10］《且介亭杂文末编·半夏小集》，劳马编《鲁迅妙语录》，中国广播电视出版社，1992年，第224页。

［11］《坟·摩罗诗力说》，《鲁迅全集》，西藏人民出版社，1998年，第19、20页。

［12］叶燮《原诗》，郭绍虞主编《中国历代文论选》（一卷本），上海古籍出版社，1979年，第330页。

［13］《文艺理论译丛》1958年第2期，人民文学出版社，第34页。

谈谈鲁迅新诗批评观

文学作品是需要批评的，没有经过批评的文学作品是难以产生更好效应的。文学批评的目的不在于专门挑剔作品存在的毛病，而是特别指出作品的应有价值和积极意义，使之集中、扩大、传播，从而产生更大的效力，发生更好的影响。

鲁迅既是一位取得辉煌成就的文学大家，也是一位很有独到眼力的批评家。其批评的观念意识很是符合文学创作的特征和规律，符合人们对文学创作的基本认识，符合特定时代文学创作与发展的基本方向。鲁迅说："选取有意义之点，指示出来，使那意义格外分明，扩大，那是正确的批评家的任务。"[1] "必须有正确的批评，指出坏的，奖励好的，倘没有，则较好的也可以。"[2] "批评家还要发掘美点，想扇起文艺的火焰来，那好意实在很可感。" "虽然似乎微辞过多，其实却是对于文艺的热烈的好意，那也实在是很可感激的。"[3] "批评家的职务不但是剪除恶草，还得灌溉佳花，——佳花的苗。"[4]鲁迅曾为不少青年作家的作品作序，其用意正是如此。他热情指出其中的优长，积极推介给广大读者，为培养文学的新人、唤起文学的自觉、激发文学的活跃、推动文学的发展、振兴文学的气象都作出了卓有成效的工作。

当然，文学批评是有一定标准的，没有一定标准的文学批评是没有的。诚如鲁迅所说："我们曾经在文艺批评史上见过没有一定圈子的批评家吗？都有的，或者是美的圈，或者是真实的圈，或者是前进的圈。没有一定的圈子的批评家，那才是怪汉子呢。" "我们不能责备他有圈子，我们只能批评他这圈子对不对。"[5]鲁迅这个关于文学批评的著名的"三圈"之说，充分说明了批评家在评价文学作品的时候是必然有着自己的衡量尺度，所站的立场、角度和高度的不同，所得到的评价结果也必然有着较大的差异。问题并不在于有没有"圈子"，关键在于这个"圈子"的正确与否。那么，鲁迅对文学创作的基本要求，对文学批评的基本标准，以及新诗批评观，又到底是什么呢？

一、以形象书写生活，反对概念堆砌

艺术家总是用形象来表现自己的思想，文艺作品总是以形象来反映社会生活。你见过没有形象的文艺作品吗？肯定没见过吧。没有形象的文艺作品根本就不是文艺作品。文艺作品必然是有形象的，而且还应该是鲜活生动的形象。别林斯基认为："诗的本质就在于给不具形的思想以生动的、感性的、美丽的形象。"[6]他还指出："诗人用形象来思考，他们不证明真理，却显示真理。""哲学家用三段论法，诗人则用形象和图画说话，然而他们说的都是同一件事。"[7]高尔基也曾说："在诗篇中，在诗句中，占首要地位的必须是形象，——即表现在形象中的思想。"[8]马雅可夫斯基在《怎样写诗》中对青年作者说："应该使诗达到最大限度的传神。传神的巨大手段之一是形象。"由此可见形象对于文学作品之重要。形象是搭起人与社会的桥梁，是连接读者与作品的纽带，是沟通读者心灵的平台。

文艺作品中，一切观念意识形态都是从形象中透射和显露出来的。离开了形象，文艺作品的创作与鉴赏也就无从谈起。唐弢说过："他的观点和对生活的判断，应该通过形象的概括来表现，应该蕴藏在形象之中，让形象向读者说话，让读者从形象的深刻的感染中得到结论，从而对生活作出判断，加以解决。"[9]鲁迅的创作正是如此进行的。其小说为我们创造了一系列感人至深、铭记在心的人物形象。如狂人、孔乙己、华老栓、祥林嫂、闰土、阿Q、爱姑、子君、涓生、七斤、高老夫子等等。这些形象之所以几十年来仍然留存于人们心中，就在于形象的格外生动和深刻的内蕴，它不仅让人触摸到了特定社会的生活情景，看到了一个时代的风云变幻，更在于让人由人物的思想灵魂而反思自己的思想灵魂，由人物的命运走向而反观自身的命运走向，从而警示人们，催人醒悟，加以改变，革故鼎新。鲁迅新诗也一样为我们刻画了栩栩如生、入木三分的人物形象。如梦、桃花、爱之神、时间、小娃子、他等。仔细揣摩这些充满诗意的形象，深感其中潜藏着令人深思、启迪人心的深刻意蕴和谆谆教诲。这些充满诗意的形象好像把我们带进了一个特殊的时代环境和社会生活的情境，去感应那一由先觉者掀起的新潮流，去触碰思想上溅起的朵朵浪花，去碰撞精神上突发的风雨雷电。这对于我们如何觉醒过来，觉悟起来，怎样改造自我，创造新我，进而改造社会，创新生活，开创美好的明天，都将有着极其重要的启示意义。而这些意义又都是从作品形象中生发出来的。如果没有生动活泼而又含量丰深的艺术形象，是难以也无

法挖掘出诸多富有意义的含意内容的。

鲁迅是主张文艺作品以形象书写生活的，坚决反对概念堆砌。他说："提口号，发空论，都十分容易办。但在批评上应用，在创作上实现，就有问题了。""我们需要的，不是作品后面添上去的口号和矫作的尾巴，而是那全部作品中的真实的生活，生龙活虎的战斗，跳动着的脉搏，思想和热情"。[10] 又说："一切文艺固是宣传，而一切宣传却并非全是文艺，……革命之所以于口号，标语，布告，电报，教科书……之外，要用文艺者，就因为它是文艺。"[11] 也就是说，文艺固然是宣传，但宣传并不一定就是文艺。单纯的宣传可以使用标语口号，空洞概念，但文艺却切忌使用。文艺本身虽然也起到宣传作用，但不是纯粹意义上的宣传品，而是艺术性极强的文艺作品。文艺作品只有通过形象来反映生活风貌，书写社会人生，表现思想感情，表达观念认识，才能让读者在阅读欣赏中发生感同身受的感觉，受到潜移默化的教益，才能真正感染读者，启迪心灵，教化人心。鲁迅不仅是这样主张的，而且也是这样实践的。比如《梦》中各种纷然杂陈的梦的表演，无论它们怎样伪装与夸耀，我们都不会认可它们的所作所为，因为它们已经违背了社会历史的发展规律。而"明白的梦"的挺身而出，严厉斥责，显现出一股凛然正气，符合社会发展的基本方向，我们理所当然要认同它的果敢行为。我们从中也学到了怎样明辨是非，怎样识别好坏美丑，懂得了社会历史应该怎样向前发展的道理。

鲁迅新诗显然有着鲜明的形象性。这种鲜明的形象不是作者想当然的凭空杜撰，而是植根于社会生活的土壤，得益于当时进步的新思潮、新思想、新观念的积极影响和感染。鲁迅当时还是个进化主义者，一切寄希望于青年、明天和将来。他又是具有曲折的人生经历和丰富的人生阅历的求索者，敢于面对，敢于正视。综合起来，这就使他诗中的形象是在走向青年，走向生活，走向未来，贴近社会，贴近人生，贴近心灵，致使其新诗形象又有着高度的真实性、强烈的时代感和深远的社会意义。

二、以真情传递心声，反对抽象说教

凡文艺作品都是须要感情的，尤其是诗。诗可以说本身就是感情孕育和酿造的结晶，因此诗是特别讲求和注重感情的。感情可说是诗的生命，"情"字是诗神的心灵跃动的音符，是诗神的心潭流动的清泉。诗有了饱满丰盈的感情，就能"随风潜入夜，润物细无声"；如果没有感情，就如同枯槁的僵尸，令人可怕而远离。所以不少诗人、诗论家、诗评家和作家都非常讲究和强调感情对于诗的至关重要。别林斯基说："情感是诗的天性中一个主要的活动因素；没有情感就没有诗人，也没有诗；……"[12] 诗人郭小川说："诗是表现感情的，当然也表现思想，但感情可以说是思想的'翅膀'，没有感情，尽管有思想，也不是诗。"[13] 法捷耶夫曾说："诗不可缺少情感。这好比一种潜流，它不可抗拒地把读者吸引过去。"[14] 鲁迅也说："诗歌是本以抒发自己的热情的"。[15] 又说："即或心应虫鸟，情感林泉，发为韵语"，也要"舒两间之真美"。[16] 这些议论从不同角度都明白无误地说明了感情对于诗的重要作用。只有感情才具有吸引力和感染力。白居易在《与元九书》中所说的"感人心者，莫先乎情"，以及"诗者：根情，苗言，华声、实义。"更是直接把感情放到了诗的首位，感情是最先感人的，感情是诗的根本。看来感情的确是感染读者、震动人心的首要元素，诗人和创作者们应该高度重视感情的培育、酝酿和抒写。

感情虽然容易留住人们的心，但感情却有真假之分。那种虚假虚伪或伪装的感情绝不能感动人心，只有那种发自内心的真挚感情，只有那种从心底深处流露的高尚情感，才能一下抓住读者的心，才能对人们真正发生振聋发聩的作用，才能使民众真正受到潜移默化的教益。因而那些骚士墨客、文人大家格外强调和注重诗的真情实意、真心诚意。他们一致认为真正的诗是诗人内心情感的真实流露，是诗人内心情感犹如泉水般的自然流淌，是诗人内心情感犹如鸟语花香迸发出的诚挚歌唱。这样才能给人以内心的熏染、心智的开启、心灵的震撼、灵魂的洗礼，才能给人以思想的启迪、精神的鼓舞、认识的加深、状态的调整。雨果认为：诗人"不应该用已经写过的东西来写作，而应该用他的灵魂和心灵……"[17] "心灵中的诗启发人的高尚情操、高尚行动及高尚的著作。"[18] 高尔基认为："真正的诗——往往是心底的诗，往往是心底的歌"。[19] 古巴诗人何塞·马蒂说："诗是我心灵的一部分……它就像眼睛里流出来的热泪，伤口中淌出来的鲜血。"[20] 郭沫若更是动情地说道："生的颤动，灵的喊叫，那便是真诗，好诗，便是我们人类欢乐的源泉，陶醉的美酿，慰安的天国。"[21] 艾青从"真"的层面上尤其强调诗歌发生效果的原因，他说："人人喜欢听真话，诗人只能以他的由衷之言去摇撼人们的心。"[22] 这些话语真是阐述诗歌真情实感的高论，说明诗歌的真情实感在吸引读者和打动人心方面的多么重要和宝贵。

由此对照鲁迅新诗，我们分明感觉到作者那颗坦荡赤诚的诗心，感受到他那为追求为进步为美好的火样热情，领会到他那有感于时代精神的从心灵深处迸发出来的晶莹透明的真情。《梦》中"明白的梦"那种对倒退、污浊、丑恶现象的憎恶与批判之情，对明天、光明、美好的憧憬与颂赞之情；《桃花》中"我"对桃李盛开景象的喜悦与赞美之情，对李花心地开阔的赞许之情，对桃花心胸狭隘的劝解之情；《爱之神》中小娃子轻松射箭的潇洒之情，对中箭之人畏惧不前的劝诫之情；《人与时》中时间对不合时宜之观点的批判之情，对现在的执著之情，对将来的向往之情；《他们的花园》中小娃子对新事物的热爱与追求之情，对践踏新事物的憎恨之情；《他》中"他"猛然觉醒、砸碎锁链、冲破牢笼、追求新生的诚挚之情，"我"也在不断追寻的真挚之情。这些情感汇聚一起，无不说明了鲁迅新诗充满着出自肺腑的真情，也无不说明了鲁迅新诗充满着健康、进步、高尚、生动的情感。

　　诚然，感情的抒发不是凭空而来的，而是经过长期的社会观察、生活体验、人生感悟积累起来的。又经过长期的孕育、酿制、筛选、集中。然后在适当的时候，尤其是遇到历史的转折关头，心中感情的律动与历史向前、社会迈进、生活更新的脚步达到契合点，于是诗人便情不自禁地将胸中潜藏的感情喷发出来，那股感情的潮流也不可遏制地奔流出来。鲁迅正是赶上了新潮涌动、波澜壮阔的五四时代，也便找到了诗情流动与时代跃进的契合点，因而才有将长期深藏内心的跃动情感抒发出来的契机。正如他自己所说："世界日日改变，我们的作家取下假面，真诚地，深入地，大胆地看取人生并且写出他的血和肉来的时候早到了"。[23]"大胆地说话，勇敢地进行，忘掉一切厉害，推开了古人，将自己的真心话发表出来。——真，自然是不容易的。""——但总可以说些较真的话，发些较真的声音。只有真的声音，才能感动中国的人和世界的人；必须有了真的声音，才能和世界的人同在世界上生活。"[24]从他新诗创作的实际作品已经充分证明了这一点。鲁迅新诗所展现的情景、描画的人物和抒发的情感，都是作者本人亲身体验过的，所以能给人以如见其人、如闻其声、如临其境之感，有如莱辛所说："仿佛我们亲身经历了他所描绘的事物之实在的可触觉的情景"。[25]它将我们带入诗歌所描绘的特定历史时代的河流中，去感触那一特殊社会生活给我们留下的风雨行进的足迹。也从而证明了鲁迅新诗的具体性、可感性和生动性。

三、以平实营造风格，反对华艳粉饰

　　就其风格而言，诗的风格多种多样，不同的诗人有不同的风格。有的豪放，有的婉约，有的雄奇，有的诡谲，有的奇诡，有的沉郁，有的含蓄，有的直率，有的素朴，有的平实。那么，鲁迅新诗风格又是趋于哪一种呢？无

论从表象还是从内质上看，似乎其中的豪放、沉郁、含蓄、直率、素朴都能切近，但从诗体诗貌上看，我觉得鲁迅新诗风格更接近于平实。从鲁迅的生活作风及言行看，也充分证实了这一点。所谓平实就是平易朴实。生活中的鲁迅，其穿着、言语、接物、待人，总是那样的平易朴实，给人一种平易近人、和蔼可亲之感。如不是这样，他的身边和周围又怎么会有那么多人，那么多青年作家，亲近于他，倾心于他，追崇于他，向他学习请教，并与他共同探讨，共同战斗，共同进步。这种作风也必然反映到文学创作中。他的诸多作品都以一颗朴素平实的心写出了人间的悲欢，体现出平朴的文体风貌。他最初创作的新诗也恰好体现出如此风貌。古人说："文如其人"、"诗如其人"。此话真是真知灼见。

鲁迅及其文章为什么显得那样平实？这除了人本身平实的特性外，恐怕关键还在于社会情势使然，还有与他对作者及文章要走近民众的要求相关联。国家如此破败，社会如此混乱，生活如此困难，人生如此苦痛，要想继续活着，只能清醒、正视和面对，岂能麻醉、粉饰和自欺。所以诗文也最好以平易朴实的作风进行写作，也才更有效地进入民众的视野和魂灵，将他们从麻木不仁的精神状态中解救出来，唤起他们对社会生活的清醒意识。他说："何况在风沙扑面，狼虎成群的时候，谁还有这许多闲工夫，来赏玩琥珀扇坠，翡翠戒指呢。他们即使要悦目，所要的也是耸立于风沙中的大建筑，要坚固而伟大，不必怎么精；即使要满意，所要的也是匕首和投枪，要锋利而切实，用不着什么雅。"[26]他认为文艺创作者不应该摆架子，自视清高，"以为诗人或文学家高于一切人，他底工作比一切工作都高贵，也是不正确的观念。"[27]文艺也只能平易近人、和蔼可亲，才能赢得更广大的读者，才能起到更好的宣传鼓动的作用。对于那些摆设似的诗文，鲁迅是深恶痛绝的。他说："但现在的趋势，却在特别提倡那和旧文章相合之点，雍容，漂亮，缜密，就是要它成为'小摆设'，供雅人的摩挲，并且想青年摩挲了这'摆设'，由粗暴而变为风雅了。"[28]显然，那种貌似华艳而不痛不痒的作品，只能麻醉人心，消磨意志，绝不会给人带来个性精神和抗击的力量。

但怎样做到平实的诗体风貌？鲁迅也给我们提出了可资参考的意见。他说："我只有一个私见，以为剧本虽有放在书桌上和演在舞台上的两种，但究以后一种为好；诗歌虽有眼看的和嘴唱的两种，也究以后一种为好；可惜中国的新诗大概是前一种。没有节调，没有韵，它唱不来；唱不来，就记不住，记不住，就不能在人们的脑子里将旧诗挤出，占了它的地位。……我以为内容且不说，新诗先要有调，押大致相近的韵，给大家容易记，又顺口，唱得出来。"[29]他认为剧本要放在舞台上表演，才会发生真正的影响；诗歌要能让人歌唱，才会真正打动人心。为了达到如此效果，诗歌写作最好是有调，有韵，容易唱，也就容易记住，也就使人牢记在心而不知不觉产生思考。这也是根据中国民众的传统习惯而发表的合乎实际的意见。你看那些千古百年的民歌民谣、山歌牧曲，就是人们通过传唱的形式才耳熟能详、口耳相传而流传至今的。而民间文艺的风格本身就是平易朴实的，令人可亲可近。可见鲁迅的看法是有道理的。

鲁迅不仅是这样说的，也是这样做的。他所写的几首新诗事实上实践了他的诗歌主张。无论是诗体诗貌、诗语诗风、诗情诗意、诗形构造，还是诗行排列、意象设置、情感表达、语言色彩，都无不给人以朴实亲近之感。绝不像某些诗人的诗显得那样居高临下，耀武扬威，道貌岸然，不可接近。一切都必须语言来表现，语体风貌如何，完全可知其他怎样。我们只看鲁迅新诗的言辞用语，就可知道其新诗的一斑。如："很多的梦，趁黄昏起哄。""颜色许好，暗里不知"。 "暗里不知，身热头痛。／你来你来！明白的梦。"（《梦》）"春雨过了，太阳又很好，随便走到园中。／桃花开在园西，李花开在园东。"（《桃花》）"一个小娃子，展开翅子在空中，／一手搭箭，一手张弓，／不知怎么一下，一箭射着前胸。"（《爱之神》）"从前好的，自己回去。／将来好的，跟我前去。"（《人与时》）"走出破大门，望见邻家：／他们大花园里，有许多好花。"（《他们的花园》）"'知了'不要叫了，／他在房中睡着；／'知了'叫了，刻刻心头记着。"（《他》）读着这些诗歌语句，我们深感它的质朴和通俗，就像平常说话一样，似乎毫无雕饰，出口而来，来得那样洒然轻快。但我们又深感这些似乎不加修饰的语言又是经过精心提炼而孕育而成的，既显现出素朴平实的本色，又投射着隐藏其中的令人揣摩的深意。同时，这些诗句简短凝练，有韵有调，和谐流畅，读来上口，容易记忆。这也是值得注意的。总之，要做到大方而得体，朴实而有意味，却也不易，非有深厚功底而不能，诚如古人所说："看似寻常最奇崛，成如容易却艰辛。"纵观鲁迅新诗，其新诗达到了这一朴素美的境界，也起到了应有的诗美效应。

四、以自然作为媒介，反对矫揉造作

生活中，我们常常看到花儿的开放，叶子的飘落，泉水的流淌，云朵的飘移，我们也常常看到姑娘的春情萌动，含情脉脉，小伙子的追恋爱人，情意表达，无论自然物的行为状态还是青年男女的言行举止，我们都感到总是

那么自然，毫无勉强、局促和呆板之感。这种表现形态反映到文艺创作中，也就成为必然看中和追求的艺术准则，以至成为连通诗文与读者之间的媒介。那种别扭做作、矫揉造作的作品，人们只能望而生厌，望而却步；那种出自真心、出自真情、出于自然的作品，人们自会亲近，自会接受。雨果说："诗人只应该有一个模范，那就是自然"。[30] 华兹华斯说："诗是强烈情感的自然流露。它起源于在平静中回忆起来的情感。"[31] 鲁迅也说："好的文艺作品，向来多是不受别人命令，不顾利害，自然而然地从心中流露的东西"。[32] 他在评论汪静之的诗说道："情感自然流露，天真而清新，是天籁，不是硬做出来的。"[33] 这些言论都说明了作者对文艺创作必须自然的尊崇，也强调了诗歌应该追崇自然的特性。这样才使诗作可亲可近，有种亲和力。

尤其是诗歌的观念倾向更要自然而然，切不可直白地写出或告诉，而要从诗歌的人事景物和情思意绪的抒写中自然地表露出来，让读者在对诗歌的欣赏中不知不觉地揣摩和感受到，从而得出思想观点的认知和判断。正如恩格斯所说："倾向应当从场面和情节中自然而然地流露出来，而不应当特别把它指点出来"，"作家不必要把他所描写的社会冲突的历史的未来的解决办法硬塞给读者"。[34] 那种把自己的意思特别指出和"硬塞给读者"的做法显然是弄巧成拙，适得其反的。也只有读者通过自己的欣赏而得出的看法和认识，才可望得到较好的认可或认同，才可望得到更好的"撄人心者"的作用。

而鲁迅新诗正是自然之作。不论诗体诗貌，还是思想感情，还是语言表达，都显得自然而然，绝无矫揉造作之感。而且其中的意象，如：梦、桃花、李花、春雨、太阳、"我"、小娃子、人、时、破大门、大花园、百合、他、知了、锈铁链子、秋风、大雪等等，都是人们司空见惯、了然于心、非常熟知的物象。由这些物象按照诗情诗意表达的需要加以排列组合，分别构成一首首别开生面的诗歌文本，也确实来得自然而洒脱。鲁迅新诗的情与思、意与境、韵与味，也都是从对人们熟悉的物象的连缀和组接中进行组构、酿制和传达的，因而也就亲切自然，没有生疏阻隔之感。可以看出，鲁迅新诗并不像某些诗人那样着意选取一些所谓新奇而陌生的物象去编织诗歌形貌，更不会如某些诗人那样特意猎奇一些稀奇古怪的物象去钩织诗歌形貌。如果那样做，其实是拙劣的创作行为，也得不到人们的赏识和青睐。鲁迅新诗的自然特性是清晰可见、明白无误的。也由此更容易将人带入诗歌情境之中，去观览和体察其中的思情意绪，从而受到心灵的陶冶和洗涤。

鲁迅新诗之所以自然，就在于它"不是硬做出来的"。鲁迅新诗是作者长期静观默察、酝酿于心而从心底流淌出来的，是作者感念时事、忧虑社会而从心中迸发出来的。鲁迅曾说，感情太热的时候不宜作诗，就因为感情的突然爆发容易造成生硬做作之感，感情冷静的时候作诗，有利于情感抒发的自然而沉稳，更有利于情感的深意酿造和表达。而诗歌深情厚意的酝酿又是需要一个时间过程的，鲁迅新诗恰是经过了这个情感酝酿的时间过程的艺术结果。当时，各种现象兀然出现，各种观念纷然呈现，各种人事纷纷登场，到底谁是谁非，谁好谁坏，谁美谁丑，确实需要有先进思想的人物来进行是非判断和正误裁决。对此鲁迅早已蕴藏内心而急待喷发，又正好赶上思想活跃也能够说话的时候，所以鲁迅除了发表那篇震撼之作《狂人日记》外，又情不自禁地发表了几首新诗，以诗歌形式表明自己鲜明的情感态度，倒也来得自然。所以鲁迅新诗不是心血来潮的急就之作，而是经过时间锤炼的冷静之作，在自然之中显得外冷内热，有着深刻的情感意蕴。

五、以抗击体现个性，反对温柔平和

文艺作品是需要个性的，只有富有个性的作品才更加显示出作者的创作特色，才更加耀人眼目，夺人心魄。鲁迅是十分讲求个性的，其文其诗都是了了分明的个性之作。他坚决主张以抗击体现个性而发出雄健伟美之声，反对柔顺平和之音。他认为摩罗诗人的诗贵在"立意在反抗，指归在动作"，"外状至异，各禀自国之特色，发为光华"，"大都不为顺世和乐之音，动吭一呼，闻者兴起，争天拒俗，而精神复深感后世人心，绵延至于无已。……若其生活两间，居天然之掌握，辗转而未得脱者，则使之闻之，固声之最雄桀伟美者矣。""而污浊之平和，以之将破。平和之破，人道蒸也。"鲁迅认为屈原诗"放言无惮，为前人怕不敢言"，自是难能可贵，但其中"亦多芳菲凄恻之音，而反抗挑战，则终其篇未能见，感动后世，为力非强。"[35]可见鲁迅是将诗歌作为唤起国民个性、震动国民精神的手段。

为何要进行抗击？这是时代发展和社会情势所造成，也是人们求得自我解放和自我更生所使然。否则，就没有前途和希望，就没有出路和新生。鲁迅说："至于富有反抗性，蕴有力量的民族，因为叫苦没用，他便觉悟起来，由哀音而变为怒吼。怒吼的文学一出现，反抗就快到了；他们已经很愤怒，所以与革命爆发时代接近的文学每每带有愤怒之音；他要反抗，他要复仇。"[36]"世上如果还有真要活下去的人们，就先该敢说，敢笑，敢哭，敢怒，敢骂，敢打，在这可诅咒的地方击退了可诅咒的时代！"[37]"现在是多么迫切的时候，作者的任务，是在对于有害的事物，立即给予反响或抗争，是

感应的神经，是攻守的手足。……但为现在抗争，却也正是为现在和未来战斗的作者，因为失掉了现在，也就没有了未来。"[38] "生存的小品文，必须是匕首，是投枪，能和读者一同杀出一条生存的血路的东西；但自然，它也能给人愉快和休息，然而这并不是'小摆设'，更不是抚慰和麻痹，它给人的愉快和休息是休养，是劳作和战斗之前的准备。""但这时却只用得着挣扎和战斗。""以后的路，本来明明是更分明的挣扎和战斗，因为这原是萌芽于'文学革命'以至'思想革命'的。"[39] 这些经典言论道出了当时的社会状态和人们的生存状态，也说明了鲁迅注重文学要革命和愤怒反抗的原因。鲁迅不仅是如此说的，也是如此做的。他写的诸多文字都贯穿了强烈的反抗精神。其新诗也毫无疑问地体现了这种个性精神。

鲁迅是抗击黑暗、与黑暗捣乱的斗士，同时也是探索真理、追求光明、期望未来的歌者。他一生都在从事着这个艰辛而伟大的工作。从这个意义上说，鲁迅有着屈原似的"路漫漫其修远兮，吾将上下而求索"的精神意志，但比屈原更执著、更坚定、更能坚持、更富有耐力和韧性。屈原由于受到封建君王观念和忠君思想的历史局限，还对君权社会抱有天真的幻想，虽在诗作中能够道出前人之未敢言的东西，但最终缺乏抗击的声音而难以感动后世人心。而鲁迅新诗和其他诸多作品都"含着挣扎和战斗"，响彻着揭露与批判、反抗与攻击的声音，从而惊世骇俗，震动人心，促人猛醒。《梦》对种种丑恶之梦的登场表演进行了漫画式的简笔勾勒，简直活画出一幅中国近现代史上的群丑图。《人与时》将一些顽固典型的陈旧观念排列在一起，加以特别集中放大，作了深入骨髓的揭批和愤然鄙弃。鲁迅新诗中还有对"破大门"、"锈铁链子"的坚决否定和抛弃。鲁迅新诗就是这样以猛烈抗击的声响打破了沉寂得如死水一般的中国社会，有如"风乍起，吹皱一池春水"的强烈感觉，将正在酣眠沉睡的人们猛然惊醒，进而逐渐发现了自己作为人的特性，以此再努力回到人的本位。这恐怕正是鲁迅新诗的抗击之声带来的最大特效吧。

如果说鲁迅新诗仅是革命的声音，那么也未必真正让人发生感动。鲁迅新诗不仅有着反抗、破坏的凌厉气势，而且还有着革新、创造的意愿，闪耀着理想、希望的光彩。反抗是为了革新，破坏是为了创造。正如鲁迅所说："我们要革新的破坏者，因为他内心有理想的光。"[40] 所以鲁迅新诗是反抗破坏与理想希望并重的诗作。如《梦》在写出那些黑暗之梦进行丑恶表演的同时，还有一个"明白的梦"与之相对，那么耀眼夺目，非同一般。《人与时》在列举出三人错误糊涂的观念的同时，还有一个时间力排众议，说出了正确进步的意见，犹如空谷足音，令人震惊。《他们的花园》中小娃子之所以要

"走出破大门"，就在于要去采摘白净光明的百合花。《他》中的他之所以要走出那间"锈铁链子系着"的房间，就在于要追求心中高远的理想与志向。鲁迅新诗就是这样以反抗求得新生，以破坏求得创造，以捣乱求得希望。鲁迅新诗和他的其他作品一样，意欲在砸碎万恶的旧世界中建立一个新世界，在消灭暗无天日的旧社会中建立一个新社会，在破坏陈旧腐烂的旧秩序中建立一个新秩序。这正是鲁迅新诗抗击之声的用意和目的，也是鲁迅新诗最荡人心魄、激动人心的地方。

六、以效用获得意义，反对虚妄摆设

我们知道，效用对于文艺作品极为重要。一部作品如果没有引起反响，取得效果，发生作用，那么文艺创作也就徒劳无益，不如不写。对于诗歌，鲁迅更是讲求发生永久的效用。他说：要使"诗歌较有永久性"，决不要"情随事迁，即味如嚼蜡。"[41] 否则就更谈不上文艺的意义。诗歌一般都比较简短，读者一看便知其中的要义，也就比较容易产生影响。因而诗歌创作尤其要注意内外的打磨，使之能够感染人、打动人、教育人，否则就没有必要花费笔墨。好的诗歌常常激荡人心，经久难忘，就在于好的形式与好的内容紧密结合而产生了好的效果。

当然，作品能够发生效用，关键也不在于长短。而鲁迅尤其注重短小精悍的作品。他的短篇小说、散文诗、杂文等诸多作品大多篇幅短小，但却一语中的，精粹有力。正如他自己所说："至于有骨力的文间，恐怕不如谓之'短文'，短当然不及长，寥寥几句，也说不尽森罗万象，然而它并不'小'。"[42] 这里虽然说的是杂文，但诗歌也一样。事实上，古往今来给人留下更深记忆的恰恰就是那种简短有力的诗歌，以至于无论经过多么久远的时间，人们都能倒背如流，心领神会。鲁迅新诗都是精简短小之作，但其中内含着一种灼人的价值和一种摄人心魄的力量，它既有着一种显明的批判力，又使我们看到了现在的希望，并对明天未来充满了信心。

对于那种没有思想意义的作品，即便所谓精致美丽，但有时不过是个"小摆设"而已。那种"小摆设"是不会给人教益的，有时甚至麻醉人的心志，所以鲁迅说："麻醉性的作品，是将与麻醉者和被麻醉者同归于尽的。"[43] 我们理应坚决反对那种麻醉性作品，坚决提倡那种启迪人心、锤炼思想、振奋精神、鼓舞斗志的作品。

可见，鲁迅是特别讲求文艺的效用的，反对那种过眼烟云之作。他的小

说如《狂人日记》、《孔乙己》、《药》、《阿Q正传》、《祝福》、《伤逝》等在发表之时就产生了深刻而广泛的影响，到如今我们都还记忆犹新，铭刻肺腑。其中人物的音容笑貌、言行举止、悲剧命运以至于现在都还活灵活现地出现在我们的眼前，引发人们进行冷静而深沉的思索。鲁迅的新诗也一样，如《梦》、《桃花》、《人与时》、《爱之神》、《他们的花园》、《他》等也产生了广泛而深远的反响，让人情不自禁地进行总也摆脱不了的思考。其中人物的活动、形象的美丑、诗意的兀立都给人以深刻的印象和感怀。

鲁迅新诗有着开创性意义，不独在外在形式上完全摆脱旧诗词的束缚，而且完全打破旧诗词的僵化款式。这一点连最早写白话新诗的胡适也不得不承认，后来朱自清也加以充分肯定。鲁迅新诗如果只是外在形式的改革和创新，那么也不足以感动后世人心。鲁迅新诗的关键处还在于在崭新的外形中包含着崭新的情感与思想，这才是其诗产生深远意义的重要所在。也就是说，鲁迅新诗能够新瓶装新酒。这就给人完全的耳目一新之感。鲁迅说："文艺是国民精神所发的光，同时也是引导国民精神的前途的灯火。"[44] 又说："美术家固然须有精熟的技工，但尤须有进步的思想与高尚的人格。他的制作，表面上是一张画或一个雕像，其实是他的思想与人格的表现。令我们看了，不但欢喜赏玩，尤能发生感动，造成精神上的影响。"[45] 这正是鲁迅新诗创作的根本用意和目的。

综观鲁迅新诗批评观，我们深感鲁迅对于新诗的批评意见是合乎文艺的内在要求的，是顺应文艺发展规律的，是适宜广大读者对于文艺创作的期望的。这已经由以上的分析得到证明。

注释

[1]《二心集·关于小说题材的通信》，《鲁迅全集》，西藏人民出版社，1998年，第630页。

[2]《准风月谈·为翻译辩护》，《鲁迅全集》，西藏人民出版社，1998年，第786页。

[3]《热风·对于批评家的希望》，《鲁迅全集》，西藏人民出版社，1998年，第119页。

[4]《华盖集·并非闲话（三）》，《鲁迅全集》，西藏人民出版社，1998年，第407页。

[5]《花边文学·批评家的批评家》，《鲁迅全集》，西藏人民出版社，1998年，第837页。

[6]《别林斯基论文学》，新文艺出版社，1958年，第11页。

[7] 别林斯基《一八四七年俄国文学一瞥》，新文艺出版社，1958年，第20页。

[8] 高尔基《致华·阿·斯米尔诺夫》，《文学书简》上卷，人民文学出版社，1962年，第302页。

[9] 唐弢《让形象说话》，《创作漫谈》，作家出版社，1962年，第15页。

[10]《且介亭杂文末编附集·论现在我们的文学运动》，《鲁迅全集》，西藏人民出版社，1998年，第1060页。

[11]《三闲集·文艺与革命（冬芬来信)》，《鲁迅全集》，西藏人民出版社，1998年，第546页。

[12] 别林斯基《爱德华·古贝尔的诗》，《别林斯基论文学》，上海文艺出版社，1958年，第14页。

[13] 郭小川《谈诗》，《诗刊》，1977年，第12期。

[14] 法捷耶夫《论作家的劳动》，《论写作》，人民文学出版社，1955年，第169页。

[15]《集外集拾遗·诗歌之敌》，《鲁迅全集》光盘版，北京银冠电子出版有限公司。

[16]《坟·摩罗诗力说》，《鲁迅全集》，西藏人民出版社，1998年，第21页。

[17] 雨果《〈短曲与民谣集〉序》，《古典文艺理论译丛》第二册，人民文学出版社，1961年，第120页。

[18] 雨果《给未婚妻娅代尔·付谢的信》，《外国文学参考资料》（19世纪部分)，高等教育出版社，1958年，第250页。

[19] 高尔基《给青年作者》，中国青年出版社，1955年，第34页。

[20] 何塞·马蒂，见《作品》1964年1月号，第58页。

[21] 郭沫若《论诗三札》，《沫若文集》第十卷，人民文学出版社，1959年，第204页。

[22] 艾青《诗人必须说真话》，《诗论》，人民文学出版社，1982年，第3页。

[23]《坟·论睁了眼看》，《鲁迅全集》，西藏人民出版社，1998年，第74页。

[24]《三闲集·无声的中国》，《鲁迅全集》，西藏人民出版社，1998年，

第 526 页。

[25] 莱辛，转引自季莫非也夫《文学原理》，平明出版社，1955 年，第 175 页。

[26]《南腔北调集·小品文的危机》，《鲁迅全集》（二），中国人事出版社，2005 年，第 50 页。

[27]《二心集·对于左翼作家联盟的意见》，《鲁迅全集》，西藏人民出版社，1998 年，第 589 页。

[28]《南腔北调集·小品文的危机》，《鲁迅全集》（二），中国人事出版社，2005 年，第 50 页。

[29] 鲁迅 1934 年 11 月 1 日《致窦隐夫》，《鲁迅全集》光盘版，北京银冠电子出版有限公司。

[30] 雨果《〈短曲与民谣集〉序》，《古典文艺理论译丛》第二册，人民文学出版社，1961 年，第 120 页。

[31] 华兹华斯《〈抒情歌谣集〉一八〇〇年版序言》，《西方文论选》下册，上海译文出版社，1979 年，第 17 页。

[32]《而已集·革命时代的文学》，《鲁迅全集》，西藏人民出版社，1998 年，第 473 页。

[33] 鲁迅 1921 年 6 月 13 日《致汪静之》，《鲁迅全集》光盘版，北京银冠电子出版有限公司。

[34] 恩格斯《致敏·考茨基》，《马克思恩格斯全集》第三十六卷，人民出版社，1974 年，第 385 页。

[35]《坟·摩罗诗力说》，《鲁迅全集》（一），中国人事出版社，2005 年，第 19、20 页。

[36]《而已集·革命时代的文学》，《鲁迅全集》，西藏人民出版社，1998 年，第 474 页。

[37]《华盖集·忽然想到（五至六）》，《鲁迅全集》（一），中国人事出版社，第 398 页。

[38]《且介亭杂文·序言》，《鲁迅全集》，西藏人民出版社，1998 年，第 882 页。

[39]《南腔北调集·小品文的危机》，《鲁迅全集》，西藏人民出版社，1998 年，第 695、694 页。

[40]《坟·再论雷峰塔的倒掉》，《鲁迅全集》，西藏人民出版社，1998 年，第 61 页。

[41]《两地书·三二》,《鲁迅全集》(二),中国人事出版社,2005年,第446页。

[42]《且介亭杂文二集·杂谈小品文》,《鲁迅全集》(二),中国人事出版社,2005年,第332页,

[43]《南腔北调集·小品文的危机》,《鲁迅全集》,西藏人民出版社,1998年,第695页。

[44]《坟·论睁了眼看》,《鲁迅全集》,西藏人民出版社,1998年,第74页。

[45]《热风·随感录四十三》,《鲁迅全集》,西藏人民出版社,1998年,第100页。

鲁迅新诗与外国诗人之关系

关于如此诗人诗作与其他诗人诗作的关系问题，我们似乎都有这样的感觉：任何著名的诗人诗作都不是凭空产生的，总是有着产生如此诗人诗作的源头，也就是诗人的思想观念和诗作的精神内涵总是不可避免地受到某种诗人诗作的深刻影响，经过一段时间甚至很长时间的苦苦思索和真情培育，便最终采取了认知和认同的态度与心理，最后化为自己的血肉，再化为自己作品的精髓，由此形成作品的个体特质。赏读鲁迅新诗，我们深感其思想的先进、情感的丰富、精神的壮美、内涵的博大、个性的凌厉、气质的非凡。然而这些个体特质又绝不是天然而生的，它总是"为有源头活水来"。

从鲁迅的早期文章中，我们读到了《摩罗诗力说》这篇长篇论文，鲁迅在《摩罗诗力说》中深刻阐述了他所认为的真正的诗歌精神，集中介绍了以拜伦为首的几位富有思想与精神的欧洲诗人，对他们作了富有情意的高度评价，称赞他们为摩罗诗人和真正的"精神界之战士"。鲁迅对他们的总体评价是："大都不为顺世和乐之音，动吭一呼，闻者兴起，争天拒俗，而精神复深感后世人心，绵延至于无已。""若其生活两间，居天然之掌握，辗转而未得脱者，则使之闻之，固声之最雄桀伟美者矣。"由此可见，鲁迅如此赞赏他们，是因为他们给赖以生存的社会和生活的世界带来了崭新的声音，能够足以荡人心魄，催人奋进。他们那种犹如空谷足音般的声响自然对鲁迅本人产生了极大的震动和鼓舞，方才使鲁迅对他们倍加赏鉴而不遗余力地把他们介绍到中国来。这种认同和影响始终在鲁迅的头脑中萦绕，在鲁迅的心海中荡漾，以至在十年之后的五四新文化运动中都难以忘怀，于是便在他自己所谓"打打边鼓，凑些热闹"的诗作中真正践行摩罗诗人的诗歌精神，体现摩罗诗人的诗歌内涵，试图以自己创作的新诗给社会带来一种新的声音，以此开阔人们的眼界，打开人们的视野，振奋人们的精神。这就说明，鲁迅新诗与外国诗人有着必然的关系。可以说，鲁迅新诗其实就是鲁迅曾经介绍的摩罗诗人的精神延续。

一、鲁迅新诗与拜伦的"愤世嫉俗"

　　拜伦是 19 世纪初期英国伟大的浪漫主义诗人。他虽然出身贵族，但却历经人生的坎坷与磨难，很早就具有自由的思想和反抗的精神。其代表作就是《恰尔德·哈洛尔德游记》、《唐璜》等。拜伦不仅是一位伟大的诗人，还是一个为理想而战斗的勇士。他积极而勇敢地投身到革命中，不仅参加了希腊的民族解放运动，而且成为其领导人之一。在他的诗歌里塑造出了一批文学史上著名的"拜伦式的英雄"。他们孤傲、狂热、浪漫，同时又向往着自由，他们内心充满了孤独与苦闷，同时又具有反抗精神和战斗精神。他们揭露了社会中的黑暗、丑恶与虚伪，奏响了为自由、幸福和解放而斗争的战歌。其中《恰尔德·哈洛尔德游记》中的恰尔德·哈洛尔德、《唐璜》中的唐璜便是"拜伦式的英雄"的代表。这些"拜伦式的英雄"真的给人带来了反抗的勇气和战斗的力量，荡人心魄，催人奋发。

　　鲁迅极为欣赏拜伦的诗，并进行了高度评价。鲁迅认为其诗"忿世嫉俗，发为巨震"。"波谲云诡，世为之惊艳"。"破坏复仇，无所顾忌"。"无不张撒但而抗天帝，言人所不能言"。"盖人既独尊，自无退让，自无调和，意力所如，非达不已，乃以是与社会生冲突"。诗人"重独立而爱自由，苟奴隶立其前，必哀悲而疾视，哀悲所以哀其不幸，疾视所以怒其不争"。"诗人惋惜悲愤，往往见于篇章，怀前古之光荣，哀后人之零落，或与斥责，或加激励，思使之攘突厥而复兴，更睹往日耀灿庄严之希腊，……其怨愤谯责之切，与希冀之诚，无不历然可征信也。""故其平生，如狂涛如厉风，举一切伪饰陋习，悉与荡涤，瞻顾前后，素所不知；精神郁勃，莫可制抑，力战而毙，亦必自救其精神"。我们从中可以看到，鲁迅对拜伦诗是何等的认同和赞赏。

　　由此对照鲁迅新诗文本，我们觉得《梦》就具有拜伦的诗歌精神，那就是揭露与反抗。《梦》将大前梦、前梦、后梦这些魑魅魍魉、跳梁小丑在黄昏时刻的丑恶表演暴露于光天化日之下，让人们知道他们的丑陋和阴险，知道他们的险恶用心和罪恶目的。那些大前梦、前梦、后梦当然不是就梦本身而言，而是喻指在当时所发生的重大的社会现象和历史事件，比如袁世凯称帝的皇帝梦、张勋复辟的复辟梦，军阀割据的割据梦。这种重大的题材在当时是没有人能够纳入诗歌进行反映的，而只有鲁迅将它巧妙地化为五颜六色的"梦"来加以表现，这不仅传达出鲁迅对当时现状的极度不满，而且也表现出鲁迅对丑恶事物揭露的勇气和反抗的精神。在群魔乱舞之后，诗中出现了

"明白的梦"，这个"明白的梦"其实就是揭露者和反抗者的形象象征，他一针见血地指出那些怪梦的乌黑、"黑如墨"和"墨一般黑"的丑恶本质，揭开了那些怪梦披在身上的虚伪的面纱，剥去了那些怪梦依存身上的虚假的外表，于是使那些怪梦原形毕露，无处躲藏。这种对于丑陋丑恶的曝光，简直痛快淋漓，大快人心。

二、鲁迅新诗与雪莱的"抗伪俗弊"

雪莱是 19 世纪初期英国著名的浪漫派诗人。他虽出身于乡村地主家庭，但其思想本性却有悖于所隶属的阶级。他敢于背叛社会的主流意识，伸张正义，同情弱小，抨击传统，反对暴政，赞美革命；他主张改革社会，鼓吹民主自由，抨击不合理的社会制度，同情和支持工人运动和民族解放运动；他忠于理想，并以实际行动追求理想；他还提倡和追求纯洁自由的爱情。这些进步思想确实不同凡响，给人以极大的震动。马克思称他是"社会主义急先锋"，恩格斯则称他为"天才的预言家"。雪莱在《诗之辩护》中说："诗人吹响进攻的军号，具有诗人自己所不体会的感召力；诗人的力量，不为他人所左右，而能左右他人。"这的确说出了诗人应有的社会作用和鼓舞力量，其诗也正好起到了这样的作用，如《解放了的普罗米修斯》、《西风颂》等著名的诗就是如此。特别是他的抒情诗《西风颂》，简直就是一首激越雄壮的战歌。它以奔放的激情赞美狂烈的西风，歌颂西风横扫腐朽的威势和吹送新生的力量，呼唤和预言新世界的到来，表达自己渴望战斗和献身的情怀。它的确吹响出嘹亮的号角，给一切"注满生命的色彩和芬芳"。特别是最后那预言般的诗句："如果冬天来了，春天还会远吗?"给人们奏鸣着对明天和未来的希望的乐章，甚是鼓荡人心，促人自新。

鲁迅也极为欣赏雪莱诗，并作了崇高的评价。鲁迅认为："世不彼爱，而彼亦不爱世，人不容彼，而彼亦不容人"。"诗人之心，乃早萌反抗之朕兆"。雪莱作《伊斯兰转轮篇》，"篇中英雄曰罗昂，以热诚雄辩，警其国民，鼓吹自由，掊击压制……。盖罗昂者，实诗人之先觉，亦即修黎之化身也。"雪莱作《解放了的普罗米修斯》，"假普洛美迢为人类之精神，以爱与正义自由故，不恤艰苦，力抗压制主者傲毕多，窃火贻人，受縻于山顶，猛鸷日啄其肉，而终不降。"鲁迅称雪莱"抗伪俗弊习以成诗"，为十九世纪上叶"精神界之战士"，"所为多抱正义而骈殒者也"。认为："初起其端，得诗人之声，乃益深入世人之灵府。凡正义自由真理以至博爱希望诸说，无不化而成醇，或为罗昂，或为普洛美迢，或为伊式阑之壮士，现于人前与旧习对立，更张破坏，无稍假借也。旧习既破，何物斯存，则惟改革之新精神而已。""扬同情之精神，而张其上征渴仰之思想，使怀大希以奋进，与时劫同其无穷。"鲁迅的这些评价是多么的中肯而恰切，充分表达了他对雪莱诗倾情的情感态度。

由此对照鲁迅新诗文本，我们觉得《他们的花园》中的小娃子就很有些像普罗米修斯的形象。普罗米修斯为了人类的文明与进步、光明与热量、发展与正义，不惜以身试法，身犯重罪，受刑于高加索山的悬崖，日日遭受猛禽的啄食，也要把天火盗取，带给人间。《他们的花园》中的小娃子明知自己的势单力薄，寡不敌众，也要坚决地从别人的花园里偷摘美丽的花朵，拿回自己的家里。他为何有此行为？就是因为他清楚地看到自己家里的陈旧与腐败，意欲融进别人所有的新事物，以此融化自己存在的旧事物，从而改变自己，更新自己，使自己呈现出充满活力和一派生机的新面貌。虽然美丽的百合花拿到家里后很快遭到了玷污和破坏，还受到家长的批评和指责，但小娃子痴心不改，仍然想方设法继续偷摘美丽的花朵。在这里，"他们的花园"显然是指西方的新颖的文化园地，而中国古老而陈旧的文化已经不适于中国当时的情形，所以需要借鉴别国的新文化来更新自己的旧有文化，也就是使自己的文化注入新的血液，方才更有利于自身的发展和壮大。小娃子也正是以鲁迅为代表的文化新人，他们不惜冒着受人指责与批判的风险，也要把国外的新文化传播到中国来，从而使中西文化交融，以利于自我文化充满生机与活力，能够长足进步和发展。其良苦用心，着实令人感佩。

三、鲁迅新诗与普希金的"力抗社会"

普希金是19世纪俄国的伟大诗人，浪漫主义文学的杰出代表，也是批判现实主义文学的奠基人，同时又是俄国现代文学的创始人，被高尔基赞誉为"俄国文学之父"和"俄国诗歌的太阳"。他出身于衰落的贵族家庭，从小就受到良好的文学教养。中学时又受到当时爱国思潮和进步思想的影响，并贯穿在他大半生的言行和创作中。普希金曾自言要"用诗歌唤起人们善良的感情"，他也确实是在"用语言把人们的心灵燃亮"。普希金的不少诗作抨击封建农奴制，反对暴君专制，歌颂自由与进步，表现了开明贵族的美好理想，对当时的革命者产生过巨大影响。在他的作品中还表现了对自由、对生活的热爱，对光明必能战胜黑暗、理智必能战胜偏见的坚定信念。也正因为其进步思想和创作活动与社会的主流意识格格不入，严重违背了统治阶级的利益，才引起了贵族集团对他的极端仇视，想方设法置他于死地。普希金有名的诗作很多，如《致恰达耶夫》、《致大海》等。前者抒发作者反对专制、渴望自由的情怀和乐观主义的精神，表现了诗人为争取自由和解放而坚决反抗和斗争的坚定意志。后者是一首反抗暴政、反对独裁、追求光明、讴歌自由的政治抒情诗。诗人以大海为知音，以自由为旨归，以倾诉为形式，多角度多侧面地描绘了自己追求自由的心路历程。普希金的诗的确给人带来了新的声音和新的气息，能够激励着人们告别陈旧的过去，走向光明的未来。

鲁迅也极为推崇普希金的诗，并作了恰如其分的评价。鲁迅认为：普希金的诗多讽喻，"虽有拜伦之色，然又至殊"。普希金的诗将"社会之为善""灼然现于人前"。"论者谓普式庚所爱，渐去裴伦式勇士而向祖国纯朴之民，盖实自斯时始也。"说及其《阿内庚》"诗材至简，而文特富丽"，"厥初二章，尚受裴伦之感化，则其英雄阿内庚为性，力抗社会，断望人间，有裴伦式英雄之概"，还有着拜伦似的"绝望奋战，意向峻绝"。鲁迅的这些评语自然说中了普希金的诗歌特质，那就是抗击社会，具有大无畏的英雄气概。而这种特质也正是普希金诗歌赢得众多读者的地方。

翻阅鲁迅的新诗文本，我们觉得其中的《人与时》这首诗与普希金的诗在内涵精神上很有些相近。鲁迅在这首诗中首先设置了三个人的对话场景，这三个人的对话都严重脱离了现实情境，要么大加赞美将来虚幻的美好，要么极力否定现在而奋力追恋从前的荣光，要么装聋作哑，稀里糊涂，什么也不说，其实他们都没有看到眼前的真切，都忽视了现实的重要。然后有个"时"站出来发表了斩钉截铁的意见，认为最重要的还是现在，过去的永远过去，现在的需要执著，将来的有待期待和追求，所以他说："你们都侮辱我的现在。/从前好的，自己回去。/将来好的，跟我前去。"这首诗充分表达了作者告别过去、重视和立足现在、期待和展望将来的正确思想和美好情怀。普希金有一首短诗叫《假如生活欺骗了你》，其中所表达的热爱生活、相信明天和未来的积极人生态度、真诚博大的情怀、坚定乐观的思想情绪、勇于进取的精神意志，与鲁迅的《人与时》相比较，可谓有异曲同工之妙。随着时代的发展、社会的进步，人们的理解也更加深入，现在看来，鲁迅的《人与时》还分明有着"与时俱进"的深意。与时俱进是我们今天的现代中国提倡的具有现代先进意义的流行语，而这个流行语的深刻内涵其实在鲁迅的新诗中早就表达出来了。这是鲁迅的真知灼见和鲁迅新诗的深刻之处，这是鲁迅的远见卓识和鲁迅新诗的智慧所在，也是我们意想不到的。也正是有了这些意想不到的诗歌元素，鲁迅新诗才吸引着我们值得作更深邃的理解。

四、鲁迅新诗与莱蒙托夫的"奋战力拒"

莱蒙托夫是19世纪前期俄国著名的诗人，是继普希金之后的又一具有个性的诗人，曾被别林斯基誉为"民族诗人"的天才作家之一。莱蒙托夫出身弱小的贵族，又历经人生的曲折与坎坷，受尽人生的波折与磨难。因此在思想倾向上也自然与社会主流意识相悖。莱蒙托夫主张正义，奋勇抗争，反对沙皇的残暴统治，又对自己的祖国有着极深的热爱。也正是因为他的进步思想观念和诗作所发出的正义的声音，才引起了上流社会的严重不满，也使他英年早逝。其艺术天才还没有得到充分的发挥，正如高尔基所说："莱蒙托夫是一曲未唱完的歌"，这是令人遗憾的。尽管如此，他仍然给我们留下了许多珍贵的诗篇，像《祖国》、《童僧》、《诗人之死》等。莱蒙托夫的一些长诗的主人公都是与社会抗争、践踏社会和道德的英雄、被抛弃者和暴乱分子，这也明显表明了诗人的倾向性。《祖国》抒发了诗人对祖国的"奇异的爱情"，明确否定了沙皇统治集团所宣扬的那种虚伪的甚至反动的爱国主义。《童僧》中的童僧其实就是诗人自己的化身，犹如别林斯基所说，是莱蒙托夫"自己的个性的影子"在诗歌中的反映。《诗人之死》愤怒指出杀害普希金的凶手就是俄国的上流社会，充分表达了自己的愤慨之情，喊出了自己的正义之声。莱蒙托夫的诗作所表现出的意蕴精神也着实让人感念，让人感动，激励着人们，鼓舞着人们。

鲁迅也非常赞同莱蒙托夫的诗，并作了相当高的评价。鲁迅说：莱蒙托夫作《神摩》和《谟哜黎》，"前者托旨于巨灵，以天堂之逐客，又为人间道德之憎者，超越凡情，因生疾恶，与天地斗争，苟见众生动于凡情，则辄施以贱视。后者一少年，求自由之呼号也。有孺子焉，生长山寺，长老意已断其情感希望，而孺子魂梦，不离故园，一夜暴风雨，乃乘长老方祷，潜遁出寺，彷徨林中者三日，自由无限，毕生莫伦。后言曰，尔时吾自觉如野兽，力与风雨电光猛虎战也。"《神摩》"其物犹撒但，恶人生诸凡陋劣之行，力与之敌。"认为莱蒙托夫"奋战力拒，不稍退转。"这说明莱蒙托夫诗歌中所体现出的个性精神和反抗精神，深得鲁迅的认同，并在自己的新诗创作中加以借鉴和学习。

鲁迅新诗也一样充满了个性、反抗和正义。它总是抗击黑暗，批判偏见，揭露痼疾，引导人们从污浊的环境中走出来，奔向一个美好的地方。如《梦》中"明白的梦"毫不留情地揭示出那些乌七八糟的犹如走马灯似的各种各样的幻梦的丑恶表演，明白地道出它们将面临的可悲下场。《桃花》将桃花的自私、狭隘、偏执、嫉妒、唯我独尊的阴暗心理暴露无遗，预示着这种心理将给人们带来的危害性。《爱之神》中的小娃子严厉批判了中箭之人的蒙昧、胆小、迟疑、畏缩，警示人们：只有解放思想，大胆行事，勇猛前进，才能得到自己要追求的东西。《人与时》中的"时"敢于批判人们的错误思想，指出对过去、现在和未来应采取的正确态度，表明自己在重视现在的同时，愿意带着大家走向胜利的彼岸的迫切心情。《他们的花园》中的小娃子敢于顶着逆流，冒着风险，去偷摘美丽的百合花，带回自己的家，哪怕遭受丑恶势力的破坏和家长的斥责，也决不后悔，而且仍是痴心不改，继续想法去做出自己应有的举动。《他》中的他毅然砸烂锁链，奋力冲破牢笼，走向广阔的天地，去寻求那高远的理想，而且执著又坚定，哪怕季节也无阻隔，哪怕风雨也无阻拦。从中可以看出，鲁迅新诗的诗歌精神与莱蒙托夫的"奋战力拒"在本质上是一致的，都是为了社会与生活的更新和美好。

五、鲁迅新诗与裴多菲的"心如反响之森林"

裴多菲是 19 世纪匈牙利伟大的爱国诗人和革命诗人。裴多菲继承和发展了启蒙运动文学的战斗传统，被人誉为"是在被奴隶的鲜血浸透了的、肥沃的黑土里生长出来的'一朵带刺的玫瑰'。"他出身于社会最底层的家庭，对民族压迫和异族奴役有亲身之感和切齿之恨。所以他一生都在呼唤自由、平等和民主，一生都在为民族的独立和解放而奔走呼号，同时他也热烈地呼唤和追求爱情，但为了自由，爱情乃至生命都可抛弃。裴多菲认为"只有人民的诗，才是真正的诗。"他的诗也正是传达出了人民的心声，才赢得了人民的欢迎。裴多菲不仅以诗歌做号角，用满腔激情争取民族的独立和解放，而且还身体力行，投笔从戎，亲自参加革命军队，投身于匈牙利的民族独立战争，成为深受马克思和恩格斯关切和赞扬的 1848 年欧洲革命中的英勇斗士。他戎马倥偬，辗转沙场，一手持戟，一手挥毫，以战士和诗人的双重身份，在短暂的一生中写下了许多脍炙人口的辉煌的诗篇，为全世界被压迫民族留下了极其宝贵的文学遗产。他的一些诗涉及当时政事，抒发出时代的声音；一些诗激励人民为争取民族自由和独立而斗争，被誉为"匈牙利自由的第一个吼声"。裴多菲的著名诗作有《爱国者之歌》、《民族之歌》、《自由与爱情》等。《爱国者之歌》表达了诗人真诚、炽热而坚定的爱国情怀。《民族之歌》所表现出的为民族独立和自由而斗争的坚定信念和决死的意志溢于言表，使人精神振奋，意气风发，斗志昂扬。《自由与爱情》成为诗人走向革命的标志，也是他向革命迈进的誓言，一百多年来一直激励着世界进步青年做好自己的人生选择。

鲁迅很是赞赏和十分推崇裴多菲的诗，并多有高度的评价，说裴多菲"争的擅长之处，自然是在抒情的诗。"鲁迅认为：裴多菲"虽性恶压制而爱自由"，将自由喻为天神。裴多菲成为诗人后，其诗"渐倾于感动政事，盖知革命将兴，不期而感，犹野兽之识地震也"。"顾所为文章，时多过情，或与众忤"。"平日所谓为爱而歌，为国而死者，盖至今日而践矣。"裴多菲年幼时，"纵言自由，诞放激烈……曾自言曰，吾心如反响之森林，受一呼声，应以百响者也。又善体物色，著之诗歌，妙绝人世，自称为无边自然之野心。"裴多菲那些争取民族独立、解放和自由的诗篇给人们指出了一条光明的出路，诗中所发出的激烈沉重的吼声确实荡涤心灵，震动精神，起到了诗歌是号角和战斗的作用。他的诗歌无论在当时还是在后来都产生了强烈的反响，达到了"心如反响之森林"的效果。

总体来说，裴多菲的诗充满了反抗性和战斗性，这与鲁迅新诗的精神内涵是完全一致的。这种反抗性与战斗性就像在寂静的森林中喊叫一样引起一连串巨大的反响，又像在平静的潭水中投进了一大块石头掀起阵阵涟漪，总是让人精神为之一振，让人忍不住地心跳而奋勇。像鲁迅新诗的《梦》，对那些形形色色的稀奇古怪的污七八糟的梦进行了大胆而又深刻的揭露和批判，道出了人们敢怒而不敢言的话语，真是痛快淋漓，快意人心。又如《人与时》，对那些或抱幻想或搞倒退或装糊涂的各种错误思想认识进行了充分的暴露和叱责，使人们能够认识到现在的重要和未来的方向，而又显得力透纸背，掷地有声，真是震动人心，夺人心魂。再如《爱之神》，对那些想爱而又不敢爱的人进行呵斥和讥刺，使他们能够大胆地追求爱情，勇敢地寻求自己的所爱，这实在是对几千年封建礼教的挑战，给人耳目一新之感。还有《他们的花园》，对大胆借鉴和拿来以便融化新知更新自我的举动进行了大加称赞和认同，这无疑是对传统文化的保守排斥的坚决否定，对改造和发展自身文化的热烈肯定，给人清新爽利之感。鲁迅的这种新颖别致的诗歌精神，无论在当时还是在后来，都具有"心如反响之森林"的功效，都具有积极向上的进步意义，都具有相当程度的超前性和前瞻性，都值得我们后人认真研读和发扬光大。

鲁迅在《摩罗诗力说》的结尾处说："上述诸人，其为品性言行思维，虽以种族有殊，外缘多别，因现种种状，而实统于一宗：无不刚健不挠，抱诚守真，不取媚于群，以随顺旧俗；发为雄声，以起其国人之新生，而大其国于天下。"鲁迅这样评说他所介绍的外国诗人，其实鲁迅自己又何尝不是如此，鲁迅新诗与他所介绍的外国诗人诗作又何尝不是有着某种内在的本质的精神联系。

鲁迅新诗的理论与实践

　　任何作家的创作都不是盲目进行的，而是都有自己的理论倾向和理论主张。这种创作理论或参照前人，或蕴藏心中，或诉诸文字，总之是有着一套理论性的东西在指导自己的创作。那么，鲁迅是否有着属于自己的创作理论呢？答案自然是肯定的。鲁迅不仅有着自己成套的创作理论，而且还有着非常精辟而独特的创作言论。这些理论和言论在他诸多评论性文章中可谓处处皆是，俯拾即是。虽然鲁迅没有专门的文学理论著述，但是如果将他散见于诸多文章中的关于文学创作的理论见解和理论建树汇集起来，也足够一本文学理论专著的内容和分量。事实上，鲁迅很多的创作理论和言论足足影响了我们几代人的创作行为，并将继续提醒和指引着我们走上一条正确的创作道路。

　　单就新诗而言，虽然鲁迅曾说他并不喜欢新诗，似乎也就没有对新诗的学习和研究，但是对于文学大家鲁迅来说，口上说不喜欢新诗并不等于他与新诗没有什么关联，并不意味着他与新诗没有发生任何关系。相反，鲁迅对新诗不仅有着独到的见地，而且还有着特别的实践。鲁迅对新诗的见解最早出现在他 1907 年写作的《摩罗诗力说》之中。在这篇长篇论文中，鲁迅通过对西欧被称之为"摩罗诗人"的详细介绍，不只表达了他对以拜伦为首的特行独立的富有个性精神的诗人的称赞，关键在于他据此提出的关于新诗创作的富有见地的理论主张。在其后的不少文章和通信中又多次说到关于新诗的话题，阐明他对于新诗创作的看法和理解。不仅如此，而且在五四前夕有感于时代潮流的涌动、社会趋向的召唤、文化更新的趋势、思想观念的解放和个性精神的鼓舞，鲁迅自己也情不自禁地创作了好几首格外引人注目的新诗。这些新诗在《新青年》发表后，就像平静的清池里吹起层层涟漪，给人耳目一新之感，引起人们视野上的开阔和心理上的震惊，一时也成为人们热议的话题。现在看来，在五四前夕到底还有些寂静的社会环境里，鲁迅的几首新诗作品能够震动和惊醒人们，理应有种空谷传响的艺术效果。

鲁迅一生创作的新诗虽然不多，但毕竟不是一般性的作品，值得人们去赏读和研究。而且鲁迅早就有着自己的新诗理论，其新诗作品不仅是时代感召的艺术产物，也是其新诗理论的实践证明。那么，鲁迅关于新诗的理论到底是什么？归结起来，有以下几方面值得注意。

一、诗要依靠形象来书写现实生活

诗是要靠形象来说话的，要靠形象来表达自己的思想感情、观念意识，同时更要靠形象来抒写现实生活。如果离开了这些，诗就成了毫无意义的东西，特别是离开了现实生活，诗就成了虚无缥缈的空中楼阁，就成了不合实际的虚幻空间。

对此，古今中外的文艺家们都发表过非常精辟的意见。他们认为："艺术家用形象来表现自己的思想"。[1] "艺术既表现人们的感情，也表现人们的思想，但是并非抽象地表现，而是用生动的形象来表现。这就是艺术的最主要的特点。"[2] "艺术的作品……是用形象、图画来描写现实"的。[3] 即便要达到教育的目的，那么也"应当用形象、事实来教导人，应当通过事件的对比，通过主要的感情和性格的冲突来揭示生活的意义和生活的矛盾。"[4] "无论是音乐语言，还是绘画语言，都要通过形象、典型来表现，没有了形象，文艺本身就不存在"。[5] 自然，"艺术都是宣传，但宣传不一定都是艺术"。[6] 思想倾向是显然要有的，但不能直接告知读者，"倾向应该从场面和情节中自然而然地流露出来，而不应当特别把它指点出来"，也"不必要把他所描写的社会冲突的历史的未来的解决办法硬塞给读者"[7] 而且"作者的见解愈隐蔽，对艺术作品来说就愈好。"[8] 对于文艺的形象化问题，鲁迅是早已领悟和认知的，他在《〈月界旅行〉辨言》中说得非常激烈，也很显明。他说："盖胪陈科学，常人厌之，阅不终篇，辄欲睡去，强人所难，势必然矣。惟假小说之能力，被优孟之衣冠，则虽析理谭玄，亦能浸淫脑筋，不生厌倦。"[9] 言下之意，就是说只有像小说那样刻画了生动感人的形象，方能沁人心脾，耐人喜爱。文艺绝不是教科书，不在于给人机械的教导，重在于给人熏陶和感染，如鲁迅自己所说："但文艺之所以为文艺，并不贵在教训，若把小说变成修身教科书，还说什么文艺。"[10] 这就从文艺自身的特点与功能说明了文艺与其他文字如教科书之类的显著区别，使当时的人们对文艺的形象化特征有了明显的认识，也使后来的人们对文艺的形象化特征有了更深的理解。

　　鲁迅不仅重视文艺的形象化，而且更注重文艺与生活的紧密关联。他认为文艺不能凭空虚构，胡编乱造，"天才们无论怎样说大话，归根结蒂，还是不能凭空创造。"那种凭空编造的东西绝不会令人信服，更不会感动人心，只能让人可笑和失望。所以鲁迅特别强调文艺对生活的叙写和反映。他曾说："作者写出创作来，对于其中的事情，虽然不必亲历过，最好是经历过。""我所谓经历，是所遇，所见，所闻，并不一定是所作，但所作自然也包含在里面。"[11]事实上，鲁迅本人所写的一切东西都是他曾经遇见和听说过的，都是对社会人事的高度概括，都是对现实生活的深切反映。也正如他自己所说："身在现在，怎么离去？这是和说自己用手提着耳朵，就可以离开地球者一样地欺人。"[12]"……生在现在而要做给与将来的作品，这样的人，实在也是一个心造的幻影，在现实世界上是没有的。要做这样的人，恰如用自己的手拔着头发，要离开地球一样，他离不开，焦躁着，然而并非因为有人摇了摇头，使他不敢拔了的缘故。"[13]"做了人类想成仙，生在地上要上天。明明是现代人，吸着现在的空气，却偏偏要勒派腐朽的名教，僵死的语言，侮蔑尽现在，这都是'现在的屠杀者'。杀了'现在'，也便杀了'将来'。——将来是子孙的时代。"[14]"现在是多么迫切的时候，作者的任务，是在对于有害的事物，立即给予反响或抗争，是感应的神经，是攻守的手足。潜心于他的鸿篇巨制，为未来的文化设想，固然是很好的，但为现在抗争，却也正是为现在和未来战斗的作者，因为失掉了现在，也就没有了未来。"[15]"因为我们需要的……是那全部作品中的真实的生活，生龙活虎的战斗，跳动着的脉搏，思想和热情，等等。"[16]鲁迅的这些言论充分说明了他注重实际和注重现在的精神，充分说明了他着眼现在以望将来的人本思想。因为人总是现实人，总是生活在现实的土地上。明天的一切都是以现在为基础的，如果不关心他们的现实状况，也就意味着他们难以赢得美好的将来。我想鲁迅的言论和他的精神内涵是完全正确的。

　　由此对照鲁迅新诗，让人深感其新诗正是对现实生活的人事的高度概括、深刻提炼和艺术反映。鲁迅说："诗人究竟不是一株草，还是社会里的一个人"。[17]因此，诗人必然对现实生活有所感应，也必然反映到他的诗作中。鲁迅新诗中所反映的既有时代的风云变化，也有现实人们的思想状况，既有对现在的热烈呼唤，也有对明天的热切追求，他总是将艺术的触须植根于现实生活的土壤，为现今时代和现实生活的新变化和新发展而作最大努力。他绝不去做凭空虚拟的幻想，也不会去做逃离现实的虚幻形象，而只管去做与现实生活发生密切关系的有着真实精神的艺术形象。请看《梦》，他用简练的笔墨将当时群丑表演的实质进行了着意勾勒，以一种近似漫画的笔法画了一幅群丑图，对他们的倒行逆施进行了辛辣的嘲讽和深刻的批判。而又特意设置了一个"明白的梦"的光辉形象，以此表明作者对明天和未来的欢呼与迎接。《桃花》写了桃花和李花的各自表现，既是对现实生活中某种骄傲自满、自鸣得意和目空一切的人的批评，同时也是对那种谦虚谨慎、为人低调和默默无闻的人的颂扬。《爱之神》以爱神的口吻，对当时还没有从封建礼教束缚下解放出来的人们进行了警示，希望他们能够自由大胆地追求爱情，拥有爱情。《人与时》通过人物的对话，对当时流行的复古倒退和太过理想的观念认识作了坚决的否定和批判，认为只有把握好现在才有美好的将来。《他们的花园》对小娃子的表情心理、行为神态都作了逼真的描绘，意在表明当时西方先进潮流传入我国的动人情景，同时也表明先知先觉者们面对新潮兴高采烈的心情，更是表明激进知识分子容纳新知以煮我肉的宽广胸怀、包容精神和大胆举动。《他》通过对"他"的塑造，赞扬了当时已经觉醒起来的人们的英勇选择和无畏精神。明知前路漫漫，艰难险阻，千难万险，风浪重重，波折不断，千波万折，但为了现在更为了将来，还是做出艰难的选择，并付诸实际行动，踏上了一条矢志不渝追求真理的漫漫征途。要知道，这些形象都是来源于现实生活的实际，都是对现实生活的实际反映，都是对现实人们思想动向、情绪反应、行为举动、心理特征、精神特性的生动写照。鲁迅将这些形象放在一个大时代的背景形势下，通过他们具体的思情意绪和言谈举止的流露表现，让我们在不经意之中判明出谁是谁非，孰好孰坏，真是好坏优劣，判然若明。因为我们都知道什么才是合乎时代的潮流和历史社会发展的总体趋向。这些形象可以说为鲁迅新诗大增光辉，也使鲁迅新诗由此大放异彩。

二、诗要凭借感情来创作和赏识

诗是要靠感情来创作和赏识的，没有感情的人是难以创作的，更是难以成为诗人，也无法欣赏和认识诗歌的形象特征和内在精神。古往今来，多少富有感情的诗人创作了具有丰厚感情的诗歌，多少富有感情的读者品尝出诗歌中隐藏的深情和深味，甚至有不少读者还写出了深知其味的评论文章，使人为之动容，深受鼓舞。

说到诗情，从古至今，不知多少诗人大家对此发表过精彩的看法和真知灼见。他们认为："夫铅黛所以饰容，而盼倩生于淑姿，文采所以饰言，而辨丽本于情性。故情者文之经，辞者理之纬；经正而后纬成，理定而后辞畅，此立文之本源也。"刘勰把情感当作诗歌的根本，以为"繁采寡情，味之必厌"，[18]似乎无情不成诗。狄德罗说得更是明白，"没有感情这个品质，任何笔调也不可能打动人心。"[19]歌德甚至说："没有情感也就不存在真正的艺术。"而李渔更是讲求情感表达的含蓄蕴藉，他说："情为主，景为客……有全篇不露秋毫情意，而实句句是情、字字关情者"。[21]而郭沫若更是认为："作家的感情愈强烈、愈普遍，而作品的效果也就愈强烈、愈普遍。"[22]列夫·托尔斯泰也认为："艺术家越是从心灵深处吸取感情，感情越是真挚，那么它就越是独特。"[23]而这种感情必须"是从作者的心灵里歌唱出来的。"[24]他又说："艺术并不等于手艺，而是艺术家所体验过的感情的传达。"[25]还进一步具体地说：要"在自己心里唤起曾经一度体验过的感情，并且在唤起这种感情之后，用富于动作、线条、色彩的语言所表达的形象来传达出这种感情，使别人也能体验到同样的感情。"[26]对于感情的感染力和影响力，古罗马诗人、批评家贺拉斯说得更是明白，他在《诗艺》中说："一首诗不应以美为满足，还须有魅力，要能按作者愿望左右读者的心灵。你自己先要笑，才能引起别人脸上的笑，同样，你自己得哭，才能在别人脸上引起哭的反应。"[27]作为现代文学大家的鲁迅，对诗歌创作和赏识必须感情的借助，是认识得很清楚的。他不仅认为："诗歌是本以抒发自己的热情的……；但也愿意有共鸣的心弦"[28]，"即或心应虫鸟，情感林泉，发为韵语"，也要"舒两间之真美"[29]，而且认为感情太浓烈、太冲动的时候，不适合创作，如他所说："我以为感情正烈的时候，不宜做诗，否则锋芒太露，能将'诗美'杀掉。"[30]又进一步说："诗歌不是凭仗了哲学和智力来认识，感情已经冰结的思想家，即对于诗人往往有谬误的判断和隔膜的揶揄。"并举例说明了不用感情欣赏诗歌所出现的严重偏差和可笑。"倘我们赏识美的事物……则第一先得与生物隔绝。柳荫下听黄鹂鸣，我们感得天地间春气横溢，见流萤明灭于丛草里，使人顿怀秋心。"[31]很明显，鲁迅不仅肯定感情对于诗歌创作的重要性，而且还强调感情是需要适当冷静和过滤的，同时还指出感情对于诗歌欣赏的必要性。这就从创作与欣赏两方面说明了感情对于诗歌的必然性意义，否则就会产生"谬误的判断和隔膜的揶揄"。我想，鲁迅对于诗歌必须感情的认识和见解是完全有道理的，也是具有真知灼见的。

还是让我们来看一下鲁迅自己的诗作吧。鲁迅所写的几首新诗给人的感觉是：都以较为冷静的情感和富有内在的热度，将他在现实生活中所观察到的事实现象、体验到的思想感情、感受到的实质精神、揣摩到的人情事理，以一种比较含蓄委婉而又明朗爽快的笔墨文字抒写和表达出来，用以提醒和帮助人们去思考其中的是非曲直，指导和教诲人们去深思其中的情理是非，并能够在戮力思索的前提下作出自己的最佳判断。应该说，这是一个热心而积极关注现实的诗人的英勇表现。当然，这好像表面是看不出来的，需要结合当时的历史境况方能悟出其中的深意。《梦》将那么多的梦排列在一起，可说是纷然杂陈，难以选择。但只要我们稍加留意，就知道作者那对于"明白的梦"十分欢迎的情感倾向。《桃花》中的"我"表面看来好像"不懂"，"花有花道理"，但其实又鲜明地表现了"我"对于桃花的不满和对于李花的赞许。《爱之神》显明地表现了爱神自由之恋的思想感情和对于受箭之人瞻前顾后与迟疑不决的厌恶。《人与时》更是鲜明而又果断地表达了诗人对于过往一切的坚决反对，和对于现在的充分肯定，以及对于将来的高度重视。《他们的花园》中小娃子那对于异域新文化新思潮特别向往的热情态度简直显露无遗，也让人神色飞舞，禁不住要去将它们采摘过来。《他》这首诗诗人更是倾注了更多的心血，写了一个觉醒者在漫漫长路上将要历尽千辛万苦、艰难求索、苦苦寻觅的过程。他也明知前途未卜，结果难说，但仍然继续前行，奋进不已，真有点"过客"的味道和情韵。这也分明表现了作者对于努力追求的赞同。赏读鲁迅这些新诗，总是感觉有着鲜明的情感取向。而这种情感取向又形成了一种凌厉的气势，或直率，或婉转，或隐晦，都让人觉得没有回旋和调和的余地，使人不得不认同和赞成作者所表达的特有的思想观念与情感意识。这恐怕正是鲁迅新诗诗情表达的独特性和超前性。自然，也让人在新诗的欣赏中，自觉不自觉地受到思想的启迪、情感的陶冶、眼界的开阔和意识的更新。

三、诗要以反抗的个性来震动社会

在鲁迅看来，诗不是四平八稳的语言文字，不是无伤大雅的思情表达，不是歌功颂德的美丽抒写，而是要写出自己心中的爱与恨，要传达出自己对人事的鲜明态度，尤其要以反抗的个性来震动社会。因为只有这样，诗才能真正震醒人们，使人们从麻木与愚昧的囚笼中解脱出来，才能震动社会，使社会从封锁与禁闭的泥潭中解放出来，从而走向光明而广阔的道路，走向明媚而辉煌的明天。

关于诗歌的反抗个性，鲁迅发表过相当多的精辟见解和言论，这也是前人所不及的。这些言论有着震撼人心、催人奋进的效果，它使人猛然清醒，思想振奋，而以迅猛的行动投入到现实生活的实际斗争中，为争取美好的人生和未来而努力奋斗。在《摩罗诗力说》中，鲁迅认为屈原诗虽然"放言无惮，为前人怕不敢言"，自是难能可贵，但其中"亦多芳菲凄恻之音，而反抗挑战，则终其篇未能见，感动后世，为力非强。"认为应该"别求新声于异邦"，肯定"至力足以振人，且语之较有深趣者，实莫如摩罗诗派。"因此他认为摩罗诗人就是天魔诗人，有着撒旦的个性精神和英勇行为，那就是"立意在反抗，指归在动作"，其人其诗"外状至异，各禀自国之特色，发为光华"，又"大都不为顺世和乐之音，动吭一呼，闻者兴起，争天拒俗，而精神复深感后世人心，绵延至于无已。"[32]他说："世界日日改变，我们的作家取下假面，真诚地，深入地，大胆地看取人生并且写出他的血和肉来的时候早到了"。[33]"先前的有些所谓文艺家，本未尝没有半意识的或无意识的觉得自身的溃败，于是就自欺欺人的用种种美名来掩饰，曰高逸，曰放达（用新式话来说就是'颓废'），画的是裸女，静物，死，写的是花月，圣地，失眠，酒，女人。"[34]"至于富有反抗性，蕴有力量的民族，因为叫苦没用，他便觉悟起来，由哀音而变为怒吼。怒吼的文学一出现，反抗就快到了；他们已经很愤怒，所以与革命爆发时代接近的文学每每带有愤怒之音；他要反抗，他要复仇。"[35]"世上如果还有真要活下去的人们，就先该敢说，敢笑，敢哭，敢怒，敢骂，敢打，在这可诅咒的地方击退了可诅咒的时代！"[36]"现在是多么迫切的时候，作者的任务，是在对于有害的事物，立即给予反响或抗争，是感应的神经，是攻守的手足。"[37]"但这时却只用得着挣扎和战斗"，"以后的路，本来明明是更分明的挣扎和战斗"。"生存的小品文，必须是匕首，是投枪，能和读者一同杀出一条生存的血路的东西；但自然，它也能给人愉快和休息，然而这并不是'小摆设'，更不是抚慰和麻痹，它给人的愉快和休息是休养，是劳作和战斗之前的准备。"[38]又说"中国一向就少有失败的英雄，少有韧性的反抗，少有敢单身鏖战的武人，少有敢抚哭叛徒的吊客；见胜兆则纷纷聚集，见败兆则纷纷逃亡。"[39]所以鲁迅不满于此，他就是要敢冒天下之大不韪，就是要做反抗的斗士，敢于"横眉冷对千夫指"[40]，以表反抗为社会。上述关于诗歌要充满反抗性的言论，充分表现了鲁迅作为革命战士的特有个性与精神。他的确从改变人生和改革社会的角度出发，阐述了文艺具有挑战和反抗的必然理由，其惊人之语犹如在平静的潭水投进一大块石头，给人们给社会以极大的撞击与震动。这分明就是抗击绝望，简直就是"与黑暗捣乱"[41]，其精神可嘉可佩，感人肺腑。

鲁迅不仅在理论上是如此说的，而且在创作实践上也是这样做的。鲁迅虽然写的新诗不是很多，但从仅有的几首新诗来看，都充满了反抗的个性与精神。他不独要反抗反动的倒行逆施，而且要反抗背离的言行动作，不独要反抗陈旧的思想观念，而且要反抗落后的行为举动，不独要反抗对现在的污蔑，而且要反抗对将来的绝望。他总是以一种决绝的口吻否定过去陈旧的一切，而肯定现在崭新的存在，寄望将来的美丽与如意，他总是以一种执著现在而以为将来的心愿，使人们摆脱陈腐的过去，将人们带进美好的明天。在《梦》中，诗人对那些群魔乱舞的丑恶表演作了近似于漫画式的集中描画，一方面表明了诗人对种种违背历史社会发展规律的倒行逆施作了辛辣的讽刺和深刻的批判，另一方面也表明诗人对那些群丑及其行为的深恶痛绝和极度的抗议与反抗，再一方面更表明诗人对"明白的梦"的殷切盼望和深情期待。在《人与时》中，诗人对那三人所说的看法和观点全都予以否定，并坚决反对，分明表明了自己愤慨和反抗的心理。尤其是那句"你们都侮辱我的现在。/从前好的，自己回去。/将来好的，跟我前去。"说得是多么斩钉截铁，毫无回旋余地。这就说明诗人是通过反抗来维护现在，又寄望将来的。《他们的花园》也是一种反抗精神的强烈表现。小娃子如果不反抗，他又怎么能够"走出破大门"，他又怎么能够在别人家的花园里采摘像雪一样"又白又光明"的百合花，他又怎么能够在百合花受到污染后再到别人家去采摘好花。这都说明他一方面在反抗，一方面也在追求，在反抗中追求，在追求中反抗，其两种精神并行不悖地贯穿在他的行动之中，令人可钦可佩，值得称赞。对此，我们深感鲁迅新诗的反抗个性与精神。鲁迅通过反抗的言行举动似乎粉碎了先前枉然虚空的梦幻，预示着崭新梦想的来临，似乎打破了从前社会生活的平静，预示着新的社会生活的到来，似乎击灭了以往观念意识的沉寂，也将预示着一个新时代的君临。鲁迅新诗就是这样，总是以一种"动"的意念和战斗精神去抗击过去的一切污泥浊水，以便迎接和拥抱新的机运和新的事物的光临。

四、诗要用伟美来体现风格

无论什么样的文艺作品，都要体现出相应的风格。这种风格其实就是一种内在的气度。或娟秀，或雄丽，或朴素，或繁华，或直率，或含蓄，或豪放，或婉约，或爽朗，或沉郁，或崇高，或低迷，或洒然超脱，或曲折蕴藉，或朗润飘逸，或奇绝诡异。总之，每一个作者根据自己的偏好与倾向，在自己的作品中总是体现出属于他自己的个性特色。那么，鲁迅追求的又是哪一种个性与气度？

　　很明显，鲁迅追求的自有属于他自己的风格特色，自有属于他自己的个性与气度。由于他主张要振奋人们的精神，震动人们的思想，震撼现有的社会，所以他在文章风格方面选择的是雄壮与伟大。他坚决反对那种不痛不痒、无伤大雅的诗文，坚决肯定和赞扬那种具有撞击力和杀伤力的作品。因为只有这样，才能将人们和社会从沉睡的梦境中震醒过来，解救出来，才能使之告别过去而走向未来。关于这种崇高与壮美的美学追求，无论古人前人今人还是鲁迅自己都有精彩的论述。孔子曾赞叹："大哉！尧之为君也。巍巍乎！唯天为大，唯尧则之。"[42]庄子在《天道》篇中说："夫天地者，古之所大也，而黄帝，尧，舜之所共美也。"[43]姚鼐对阳刚之美论述道："其得于阳与刚之美者，则其文如霆，如电，如长风之出谷，如崇山峻崖，如决大川，如奔骐骥；其光也，如杲日，如火，如金镠铁；其于人也，如冯高视远，如君而朝万众，如鼓万勇士而战之。"[44]古罗马的朗吉弩斯在《论崇高》中说："所谓崇高，不论它在何处出现，总是体现于一种措词的高妙之中，而最伟大的诗人和散文家之得以高出侪辈并在荣誉之殿中获得永久的地位总是因为有这一点，而且也只是因为有这一点。"又说："但是一个崇高的思想，如果在恰到好处的场合提出，就会以闪电般的光彩照彻整个问题，而在刹那之间显出雄辩家的全部威力。"[45]车尔尼雪夫斯基认为崇高是"一件事物较之与它相比的一切事物要巨大得多，那便是崇高。""一件东西在量上大大超过我们拿来和它相比的东西，那便是崇高的东西；一种现象较之我们拿来和它相比的其他现象都强有力得多，那便是崇高的现象。""更大得多，更强得多——这就是崇高的显著特点。"[46]李泽厚认为崇高"即巨大的自然对象，通过想象力唤起人的伦理道德的精神力量与之抗争，后者在心理上压倒前者、战胜前者而引起了愉快，这种愉快是对人自己的伦理道德的力量、尊严的胜利的喜悦和愉快。这就是崇高感。"[47]鲁迅是非常称赞和赏识这种崇高之感、雄壮之美、阳刚之气、伟大之意的。他在最早介绍西欧诗人的长篇论文中曾说："顾瞻人间，新声争起，无不以殊特雄丽之言，自振其精神而绍介其伟美于世界"。"诗人为之语，则握拨一弹，心弦立应，其声澈于灵府，令有情皆举其首，如睹晓日，益为之美伟强力高尚发扬"。"若其生活两间，居天然之掌握，辗转而未得脱者，则使之闻之，固声之最雄桀伟美者矣。"[48]后来又说："养肥了狮虎鹰隼，它们在天空，岩角，大漠，丛莽里是伟美的壮观，捕来放在动物园里，打死制成标本，也令人看了神旺，消去鄙吝的心。"[49]可见鲁迅的确是把伟美作为自己美学追求的目标。因为伟美的确能够使沉睡者苏醒，使麻痹者清醒，使愚昧者聪明，使薄弱者坚强，使保守者朝前，使落后者进取，使后退者前进。伟美能够使人为之一振，猛然醒悟，并迅速地从陈旧的羁绊与桎梏中解脱出来，一心朝着有利于改变人生和社会的方向奋发努力，奋勇前行。这毫无疑问是符合人生进取的精神和社会发展的规律的。因而我们是欣然赞同、认可和接受鲁迅的这一伟美的美学主张的。

鲁迅不仅在理论上是如此主张，关键还在于他身体力行地进行了创作实践，为我们后学者作了很好的示范。鲁迅所写的几首诗大多体现出一种反抗或抗击的伟大力量，也许初看时在表面上还一时看不出，但在认真思考和仔细研读之后，才知其中内藏着的一种深厚而雄壮的力量，这种力量其实就是伟美的显现，这时才惊异于笔者那非同凡响的笔力，又怀着敬佩之心而惊赞不已。鲁迅新诗的独特也正在这里。他总是以一种看似平常的诗歌要素来吸引人们对其诗的注意力，他总是以一种深厚的内力来牵引人们对其诗的深思与解读，解读又深思。鲁迅新诗虽然过去了那么多年，但我们再读鲁迅新诗的时候，总觉得里面的精神实质与我们的现实社会与生活有着天缘巧合的一致性，总觉得有种解说不尽的东西，让我们去领悟，去发掘，去开采。比如：《梦》中将列举的各种五颜六色的梦斥之为"黑如墨"、"墨一般黑"的乌黑之梦，其主人公敢于揭批的胆量就已经令人惊奇不已，而且还要斥责为"颜色许好，暗里不知"，"暗里不知，身热头痛"，就更加叫人刮目相看。其中所体现的力量简直就是气势非凡，咄咄逼人。《人与时》中对那三人的糊涂思想进行了针锋相对的斗争，明确地肯定了现在，寄望于未来，尤其是主人公的那句"从前好的，自己回去。/将来好的，跟我前去。"简直就是石破天惊之语，震荡山谷，响彻云霄。《他们的花园》中小娃子敢于冲破破大门，敢于张望邻家花园，敢于"偷摘"百合花，在鲜艳洁净的花朵弄脏之后，又敢于再想办法继续"偷摘"，"盗取天火"，其内含的力量使人感到是多么的痛快淋漓，大快人心。读着鲁迅的新诗，仿佛有着"关西大汉"手执"铜琵琶，绰铁板"而高唱大江东去的感觉，又仿佛有着如孟子所说"我善养吾浩然之气"的气概。我想，鲁迅正是凭着他内在的勇气、气魄、威力、刚猛和巍然屹立的气质，而显现出他和作品的伟美之风格。这种伟美的风格也必然会穿越时空的河流，而在后来的人们身上发生影响。

注释

[1] 普列汉诺夫《艺术与社会生活》，《〈没有地址的信〉〈艺术与社会生活〉》，人民文学出版社，1962年，第224页。

[2] 普列汉诺夫《没有地址的信》，《〈没有地址的信〉〈艺术与社会生

活〉》，人民文学出版社，1962年，第5页。

[3] 高尔基《同进入文学界的青年突击队员谈话》，《高尔基文学论文选》，人民文学出版社，1959年，第133页。

[4] 高尔基《给大剧院剧目组》，《文学书简》（下卷），人民文学出版社，1965年，第12页。

[5] 周恩来《在文艺工作座谈会和故事片创作会议上的讲话》，《周恩来与文艺》，上册，中国社会科学出版社，1980年，第21页。

[6] 赵树理《和青年作者谈创作》，《赵树理文集》第四卷，工人出版社，1980年，第1508页。

[7] 恩格斯《致敏·考茨基》，《马克思恩格斯全集》第三十六卷，人民出版社，1974年，第385页。

[8] 恩格斯《致玛格丽特·哈克奈斯》，《马克思恩格斯全集》第三十七卷，人民出版社，1971年，第41页。

[9]《〈月界旅行〉辨言》，《鲁迅论文学与艺术》上册，人民文学出版社，1980年，第1页。

[10]《中国小说的历史的变迁》，《鲁迅论文学与艺术》上册，人民文学出版社，1980年，第113页。

[11]《叶紫作〈丰收〉序》，《鲁迅论文学与艺术》下册，人民文学出版社，1980年，第793页。

[12]《三闲集·文艺与革命》，《鲁迅全集》，西藏人民出版社，1998年，第546页。

[13]《南腔北调集·论"第三种人"》，《鲁迅全集》，西藏人民出版社，1998年，第655页。

[14]《热风·随感录五十七　现在的屠杀者》，《鲁迅全集》，西藏人民出版社，1998年，第105页。

[15]《且介亭杂文·序言》，《鲁迅全集》，西藏人民出版社，1998年，第882页。

[16]《且介亭杂文末编附集·论现在我们的文学运动》，《鲁迅全集》，西藏人民出版社，1998年，第1060页。

[17]《花边文学·看书琐记（三）》，《鲁迅全集》，西藏人民出版社，1998年，第869页。

[18] 刘勰《文心雕龙·情采》，张耀辉编《文学名言录》，湖南文艺出版社，1986年，第103页。

[19] 狄德罗，见《文艺理论译丛》1958 年第 2 册，人民文学出版社，1958 年，第 149 页。

[20] 歌德，见 1963 年 3 月《世界文学》第 67 页。

[21] 李渔《窥词管见》，张耀辉编《文学名言录》，湖南文艺出版社，1986 年，第 104 页。

[22] 郭沫若《革命与文艺》，《郭沫若论创作》，上海文艺出版社，1983 年，第 33 页。

[23] 列夫·托尔斯泰《艺术论》，人民文学出版社，1958 年，第 150 页。

[24] 列夫·托尔斯泰，见《西方古典作家谈文艺创作》，春风文艺出版社，1980 年，第 533 页。

[25] 列夫·托尔斯泰《艺术论》，人民文学出版社，1958 年，第 187 页。

[26] 托尔斯泰《论艺术》，转引自谢文利、曹长青《诗的技巧》，中国青年出版社，1984 年，第 47 页。

[27] 贺拉斯《诗艺》，见《西方古典作家谈文艺创作》，春风文艺出版社，1980 年，第 52 页。

[28]《集外集拾遗·诗歌之敌》，《鲁迅全集》光盘版，北京银冠电子出版有限公司。

[29]《坟·摩罗诗力说》，《鲁迅全集》，西藏人民出版社，1998 年，第 21 页。

[30]《两地书·三二》，《鲁迅全集》（二），中国人事出版社，2005 年，第 446 页。

[31]《集外集拾遗·诗歌之敌》，《鲁迅全集》光盘版，北京银冠电子出版有限公司。

[32]《坟·摩罗诗力说》，《鲁迅全集》，西藏人民出版社，1998 年，第 21、19 页。

[33]《坟·论睁了眼看》，《鲁迅全集》，西藏人民出版社，1998 年，第 74 页。

[34]《二心集·"民族主义文学"的任务和运命》，《鲁迅全集》，西藏人民出版社，1998 年，第 613 页。

[35]《而已集·革命时代的文学》，《鲁迅全集》，西藏人民出版社，1998 年，第 474 页。

[36]《华盖集·忽然想到（五至六)》，《鲁迅全集》（一），中国人事出版社，2005 年，第 398 页。

［37］《且介亭杂文·序言》，《鲁迅全集》，西藏人民出版社，1998 年，第 882 页。

［38］《南腔北调集·小品文的危机》，《鲁迅全集》，西藏人民出版社，1998 年，第 694、695 页。

［39］《华盖集·这个与那个》，《鲁迅全集》，西藏人民出版社，1998 年，第 404 页。

［40］陈华滇、范文瑚《鲁迅诗歌选》，四川人民出版社，1980 年，第 74 页。

［41］《两地书·二四》，《鲁迅全集》（二），中国人事出版社，2005 年，第 439 页。

［42］《中国美学史资料选编》上，中华书局，1982 年，第 15 页。

［43］《中国美学史资料选编》上，中华书局，1982 年，第 33 页。

［44］《中国美学史资料选编》下，中华书局，1982 年，第 369 页。

［45］《文艺理论译丛》（2），人民文学出版社，1958 年，第 34 页。

［46］《车尔尼雪夫斯基选集》上卷，三联书店，1958 年，第 18 页。

［47］李泽厚《批判哲学的批判》，人民出版社，1979 年，第 372 页。

［48］《坟·摩罗诗力说》，《鲁迅全集》，西藏人民出版社，1998 年，第 19、20 页。

［49］《且介亭杂文末编附集·半夏小集》，《鲁迅全集》，西藏人民出版社，1998 年，第 1062 页。

鲁迅新诗创作的背景与动因

  对于鲁迅，我们大多数人都知道他是中国现代小说的奠基者；对于鲁迅的创作，我们大多数人都知道他主要创作现代短篇小说、现代散文、现代散文诗，尤其是现代杂文花费了他毕生的精力。这是我们好几代人从中小学开始就留下的深刻印象。但就新诗而言，我们那时还不知道鲁迅也有新诗创作，这当然是那时我们的教科书还没有选入鲁迅新诗作品而形成的印象。到后来我们就读大学中文专业，随着读书范围的扩大和深入，便渐渐知道了鲁迅创作领域之广阔和文体类别之多样，自然新诗也是他创作的一种形式。虽然他创作了几首新诗之后却没有继续创作下去，但仅有的几首新诗越到后来越给我们留下不可磨灭的印象，越到后来越引起我们探究的兴趣。

  那么，鲁迅新诗创作的背景与动因又是怎样呢？我们知道，中国在传统上是根本没有新诗的，所有的只是传统意义规定的古典诗词，但古典诗词到了19世纪末20世纪初已经走向了末路，其诗体形式已经极度限制了新事物新思想新观念的表达，而古典诗词本身也确实难以表达新人新事新风尚，于是就有了"诗界革命"的要求和呼声，看来，中国新诗的发生是迟早的必然的，只是还需要酝酿和准备的阶段。西方诗歌主要表现为自由体诗，随着中国留学生对于西方文学的学习和了解，便逐渐对西方诗歌发生兴趣，尤其是那种充满抗争与战斗意味的诗作，更是引起一些留学生的注意，鲁迅正是其中的一个。所以要知道鲁迅与西方诗歌的接触，可以追溯到他留学日本弃医从文的时候。那时，鲁迅为了使文艺起到改变人的精神进而改变人生的作用，曾翻译印刷了《域外小说集》，又写了长篇文学论文《摩罗诗力说》，着重对欧洲的被称为摩罗诗人及其诗作作了详细介绍、精辟分析和大力宣传。这说明鲁迅新诗创作早已有着相应的文学渊源，决不是一时的心血来潮。《摩罗诗力说》中所阐发的诗歌精神正是鲁迅后来文学创作及新诗创作的指导思想，鲁迅后来的新诗作品所表达的精神实质又恰好是《摩罗诗力说》中意蕴精神的延续。所以，鲁迅新诗创作是有着内在而深远的来由的。

当然，鲁迅新诗创作主要还是受到五四时代精神的启发和鼓舞而催生出来的。如果没有五四时代精神，整个新文学都不可能产生，鲁迅这个伟大的作家也就不可能出现。而历史的天空往往又会发生出人意料的新奇的变化，偏偏在那个时候发生了五四运动，中国的历史也从此迈出了新的脚步，中国也由此进入了崭新的历史时期。从此中国的文坛出现了蓬勃繁荣的景象，鲁迅在深沉思索之中看到了希望，也便开始了文学创作之路，由此正式步入文坛，走着一路冲杀、披荆斩棘的文学道路。虽然鲁迅的创作主要还在其他方面，新诗创作仅仅是一个很小的方面，但是他给我们留下的几首新诗，又不得不引发我们探究的兴趣。那么，鲁迅新诗创作的背景和动因又到底怎样呢？

一、受时代精神的鼓动而拿起诗笔

我们现在很清楚，鲁迅新诗创作是受时代精神鼓舞又反映时代精神的。五四时代精神犹如浪潮一般激荡着人们的思想感情，冲击着人们的观念意识。五四时代精神又是当时"现实之精神"的反映。作为密切关注现实而又神思敏捷的鲁迅，是不可能视而不见、充耳不闻、等闲视之的，他必然要受到震动和鼓荡，他必然要受到开悟和启示，他必然在满怀希望中拿起振奋精神的笔触进行呐喊而歌唱。那么，五四时代精神又有哪些精神催促着鲁迅拿起诗笔进行呐喊而歌唱呢？

1. 民主科学精神

中国社会从来都是没有民主科学精神的，有的只是顽固保守、固执己见、麻木愚昧、迷信盲从。自从五四运动喊出民主与科学的口号，高举民主与科学的大旗后，人们才知道民主与科学的概念，意识到民主与科学的含意，才逐渐理解每个人都有说话和发表意见的权利，每个人都有生活和参与社会的契机，才逐渐认识和懂得一切事物都存在着规律性，人要按照一定的规律办事方能取得成功。这样才能从麻木愚昧的禁锢中解放出来，人才能成为自觉自省而有自我见地的真正的活着的人。鲁迅是最早觉醒的人，但他并不满足于此，而是希望在自己觉醒的同时还要想法让别人一样觉醒。所以当五四的春雷震响在中国大地的时候，当民主与科学的春风吹拂在中国大地的时候，他是满怀着内心喜悦的兴奋，禁不住以手中的笔将这种精神的种子播撒在大多数人们的心中。他不愿独享这种精神给人带来的快乐，而要以艺术的笔墨写出这种精神的好处，以此解放人们的思想，更新人们的观念，要让更多的人们感受到这种精神使人变成真正活着的人的快意。为此鲁迅深受这种精神的感召和启悟而拿起了诗笔。鲁迅的《桃花》一诗就是对这种精神的艺术演绎。此诗写桃花在听到别人赞美的时候，而且也包括对他的赞美，他却反而生气发怒，满脸不满。这是为什么呢？这就明显流露出桃花唯我独尊的狭隘意识。他不愿别人好，只想自己好，他不愿别人受到赞美，只想自己独享赞美。你看桃花是多么的不民主啊。世间每个事物都有自身的优点和亮点，也都有存在的意义和价值。为什么"我"就不能赞美李花呢？"我"赞美了李花，桃花就生气了。看来桃花只管迷信自己的美，无视其他事物存在的合规律性和合理性，可见桃花又是多么的不科学啊。《他们的花园》中小娃子费尽心思摘来白净而光明的百合花，这明明是美好的东西嘛，但是拿回家却遭到苍蝇的玷污和封建家长的责骂，这分明说明了他们排斥其他美好事物，而只是认为自家的好。这正是对故步自封、保守自大的封建意识的揭露和批判。这同样是对不民主不科学的态度的真实写照。鲁迅通过这两首新诗从反面描述了人们没有民主与科学的行为态度，正好从正面宣扬了民主与科学的思想和精神，从而使人们树立起民主与科学的意念，做出民主与科学的事来，以利于大家共同过着和谐美好的生活。

2. 个性解放精神

鲁迅曾说，中国人向来没有做人的权力，有的只是奴性，有的只是依赖和顺从。也就是说，中国人大多没有主观看法、个人意见和独特见解，于是人也就成为麻木愚昧、沉默寡言、毫无个性的人，也就成为没有独立思考、没有是非观念、没有个性精神的人，一味只是盲目的随顺，甚至百依百顺。长此以往，就形成事不关己，高高挂起，明知不对，少说为佳，以至睁只眼闭只眼的习惯，也就形成"各人自扫门前雪，休管他人瓦上霜"的习性，甚至连自家门前雪也扫不了，这是让人很是感怀和悲哀的。关于扬个性，张精神，鲁迅早在1907年所写的《文化偏至论》中就说得很清楚了，他说："谓真理准则，独在主观，惟主观性，即为真理"。就是说，人要有主观认识和想法，才有个性的解放和产生。主观性应该是个性解放和产生的前提，没有主观性，其他也就无从谈起。在这里，鲁迅是把人的主观性上升到真理的高度来论说的。又说："此所为明哲之士，必洞达世界之大势，权衡校量，去其偏颇，得其神明，施之国中，翕合无间。外之既不后于世界之思潮，内之仍弗失固有之血脉，取今复古，别产新宗，人生意义，致之深邃，则国人之自觉至，个性张，沙聚之邦，由是转为人国。人国既建，乃始雄厉无前，屹然独见于天下，更何有于肤浅凡庸之事物哉？顾今者翻然思变。"[1]看来鲁迅是将个性的解放提高到国家建设的高度来看待和重视的。五四时代的精神之一就是大力提倡个性解放的精神。鲁迅当然要抓住这个精神进行弘扬，决不错过时机地宣扬和歌赞。他的新诗《梦》、《人与时》就是个性解放精神的艺术呈现。《梦》这首诗塑造了一个"明白的梦"的生动形象，他在面对群魔乱舞、纷纷自夸又漆黑一团的各种乌黑的梦的时候，敢于说出自己心中的话语，敢于对他们倒行逆施的丑恶行为进行讽刺、揭露和批判。这在那个时候的社会环境中，显然是个大胆的举动，勇敢的言行。这也表明他个性的解放和体现出的难得的个性精神。《人与时》这首诗着力塑造了时间的个性形象，他在面对前面三个人的种种错误的说法时，并不是哑口无言或无言以对，而是以锋利而坚决的口气与言辞，对前面三个人的错误说法进行了强烈的反对、抗议和嘲笑，并指示着人们应该执著现在，展望未来，跟着自己向着美好的明天进发。这是多么了不得的气概与气魄，这是多么了不得的个性力量与精神气质。当我们品读这两首诗的时候，真的被诗歌的中心形象那摄人心魄的气势与力度所感动所震撼。鲁迅也正是通过这样的诗作传达出了五四时代的新声，让人们知道这种新的声音就是对旧时代声音的反动，从而使人们明白在新的时代里就是要以不同于以往的个性特征架起人字的桥梁，就是要以崭新的高扬的性格气质树起作为人的真正的形象。

3. 平等自由精神

在过去等级森严的历史社会里，是从来没有平等自由的，有的只是上等人的平等与自由，下等人只能处于低下的地位，没有平等的地位，没有自由的活动，只能听从摆布，受欺受压受屈，同时上层阶级和上层社会也愚弄麻痹人们的思想，极度限制以至不准人们平等与自由，致使人们长久在愚昧麻木中生活，逐渐也就消没了平等自由的意识，随便供给与听从上等人的役使和驱遣，当然人也就不是真正意义上的人了。这也是鲁迅早已知道的。所以当五四时代的惊雷在中国大地震响的时候，鲁迅深感作为人的平等与自由的时代已经到来，便不失时机地在自己的诗篇中抒写着这样的主题，礼赞着这样的精神，歌唱着这样的新潮，弹奏着这样的主旋律。他是想以简短便捷的诗歌形式将平等自由的思想快捷地传播四方，快速地播撒人心，使人们尽快地觉醒起来觉悟起来，争取到平等自由的做人的权力与地位。这是怎样的良苦用心，这是怎样的真心诚意。关于这一点，鲁迅在其后的小说中也有所反映。像《阿Q正传》中阿Q在所谓判官面前的举动，《祝福》中祥林嫂在鲁四老爷面前的神情，《离婚》中爱姑在七大人面前的表现，就可看出一般。正是由于他们没有平等自由的人格尊严，正是由于他们慑于所谓权威人物的威严，他们才一个一个地败下阵来，成为上层阶级和上流社会的牺牲品。对此，鲁迅在新诗中从正反两面反映了这样的主题精神。《桃花》中桃花妄想独享赞美，要么不高兴赞美别人，要么只高兴赞美自己，即便既赞美了别人也赞美了自己，也还是个不高兴，甚而还生气泄愤。这就是桃花太自视清高、太目中无人的思想作怪，是他高高在上、傲慢无礼的行为表现，也是他不准平等、唯我自由的意识流露。但是不管他怎样地生气气愤，也阻挡不了平等自由的现代潮流。《爱之神》作者从正面表达了爱情自由的思想观念。小娃子（即爱神）把箭射向了受箭之人，但受箭者却不知道去爱谁。这时爱神有意刺激和激发受箭之人的自由意志，激励他想爱谁就爱谁，看中谁就爱谁。这其实就是爱神有意鼓动受箭之人去大胆地爱，自由地爱，千万不要被陈旧的观念束缚手脚，畏首畏尾，瞻前顾后，犹豫不决，顾忌太多。这首诗可谓鲁迅自由恋爱的颂歌，是对当时提倡的自由恋爱的赞成、鼓励和促进。鲁迅就是这样不失时机地抒写和传播当时唱响的平等自由的时代精神。他意欲通过这种诗歌形式将平等自由之精神播撒在人们的心中，使人们先有平等自由的概念，再形成平等自由的意识，从而逐渐体现在自己的行为上，再逐渐使人们走近现代生存的方式，再走向现代生存的轨道，再步入现代生活和现代人生的道路。这样人们才能彻底摆脱陈旧的藩篱，脱胎换骨，成为现代意义上的真正的新人。

4. 革命精神

革命对于中国来说，似乎也并不陌生，无论政治革命还是思想革命。在中国几千年的社会历史中，也有好多次声势浩大的革命行动或革命运动，但受到统治者的严重禁锢与镇压，都没有从根本上粉碎奴隶制和封建制的社会体制，更没有动摇其统治的根基，人们还是在暗无天日的牢笼中生活着，带着沉重的锁链和镣铐，以及那永远难以解开的枷锁，于是苦闷、痛苦、挣扎、呻吟、遭罪、不满、愤怒，但还是只有随着时间的流逝而走向黄昏和暮色，进入死亡的坟墓。所以中国以往的革命或革命运动都最终以失败而告终。但革命并不因此而停止，革命家还在继续着革命。只要时机一到，他们又继续高举着革命的大旗，并且前仆后继，勇毅坚持。关于革命及对于革命的看法，鲁迅是早就发表了他的见解。他在日本留学时所写的《文化偏至论》中就有深刻的论述："中国既以自尊大昭闻天下，善诋諆者，或谓之顽固；且将抱守残阙，以底于灭亡。""而物反于穷，民意遂动，革命于是见于英，继起于美，复次则大起于法郎西，扫荡门第，平一尊卑，政治之权，主以百姓，平等自主之念，社会民主之思，弥漫于人心。"因此要"以热烈之情，勇猛之行，起大波而之涤荡。"又"惟有刚毅不挠，虽遇外物而弗为移，始足作社会桢干。排除万难，黾勉上征，人类尊严，于此攸赖，则具有绝大意力之士贵耳。""若其文化昭明，诚足以相上下者"。[2]后来鲁迅又说：革命"惟其有了它，社会才会改革，人类才会进步"。[3]"惟独革命家，无论他生或死，都能给大家以幸福。"[4]这说明鲁迅对革命的认识是很清楚而透彻的，同时也表明了他对革命的希望和欢迎。当五四那场政治革命、文化革命和思想革命掀起之时，鲁迅便毅然决然投入其中，进行勇猛地冲杀，努力地抗争。在那时，他写了不少作品，对落后的中国社会、腐朽的封建制度、陈腐的封建思想和残害人的封建礼教进行了深刻的揭露和批判，对逆历史潮流的反动的事实现象进行了大胆的反抗和战斗。他企图通过这种革命的方式，将昏睡的愚昧的麻木的人们唤醒，以期变成有朝气有思想有意志的活着的人。鲁迅在他的新诗中也同样反映了这个主题。《梦》以梦的形式抒写了他的对于恶劣现象充满愤怒和对于明天充满情意的感怀，以几种颜色迥然不同的梦象征着各不相同的社会现象。特别是当中的"明白的梦"象征着崭新而美好的人物与事物，这个"明白的梦"在面对乱七八糟的丑恶与黑暗时，敢于揭破蒙在丑陋上面的虚伪的面纱，其实也就是对反动事物的革命壮举，令人精神为之一振。《他们的花园》中的小娃子是个叛逆者与革命者的象征。他以普罗米修斯盗取天火给人间的方式，冲破一切阻挠，从别国偷摘百合花带给中国，虽然百合花带到中国遭到污染，但毕竟使古老的中国有了新的气象，而且他还将继续进行下去，继续对中国陈旧的一切进行崭新的革命。其精神也是难能可贵的。《爱之神》所写其实就是一场爱情的革命。爱神就是要将神箭射向受到麻醉而昏昧的人们，使之发生自由的爱情，让人们本已有着却被冻结的天然的爱情苏醒过来，复活过来。虽然其中会受到挫折和误解，但作者相信受到禁锢和羁绊的爱情最终会被唤醒，从而展开飞翔的翅膀自由飞翔。在五四时期，对于受到严重束缚而沉睡了很久的人们，这些革命的动作和革命的内容是显然必要而必须的。如果没有这些革命的动作和革命的内容，恐怕人们实在难以从几千年的封建桎梏中解脱出来，也难以从根深蒂固的封建思想的牢狱中解放出来。所以鲁迅在现代革命的初期所做的革命的呐喊是完全应该而珍贵的。他那革命的呐喊犹如晴天霹雳震醒了整整一代中国人，由此走上了反省与反思的路途，进而走上高歌革命、参加革命的道路，从此焕然一新，旧貌变新颜。

二、为崭新思想的宣扬而放声歌唱

五四时期，随着国外思潮的大量涌入和传播，在中国社会里出现许多新思想、新观念、新认识、新主张，犹如雨后春笋般地不断涌现，让人大开眼界，精神振奋。有人还把它们喻为美丽的花果加以赞美。对于这种新现象新事物，作为激进民主主义者的鲁迅，决不可能等闲视之，袖手旁观的，他必然会作出非常积极的反应，努力宣扬这种崭新的思想意识。于是他拿起诗笔放声歌唱，将这种为我们所没有的新思想播洒在人们的心中，使之发芽开花结果，使之孕育出一种新的人格精神。这也是当时的先觉者们所做的所谓灌溉人心、启迪思想的工作。那么，又有哪些新思想值得鲁迅放声歌唱呢？

1. 张扬个性，创造新我

所谓个性就是主观性，就是主观意志和主观精神。在古老的中国社会，由于统治阶级的高压政策和有意钳制人的思想感情，致使人的主观性几乎泯灭了。人们没有也不敢拥有自己的主观看法和见解，只能一味地听从上方的旨意或顺从权势者的摆布，人们只能在重重高压和层层等级分明的秩序与环境里生活着，事实上成为供人愚弄和驱使的奴隶。这哪里有什么个性可言。为了打破人的禁锢和羁绊，五四时代，先觉者们首先把"个性解放"提上议事日程，提出张扬个性，创作新我的主张，这是符合人的发展规律的。对此鲁迅是不会寂寞无声的。他早在《文化偏至论》中就有深刻的阐述，他认为："诚若为今之计"，应该"掊物质而张灵明，任个人而排众数。人既发扬踔厉矣，则邦国亦以兴起。"他把它上升到兴邦兴国的高度加以认识。又说："惟发挥个性，为至高之道德"。"凡一个人，其思想行为，必以己为中枢，亦以己为终极；即立我性为绝对之自由者也。"要"立我扬己而尊天才"，"力抗时俗，示主观倾向之极致"，要"无所盲从，或不置重，而以自有之主观世界为至高之标准而已。以是之故，则思虑动作咸离外物，独往来于自心之天地"。他认为"必尊个性张精神"，发扬"自觉之精神"。又认为"张大个人之人格，又人生之第一义也。""其首在立人，人立而后凡事举"。"新生一作，虚伪道消，内部之生活，其将愈深且强欤？精神生活之光耀，将逾兴起而发扬欤？成然以觉，出客观梦幻之世界，而主观与自觉之生活，将由是而益张欤？内部之生活强，则人生这意义亦愈邃，个人尊业之旨趣亦愈明，二十世纪之新精神，殆将立怒风怒浪之间，恃意力以辟生路者也。"这样就"愈益主我扬己而尊天才也"。[5] 由此他多么希望人们"奋其伟力"[6]，改造旧我，张扬个性，创造新我。这一点在他五四时期的新诗中都有所反映。其中《梦》、《人与时》可谓这方面的代表作。《梦》中的"明白的梦"那种对敌人揭露、批判和叱责的力度是多么的强烈，那种凌厉的气势、伟大的气魄、灼人的力量着实令人震撼。《人与时》中的"时"那种对错误言论的讥刺、嘲讽和批判更是富有力度，又是多么的旗帜鲜明，那种作为现代人的性格气质、思想威力与精神力量更是撼动人心，有如在平静的潭水里突然投进一块石头掀起阵阵碧波荡漾，让人惊喜过望，快意身心。鲁迅就是这样特别注重人的个性发挥与个性张扬，以此创造一个与以往完全不同的新我。鲁迅自己本身就是这样的富有个性的人，除了社会形势发展的时机和趋向使之如此，也是他自身的努力实践给他带来自然抒写的结果。在鲁迅新诗中，又何止这两首诗蕴含着难得的个性精神，其实在他所写的每首新诗中，都闪耀着个性精神的光芒。在鲁迅等人的努力下，这种个性精神也确实传播了出去，感染了人们，当时就有不少人反叛和走出家庭，融入时代与社会的大潮之中，与新潮共舞。这是一个新我的实际行动和产生的难能可贵的景象。从此以后，新生的人们其个性精神的发扬也便蔚然成风，推动了一个更新气象的来临。

2. 改革社会，迎接新生

说起改革，中国历史上也并不是不曾有过改革，但由于封建势力的顽固、统治阶级的守旧和统治者的软弱无能，每次宏大的改革运动和改革措施都最终失败，无论内部自身的改革还是后来借鉴别国之经验的改革，都始终没有成功的改革成果，致使中国社会老是处于闭塞落后的状态。而人类要快速发展，社会要明显进步，生活要真正美好，还必须有赖改革的推动。然而改革又何其艰难，每逢改革，总是要受到方方面面的阻碍，总是有人要设置各种障碍，最终使改革无法进行下去，终是半途而废，中途收场，也就是一个失败的结局。鲁迅是深深感叹于中国改革的艰难，他说："可惜中国太难改变了，即使搬动一张桌子，改装一个火炉，几乎也要血；而且即使有了血，也未必一定能搬动，能改装。不是很大的鞭子打在背上，中国自己是不肯动弹的。"[7] 而又有谁来举起很大的鞭子进行抽打呢，因而中国社会有如一潭死水，难以动弹。五四时期的到来，倒是一个很好的形势和机遇，对此先觉者们纷纷发出改革的呼声，希望通过改革使中国活跃起来，进而变得强盛起来。在那时，人们认为中国的改革已经到了不得不进行的时候了。正如鲁迅所说："无论如何，不革新，是生存也为难的"[8]。"我们自己想活，也希望别人都活"[9]，却又不得不依靠改革的力量。改革又是不能等待的，等待只能错过良辰，贻误时机。恰如鲁迅所说："坐着而等待平安，等待前进，倘能，那自然是很好的，但可虑的是老死而所等待的却终于不至"[10]。改革又是非常艰难的，但再艰难也还是要改革。诚如鲁迅曾说："但以为即使艰难，也还要做；愈艰难，就愈要做。改革，是向来没有一帆风顺的"[11]。这里说的虽然只是语言的改革，但其他改革也一样如此。鲁迅在新诗中鲜明地表明了改革的意向和热情。他的《爱之神》、《他们的花园》就是如此。这两首诗都意在借别国之火以煮自己的肉，将外国文化引入国内，融入自己的文化中，使之更新和发展。《爱之神》借用古罗马的神话故事加以艺术构思和演绎，写爱神把发生爱情的神箭偏偏射中一个中国人，使他突然产生了爱情，但又不知道爱谁和怎么爱，爱神告诉他自由地去爱。这其实就是一首自由恋爱的颂歌。中国是从来没有自由恋爱的概念的，之后便逐渐有了自由恋爱的概念和意识。这也便是鲁迅在爱情方面进行改革的主张和宣传。《他们的花园》中小娃子以偷摘百合花的方式引进西方文化，希图革新固有文化。虽然冒了很大风险，遭遇很大挫折，但他还是坚持不懈，持之以恒，继续他的改革的行为。鲁迅在这首诗中指出了文化改革的方式和途径，希望通过引进的方式来达到改革本土文化的目的。这是鲁迅在文化方面进行改革的主张和宣扬。回想我们今天的改革开放，便知鲁迅的改革意识与此有着多么惊人的一致性。由此可见鲁迅独到而长远的眼光。鲁迅大力提倡改革的目的，无非是以此改革社会，改良人生，使人人都能够像人一样地生活着。社会真的改革了，人的思想面貌和精神面貌也就发生了新的变化，也就开始的新的人生。所以这两首诗有着改革社会、迎接新生的精髓。我们也知道那时在改革潮流的涌动下，整个社会意识在慢慢发生了变化，有不少的人们也逐渐开始了新的生活，开始了新的人生道路。

3. 追求理想，开拓未来

人是为了生活的，但为了美好的生活就必须要有理想。理想是生活的旗帜，有了这面旗帜，生活就是主动的、明确的、清晰的，没有这面旗帜，生活就是被动的、盲目的、茫然的。在几千年的黑暗社会里，中国大多数人是没有什么理想的，是生活在模糊、昏聩和糊涂之中的。所以人必须要有理想，这样才能使生活有了基本的方向和明确的目标。列宁说："人需要理想，但是需要人的符合自然的理想，而不是超自然的理想。"就是说理想要切合实际。奥斯特洛夫斯基说："理想对我来说，具有一种非凡的魅力。我的理想……总是充满着生活和泥土气息。我从来都不去空想那些不可能实现的事情。"此话是说理想虽有魅力但还得注重现实，不能超越现实。张闻天曾说："生活的理想，就是为了理想的生活。"此语道出了理想对于生活的作用。理想虽然重要，但是还得需要崇高的理想和革命的理想。有句新格言说："崇高的理想是一个人心上的太阳，它能照亮生活中的每一步路。"吴运铎曾说："革命理想，不是可有可无的点缀品，而是一个人生命的动力，有了理想，就等于有了灵魂。"[12]崇高的理想和革命的理想对自己虽然是太阳和动力，但却不是为了自己，而是为了别人，为了人类，为了社会，为了未来。就像鲁迅所说："人类总有一种理想"[13]。有了这种理想，人类才得以向前发展。那些所谓革命者虽然对于旧制度旧事物进行了破坏，但是最终是为了革新和建设。所以鲁迅说："我们要革新的破坏者，因为他内心有理想的光。"[14]当历史进入五四时期，随着人们主观意识的觉醒和主观意志的产生，人们便逐渐有了理想以至崇高的理想和革命的理想，也便执著追求着这种理想。那些先觉者们便趁此良机引吭高歌，一时之间，都纷纷拿起手中的笔，抒写和颂扬着这种来之不易的理想。鲁迅便是其中的一个。鲁迅从小就有理想，而且几经变易，到了日本留学后，经过自己严密的考察和深沉的思考，他便最终将自己的理想锁定为以自己的努力进行宣传新知、拯救灵魂、改造社会的文艺活动，并一生从事着这样的工作。他的不少作品都反映了这个主题，其新诗也毫无例外地表达了这个中心，《他》这首新诗就是专门抒写理想的深刻之作。《他》为我们塑造了一个觉醒者奋力追求理想的形象。那个觉醒者一旦醒来，便迈开了追求理想的脚步，开始了他上下求索的漫长旅程。他不怕夏日炎炎，秋风瑟瑟，冬雪飘飘，始终走在对高远理想的追求和对真理的寻求过程中，看那情势，他要一直追求下去，矢志不渝，坚定不移。这种执著追求与探寻之精神，确也感动人心，叫人难以忘怀。鲁迅是从旧营垒里走过来的，深知没有理想就在于麻木愚昧的心灵，也便成为麻木愚昧的人。有了理想的照耀，人们便成为有追求的人，便成为有生气的活生生的人。鲁迅在新诗中大写理想，就在于使人们要看到前进的方向，让人们树立起生活的路标和人生的坐标，这样才能够开辟崭新的生活和人生的道路，使人过得更加有意义，更加有价值，并且也才能够展望明天，开拓未来。

4. 寄托希望，反对绝望

希望对于人来说，也是一个动力所在。希望是人所要实现的目的，是人做事所要达到的程度，是人行动的指路明灯。有了希望便有了信心、劲头、动力和勇气，没有希望，人也就灰心丧气，心灰意懒，消极沉沦，以至于颓废堕落。到了这时，人就走向了死亡的深渊，成为一个有如行尸走肉的没有思想意识的活物，没有了生机和活力，人也就不成其为人了。在古老的过去，深受奴隶制度和封建制度的残酷毒害，人们已经成为奴性十足的奴隶了，只能过着受欺受压、逆来顺受的奴隶生活，任人愚弄和摆布，哪里还有什么希望可言。到了五四时期，在先知先觉者们的警醒和引领下，人们开始觉醒和觉悟起来，也便逐渐有了希望的光芒。人们已由原来的失望变为现在可喜的希望，而且朝着那希望的光柱努力进发。这个令人欣喜的现象，实是难得。鲁迅抓住这个时机谈论希望，就是要让人们明白希望的可贵，懂得希望的意义，就是要使人们充满信心，满怀期待，以利前行。他说："人类总有……一种希望"[15]。"希望是附丽于存在的，有存在，便有希望，有希望，便有光明。"[16]要"梦着将来，而致力于达到这一种将来的现在。"[17]所以他极力反对绝望，即便有了绝望也要当作希望看待。为此还专门写了一篇《希望》的散文诗。在这篇散文诗中，他独自肉搏空虚中的暗夜，尽管势单力薄，孤立无援，也要作有着希望的绝望的抗战，因为"绝望之为虚妄，正与希望相同！"[18]有希望总是好的，有希望就有了生活的亮光，不至于苦闷与惶惑。所以鲁迅不愿将真正的绝望带给人们，"不愿将自以为苦的寂寞，再来传染给也如我那年青时候似的正做着好梦的青年。"也正因为如此，鲁迅在令人悲伤的小说如《明天》和《药》中，无论如何"也不叙单四嫂子竟没有做到看见儿子的梦"，又偏要"在……瑜儿的坟上凭空添上一个花环"，[19]无非就是要给人们以希望，使人们在看到黑夜的同时还要看到黎明的曙光。在新诗中，鲁迅更是分明地撒播着希望的种子，让人痛快淋漓，备受鼓舞。《梦》中尽管那些如魑魅魍魉般的乌七八糟的乌黑的梦怎样地张牙舞爪，怎样地猖狂，怎样地肆掠，但总有一个"明白的梦"与之对峙，与之抗衡，与之争战，揭破他们丑恶而反动的本质，使之无法掩饰，无处躲藏。《人与时》中尽管那三人都各执己见又固执己见地发出谬误的看法，以至争论不休，但总有一个时间站出来进行大胆而严厉的揭批，指出他们言论的荒谬的实质，使之无法自圆其说，只能偃旗息鼓。在这里，可以说"明白的梦"和"时"就是希望的象征，给我们前行的人们以信心、勇气和力量。鲁迅就是这样，即便在简短的诗行中也不忘传播希望的信号，也由此把人们带进希望之中奔向光明的前方。这在五四时期，对人们又是多大的鼓舞，使人们能够在充满希望的光阴里生活着，避免了在绝望中死掉的可能。这又是鲁迅多好的良心善意，真的让我们感动万分，感念不已。

三、为打破诗坛的沉寂而呐喊助威

中国新诗本不是自然而然生出的美丽的花果，或者说并不是土生土长的文体成果，而是先觉者五四时期受到外国诗的影响，在提倡以白话写作的呼声中进行文体实践的结果。所以当时或称为白话诗或称为自由诗，而这种以白话所写的自由体诗其源流还在于国外，中国自己是没有的。这是一种崭新的诗体，打破了古典诗词的体裁形式和格律音韵，不受任何限制、束缚和羁绊，自由地抒写心中的所思所想所感所念，写起来的确方便自由得多，也比较容易反映新时代新事物新现象，表达新思想新情感新意念。应该说，这种崭新的诗体形式值得提倡。但是任何新生事物的产生和成长并不是一帆风顺的，总是要受到来自各方的阻挠和压力。对中国文人来说，古典诗词已经形成了定式，要摆脱古典诗词而另起炉灶，自然要遭到反对和阻力。所以五四初期，写作新诗的人寥寥无几，除了胡适、沈尹默、刘半农等人外，几乎无人响应和配合。诗词是中国文学的主流，当时要将白话及白话写作传播开来，以白话写诗来击破古语的樊笼，恰是一个很好的反传统的方式。而鲁迅又是一个封建文化的叛逆者和反叛者，当然赞成和支持白话的流行。鉴于白话诗作者的如此稀少和诗坛的格外沉寂，鲁迅和周作人兄弟毅然拿起了诗笔进行新诗创作，以便给新诗作者以热烈的响应和配合，同时也达到打破诗坛沉寂的目的。正像鲁迅自己所说："我其实是不喜欢做新诗的，——但也不喜欢做古诗，——只因为那时诗坛寂寞，所以打打边鼓，凑些热闹"。随着周氏兄弟的新诗创作，很快就有康白情、俞平伯、傅斯年等人相应和。先前已有的新诗作者继续新诗创作，后来又出现新的新诗作者，这样新诗作者就渐渐多起来，呈现出比较热闹的景象。1920 年之后，出现了刘大白、沈玄庐，尤其是文学研究会诗人群朱自清、徐玉诺、刘延陵、郑振铎、王统照、梁宗岱，还有湖畔诗人汪静之、应修人、潘漠华、冯雪峰，小诗派诗人冰心、宗白华，创造社诗人郭沫若，浅草社沉钟社的诗人冯至，新月派诗人闻一多、徐志摩，象征派诗人李金发、穆木天等。一时之间，新的新诗作者可谓如春笋般地涌现，新诗创作的队伍越来越扩大，新诗创作已经形成了气候。看到诗坛如此繁盛的景象，鲁迅自是非常高兴而快慰的。由于他自认为对新诗难以把握，加上创作的重心转向了其他方面，因而便自然而然终止了新诗创作，就像他自己说的那样："待到称为诗人的一出现，就洗手不作了。"[20] 现在看来，鲁迅鉴于新诗面临的压力太大，为了打破诗坛的寂寞而创作新诗，是达到了他期望的目的。事实也是如此，在他创作新诗之后，新诗创作的队伍壮大了强大了，新的诗人也真的出现了，新诗也确实站稳了脚跟，巍然屹立在中国新文学的天地里，并愈来愈成为一道红亮的风景。可以说，鲁迅的良苦用心和所付出的努力没有白费，实现了他的良好愿望。

四、为开创新诗的新貌而略作示范

要知道，中国新诗在最开始的时候是极不成熟的。胡适是中国新诗的最早写作者，他的新诗写作是在古典诗词的基础上慢慢放大，加以改造而生，自然不可避免地留下明显而浓重的古典诗词的痕迹。正如胡适说到自己的新诗多像"一个缠过脚后放大了的妇人"，这就说明最初的中国新诗的确没有呈现出崭新的面貌，离新诗自身的要求还相距甚远。其他几位作者的新诗也同样存在着这样那样的瑕疵，也就是诗意不足，韵味不够。鉴于这种情况，鲁迅企图通过自己的努力和对新诗内涵的理解而试作新诗，也想为开创新诗的全新面貌而略作示范。鲁迅创作新诗采取了另外的途径，全然抛开古典诗词的形式体貌，而是与西方现代诗直接接轨，另走欧化一路，这样创作出来的新诗也确实别开生面，面貌一新，让人大开眼界。从诗歌语言看，鲁迅新诗的语言全用现代白话，绝不像胡适新诗那样总是夹杂着古诗词的词语。从诗歌体貌看，鲁迅新诗全是自由体的形体形貌，绝不像胡适新诗那样还多少受着古诗词的束缚。从诗歌内容看，鲁迅新诗所写全是那个时候出现的重大社会现象和发生的重大社会事件，以新诗的形式书写出来，格外触动人心，震荡心灵。从诗歌含意看，鲁迅新诗有着很多而又很深的内涵，不是一下就能看得很明白，而是要在细嚼慢咽中加以品味和揣摩，方知其中深藏着的诗意的奥妙。从艺术手法看，鲁迅新诗几乎全都采用了象征手法，而且这种象征手法不是单纯地使用，而是多样化使用，在一首诗中往往既有整体象征又有几个局部象征，由此使整个诗的内涵显得丰深而使人多加思索。从艺术风格看，鲁迅新诗的风格绝不是单一的，而是呈现出多样化特色，总体风格是雄浑刚健集于一身，外加既沉郁又爽朗，既直率也含蓄，同时又清新而带有风趣。总之，鲁迅新诗体貌新颖，诗意深刻，韵味十足，风格多样，令人咀嚼，耐人寻味。赏读鲁迅新诗，真的给人耳目一新、回肠荡气之感。如果将鲁迅新诗与当时已出现的其他新诗相比较，我们明显感觉到鲁迅新诗有着非同一般的独特之处，无论从哪一个角度看，它都站在了时代的最前沿和制高点，在很大程度上超越了其他新诗，真是"自觉之声发，每响必中于人心，清晰昭明，不同凡响。"[21]难怪胡适就说当时新诗就像缠过脚后放大的妇人，只有"会稽郡周氏兄弟却是例外。"[22]后来朱自清评论道："多数作家急切里无法甩掉旧诗词的调子，……只有鲁迅氏兄弟全然摆脱了旧镣铐"。[23]郭沫若认为鲁迅新诗达到极致甚至至境："偶有所作，每臻绝唱"[24]。从这些对鲁迅新诗的高度评价和赞誉看，鲁迅为开创新诗的新貌而创作新诗，毫无疑问起到了示范的作用和效果。然而鲁迅对自己的新诗创作却并不是很满意的，所以也不打算继续写下去，已发表的几首新诗就成了中国诗坛的天空飘扬的几朵难得而又珍贵的云彩，值得珍视和留恋。鲁迅自己又何尝不是如此，于是后来杨霁云将这些新诗收进集子中，鲁迅是同意集子的编辑的，并且还写了序言。他说："听说：中国的好作家是大抵'悔其少作'的，他在自定集子的时候，就将少年时代的作品尽力删除，或者简直全部烧掉。我想，这大约和现在的老成的少年，看见他婴儿时代的出屁股，衔手指的照相一样，自愧其幼稚，因而觉得有损于他现在的尊严，——于是以为倘使可以隐蔽，总还是隐蔽的好。但我对于自己的'少作'，愧则有之，悔却从来没有过。""我惭愧我的少年之作，却并不后悔，甚而至于还有些爱"。[25]总之，鲁迅新诗是有其独特之处和旺盛生命力的，即便时间已经过了 90 多年，现在看来，也仍然给人新颖新奇之感，愿鲁迅新诗流芳久远，永传后世。

注释

[1]《坟·文化偏至论》，《鲁迅全集》，西藏人民出版社，1998 年，第 17、18 页。

[2]《坟·文化偏至论》，《鲁迅全集》，西藏人民出版社，1998 年，第 12、14、17 页。

[3]《而已集·革命时代的文学》，《鲁迅全集》，西藏人民出版社，1998 年，第 473 页。

[4]《而已集·黄花节的杂感》，《鲁迅全集》，西藏人民出版社，1998 年，第 471 页。

[5]《坟·文化偏至论》，《鲁迅全集》，西藏人民出版社，1998 年，第 13、16、15、17、18 页。

[6]《坟·人之历史》，《鲁迅全集》，西藏人民出版社，1998 年，第 5 页。

[7]《坟·娜拉走后怎样》，《鲁迅全集》，西藏人民出版社，1998 年，第 52 页。

[8]《华盖集·忽然想到六》，《鲁迅全集》，西藏人民出版社，1998 年，第 376 页。

[9]《热风·随感录三十八》，《鲁迅全集》，西藏人民出版社，1998 年，第 96 页。

[10]《华盖集·这个与那个》，《鲁迅全集》，西藏人民出版社，1998年，第405页。

[11]《且介亭杂文·中国语文的新生》，《鲁迅全集》，西藏人民出版社，1998年，第914页。

[12]《人生珍言录》，地质出版社，1983年，第1—3页

[13]《坟·我之节烈观》，《鲁迅全集》，西藏人民出版社，1998年，第39页。

[14]《坟·再论雷峰塔的倒掉》，《鲁迅全集》，西藏人民出版社，1998年，第61页。

[15]《坟·我之节烈观》，《鲁迅全集》，西藏人民出版社，1998年，第39页。

[16]《华盖集续篇·记谈话》，《鲁迅全集》，西藏人民出版社，1998年，第466页。

[17]《南腔北调集·听说梦》，《鲁迅全集》，西藏人民出版社，1998年，第663页。

[18]《野草·希望》，《鲁迅全集》，西藏人民出版社，1998年，第258页。

[19]《呐喊·自序》，《鲁迅全集》，西藏人民出版社，1998年，第126页。

[20]《集外集·序言》，《鲁迅全集》（二），中国人事出版社，2005年，第544—545页。

[21]《坟·摩罗诗力说》，《鲁迅全集》，西藏人民出版社，1998年，第19页。

[22]《胡适文集》第9卷，北京大学出版社，1998年9月。

[23]《〈中国新文学大系·诗集〉导言》，上海良友图书公司，1935年3月。

[24]《鲁迅诗稿·序》，《郭沫若全集》，人民文学出版社，1981年。

[25]《集外集·序言》，《鲁迅全集》（二），中国人事出版社，2005年，第544、545页。

鲁迅新诗的真诚与执著

中国自古以来就讲求"画如其人"、"字如其人"、"文如其人"、"诗如其人"，或者至少有着这样的说法。意思是说，创作者所创作的文艺作品与创作者本身应该相似相仿，在内质上有着高度的一致性。这既是创作者做人品性在作品创作中的自然流露和反映，也是作品创作对创作者的自然要求和规范，以至后来逐渐成为人们对作品欣赏的基本规则。这是有其道理的。如果作品与作者之间存在着较大的差距甚或严重的矛盾，那么作品也就有可能产生较大的虚假性或者虚伪性，使读者对作品的内容思想难以置信，也就无法唤起读者对作品产生强烈的兴趣，影响读者对作品的阅读与探究。事实上也正是如此，你看，屈原的忧心爱国，陶渊明的淡泊名利，李白的豪放飘逸，杜甫的沉郁顿挫，白居易的平易通俗，等等，哪一个诗人的诗风不是有着自身的特点，哪一个诗人的诗不打上自身生活的烙印。也正是每一个诗人都写出了属于他自己的心路历程，体现出属于他自己的个性特色，才使其能够区别于其他诗人，在文学史上成为一道亮丽耀眼的景点，并有着独立的地位，从而引起人们的高度注意。鲁迅是中国现代文学史上一道辉煌灿烂、光焰夺目的人文景观，几十年来引起了不知多少成千上万的读者和研究者的浓厚兴趣和特别注目。鲁迅作品的忧愤深广和新颖别致是他那个时代和文坛少有的，鲁迅的良药苦口，忠言逆耳，鲁迅的良苦用心，用意深远，更是他那个时代的文人中罕见的。即便是他为数不多的新诗也寄托着深远而又美丽的希望，也寄寓着一颗真挚而又恳切的心灵。

记得有一首网络诗歌《致鲁迅》，可谓对鲁迅的品行概括得十分准确。其中写道："你看透了所有的虚无与虚伪/却保持了一颗执著和真诚的心"。真是好"一颗执著和真诚的心"，令人深有感触，感佩不已。要做到真诚与执著，谈何容易。做人也罢，作文也罢。世上有多少虚伪之人，又有多少虚假之文。人与文两相一致，高度统一，从古至今，终是少数。但鲁迅必定是其中的一个，而且是典型的一个。就拿他的新诗来说，其中分明有着抒情主人公的一腔热血、一片赤诚、一份执著，映现着作者清晰而又真实的身影。在这里，诗与人已经互为一体，互为表现，似乎成为各自对象化的表征。也就是说，鲁迅的真诚与执著已经化为了诗的真诚与执著。观览鲁迅新诗，总觉得有以下几个方面值得我们特别注意，也让我们特别感怀。

一、"位卑未敢忘忧国"

陆游在《病起抒怀》一诗中有句名句"位卑未敢忘忧国"，意思是说，虽然地位卑微，但仍然忘不了对国家的关心与忧虑，表现出诗人矢志不渝的爱国热情。由此对照鲁迅及其作品，让人感到如此诗句也正好写出和印证了作者及其作品中主要人物关心国事、心忧天下的真诚情怀。

鲁迅是一个家道中衰、命运多舛、历经坎坷、受尽艰辛的知识分子，但他并没有一蹶不振，消极怠慢，甚至消沉颓废，而是反而精神振作，意气风发，努力进取。他并不因自己家庭的破败而失意，并不因自己处境的困惑而失望，并不因自己身份的卑微、地位的低下而绝望，而是反而以沉着的态度、冷静的思考、果断的行动去寻求自己的人生之路。在求索的过程中，随着读书的增多、学习的深入、信息的获得、眼界的开阔，他能够考虑到国家的现状与兴衰，忧虑到祖国的前途与命运，懂得了"天下兴亡，匹夫有责"的道理，并将自己作为祖国大家庭里不可分离的成员，把自己的命运与祖国的命运紧密联系起来。正是基于这样的认识，鲁迅才不顾自己的人微言轻而为国家的兴盛、民族的强健、社会的和谐而奔走呼号，呕心沥血。如果不是这样，当然就不可能有"鲁迅"的产生。如果不是这样，那么"鲁迅"也只不过是一个平民百姓的周树人。如果仅是一般人，那么自然是无所作为，默默无闻，也自然淹没在平常生活的潮流中而销声匿迹。然而，鲁迅毕竟是鲁迅。

鲁迅从日本留学回国归来后在杭州、绍兴两地的师范学校任教，他本可以教书育人，以此为生，无奈国事堪忧，使他难以心境平静，专注于此。后来辛亥革命的爆发，使他很是激动了一阵。之后受国民政府教育部之邀，曾在南京临时政府和北京政府教育部任职，担任金事一职，他本可以在这个职位上过着较为悠哉的生活，也有着升迁的机会，就算以此了却一生，别人也无可厚非。然而辛亥革命只是换汤不换药的革命形式，并没有从根本上改变中国的实际本质，这使鲁迅一度处于迷茫之中，同时也在迷茫之中苦苦地思索。五四运动之后，他本可以不问国事，不那么激进，他本可以安分守己，明哲保身，他本可以圆滑世故，左右逢源，那么这都会给他带来顺心如意的人生际遇。可以说，这无数的"本可以"无论哪一种都会使他能够过着虽平凡却也顺当的一生。然而他并没有那样做，而是随着革命的潮流迈步前行，而且站在时代的前沿高歌猛进，在新文化战线上摇旗鼓动，在新文学阵营里呐喊助威，并且以豪荡决绝的态度和不遗余力的行动扫荡着一切旧物，迎接和创生着一切新物，并使一切获得新生。事实证明，在五四新旧交替的关键时刻，有了他的迅猛举动和突出作为，致使新文化和新文学才真正成了气候，才真正站立和确立起来。这又是为了什么？当然是以新文化和新文学来改变民族的灵魂，以利国家的兴盛。

　　鲁迅就是这样一位不以自己身份地位卑微而关心国家、忧心国事的人，虽然历经坎坷、曲折与忧患，但到底遇上了狂飙突进的五四时代，给他带来了抒发爱国激情的大好机遇，他也紧紧抓住了这个机遇，主动迎着革命的风暴奋勇前进，并成为文化革命运动中的导师和先锋。他在《呐喊·自序》中说的"听将令"，就是要听从革命和前驱者的命令。他在《狂人日记》中说的"救救孩子"，其实又何止"救救孩子"，显然还有着培养新人以便改造社会的深意。他在《故乡》中"希望""他们应该有新的生活，为我们所未经生活过的。"这明显寄寓着他对未来美好生活的殷切期望。这都表明鲁迅对国家和社会的拳拳之心、眷眷之意。在他的新诗中，如《梦》、《他们的花园》、《他》都表达了这种恳切的心情。《梦》中的"明白的梦"其实就是作者的化身。在面对着各种漆黑一团的梦的滑稽而又丑陋表演，如果是不问世事、休管他人的一般人，又何须去嘲笑与揭露。但是"明白的梦"就是不怕惹出事端，引火烧身，偏偏要去揭出疮疤，指出背后的污浊。这真是对那些败坏国家的蛀虫的沉重打击。《他们的花园》中的小娃子也无不有着作者自己的身影。小娃子是最早觉醒起来而有着激进思想的代表，他不惜想尽千方百计，排除阻力，也要拿来和借鉴别国的像美丽花朵一样的新文化，学人之长，补己之短，融化新知，更新自己，进而以此更新他人和社会。其改变精神和改革社会的良好心愿显而易见，其创新国家和优化社会的良苦用心天地可表。《他》中的"他"只不过是个沉睡之人，睡着还是醒来似乎都并不要紧，也可继续昏睡，但他偏偏醒来。醒来过着平常生活也就罢了，但他醒来偏偏又那么觉悟深刻，竟然能够不分寒暑、秋去冬来地追求，追求他心中远大的理想，探求救国救民的道路。这些隐藏在诗歌背后的深意，不是我们读者主观臆测的，而是联系诗歌创作的时代背景而透视出来的，也是我们在深入鉴赏中诗歌本身透射出来的。

这些新诗中的主要人物毫无疑问都是平凡普通的小人物，然而他们并不因为"小"而不去求其"大"，他们有大追求、大向往、大理想，他们不因自己的低下贫贱而敢于担负天下重任，作出对国家、社会和民族有利的事情，着实让人可感可叹，可钦可佩。马克思曾说："他们的特征是他们几乎全处在时代运动中，在实际斗争中生活着和活动着。"而鲁迅及其新诗中的主要人物正是处于那个特殊的时代运动和实际斗争中，也正是在那个独特的运动和斗争中表现出他们的特征。所以他们爱国的热情是真诚的，也是执著的。

二、"独上高楼，望尽天涯路"

晏殊在《蝶恋花》一词中写道："昨夜西风凋碧树，独上高楼，望尽天涯路。"其意思是，昨天夜里刮着一夜的西风，吹落片片树叶，将碧绿的树木吹得一片凋零，今天我独自登上高高的楼台，朝那浩茫无尽的远方望去，去寻找那遥远而漫长的出路。在这里，词人先是因昨夜西风使碧树全然凋敝而感到怅惘落寞，苍茫空虚，然而登高望远，空旷辽阔，眼界大开，精神为之一振，这种空阔敞亮的境界使主人公一瞬之间得到精神上的满足，使他从狭小的帘幕庭院的忧愁感伤顿然转向了广阔天地的喜悦兴奋，使他从个人哀伤愁苦的心境中解脱出来而突然转向对开阔广远境界的眺望。这真是由近及远，由悲转喜，由小到大。唯有这登高一望，才生出人的好心情、大境界，才使人能够走出自我，更新自我，走向远大，开辟天地，才使人能够离开个人的悲伤而去关注民众的疾苦、社会的治乱和国家的兴衰。而鲁迅新诗中恰好有着这种情感变化发展的显露，恰好有着这种大情感和大境界的诗化记录。

王国维在《人间词话》中说："古今之成大事业大学问者，必经过三种之境界。'昨夜西风凋碧树，独上高楼，望尽天涯路'，此第一境也。'衣带渐宽终不悔，为伊消得人憔悴'，此第二境也。'众里寻他千百度，回头蓦见，那人正在灯火阑珊处'，此第三境也。"王国维把晏殊的词句"昨夜西风凋碧树，独上高楼，望尽天涯路"放在三种境界的首位，这是很有道理的。要成就大事业和大学问，必须从迷茫中看到希望，从困惑中看到方向，然后才能树立远大的志向、理想和抱负，否则，其他都是枉然。"昨夜西风凋碧树，独上高楼，望尽天涯路"是人生做大事的最主要也是首要环节，否则，其他两境就无从谈起，也无法实现。王国维以引用古代诗人的名句来概括成就人生所必须经过的顺序或三个环节或三种境界，可谓形象准确，既符合实际，又典型有力。那么，由此对应鲁迅及其新诗，情形又如何呢？

　　鲁迅年少时候就家庭衰败，祖父的牢狱之灾，父亲的病痛折磨，以至父亲和祖父的相继而去，如果是一般人是经不住如此折腾和打击的，更谈不上勤奋读书，求学进取，到头来恐怕只能成为一个小老百姓或小市民而已。然而少年鲁迅却能够好学上进，奋发有为，学业成绩名列前茅，这自然给他以后带来继续深造和发展的机会。后来在他人生行进的每一个阶段，他都能够"百尺竿头更进一步"。他从私塾出来到南京求学，考上了江南水师学堂，后又转入陆军学堂附设的矿路学堂，再后来又考上了江南督练公所公费派赴日本留学，入日本东京弘文学院预备班学习日语，之后进入仙台医学专门学校学医，再后来从事文艺运动和文学活动。从日本回国后，教书育人，从事教育活动。辛亥革命使他一时振奋，似乎也看到了某种希望的曙光，然后由于他的出色表现而受到南京临时政府的邀请，到教育部任部员，随后到北京政府教育部任职。辛亥革命的胜利成果被篡夺，国家社会依然如故，没有得到本质的改变，致使他长时间消沉怠慢，以抄碑帖读古书打发时日，当然也在进行内敛，在迷惘中探索着出路。五四运动的爆发，给了他春天般的生机，使他获得了前所未有的崭新生命，由此出发便正式步入文坛，拿起手中战斗的笔，为一个新的时代的诞生而歌唱呐喊，并对陈旧事物进行口诛笔伐，对一切污泥浊水进行荡涤清扫。四一二反革命政变后，鲁迅转到马克思主义的立场上，站在更高的起点上，以更新的视角关注当时的国家与社会。鲁迅在《呐喊·自序》中说："仿佛是想走异路，逃异地，去寻求别样的人们。"从上述中，我们分明看到鲁迅在每一个人生的环节都是如此，都是在不断更新，不断变化和发展；在每一个人生阶段都是在发生转折，都是在"独上高楼，望尽天涯路"，并且都是在寻找着有利于国家和社会的出路。鲁迅在《无题》诗中写道："心事浩茫连广宇，于无声处听惊雷。"这浩茫的心事到底是什么呢？难道只是个人心事？当然不是。鲁迅心中思虑的诸多事情自然是关于当时国家的颓败、社会的混乱、民众的苦难。难怪后来毛泽东要亲笔抄录这首诗，赠给来华访问的日本朋友，可见此诗蕴含的深刻的思想意义。在鲁迅新诗中，也有着"独上高楼，望尽天涯路"的诗作出现，像《他们的花园》、《他》就是如此。《他们的花园》中的小娃子虽然面黄肌瘦但并没有安于现状，而是有着更好生活的强烈愿望，所以他具有长远的眼光，能够看得很远。他企图以普罗米修斯盗取天火的方式来温暖人间，来改变精神和改造社会。这当然是正确的也是令人感动的。于是他"走出破大门"，望见了邻家的花园，"用尽小心机"，偷摘了一朵白净光明的百合花，以此净化和改变人们的精神面貌。即便遇到挫折，也矢志不渝地继续进行，坚信总是能够为自己生活的国度开辟出一条有利于生存的有效途径。真是其心可表，其心可嘉。《他》中的"他"并没有始终沉睡不醒，而是猛然清醒，迅速动作，砸碎锁链，打开房门，走向广阔的天地。从落叶飘飞的秋天到大雪纷飞的冬天，秋去冬来，不分寒暑，不怕艰辛，他都在一路追寻心中那高远的理想和志向，也是在探索国计民生的路子。虽然最后的结果到底怎样，我们不得而知，但是他那放眼远方的开阔胸怀和博大心境实在让人感叹，令人赞佩，他那勇于追求的精神着实可嘉可贵，令人敬佩。《他》这首诗的确表现出了一个追求者在追求路上所留下的追求的足迹。纵观鲁迅这两首新诗，其中主要人物形象跟抒情主人公一样，都能从迷茫走向觉醒，从个人走向大家，从狭小走向广阔，从"小我"走向"大我"，也就是他们都能"独上高楼，望尽天涯路"，进而书写出一个"大我"的伟岸形象。在当时来说，这又是多么难得多么美好的舆论导向。

郁达夫在《沉沦》这篇小说中塑造了一个为故国衰颓陆沉而消沉颓废堕落而最后投海自杀的人物形象。主人公"他"虽然能忧虑故国，为故国的颓败而伤心透顶，心意可嘉，但是他只是一味地忧愁、怨愤、消极，以至于倦怠、颓唐、堕落，没有一点为国为民为大家的实际行动，甚至最后以死殉国，这是极不可取的。虽然他最后喊出了"祖国呀祖国！""你快富起来！强起来罢！"的哀怨之声，但这种空喊又有什么作用和意义呢。他之所以落得个毫无意义的死亡的结局，其实就是因为他没有达到"独上高楼，望尽天涯路"的境界。而鲁迅及其新诗中的主要人物恰好相反，没有抱怨，没有忧怨，没有衰退，有的只是慷慨激昂，意气风发，奋进前行，漫漫求索。这又是何等真诚而执著的气魄与境界！

三、"一片冰心在玉壶"

王昌龄在《芙蓉楼送辛渐》一诗中有句名句"一片冰心在玉壶"，其意是说，我的内心纯洁无瑕，就像冰一样晶莹透明，就像玉一样洁净透亮。诗人以此表达自己冰清玉洁、清澈澄空的内心，也以此表达自己冰心玉壶般的情怀和坚持操守的信念，也以此表达自己纯洁完美的品格和晶亮高尚的品质。其实这句诗也表达了做人做事的真诚与执著。由此观照鲁迅及其新诗，我们分明感觉到鲁迅对人对事的肝胆相照，赤胆忠心，鲁迅新诗中主要人物的那份难能可贵而又令人感动的真诚和执著。

我们从鲁迅的人生经历和追求可以得知，从鲁迅那么多的笔墨文字可以得知，鲁迅一生都在奋力探索，慢慢求索，并且始终如一，从未改变，而且是从内心深处出发，以一颗真心来对待国家、社会与民众。他不仅是探索着救国救民的真理，而且探索着如何才能使国家兴盛、社会安定和民众觉醒的路子。他总是把自己与祖国的命运联系在一起，总是置身于他生活的时代与社会之中，总是关注着民众的思想情绪和生存状况。这也才使他能够写出那么多的切合实际、有利将来的文学作品，也才使他成为举世闻名的文学家、思想家和革命家。如果不是这样，那么鲁迅只不过是一个平民百姓而已，鼎鼎大名的"鲁迅"也就不可能产生。然而鲁迅就是不同寻常，非同一般。鲁迅年轻时就关心国事，心系天下。他在日本留学时所写的《自题小像》就充分表明了这一点。全诗写道："灵台无计逃神矢，风雨如磐闇故园。寄意寒星荃不察，我以我血荐轩辕。"其含意是：热爱祖国的火焰在心中熊熊燃烧，就像情人无法逃脱爱神丘比特的神箭，可爱的祖国正处于凄风苦雨犹如磐石高压的黑暗之中。本来托付寒星转达我的爱国热情，可是沉睡的祖国同胞完全不能理解，尽管如此，我也发誓将自己的满腔热血奉献给伟大的中华民族。此诗可说是青年鲁迅忠于祖国、献身祖国的铮铮誓言。在此后的漫长岁月里，鲁迅始终同中国的革命实际紧密结合，进行着艰苦卓绝的战斗，以自己的实际行动和辉煌业绩，实践并实现了这个誓言。鲁迅后来在《自嘲》中又写出"横眉冷对千夫指，俯首甘为孺子牛"的经典名句，更进一步表露了自己真实诚挚的心声，更明确地表白了自己对敌人的恨和对劳苦大众的爱，充分显现出一个伟大革命战士的气概和襟怀。后来毛泽东对此作出极高评价，他在《在延安文艺座谈会上的讲话》中特别说道："鲁迅的两句诗，'横眉冷对千夫指，俯首甘为孺子牛'，应该成为我们的座右铭。'千夫'在这里就是说敌人，对于无论什么凶恶的敌人我们决不屈服。'孺子'在这里就是说无产阶级和人民大众。一切共产党员，一切革命家，一切革命的文艺工作者，都应该学鲁迅的榜样，做无产阶级和人民大众的'牛'，鞠躬尽瘁，死而后已。"为了人的发展和民族的进步，鲁迅很是善于解剖别人，也批评甚至批判别人，但他并没有忘记他自己的不足和缺陷，以至对自己的解剖与揭批更加严厉，正如他在《写在〈坟〉后面》中所说："我的确时时解剖别人，然而更多的是更无情面地解剖我自己"，由此可见他毫无私心、不避瑕疵的真心诚意。鉴于世界形势的变化发展，鲁迅是积极呼应的，也及时把握，发表了中肯的看法和意见，表达了他希望祖国文化应该尽快破旧立新的强烈愿望。他说："世界日日改变，我们的作家取下假面，真诚地，深入地，大胆地看取人生并且写出他的血和肉来的时候早到了；早就应该有一片崭新的文场，早就应该有几个凶猛的闯将!"即便"是铁和血的赞颂"[1]，"是血的蒸气"，也毕竟是"醒过来的人的真声音。"[2]他诚恳而殷切地希望作家睁开眼睛，正视现实，"大胆地说话，勇敢地进行，忘掉了一切利害，推开了古人，将自己的真心话发表出来。""只有真的声音，才能感动中国的人和世界的人。必须有了真的声音，才能和世界人同在世界上生活。"[3]"自觉勇猛发扬精进"，"超脱古范，直抒所信"，"刚健不挠，抱诚守真，不取媚于群，以随顺旧俗"。[4]如果"没有冲破一切传统思想和手法的闯将，中国是不会有真新文艺的。"[5]从中可见鲁迅那番感人至深的真诚，从鲁迅一生致力于中国新文化的建设与发展看，又何尝没有体现出他那令人敬佩的执著精神。

现在来看鲁迅新诗。鲁迅新诗中有些主体形象确实表现出真挚的爱国热情、进步意愿和追求精神，表现出他们对丑恶势力和错误观念的揭露与批判，表现出他们对美好明天和未来的向往、寻觅与追求，像《梦》、《人与时》、《他》就是如此。他们并不因为黑暗势力的凶猛而退避，并不因为敌对势力的强大而退缩，并不因为前路漫漫又将遭遇艰难险阻而止步。可见他们努力进取的心愿与行为的确是真诚的，也是执著的。《梦》中那"明白的梦"虽然面对的是各种各样乌黑丑陋的梦的表演，但还是毅然决然地指出他们可恶的污浊，揭出他们涌动的暗流，暴露他们不可告人的险恶用心，阻止他们违背发展规律的反动行为，使他们在正义力量面前不敢轻举妄动。《人与时》中的"时间"虽然面对的是种种众说纷纭的错误观点，但他还是毫不犹豫地指出他们那明目张胆的错误，愤然地揭批他们那种违背历史与现实的反动言论。《他》中的"他"虽然沉睡不知多少年，但并没有情绪消沉，意志麻木，而是果断坚决地砸碎锁链，冲出牢笼，他明知道前面山高路远，山险水恶，即便付出艰辛也不一定实现梦想，但他还是果决而坚毅地踏上了寻梦与追梦的漫漫旅程。鲁迅新诗中的主体形象就是这样，明知山有虎，偏向虎山行。而他们明显不是为了自己，而是为了国家、社会和民众的福祉。为此，他们不怕荆棘丛生、风浪险恶的环境，不怕面目狰狞、穷凶极恶的敌人，只管一个劲地迈步向前，朝着既定的目标出发。这种着眼于未来、痴心于进步的言行，真是让人感动万分，敬佩不已。

四、"衣带渐宽终不悔，为伊消得人憔悴"

柳永在《蝶恋花》词中写道："衣带渐宽终不悔，为伊消得人憔悴。"其含意是，即便形容消瘦，衣带逐渐宽松，我也始终不会后悔，因为我为思念的人儿变得面容憔悴是值得的。这本是对爱情忠贞的表白，也是两句至真至纯的爱情誓言。但顺其意可以延伸到其他也理应如此。意思是说，我们对学问事业的追求，对理想信念的追求，哪怕遇到千难万险，吃尽千辛万苦，也决不悔恨。其实，同样的意思在屈原《离骚》中也表达过，他说的"亦余心之所善兮，虽九死其犹未悔"，就是说只要我心中追求的是善良美好的东西，即便经过多少次死亡也决不后悔。由此来看鲁迅及其新诗中的主体形象，我们深感鲁迅本人达到了如此境界，鲁迅新诗中的主体形象达到了如此境地。

世上有多少人为了追求美好理想和高远目标，而不惜历尽种种苦难，重重磨难。为了心中的梦想，他们奋力追求，矢志不渝，坚持不懈，在追求过程中，他们不遗余力，克服艰难，迎难而上，到最后，他们心地坦然，神情愉悦，欣慰开怀。因为他们追求的东西是符合历史发展规律的，是符合时代社会前进方向的，是有意义有价值的。作为鲁迅来说，也正是众多追求理想和真理的人们中的一员，他甚至把这种追求当作自己一生的神圣使命。为了这种追求，他勇于克服和战胜各种困难，并能从各种困惑中解脱出来，一次又一次在新的起点上踏上新的征程。他在五四时期正式步入革命阵营后，就接连不断地与来自四面八方的敌人进行英勇的斗争，即便自己常常受伤也在所不惜。特别是在革命队伍分化后，鲁迅可说是孤军奋战，格外寂寞。正如他在《题〈彷徨〉》中所说的"寂寞新文苑，平安旧战场。两间余一卒，荷戟独彷徨。"尽管在新旧文化两条战线之间只剩下我一个兵卒，但我仍然肩扛长戟在独自徘徊中探索着前进的道路。这真是怎样真诚和执著的追求精神啊。后来他在《自嘲》中说："运交华盖欲何求，未敢翻身已碰头。破帽遮颜过闹市，漏船载酒泛中流。"又在《华盖集·题记》说："我平生没有学过算命，不过听老年人说，人有时要交'华盖运'的。……这运，在和尚是好运：顶有华盖，自然是成佛作祖之兆。但俗人可不行，华盖在上，就要给罩住了，只好碰钉子。"又在《而已集·题辞》中说："泪揩了，血消了；/屠伯们逍遥复逍遥，/用钢刀的，用软刀的。/然而我只有'杂感'而已！"又在《题〈芥子园画谱〉三集·赠许广平》中说："聊借画图怡倦眼，此中甘苦两心知。"由此可见，鲁迅在革命过程和对敌斗争中，不知遇到了多少坎坷曲折，也不知付出了多少艰辛劳苦。鲁迅是一个着眼于未来而又立足于现在的人，正如他自己所说："现在是多么迫切的时候，作者的任务，是在对于有害的事物，立即给予反响或抗争，是感应的神经，是攻守的手足。潜心于他的鸿篇巨制，为未来的文化设想，固然是很好的，但为现在抗争，却也正是为现在和未来的战斗的作者，因为失掉了现在，也就没有了未来。"[6]我们可以想见，鲁迅在为现在抗争的过程中，显然不是一帆风顺、轻松如意，而是千波万折、历尽艰险，但我们又为他的真诚之心和执著精神而感动而赞佩。鲁迅就是这样，为了祖国的明天和未来，哪怕自己吃尽苦头，也要继续朝着那个光明的方向和远大的目标而努力进发，其真心诚意和矢志不渝的情怀，又是让人多么感怀多么敬佩啊。

鲁迅新诗中一些主体形象又何尝没有鲁迅自己的身影，也可以说其实就是鲁迅的自我写照。鲁迅新诗中的主要人物一样表现出向往明天憧憬未来的热情，一样表现出不怕吃苦不怕受累的意志，一样表现出真诚而执著的追求精神。他们不因受到阻滞而气馁，不因遭遇挫折而萎靡，更不因前路茫茫而退缩，他们只管意志坚定地踏上长路慢慢的征途，只管去追赶心中预想的那缕灿烂美丽的阳光。像《他们的花园》中的小娃子、《他》中的"他"就是如此。《他们的花园》中的小娃子明知偷摘花朵很不容易，但还是甘冒风险，费尽心机，偷得一朵百合花。如此漂亮的花朵，就像雪样的白净而光明，使全家熠熠生辉，大放光彩。然而却遭到苍蝇的践踏与玷污，又受到家长的指责与批评。那么小娃子该怎样呢？伤心难过吗？停滞不前吗？投降倒退吗？都没有，小娃子选择的是继续前进的道路，继续奋然而前行，继续引进象征着先进文化的美丽花朵。《他》中的"他"明知路途遥遥，风险重重，但还是觉得一旦醒过来就不能就此而止，而应该更进一步，所以他果断坚决地踏上了追求梦想的漫漫旅程，尽管秋去冬来，时光飞逝，又秋风瑟瑟，秋叶飘落，冬风簌簌，大雪飘飞，但还是迈开脚步，只管朝着既定的目标一个劲地向前走去。虽然我们并不知道他最终的结果如何，但我们已经知道他是在脚步不停地向前行进也就够了。而唯有他那真诚而执著的追求精神，更让我们动心感佩，更让我们值得崇敬和赞美，更让我们觉得他的形象的高大和壮美。

注释

[1]《坟·论睁了眼看》，《鲁迅全集》，西藏人民出版社，1998年，第74页。

[2]《热风·随感录四十》，《鲁迅全集》，西藏人民出版社，1998年，第98页。

[3]《三闲集·无声的中国》，《鲁迅全集》，西藏人民出版社，1998年，第526页。

[4]《坟·摩罗诗力说》,《鲁迅全集》,西藏人民出版社,1998 年,第 22、23、34 页。

[5]《坟·论睁了眼看》,《鲁迅全集》,西藏人民出版社,1998 年,第 75 页。

[6]《且介亭杂文·序言》,《鲁迅全集》,西藏人民出版社,1998 年,第 882 页。

漫谈鲁迅新诗的情趣与意趣

　　鲁迅是一个非常严谨甚至非常严肃的作家，所写的作品大多给人以题材严正与主题重大的总体印象，似乎他的作品没有什么趣味性可言，一般读者读来也没有什么兴趣可感。其实这是极大的误解与偏见。诚然，鲁迅作品其题材是严正的，主题是重大的。然而其作品中也一样有着生动有趣的东西，只是人们不大注意罢了。如杂文中所勾画的嗡嗡叫的蚊子、拉屎的苍蝇、媚态的猫、哈巴狗之类，简直就是对某类人的活写真，以动物的情态漫画出人物的丑相，的确令人发笑，趣味浓郁。又如小说《补天》中女娲两腿之间那个不时瞧着女娲的古衣冠的小丈夫，就是鲁迅为讽刺有人对爱情诗的不满而临时加上的细节，也确实别有风趣幽默之致，对此鲁迅谓之"油滑"。连鲁迅自己也说"讲文艺不必定要'没趣味'"[1]。由此可见，鲁迅作品中趣味性的东西是存在的。自然这些趣味性的东西是有着深刻内涵的，也即是有着深蕴的意趣的。鲁迅所写的为数不多的诗篇中也同样有着浓郁的趣味。所谓趣味就是使人愉快使人感到有意思有吸引力的特性。鲁迅新诗恰恰具有这样的特性。当我们阅读鲁迅新诗的时候，总是首先有种愉悦感，而后觉得有种深层的东西潜藏在内，吸引着我们去仔细品味和揣摩文字之中的深刻意蕴，从而产生一种喜好的情绪。也许这就是鲁迅新诗独特的品性吧。

一、情趣与意趣的追根寻源

　　诗歌是一种高贵雅致的文学艺术，被誉为神圣的文学殿堂，似乎与趣味毫不沾边，其实这是误解。诗歌并不因为高雅谨严而排除趣味的参与，并不因为神圣庄严而拒斥趣味的加入。事实上，古往今来的诗歌中就有着不少充满趣味性的佳作，让人读来兴趣盎然。《诗经》的第一篇《关雎》"关关雎鸠，在河之洲。窈窕淑女，君子好逑。……"以生动的笔触写出男人对女人思慕与追求的性情，以精彩的文字写出诗人对河边采摘荇菜的美丽姑娘的恋歌，这就有着浓郁的生活情趣。还有那篇《蒹葭》将那抒情主人公对"所谓伊人"的上下苦苦追寻的动人情景，写得简直活灵活现，如在目前，很富有生活情致。骆宾王的《咏鹅》："鹅鹅鹅，曲项向天歌。白毛浮绿水，红掌拨清波。"这首充满儿童情趣和生活情趣的诗，可说是对生活的真情描绘，着实动心感人。辛弃疾《青玉案·元夕》中写道："蛾儿雪柳黄金缕，笑语盈盈暗香去。众里寻他千百度，蓦然回首，那人却在，灯火阑珊处。"可谓道尽元宵之夜欢歌笑语的欢乐场面，极富生活况味。又在《清平乐·村居》中写道："大儿锄豆溪东，中儿正织鸡笼。最喜小儿无赖，溪头卧剥莲蓬。"真可谓把农村风土人情的生活图画展现得开豁明朗，把人物的纯朴可爱、悠然自得的情态描绘得清新别致，也极富生活本真味和生活兴味。自然这些诗歌所表现出来的既有外在的情趣又有内在的意趣，是情趣与意趣两相结合的名篇佳作。如果仅是情趣的抒发而没有意趣的深藏，那也就不足道也，因为情趣只是外在的妆饰，而意趣才是内在的精髓。也如朱光潜所说"表面上虽诙谐，骨子里却极沉痛严肃"[2]。

近代学者林纾曾说："凡文之有风趣者，不专主滑稽言也。风趣者，见文字之天真，于极庄严之中，有时风趣间出。然亦由见地高，精神完，于文字境界中绰然（状宽裕）有余，故能在不经意中涉笔成趣。"[3]鲁迅新诗其文字之素朴简约，诗句之素雅天真，内容叙述之生趣朗然，精神见地之高超深邃，风格气质之幽默诙谐，恰恰具有"于极庄严之中"时有趣味，"在不经意中涉笔成趣"的品性。鲁迅新诗离我们现在是比较遥远了，但从新诗产生与发展的历史长河看，也并不久远，甚至还只是一个开头。因此鲁迅新诗并没有过时，我们完全可以从中领略到出人意料的风采。尤其是鲁迅新诗作为中国新诗初创期的作品，能够体现出新诗的成熟之气和独特的诗性特色，真可谓"独领风骚"，让人感到十分惊讶，也让人感到十分钦佩，从而让人情不自禁地研读诗中所隐藏的耐人寻味的风味。

二、情趣与意趣的诗歌表现

鲁迅新诗的趣味主要表现在情趣和意趣两个方面。也就是说鲁迅新诗在"情"与"意"两方面都表现着某种程度的趣味性。所谓情趣就是情感情调上的趣味性。所谓意趣就是含意思想上的趣味性。纵观鲁迅新诗，情趣和意趣相伴而行，紧密结合。在对富有生活色彩的题材内容的描述中充满浓郁的兴致，同时又寓庄于谐，表达着深刻的思想和重大的主题，让人在初读时发出会心的微笑中揣摩到其中的深意，给人以深深的思考和思想的启迪。这种化生活情趣为哲理意趣的艺术品，最能感动人心，激荡心灵，真是短短篇幅照人心，寥寥诗句荡魂灵。因此鲁迅新诗的趣味性也就表现在生活情趣和哲理意趣两方面。

1. 生活情趣的描画

生活是任何诗人所关注的对象，是任何诗篇所孕育的源泉。鲁迅新诗无疑是对生活的抒写和歌唱。在鲁迅的诗笔下，生活成为可感知的近于平常普通的题材内容，而又经过高度的提炼与集中，并赋予一定程度的趣味性，因而有着掩盖不住的生活情趣，从而引动着人们的注意力，去观摩诗歌中流荡不止的生活潮水，去体味诗中跳荡的生活浪花和飞扬的生活音符。如《梦》就是形形色色的"梦"的集合体。梦是所有的人都有的生活体验，但并不是所有的人都能孕育成诗。这看似再平常不过的梦却在鲁迅笔下经过缜密的组合，就成了具有深意的诗篇。其中所写的大前梦、前梦、后梦和明白的梦又何尝不是人们所知晓和感念过的。但这些各种各样的梦按照一定的顺序与含意有机组合起来，既充满生活情趣，又意味深长。《桃花》写"我"在雨过天晴后漫步园中，面对天清气朗、花开叶生的宜人景致而不禁发出赞美的感叹，却引起桃花的不满和生气，真是情趣十足，韵味无穷。其中所写的桃花、李花、桃花红、李花白都是人们常见的事物，对景咏叹也是人们在生活中常有的行为，而作者却能够在平常之中见奇崛，发现诗意，抒写诗篇，将本是生活情趣的东西上升到艺术情趣，雅致可赏，实在难得。《爱之神》借用古罗马神话中爱神丘比特的特点而编织出一则表达爱情主题的生活故事，倒也灵活自如，妙哉！奇哉！诗中所写的那个中箭之人想爱而又不敢大胆去爱的情态，让人啼笑皆非，而又生活常有，情趣了然。《人与时》简直就是对生活中人事的诗化书写。几个人在那里各自发表意见，而时间（也是一个人）毅然站出来，发表自己的独特见解，给人振聋发聩之感。此诗其实就是生活中人物的对话组合，生活味十足，别有风致，令人品味。《他们的花园》写小娃子费尽心机，采摘了一朵百合花，拿回家却遭到苍蝇的践踏、家长的斥责，然后惋惜不已，去留两难。这似乎是生活故事的写真。就其题材内容，好像也并不特别，但生活情趣荡漾其中，了了分明，而又总觉深有意味，值得揣摩与思索。鲁迅新诗就是这样将见惯不惊的人事纳入诗中，经过有机的安排与布置，而构造成耐人寻味的诗篇。诗中所写好象的确只是平常的人与平常的事，却又充满浓厚的生活情调与趣味，经过诗笔的酿制，也就酿造成充满诗情诗意的优美诗篇。这种对生活情趣的诗意描画，无疑是鲁迅新诗的一大特色。

2. 哲理意趣的透露

恩格斯说："同诗的艺术一起而来的还有思想。"诗是抒发情感的，一首充满生活情趣的诗，虽然表达了很好的情感，在情调上具有吸引力，但无论怎样也有着必不可少的思想，否则，就没有什么咀嚼的味道。鲁迅新诗恰好在生活情趣的描画中透露着让人玩味深思的意趣，在平常人事的描述中流露着让人揣摩思索的哲理。这就是鲁迅新诗思想内涵的趣味性所在，也就是所谓的理趣。《梦》将大前梦、前梦、后梦和明白的梦排列在一起，并突现"明白的梦"，从而表达出告别过去，向往明天的主题。《桃花》在对桃花生气的描述中，分明表达了作者对敏感多疑、心胸狭隘的心理所作的批评。《爱之神》在对中箭之人爱而多虑的言行叙述中，作者对那种瞻前顾后、畏首畏尾的性格进行了含蓄有力的否定，明显表现着对勇猛大胆的个性的热切呼唤。《人与时》先写三个人的对话，再写"时间"（具有先进思想的人）猛然站出来发表对前三个人话语的否定性意见，"你们都侮辱我的现在。/从前好的，自己回去。/将来好的，跟我前去。"由此体现出立足现在，着眼未来的个性精神。《他们的花园》通过小娃子得到百合花的不易，苍蝇对百合花的玷污，家长对孩子的责骂和小娃子对百合花的留念与惋惜等情景描绘，意想不到地表现出作者鲜明的情感态度与思想倾向——对新生事物的热爱、对丑的批判和对美的颂赞。这些充满情调趣味的诗意抒写，可谓理趣了然，格调高扬，启迪人心。从中可以看出，鲁迅新诗是有着深刻的道理的，但这种道理不是直接说出的，更不是大唱高调所能完成的，而是间接表现出来的，从字里行间隐约透露出来的，而且还要通过读者对诗歌的文字内容细细品赏方能得知。在读完诗歌之后，略思片刻，若有所悟，再一思考，恍然大悟，便觉原来如此。鲁迅新诗是在看似不经意的人事描述中阐发着某种道理，透视出一番意趣，让人在诗歌的阅读中不知不觉受到思想的启迪和哲理的教育，从而明白道理，懂得事理，确实具有趣味性。这又是鲁迅新诗的一大特色。

三、情趣与意趣的内在实质

鲁迅新诗的情趣与意趣不是流于表面的生活抒写和意蕴阐发，而是有着明显的内在实质。也就是说，鲁迅新诗的情趣与意趣是和特定的社会与时代紧密相连的，从小小的诗体结构中反映出广阔的社会图景和时代的风云变幻，让人通过诗歌的促动而受到心理的刺激、心灵的激荡、情绪的激动和思想的鼓舞，从而深深地感触社会的底蕴、时代的脉搏，深深思索着中国应该何去何从，进而满怀信心思考和展望着中国的明天和未来。

1. 社会情状的揭示

鲁迅新诗写于 20 世纪 10 年代末，中国社会虽然经过辛亥革命的震撼，表象上较之以前似乎有点改观，但实质上与以前并没有什么两样，换汤不换药，面貌虽新，骨子依旧，"知县大老爷还是原官……带兵的也还是先前的老把总"[4]，社会情形、社会心理与社会意识还是处于封建社会的闭塞落后状态，人们愚昧守旧狭隘保守的封建思想观念依然存在，甚至乱世社会的丑陋人物纷纷登场，造成"狐狸方去穴，桃偶已登场"[5]的奇怪现象。这不仅是当时的社会状况也是当时的社会本质。对此，鲁迅在诗歌中都有形象而含蓄的描画与揭示。《梦》中所写大前梦、前梦与后梦，就是对当时出现的皇帝梦、复辟梦、割据梦、军阀梦、总统梦等光怪陆离的社会现象的艺术写照。《桃花》所写桃花的无故生气发怒，就是对人们自私偏狭的社会心理的艺术呈现。《爱之神》所写中箭之人爱而不敢爱的举动，就是对当时还没有爱情自由的社会情形的艺术表现。《人与时》所写三个人各自发表的迂腐意见，就是对当时社会普遍流行的不敢正视过去、现在和未来的陈旧观念的艺术展示。《他们的花园》所写的那朵洁白美丽的百合花遭到污染的事情和家长对百合花的冷漠态度，就是对当时守旧心理和封建势力还在肆虐的艺术反映。鲁迅新诗对当时社会人事的依旧，以艺术的诗笔进行了精炼而集中的描写，从而暴露出社会的痼疾，使人看到社会的现状与病根，引起人们加以疗治的注意，进而找到疗救的方法。鲁迅新诗可说是一个社会窗口，从中可以看到那一特定时代的社会状貌、社会趋向和大众心理、群体意识，让人不得不为社会的整体黑暗而焦心忧虑，不得不为人们的愚昧落后而扼腕叹息。同时，也让人在认清自己所处的社会状况和照见自己的魂灵后而产生改变的心思与动力。穷则思变，变则通，通则灵，灵则巧。也只有在认识自我后，方能产生改革的想法与意识，采取革新的手段与措施。从这个角度说，鲁迅新诗确实是一面反映社会情状的镜子，一把揭示社会本质的钥匙，警醒人们决不能让如此腐烂不堪的社会继续下去，而要想取办法彻底改造这样的社会，创造一个崭新的社会，迎来一个美好的天地。

2. 时代精神的昭示

鲁迅新诗不仅有着社会情状的揭示，而且有着时代精神的昭示。鲁迅是一个与时俱进的时代的歌者。他决不会落后于时代而唱着哀惋的悲歌。他总是与社会的行进同步，与时代的发展同调。鲁迅新诗写于五四时代，而五四时代是一个风雷激荡、人心鼓荡的时代，作者自然受到时代精神的感召而拿起诗歌的彩笔，去状描时代的虹霓云霞。品读鲁迅新诗，总觉有种时代精神的蕴藏与昭示，这个时代精神也就是奋然前行、敢作敢为的个性精神。也就是说鲁迅新诗贯穿着个性解放与个性张扬的气质特征。这在当时即便有着新思想的人也未必有着惊天动地的个性化言语，非有大胆的性格与非凡的勇气而不能。《梦》中"明白的梦"在面对那些噩梦一般群魔乱舞的表演，敢于说出"颜色许好，暗里不知"的话语，揭开那群小丑虚伪的面纱。《爱之神》中爱神小娃子敢于发射爱的神箭，敢于对中箭的人说出"你要是爱谁，便没命的去爱他"的话语，表现出率直勇敢的英雄气概。《人与时》中时间针对人们的荒谬言论敢于站出来发表与众不同的意见，敢于说出"从前好的，自己回去。/将来好的，跟我前去"的坚定话语。《他们的花园》中小娃子在严封紧闭的社会环境中不怕一切威压与阻挠，敢于摘取百合花并拿回家，显现着对美的热爱和对新事物的欢迎。这些具有凌厉个性特征的话语无疑折射出时代的倾向性，反映着一个时代的先进性。从中可以看出，鲁迅新诗表现出的不是个人的情感意趣，而是谱写着时代的主旋律。"假如心头只能歌唱着/自己的悲哀和自己的欢笑，/那么，世界并不需要你，/不如把你的琴一起扔掉。"[6] "个人的痛苦与欢乐，必须融合在时代的痛苦与欢乐里；时代的痛苦与欢乐也必须糅合在个人的痛苦与欢乐中。"[7]鲁迅新诗就是时代痛苦与欢乐的生动抒写和典型反映。鲁迅新诗不仅写了社会的暗点，也写了时代的亮点，并敢于"将旧社会的病根暴露出来，催人留心，设法加以疗治的希望。"[8]也敢于将应有的美丽和亮光展示出来，激励斗志，催人奋进，由此开辟一条通向明天的道路。可见鲁迅新诗是时代精神的召唤应运而生的，时代催化着诗人的诗篇，诗人的诗篇又催动着时代的更加奋然而前行，所体现的是一种"大我"与"大境界"。

四、情趣与意趣的审美探求

鲁迅新诗所体现出的情趣与意趣有着一种美的附丽，是一种美的显现。鲁迅新诗的语言文字本身并不华丽，不是以外观形式的富丽见长，而是以朴素幽雅的美丽取胜。其情趣与意趣的抒写是在不经意之中写出了生活本来就有的实情，也是作者在社会生活中深有感触和体验的事实现象，然后酿制成深蕴而雅致的诗篇，传达出一种令人揣摩与玩味的美的情愫。

1. 自然美与真实美

鲁迅新诗在写作过程中没有拐弯抹角，不须富丽堂皇的言辞去润色与粉饰，完全是在面对平常的人事而不假思索地自然写来，直白如话，洒脱自如，而又内含诗意，给人感觉是那样的轻松与平静，毫无忸怩作态、尴尬别扭之感。如《梦》中写道："很多的梦，趁黄昏起哄。/前梦才挤却大前梦时，后梦又赶走了前梦。"好像顺口说出后梦推前梦的生活现象，不须遮掩，直接道来。《桃花》中写道："好极了！桃花红，李花白。"如平常说话一样，爽直率真，不加雕饰。《爱之神》写道："你要是爱谁，便没命的去爱他；/你要是谁也不爱，也可以没命的去自己死掉。"这些话语直言不讳，不必掩饰，给人心直口快之感。《人与时》写道："一人说，将来胜过现在。/一人说，现在远不及从前。/一人说，什么？"好像顺手拈来，不加修饰，自然组成诗行。《他们的花园》中写道："走出破大门，望见邻家：/他们大花园里，有许多好花。/用尽小心机，得了一朵百合；/又白又光明，像才下的雪。"娓娓道来，叙述自然，爽朗快意，毫不隐晦。这些出自天然的诗语，的确给人一种爽朗明晓而又痛快淋漓之感。"诗是强烈情感的自然流露。它起源在平静中回忆起来的情感。"[9]鲁迅新诗恰是在平静中唤起的强烈情感的自然流露。当然，这种情感是在自然的表达中隐含着深刻含意的，恰如雨果所说："诗人只应该有一个模范，那就是自然；只应该有一个领导，那就是真理。"诗是"用他的灵魂和心灵"[10]写出来的。从美的角度看，鲁迅新诗无疑显现出一种不饰雕琢的自然美。

鲁迅新诗是社会生活情景的真实抒写，是时代精神的真切反映。没有雕凿的痕迹，没有人为的装饰，没有着意的加工。似乎只是将生活情景与社会现象转化为诗句而构成诗篇，但又是从内心流淌出来的，这就有着明朗的真实性。诗"是我们心中的诗意诗境之纯真的表现，生命源泉中流出的来的Strain，心琴上弹出来的Melody。生的颤动，灵的喊叫，那便是真诗，好诗，便是我们人类欢乐的源泉，陶醉的美酿，慰安的天国。"[11]鲁迅新诗中无论"梦"的列举，还是"桃花"的发难，无论"爱神"的言语，还是"人与时"的对话，还是"他们花园"的描写，都浸透着作者对社会生活的深切而真实的烛照与审视。读着鲁迅新诗，"仿佛我们亲身经历了他所描绘的事物之实在的可触觉的情景"[12]，让人感到真实可信，毫无虚假之迹象。真实是艺术的生命。不管写什么样的内容，只要真实，也就有了生命的活力。鲁迅说："呼唤血和火的，咏叹酒和女人的，赏味幽林和秋月的，都要真的神往的心，否则一样是空洞。"[13]"境界说"大家王国维认为真实是境界的必然要素，他说："境非独谓景物也，喜怒哀乐亦人心中之一境界。故能写真景物真感情者，谓之有境界。"又说："大家之作，其言情也，必沁人心脾，其写景也，必豁人耳目，其词脱口而出，无矫揉妆束之态。以其所见者真，所知者深也。"[14]这可道出真实的重要性。对照鲁迅新诗，其中的人与事、景与物、情与意，无不有着一种真实的存在。真实是美的表现形式，鲁迅新诗正有着一种朗然照人的真实美。

2. 体验美与表现美

鲁迅新诗有着一种体验美。诗中所写的人、事、景、情都是作者目睹和亲历后的诗化抒写，也是那个时代与社会生活的缩影。鲁迅新诗是他经过长久人生体验后而从心灵深处流荡出来的诗篇，是他对那个新旧交替、除旧布新的社会生活进行细心体察与深刻感受后而孕育出的诗情诗意的结晶。《梦》所写的那些光怪陆离、粉墨登场的梦的表演，是作者目睹一系列重大事件的真实写意，其中"明白的梦"是作者心灵深处的美好寄托。《桃花》所写的敏感多疑、心胸狭隘的情形，正是作者在生活中有所体验和感念的事实现象。《爱之神》中所写的不敢大胆去爱的言行，又何尝不是当时还未完全个性解放的生活情景的形象写照，其中也有着自己的影子。《人与时》中几个人的话语对答，又何尝不是作者看到和感触的社会现象的形象写真，时间的意象中又何尝没有自我的身影。《他们的花园》所写难得的美与新事物瞬间遭到破坏的情景，更是作者所感受到的当时情况的生动反映。王国维在《人间词话》中说："诗人对宇宙人生，须入乎其内，又须出乎其外。入乎其内，故能写之；出乎其外，故能观之。入乎其内，故有生气；出乎其外，故有兴致。"[15]这恰好道出了鲁迅新诗独特的诗性所在。有人说："诗是我心灵的一部分，也是我的武器，……它就象眼睛里流出来的热泪，伤口里淌出来的鲜血。"[16]鲁迅新诗正是有感于社会生活而蕴藏内心又发而为诗的心灵体验，是流淌出来的热泪与鲜血。这种经过人生体验而写出的东西，亲切可感，更能打动人心，感人肺腑。

鲁迅新诗还有着一种表现美。再好的题材内容与主题精神，如果没有很好地表现出来，也是枉然。鲁迅新诗无疑是有很好表现的。鲁迅新诗的表现美主要是真心诚意地写出了生活的动向、社会的情势和时代的脉搏，用心的真诚写出了人民的意愿和呼声。正如艾青说："写诗应该通过自己的心去写，应该受自己良心的检查。所谓良心，就是人民的利益和愿望。人民的心是试金石。"[17]鲁迅新诗中"明白的梦"的美好象征，"爱神"的意蕴指向，"时间"的深刻寓意，"花园"的绮丽景象，"百合花"的亮丽风姿，都无不代表着作者心中美丽的憧憬和向往。作者又是在平静而委婉的叙述中谱写着社会生活与时代精神的乐章，并赋予象征的含意表明自己的情感态度与价值取向。因此，直到今天，我们倍加珍惜与喜爱、阅读与欣赏鲁迅新诗，就在于"心灵中的诗启发人的高尚情操、高尚行为及高尚的著作。"[18]这也正是鲁迅新诗的艺术表现所带来的美感效应。

注释

[1] 鲁迅《〈奔流〉编校后记》，《鲁迅论文学与艺术》上册，人民文学出版社，1980年，第311页。

[2] 朱光潜《诗与谐隐》，谢文利、曹长青《诗的技巧》，中国青年出版社，1984年，第364页。

[3] 林纾《春觉斋论文》，谢文利、曹长青《诗的技巧》，中国青年出版社，1984年，第363页。

[4]《阿Q正传》，《鲁迅全集》，西藏人民出版社，1998年，第166页。

[5]《哀范君三章（其二）》，《鲁迅诗歌选》，四川人民出版社，1980年，第15页。

[6] 裴多菲《致十九世纪诗人》，孙用译《裴多菲诗选》，作家出版社，1955年，第92页。

[7] 艾青《诗论》，谢文利、曹长青《诗的技巧》，中国青年出版社，1984年，第64页。

[8]《南腔北调集·〈自选集〉自序》，《鲁迅全集》，西藏人民出版社，1998年，第659页。

[9] 华兹华斯《〈抒情歌谣集〉一八〇〇版序言》，《西方文论选》下册，上海译文出版社，1979年，第17页。

[10] 雨果《〈短曲与民谣集〉序》，《古典文艺理论译丛》第二册，人民文学出版社，1961年，第120页。

[11] 郭沫若《论诗三札》，《沫若文集》第十卷，人民文学出版社，1959年，第204页。

[12] 莱辛，引自季莫非也夫《文学原理》，1955年，第175页。

[13]《集外集拾遗·〈十二个〉后记》，《鲁迅全集》（二），中国人事出版社，2005年，第652页。

[14][15] 王国维《人间词话》，四川人民出版社，1982年，第7、72、75页。

［16］何塞·马蒂，见《作品》1964 年 1 月号，第 58 页。

［17］艾青《新诗应该受到检查》，《艾青谈诗》，花城出版社，1982 年，第 31 页。

［18］雨果《给未婚妻娅代尔·付谢的信》，《外国文学参考资料》（19 世纪部分），高等教育出版社，1958 年，第 250 页。

鲁迅新诗的思想内容与艺术技巧

任何文艺作品都必须具有相应的思想内容，正如普列汉诺夫所指出："没有思想内容的艺术作品是不可能有的"[1]。就文学作品而言，思想内容就好比人的灵魂和血肉，人如果没有灵魂和血肉简直犹如一具干尸和一个空壳，而有了血肉就鲜活灵动，充满生气了。至于思想内容的深刻充实与否，显然是因人而异的。有的浅显，有的单薄，有的厚实，有的博大，有的宏阔，有的丰深。要使自己创作的作品给人留下深远记忆，只有那种丰实深厚阔大而令人玩赏再三也言之不尽的文艺作品，方能长留心间，流传于世。鲁迅新诗的思想内容自然是深邃而丰厚的，既有对丑恶事物的揭露、否定和批判，也有对美好事物的彰显、肯定和赞扬，对社会生活进行了合乎时代情形的抒写，给人带来耳目一新的感觉与创意。

任何文艺作品也必然具有一定的艺术技巧，否则，再好的思想内容也难以得到很好的表达。由于艺术技巧的不同，同样的思想内容也会表现出不同的艺术程度与艺术差异，甚至会出现截然相反的艺术结果。正如高尔基所说："用白桦木可以做出斧柄"，也"可以巧妙地刻出美丽的人像来"[2]。"应该研究文学劳动的手法和技巧，只有在掌握了这种技巧的条件下，才有可能赋予材料以或多或少完美的艺术形式。"[3]鲁迅也曾指出："技巧修养是最大的问题，……现在的许多青年艺术家，往往忽略了这一点。所以他的作品，表现不出所要表现的内容来。正如作文的人，因为不能修辞，于是也就不能达意。"[4]艺术技巧犹如人的骨骼、筋脉与细胞，没有这些，其灵魂与血肉就无法依附。当然，艺术技巧也仅是形式的东西，是为内容服务的。如果没有较好的思想内容，再好的艺术技巧也毫无用处。如能将两者紧密结合起来，那将是作品的优长与美丽，也证明着创作者技艺的高超与非凡。艺术技巧的高低也是因人而异的，因作者功底的深浅而呈现出不同的情况，有的粗浅，有的精细，有的巧妙，有的奇特，有的怪异，有的诡秘。鲁迅新诗的艺术技巧给人总的感觉是精细而巧妙的，总是让人觉得好像在无技巧的记人叙事中感受到诗意的表达和信息的传递。表面上是一眼也看不出来的，只有静下心来细细品味，才知其中的奥秘所在。实在是高人高手高技艺，几番推敲才觉奇。

恰当的艺术技巧会将作品的思想内容恰切而准确地表现出来，使人觉得非如此而不能恰好地表现出作品的内质。因此，思想内容与艺术技巧相依相伴，相辅相成，互为依存，共同完成作品的完整与精彩，由此显示出作品的伟美与力量。阅读鲁迅新诗，总感觉其艺术技巧为其思想内容的表达起着非常重要的作用，恰好地显现出思想内容的精魂，给人带来广阔而博大的艺术空间，总使人在深远而悠长的艺术时空中漫步沉思，在时代生活的潮流中漫游思索，在风云变幻的大潮中辨明是非，明确方向，奋然前行。

那么，鲁迅新诗的思想内容与艺术技巧又具体体现在哪些方面？又显现出什么样引人注目的地方？

一、鲁迅新诗的思想内容

鲁迅新诗的思想内容是进步的、深刻的。说它是进步的，是在于其思想内容反映了新时代崭新的社会生活，弹奏着时代精神的主旋律，符合时代的运行坐标和社会的发展方向。在革故鼎新的时代浪潮中，鲁迅紧跟着时代发展的气候和社会前进的步伐，以"听将令"的行为进行勇猛的呐喊，将那时候新旧的事物现象、言行举动写入诗中，既委婉地表明自己的基本看法，也使人们看到了谁是谁非的根本问题，并通过自己的阅读而得以认知与旧有思想绝然不同的思想观念和情感态度，从而宣告与传统的腐朽东西的决裂，进而走上一条获得新生的人生道路。说它是深刻的，是在于其思想内容切合实际地表现出客观事物的本质特征，揭示出时代精神的本质内涵和社会发展的内在规律，没有被表象所迷惑，使诗作闪耀着理想的光辉，充满着蓬勃的朝气。鲁迅是个紧随时代社会前行的作家，他愤然批判陈旧与保守、闭塞与落后，坚决反对老死在原地方，多次表明要打破"铁屋子"的希望，所以他自己是不可能在传统的老路继续走着没有希望的路，而是最先觉醒起来，觉悟起来，并苦苦地寻求救国救民的真理，在一边求索的同时，做着唤醒民众的艰辛工作。这就使他不可能回避社会生活的浊流，而是拿起笔来进行尖锐的批评以至批判，也使他不可能对社会生活中的新气象感到迟钝和麻木，而是清楚地看到并加以深刻地感受，然后诉诸笔墨文字，孕育成诗行，以此表达他对新事物的歌赞。

鲁迅新诗的思想内容主要表现在如下几个方面：

1. 对丑恶现象的揭露

社会生活是一个五颜六色的复杂体，可谓五彩缤纷，色彩斑斓，各种各样的颜色汇入其中，刺人眼目，也遮人眼目。既有真实的东西，也有虚假的东西，既有善良的东西，也有丑陋的东西，既有美好的东西，也有丑恶的东西，既有优秀的东西，也有恶劣的东西，既有正确的东西，也有错误的东西。在中国这个传统文化极为盛行的国度里，人们极为尊崇传统留下的东西，即所谓"从来如此"，在五四时期的现实里一样如此。殊不知，随着时代的发展、社会的更替、观念的更新，有些传统的东西已经落后于历史向前的潮流，已经不能跟上时代前进的步伐，被现实的事实证明是丑陋的、丑恶的、错误的。然而一些顽固反动的人士却仍然迂腐不堪，一些腐朽没落的东西却依然沉渣泛起，一些黑暗丑恶的现象却还是不断出现。这就需要有着先进思想和战斗精神的人们去进行大胆的揭露。否则，善良而美好、优秀而正确的事物就难以存在和发扬。鲁迅正是这样一位敢于指陈时弊的人，一个敢于战斗的歌者。他在很多文章中对现实社会生活里的流弊都作了毫不留情的揭露，他的诸多种类的文学作品都体现出这个鲜明的思想倾向。其较早的新诗也毫无例外地体现出这个鲜明的思想内容。《梦》就是一首揭露当时各种反动势力先后粉墨登场各自丑恶表演的诗作。诗中所写的大前梦、前梦、后梦，它们纷纷上场，登台亮相，夸耀吹嘘，各自叫好，偏偏又一个推走一个，一个赶跑一个，无论去的还是在的都说自己的"真好颜色"，其实就是丑态百出，滑稽可笑，恬不知耻，可恶之极。作者以此简练的笔墨进行简笔描画，可把当时各色人物的丑恶表演刻画得入木三分，犀利无比。使人们从中看到那些逆历史潮流而动的反动家伙该是怎样的丑陋恶劣，该是怎样的不得人心，该是怎样的可悲下场。这不能不说明鲁迅新诗体现着一种敢于揭露丑恶现象的气概与胆量。《他们的花园》中揭露了对美好事物进行破坏的行为。其中所写到的苍蝇就是一个可耻的破坏者。明明是一朵洁白美丽的花朵，却遭到苍蝇的玷污与糟蹋，让人感到非常遗憾和愤恨。现实生活中的苍蝇们是不少的，他们总是看不惯新事物，总是阻挠和打击新事物，甚至践踏和毁灭新事物。诗中所写的苍蝇就是这种人物的典型，苍蝇的行为就是这种现象的写照和反映。作者在此特别点上一笔，显然不仅是揭露苍蝇们破坏美好的可耻行为，而且警告苍蝇们千万不要去做违背人们美好愿望的事情，否则将会遭到人们的厌恶和唾弃。鲁迅新诗就是这样以对丑恶现象的揭露而显露出令人震动的鲜明特色，从而使鲁迅新诗给人留下难以抹去的深刻印象。

2. 对错误言行的批判

人是"宇宙之精华！万物之灵长！"是最富智慧和思想的精灵，也是最富言行的践行者，更是创造历史和推动历史的实干家。但在历史社会向前发展的过程中，由于受到固有观念和时代因素的影响，致使人的思想意识和言语行为产生一定程度甚至很大的差异。有的思想先进，有的思想落后；有的言行正确，有的言行错误；有的人顺应变化，有的人固步自封；有的人锐意进取，有的人停滞不前。历史总是朝前迈步的，不希望前进道路上发生阻滞和羁绊，然而事实又总是出人意外，在前行的路途中又总是有着这样那样的绊脚石和障碍物。对此该怎么办呢？自然应该加以扫除。只有扫除了阻碍前进的陈旧的东西，历史才能迎来崭新的景象，历史也才能顺利发展。正如鲁迅在谈到发展问题时所说："苟有阻碍这前途者，无论是古是今，是人是鬼，是《三坟》《五典》，百宋千元，天球河图，金人玉佛，祖传丸散，秘制膏丹，全都踏倒他。"[5]而鲁迅也正是努力做着这样的工作。可以说，鲁迅一生都在做着对传统文化的糟粕进行批判的工作，同时又对现代新文化进行开启和引领，从而将人们带进一个充满生机勃勃的文化天地。当然，在阻力重重的文化转型期，在新旧交替的文化转折点，也必须坚决摒弃旧有的东西，方能创造并产生崭新的东西。革故鼎新，首先"革故"才能"鼎新"；除旧布新，首先"除旧"才能"布新"。鲁迅正是凭着时代的趋势和个人的努力，在这一艰辛细致的工作中取得了具有实际意义的成效。鲁迅新诗中的作品就有着对错误言行的坚决批判。《爱之神》中那个受箭之人对小娃子（爱神）竟然说出"胡乱栽培"，还得告诉"应该爱谁"，弄得小娃子不知所措，哭笑不得。但小娃子毕竟头脑清醒，是个有个性主见的人。因此对受箭之人的错误言语进行了批判。"你是还有心胸的人，竟也说这宗话。/你应该爱谁，我怎么知道。/总之我的箭是放过了！/你要是爱谁，便没命的去爱他；/你要是谁也不爱，也可以没命的去自己死掉。"是啊，爱神只管使人发生爱情，但管不了所爱的对象。要知道，在几千年的传统社会里，受封建伦理思想的影响和"父母之命，媒妁之言"的限制，绝大多数人还未成年成熟，就谈婚论嫁，哪里会自动产生爱情，即便成年成熟，也是父母包办婚姻，哪里能自己做主，恐怕连爱情的真正含意都搞不懂，更谈不上执著追求爱情。在这首诗里，作者借小娃子即爱神的言行使人自动产生爱的渴望，这已是了不起的第一步，至于对所爱对象的寻觅和追求，从小娃子对受箭之人的批评言辞中明显作了启发、开导和警示。这首诗通过对错误言行的批判，在特定的历史环境中显然表现和宣扬了进步的爱情观念，对爱情麻木的人们无疑起到启迪和引导作用。《人与时》中那三个人都发表了错误的言论。一个人说"将来胜过现在"，在特定历史背景下，凭什么这样说，确实毫无根据，太过理想色彩，是理想主义的凭空想象。又忽略眼前的现在，实在也不可取，因为将来是建立在现在的基础上的，将来如何首先要看现在如何，将来的美好要以现在的美好做基础。另一个人说"现在远不及从前"，这可能是被现在的混浊现象所迷惑而说出的话语，一叶障目，不见泰山，即是如此，如此说法也是没有根据的，究其实质，是一种看不到也不想看到现在好的表现，那种顽固守旧、妄图复辟倒退的人正是如此表现。历史总是上升的前进的，哪怕是螺旋式上升波浪式前进，那种复古主义的倒行逆施终是痴心妄想。又一个人说"什么"，真实稀里糊涂，装聋作哑，没有认识，没有主见，昏昧不明，麻木不仁，这是糊涂主义者的典型表现。这三个人无论盛赞将来，还是向往从前，还是昏愦糊涂，都忽视、离开和否定了现在，理应进行坚决批判。所以作者借助于"时道，你们都侮辱我的现在。/从前好的，自己回去。/将来好的，跟我前去。"这种超越过去，更着重现在，又寄希望于将来，才是我们正确对待的基本态度，作者以斩钉截铁的话语也表明了正确而鲜明的态度。在这里，鲁迅正是通过诗中的批评意见和批判言辞，将特定历史环境中认识不清、方向不明的人们引向一个正确而先进的时代路标，为人们指明了符合时代路向的前去的道路。这也是鲁迅新诗促人进步、催人奋进、震人心魄的原因所在。

3. 对执著追求的礼赞

作为最有思想最有观念也最有作为的高等动物——人来说，是不会默默地停留在求生的自然属性上，必定以自己积极的行为体现着应有的社会属性，也只有这样，人才能逐渐进化并建成自己的社会。而人又总是想望着自身生活的和谐美好，总是想望着社会生活的幸福安康。特别是在历史的紧要关头，人的这种想望更是殷切更是迫切更是急切。但想望终归是想望，馅饼不可能突然掉下，幸福美好的生活不可能凭空产生。这就需要有人去追求，只有追求才能获得幸福，也才有获得新生的可能。追求什么呢？当然是追求进步，追求美好，追求理想，在追求的过程中去实现自己美丽的想望。如果没有追求，不去追求，那将是平淡的生活，惨淡的人生；如果有了追求，并且执著追求，那将是灿烂的生活，绚丽的人生。人应该是有追求精神的，只要人人都追求优秀的东西，汇集起来，也就形成一个普遍现象和一股强大的力量，何愁这个国家不兴旺发达，何愁这个社会不繁荣昌盛，何愁我们的生活不幸福美满。正如马克思所说："为了不在空虚的苟且偷安中生活得碌碌无为，来吧，让我们一起走向坎坷不平的遥远途程。"当然，追求也不是一帆风顺的，总要遇到坎坷不平，总要遇到荆棘险阻。鲁迅在谈到所走之路的时候说："什么是路？就是从没路的地方践踏出来的，从只有荆棘的地方开辟出来的。"[6]任何美好的东西都没有现成的模式，只有在追求中去慢慢摸索，摸索着前进，探索着成功。但只要在追求，就有美好的发展趋向，就有令人喜悦的胜利迹象。鲁迅一生都在摸索，都在探索。他的气度恢宏的作品就是探求过程中留下的清晰的足印，就是求索进取中留下的宝贵经验的结晶。其新诗也给我们留下了他那执著追求的可贵的足音。《他们的花园》就写了一个敢于追求的小娃子形象。这个小娃子不甘沉溺于无所作为的沉闷生活，从他的表情神态中透露出正要生活的意思。他毅然排除阻力，"走出破大门"。朝那邻家望去，好一片鲜花盛开、香气迎人的大花园，大花园里有好多纯洁鲜嫩、耀眼夺目的花朵。小娃子兴奋不已，喜爱之至。于是想方设法，用尽心机，终于得到一朵洁白明净，就像雪花一样的百合花，拿回家中，辉映面庞，光彩照人，自己好像顿然精神闪烁，获得新生。虽然遭到苍蝇的践踏，又受到大人的指责，令人气愤和遗憾，但小娃子却并没有泄气，又继续进行追求，看那趋势，他将获得更多更好的美丽花朵。当然，这里的百合花是有着深刻寓意的，并不是就花而花的表面意义，而是一切美好东西的总代表。而小娃子也显然是追求一切幸福美好的人的总代表。《他》写了一个觉醒之人在慢慢求索路上奋力追求的形象。这个人原先是在"——锈铁链子系着"的房间酣眠昏睡，待到人们去叫他的时候，他却不知去向。他究竟到哪儿去了？人们不得而知。于是人们不辞辛苦，四处寻他，即便大雪纷飞，也要扫出路来把他寻回，连山上也找遍了，结果始终不见他的踪影。虽然没有找回，但是可以推测，他已离开本地，走向远方，走到更广阔的天地和更广大的世界，去追求心中的梦想，去寻求别样的人生。他终于醒悟过来，毅然抛弃过去的沉睡，告别昨天的阴霾，不怕前路的荆棘丛生，艰难险阻，开始了求索路上的慢慢求索，实在难得，令人感动。这是觉醒者产生的幸福的热望和美好的理想，这是觉悟者付诸行动和实践的探寻真理的实际表现。如此便给人带来莫大的启迪、鼓舞和希望，使人能够在追求之中看到自己和社会将要迎来一道火红的曙光。鲁迅新诗正是通过对执著追求的盛情礼赞，让人明白和认识到追求对社会人生的重要作用和深远意义。这恐怕也正是鲁迅新诗本身的意义体现。

4. 对美好明天的寄托

人总是有希望的，人也总要有希望，总要有对美好明天的希望。希望在哪里，希望就在于明天。明天是生活的希望，希望是前进的动力。如果没有对明天的美好希望，看不到明天的光明，对明天不抱希望，失去了对明天的信心，那将是怎样暗淡的生活，消沉的人生。可以说，人的奋斗就是在对明天的希望中进行的，否则，不是萎靡不振就是颓废堕落。尤其是在黑暗的岁月，人更应该充满希望，对明天抱有坚定的信念，才能迎着风雨上，踏着风浪行，也才可能有着较好的出路。当然，希望也不是天然就有的，美好的明天也不是自动来临的。这就需要人们在清醒认识、高度觉悟的基础上树立自己的崇高理想，确定自己的奋斗目标。然后矢志不渝地朝着自己的理想和目标进发。只要人们相约而行，共同前进，定能开辟出属于自己的希望之路，也是一种寄托明天的光明之路。鲁迅曾说："希望是本无所谓有，也无所谓无的。这正如地上的路，其实地上本没有路，走的人多了，也便成了路。"[7]鲁迅所说正是这个道理。希望又是依附于奋斗前行的存在事实，越是奋斗越是进取越是有着美好的希望和明天。所以鲁迅说："希望是附丽于存在的，有存在，便有希望，有希望，便是光明。"[8]虽然在血雨腥风的年月里，要满怀希望地活着是很不容易的，但千万不能气馁消极低沉，只要振作精神，不怕邪恶，奋然向前，就必然有着美好的明天，鲁迅自己也说："说到人生的旅途罢。前途很远，也很暗。然而不要怕。不怕的人的面前才有路。"在几十年风云变幻的黑暗生活中，鲁迅正是怀着这样的思考进行工作和战斗的，也才使他最终走出了属于他自己的路。鲁迅是深沉而严峻的，但这只是表象。向培良认为：鲁迅先生看似过于冷静与默视，"而其实他是无时不充满着热烈的希望，发挥着丰富的感情的。"[9]鲁迅的确是对明天充满希望和信心的，他说："我们一定有悠久的将来，而且一定是光明的将来。"[10]其新诗恰恰在这方面给我们以显明的抒写和跃动人心的鼓舞。请看《梦》吧。其中虽然列举了那么多光怪陆离的梦的丑恶表演，让人感到气闷和厌恶，但还是有一个"明白的梦"在那里格外活跃，光耀闪烁，兀然独立，形象高大。那些乌黑怪异的梦其实就是群魔乱舞，他们犹如个个跳梁小丑在那里纷纷登场献丑，自我吹嘘，自夸自耀，简直就是乱七八糟，丑态百出，丑陋不堪，但却没有自知之明，不以为耻，反以为荣。而"明白的梦"并没有被他们强大的阵势和嚣张的气焰压倒，而是猛然站立出来，指出他们里外黑暗的真实，揭破他们的虚伪本相，撕破他们的恶劣嘴脸，粉碎他们的阴谋诡计，使他们无处躲藏，最终逃之夭夭，退出历史舞台。这里"明白的梦"正是代表了美好明天的希望，正是表达了对美好明天的向往。再看《人与时》吧。其中列举了三种人的不同的悲观消极的观念，让人感到够呛和压抑，但还是有一个"时间"勇猛站立起来，对他们的奇谈怪论进行了尖锐的批判。其冲然勇气，凛然骨气，浩然正气，真是显现鲜明，震动人心。这个"时间"既不赞成对将来的过分幻想，也坚决反对复古倒退，也十分鄙弃那种毫无原则的装聋作哑，稀里糊涂，而是公开表明自己的态度和主张，那就是立足现在，着眼明天，期望未来。从前已成过去，将来尤可期待，现在才是关键。这显然是一个现实主义者的自白。现在是很重要，但也要以此为起点向将来进发，明天的美好又是最终的奋斗目标，这也毫无疑问平添几分理想色彩，其实就是一种对美好明天寄托的表现。可以说，这是鲁迅新诗的一个亮点，鲁迅新诗也以此亮点给人带来信心、勇气和力量，"在刀光火色衰微中，看出一种薄明的天色，便是新世纪的曙光。"[11]

二、鲁迅新诗的艺术技巧

鲁迅新诗的艺术技巧是特别的、新颖的。说它是特别的，是在于其艺术技巧运用于新诗中给人一种非同一般的感觉，显示着其新诗区别于其他新诗的独特的特点。鲁迅是不甘于沿袭传统创作的作家。他总是力求突破传统规范来建构新诗的体貌。人们评论鲁迅小说常常显得"格式的特别"，其实鲁迅新诗也一样有着特别的格式。如一般诗体常是抒情体，而鲁迅新诗却是一种叙述体或叙事体。它不在于以明显抒情的句式或语句来直接抒发情感，而是以显明的叙述的句式或语句来间接抒发情感，即通过叙述或叙事来抒情，也就是间接抒情。这就使其新诗蕴含着一种明朗的叙述或叙事成分，但又绝不是叙事诗而是抒情诗，只是抒情的形式手段迥然不同而已。说它是新颖的，是在于其艺术技巧运用于新诗中给人一种新鲜而别致的视觉感受，显示着其新诗勇于创新的可贵的特征。鲁迅是一个敢于也善于创造新美的创作者。他总是力求探索更新的技法来营造新诗的韵味。人们评论鲁迅小说常常显得"表现的深切"，其实鲁迅新诗也一样有着深切的表现。如就艺术手法而言，一般新诗好像也在使用，但总觉得流于平淡，表现得不深不够味，不能给人深深揣摩的余地。同样的艺术手法运用于鲁迅新诗中，却显得富有创意，发人深省，耐人寻味。由于鲁迅能够巧妙地化用看似平常的艺术手法，致使其新诗也着实显得新美而别样。同时，其新诗也从中蕴含着丰富饱满的诗意，让人在反复咀嚼玩赏中去寻求真谛，领略风神。

鲁迅新诗的艺术技巧主要表现在如下几点：

1. 叙述体式的精心设置

就诗歌体式而言，诗歌一般都是抒情体，很少叙述体，新诗也一样，尤其是那种短小精悍的诗。也就是说，诗歌主要是抒发感情的，而感情的抒发体现在诗体上就是抒情的体貌，诗的形体本身就是抒情的。当然，抒情的形式是多种多样的。也可以叙述的体格来完成抒情的任务，通过叙述来抒发情感，来表达作者的情思意绪。但诗歌的叙述体更多体现在叙事诗中，很少体现在抒情诗中。叙事诗主要叙述一个较为完整的故事，以叙述体或叙事体来承载诗歌的容量，是自然而然，理所当然的。而抒情诗重在于抒发作者的感情，按理应以抒情体来传情达意。但抒情诗以叙述的体式来蕴含和表达情意，就显得格外特别了。有人所写的抒情诗就偏偏以叙述的格式来表达诗作的意蕴，传递作者的情感信息。这可以说是对诗歌传统的破格，也是诗歌格式的创新。然而任何形式上的标新立异，如果没有深刻的思想内容，那么也是毫无意义的。如果新颖的艺术形式与丰深的思想内容两相交融，那么作品就是真正的新作，就会给人耳目一新、大开眼界之感。在这方面，鲁迅就是一个代表，他的诸多作品在体式上都是文学上的一个开创。如他的小说就有抒情体、手记体、日记体、传记体之分。其新诗毫无例外也是一个体式上创新的典型。观览鲁迅新诗，分明体现出一种叙述体式。它将时代生活里那些可以挖掘出新意的事情以简练的叙述语句表述出来，由此形成精简的叙述性的诗体，从而表露出作者鲜明的情感态度。如《梦》叙述了五颜六色但其实都是漆黑一般的梦的表演，以此表达对丑恶势力的厌恶之情，而对敢于提出批评意见的"明白的梦"寄予了赞颂之情和肯定之意。《桃花》叙述了"我"在园中观赏桃李盛开景象的经历，对桃花狭隘的心理进行了批评，对李花宽广的胸怀进行了称赞。《爱之神》叙述了小娃子（即爱神丘比特）射出爱箭之后所得到的反应，批评了那种太过依赖的心理，礼赞了爱情的自由和自由的爱情。《人与时》叙述了几个带有不同错误观念的人的议论，着重叙述了时间老人对几种错误观念的严厉批判，进而表达对现在的重视，对将来的期盼，对光明的向往。《他们的花园》叙述了小娃子从邻家花园采摘纯洁美丽的百合花之后的遭遇，表达了追求进步、获取新生的美好意愿。由此可以看出，鲁迅新诗是叙述性的体式。这种叙述体式的精心设置，并不是单纯地叙述了时代环境里的人与事，而是在简洁而简短的叙述之中充满着深蕴的情感，使新诗呈现出外在的叙述面貌和内在的情感实质。古人所谓"情动于中而形于言"，"情者文之经"，"感人心者，莫先乎情"。这几点都在鲁迅新诗中得到了恰好表现。这样才使鲁迅新诗有着感人的情愫和诗歌应有的内核，才使鲁迅新诗能够给人深刻记忆和探究的可能。鲁迅新诗的特别与新颖也正在这里。它不是以明显的抒情话语来装饰新诗容貌，而是以明显的叙述言语来营造新诗体式。但从诗歌类别看又完全是抒情诗，只是抒情的方式和情感的载体不同一般而已。这是鲁迅新诗的创造和创新的表现，也是鲁迅新诗尤其引人注目的地方。

2. 对话结构的巧妙安排

就诗歌结构来说，由于更多的诗都是抒情诗，因此其结构也更多表现为抒情性结构，或直接抒情，或间接抒情，或借景抒情，或据理抒情，或依事抒情。似乎只有在不多的叙事诗中才有可能出现对话结构，通过人物的对话来构造诗体结构。而在抒情诗中出现对话结构实属罕见，以人物的对话来造成诗的结构形式并以此传情达意，也实属不易。抒情诗一般都比较短小，在如此短小的篇幅中，要通过人物的精简对话来恰好表现出诗的内蕴，就更不容易了。关键不在于对话结构本身的安排，而在于对话结构中要有深刻的内涵，还要从这种结构中传达出出人意料的情感意蕴。如果能够如此，那就是创作者的高明创造了。常言道"言为心声"。语言是心灵的声音，是心语心声。语言是人们交流的手段和桥梁，绝不是毫无意义的东西。文学作品离不了语言的表述，也少不了对话语言的描述，尤其是小说有着更多的人物对话。但在简短的抒情诗中，也有着人物的对话并成为一种结构形式，自是一种难能可贵的创新。鲁迅新诗就是一种对话结构。它以对话的结构形式来布局全诗，以人物的言语表述和言语对答来连缀诗歌的关节，来架构诗歌的形式和传递诗歌的情感信息。当我们阅读鲁迅新诗时，总感觉其中有着明显的人物活动和人物的言语活动。正是这种人物及其言语活动将欣赏者带进了诗歌之中，去感受人物对话之中蕴含的时代风神、时代趋向和时代进步意义。《梦》写了"明白的梦"与各种乌黑之梦的对话。那些大前梦、前梦和后梦在纷纷进行丑恶表演时"仿佛都说：'看我真好颜色！'"而勇气十足、傲然独立的"明白的梦"指出它们丑恶的本质，"颜色许好，暗里不知"，"暗里不知，身热头痛"。这两句揭穿实质的话语无疑是对那些如魔鬼一般的梦幻进行的辛辣的讽刺和批判。《桃花》写了"我"与娇艳的桃花的对话。在雨过天晴、阳光灿烂的日子，"我"漫步园中，不经意间对桃红李白的花开景象进行赞美，可是桃花生气了，而"我"却坦荡自如，并没有跟桃花计较，只是作了无可奈何的反问、解释和自我感叹。这显然对桃花的狭隘心理作了不露痕迹的批评，对李花的不言及其开阔的心胸以及"我"的宽广胸怀作了无形的充分肯定。《爱之神》写了小娃子与不知情爱的中箭之人的对话。小娃子展翅空中，张弓搭箭，射中了中箭之人。但中箭之人却不知爱情为何物，定要小娃子告诉他"应该爱谁"。小娃子只得着慌摇头，感慨不已，以至最后严厉批评。小娃子只管射出让人产生爱情的箭头，却管不了爱情的对象，至于应该爱谁，还须自己去寻觅。爱情是男女双方的事，是男女偶然相遇而发生的心意相通，是两颗心骤然碰撞而迸射的火花。中箭之人虽单独产生爱情但对爱情仍是茫然，当然他也的确不懂爱情。小娃子的话语含有批评之意但也是对中箭之人的很好激励。鲁迅新诗就是这样通过诗中人物的对话将深刻的诗意表达出来的。这种对话的诗体结构给人自然感、平实感和亲切感。鲁迅新诗由于使用了对话结构，使人感到诗句、诗情和诗意自然而然流露出来，没有做作别扭的痕迹；平易朴实，没有故作高深之态；亲近热情，没有阻隔距离之感。也正是如此，让人更愿意进入鲁迅新诗的广阔时空中，去领略其中的神髓与情意，去感念一个时代人是如何艰难地畅游于时代新潮的波浪之中。

3. 白描手法的恰好运用

白描本是中国绘画的一种技法，是指纯用黑色线条勾画形象而不加彩色渲染烘托的画法，如国画中的素描画就是如此。后来人们将这种绘画技法运用于文学创作的描写之中，形成为一种表现手法，又称白描手法。即用最朴素最简炼最单纯的笔墨文字描摹形象，不事雕饰，不重词藻修饰，不加渲染烘托，只是抓住描写对象的主要特征，如实地勾勒出人物、事件与景物的情态面貌。与之相对的就是细描，又称彩绘。细描须得清词丽句，浓笔重彩，精雕细刻，给人一种豪华感；白描就得简言简语，朴素无华，粗线描画，给人一种朴实感。相对于细描，有时白描更见真实与自然。古人云："豪华落尽见真淳"。可谓道出白描之真谛。因此白描手法的运用也更见广泛。鲁迅说："'白描'却并没有秘诀。如果要说有，也不过是和障眼法反一调：有真意，去粉饰，少做作，勿卖弄而已。"[12]这真是对白描的本质特征作了很准确的解释。鲁迅在谈到小说创作时说："我力避行文的唠叨，只要觉得够将意思传给别人了，就宁可什么陪衬拖带也没有。中国旧戏上，没有背景，新年卖给孩子看的花纸上，只有主要的几个人（但现在的花纸却多有了背景了），我深信对于我的目的，这方法是适宜的，所以我不去描写风月，对话也决不说到一大篇。"[13]这可说是他在小说创作中成功运用白描手法的经验之谈。鲁迅可谓白描圣手，他的众多作品都使用了白描手法，也不愧是白描的杰作。即便是新诗创作，也不忘白描手法的恰当运用。不用繁冗的文字描画，不用华丽的言语修饰，不用浓艳的色彩装点，不用厚重的景色渲染，不用热烈的气氛烘托。请看《梦》，其中写了各种稀奇古怪的梦，但不管它们怎样变幻莫测，都只是一种颜色："黑如墨"、"墨一般黑"。黑是它们的本色，将它凸显出来，充分暴露了黑暗势力的阴暗与丑恶。对"明白的梦"这种光明的力量，也只是以"明白"二字加以装饰与区别，不着更多笔墨，而作者的赞许之情就从中自然流出。《桃花》中写雨过天晴的气候，只用"太阳又很好"一笔带过。写桃红李白，也只是以一个"红"字和一个"白"字分别写出桃花、李花的色彩，并没有用更多的色彩词加以浓烈点染。写到桃李盛开景象，作者也没有大肆渲染，只用一个"开"字加以描绘，一个"开在园西"，一个"开在园东"，就将桃李盛开的情景传达出来。《爱之神》中写到的小娃子、张弓、搭箭和射箭，都只是简言叙写，不着一点色彩。还有中箭之人是一个什么样的妆扮，也没有描写，但从他的话语中又能够让人推测出其人其貌。《人与时》中写三人的议论也各自仅有极为简短的一句话，三人议论的表情神态如何，作者没有着墨。时间的反驳，也只写了它的简练精粹的话语，其神情神貌没有用笔。尽管如此，读者还是能够从他们的言词用语中推见出声色、语态与架势。《他们的花园》写小娃子虽然用了"卷螺发"、"银黄面庞上还有微红"的语句加以状貌描绘，但还是显得精简，仍属简笔勾勒。写他"走出破大门"，仅是一个"破"字，便知其情其景其态。写邻家大花园里繁花盛开，耀眼夺目，只以"有许多好花"加以描绘。写小娃子"得了一朵百合"，虽然用了"又白又光明，像才下的雪"，表面看有些细腻色彩，但细看仅只突出百合花的白净，并没有书写百合花的娇艳英姿，谈不上浓墨重彩，仍是白描的具体表现。鲁迅新诗就是这样在不动声色的白描叙写中流动着一串串诗行，建构着一首首白话新诗比较完美的建筑物。虽然其中没有作似乎必要的交代，但我们又分明感觉到诗歌创作的背景形势、环境氛围，体察到诗歌酿造的诗情、诗意与诗境，洞悉到诗人在时代大气候中有感于时代潮流和走向所发出的带有倾向性的音乐旋律，探寻到诗人在苦苦求索路上经过艰苦求索之后所弹奏出的激励人心的富有魅力的美丽乐音。这不能不说明白话新诗运用白描手法的高明与成功。

4. 象征性意蕴的准确赋予

象征性意蕴就是因象征手法的使用而使某种具体事物带有特殊含意和特定意义。朱光潜先生认为："象征最大的用处就是以具体的事物来代替抽象的概念。"[14] 就是说诗文中的某个物象并不停留于物象本身，而是有着另外的特别的抽象的内在意蕴。人们又常常认为某事物具有象征色彩，或称之为象征义。当然这种象征义是创作者赋予的。但要注意象征物与象征义之间必须要有特征上的相似点或共同点，否则就无法进行象征。象征物是显现在外的，象征义是形之于内的。如色彩学中将每种颜色都赋予了象征义，红色象征热烈与希望，绿色象征光明与和平，蓝色象征平静与广阔，黑色象征沉稳或黑暗。又如在生活中对某种物象赋予象征义，孔子所谓"岁寒，然后知松柏之后凋也",以松柏象征挺拔与坚贞,正是源于此。还有以翠竹象征挺秀与高洁,以梅花象征傲骨与节操,以菊花象征淡雅与淳朴,以荷花象征耿介与纯洁,以雪花象征洁白与洒脱,以牡丹象征豪华与富贵,以玫瑰象征情爱与爱情,等等,显然这都象征着人的某种品格或品质,喻指人的某种人生态度与追求,也都无不说明象征意蕴的生活源头。文艺作品中如果有了象征性意象,也就有了象征性意蕴。象征性意蕴可使文艺作品的内涵更为深广,给人留下更为广阔的回味与咀嚼的余地。象征性意象和象征性意蕴在诗文中表现得尤为普遍。鲁迅对象征这种艺术手法理解得非常深刻,使用的频率也比较高,也相当成功。如《狂人日记》中的狂人就不是简单而单纯的狂人,而是一个典型的反封建的斗士的象征。鲁迅新诗也少不了象征手法的恰好运用。因此其新诗中有着明显的象征性意象,并准确赋予了值得探究的象征性意蕴。《梦》中所写的大前梦、前梦和后梦,以及明白的梦,都各自有着象征意蕴。由于前面几种梦都是漆黑一团,相互排挤,表演丑陋,所以象征了当时各种丑恶势力恶梦般的群魔乱舞,令人嗤之以鼻。而明白的梦则带有光明的色彩,象征了争取进步、努力奋斗、追求光明的人们。《桃花》中桃花是鸡肠小肚、心理狭窄、气量狭小的人的象征;李花是默默无语、毫无计较、心胸开阔的人的象征;"我"是大度开怀、胸怀广阔、高风亮节的人的象征。《爱之神》中爱神小娃子是讲求爱情自由和大胆追求爱情的人的象征,中箭之人"我"是在爱情面前畏惧不前、犹疑不决、缺乏勇气和胆量的人的象征。《人与时》中议论纷纷的三个人是或盲目乐观或因循守旧或昏昧糊涂的人的类型的象征;时间是那种敢于反叛过去、脚踏实地、勇往直前的人的象征。《他们的花园》中小娃子是敢于打破陈规、向往先进、开辟未来的人的象征;大花园是汇集文化精华的美好环境的象征;百合花是有着进步意义的新生事物的象征;苍蝇是践踏美好的反动势力的象征。《他》中的"他"是冲破牢笼、自我觉醒、勇于求索的人的象征;"我"是关心他人、追求新生而又没有善始善终的人的象征。从中可以看出,鲁迅新诗的确充满着了了分明的象征性意象,并由此赋予了深蕴而耐人寻味的象征性意蕴。这种象征性意蕴与特定的时代背景、时代情势、时代生活、时代思潮、时代精神紧密相联,致使诗中的象征性意蕴带有明朗的时代色彩、时代特征和时代风貌。因为鲁迅新诗写于五四时期,而五四时期是一个什么样的时代气候,我们便不难从中窥见到鲁迅新诗蕴藏着的最本质的特别意义。总之,鲁迅新诗由于准确赋予了象征性意蕴而显得语意丰裕、寓意深刻、诗意厚实,也就吸引着人们情不自禁地探求其中深藏着的好像难以言说的奥妙,由此给人带来反复欣赏而不止的审美乐趣。

鲁迅新诗已经过九十多年的风雨洗礼，到而今阅读起来仍感新鲜，充满活力。这就说明真正好的文艺作品并不因时间的流逝和岁月的冲洗而逐渐消失，有时反而会随着社会的更新和历史的进程而特别唤起人们的记忆。鲁迅新诗恰是这样。究其原因，就在于创作者的远见卓识，高屋建瓴；就在于思想内容的深切及其意蕴表现的前瞻性和超前性；就在于艺术技巧的新颖别致及其生动活泼的表现手段和方法；就在于思想内容与艺术技巧这两者紧密而完美的结合所产生的夺人心魄的魅力。除此之外，从鲁迅新诗及其思想内容与艺术技巧的领会中，我们还得到这样一些感知。一是诗的内外功夫之深厚。清人吴淇说："诗有内有外。显于外者曰文曰辞，蕴于内者曰志曰意。"[15]这从鲁迅新诗的思想内容与艺术技巧的分析中已经得到证实。二是鲜活的形象感。别林斯基说："真正艺术的作品永远以其真实、自然、正确和切实去感染读者，以至当你读它的时候，你会不自觉地、但却深刻地相信：作品中所叙述或表现的一切恰恰应该是如此的，要是换一个方式写出来则是不可能的事情。读完以后，其中所描绘的人物会象活人一样，以其所有极细微的特征——他们的面貌、声音、举止和思想方式——完全显示在你的面前；他们永远不可磨灭地印在你的记忆中，使你任何时候都不会忘记他们。"[16]鉴赏鲁迅新诗，我们总是忘不了明白之梦的勇敢与独特、桃花的娇艳与狭隘、爱神的洒然与精灵、时间的凌厉与坚定、小娃子的聪明与追求、"他"的觉醒、求索与执著。这些形象简直活灵活现在我们的眼前和脑海。三是用良心铸就诗歌辉煌。徐迟说："诗人是时代和人民的良心。应睁开眼睛，看清楚我们的时代，做它的代言人。"[17]艾青说："写诗应该通过自己的心去写，应该受自己的良心的检查。所谓良心，就是人民的利益和愿望。人民的心是试金石。"[18]"诗人只能以他的由衷之言去摇撼人们的心。"[19]以这些关于诗论的经典言论来对照鲁迅新诗，的确能够感受到诗中那颗晶莹剔透的良心，那颗为进步为发展为新生的诚心，那颗为社会为国家为民众的善心。所以鲁迅新诗虽然已经看似遥远了，但综合以上种种，却能够经受得住时间与岁月的检验，必然会跨越历史时空，活跃在后世来者的心中，给以永久的警醒和激励。

注释

[1] 转引自《西方现代哲学与文艺思潮》，上海文艺出版社，1987年，第248页。

[2] 高尔基《论文学》，《高尔基文学论文选》，人民文学出版社，1958年，第100页。

[3] 高尔基《论文学技巧》，《论文学》，人民文学出版社，1978 年，第 320 页。

[4] 鲁迅《致李桦信》，《鲁迅论文学与艺术》下册，人民文学出版社，1980 年，第 800 页。

[5]《华盖集·忽然想到（五至六）》，《鲁迅全集》，西藏人民出版社，1998 年，第 376 页。

[6]《热风·随感录六十六　生命的路》，《鲁迅妙语录》，中国广播电视出版社，1992 年，第 30 页。

[7]《呐喊·故乡》，《鲁迅全集》，西藏人民出版社，1998 年，第 152 页。

[8]《华盖集续编·记谈话》，《鲁迅妙语录》，中国广播电视出版社，第 56 页。

[9]《华盖集续编·记谈话》，《鲁迅全集》，西藏人民出版社，1998 年，第 465 页。

[10]《华盖集续编·记谈话》，《鲁迅妙语录》，中国广播电视出版社，第 57 页。

[11]《热风·随感录五十九"圣武"》，《鲁迅全集》，西藏人民出版社，1998 年，第 107 页。

[12]《南腔北调集·作文秘诀》，《鲁迅全集》，西藏人民出版社，1998 年，第 706 页。

[13]《南腔北调集·我怎么做起小说来》，《鲁迅全集》，西藏人民出版社，1998 年，第 677 页。

[14]《朱光潜全集》（2），安徽教育出版社，1987 年，第 64 页。

[15]《六朝选诗定论缘起》，郭绍虞主编《中国历代文论选》上册，上海古籍出版社，1979 年，第 15 页。

[16] 别林斯基《玛尔林斯基作品全集》，《别林斯基论文学》，新文艺出版社，1958 年，第 4、5 页。

[17] 徐迟《黄山谈诗》，《文艺和现代化》，四川人民出版社，1981 年，第 152 页。

[18] 艾青《新诗应该受到检验》，《艾青谈诗》，花城出版社，1982 年，第 31 页。

[19] 艾青《诗人必须说真话》，《诗论》，人民文学出版社，1982 年，第 3 页。

鲁迅新诗的个性与气质

在中国文学史上，古典诗词曾经取得非常辉煌而伟大的成就，曾经达到唐诗宋词的艺术高峰，为中国文学的画廊增添了一笔不可或缺的艺术光彩。虽然其中有着诸多动心感人的地方，但是从现代的审美角度看，又不可避免地缺少一个非常重要的艺术元素，那就是个性与气质。古典诗歌的个性与气质由于受到正统思想的钳制和束缚，总是显得那么缺乏、薄弱和淡化，致使诗歌本身难以显出撼动人心的力量。即便屈原那样的伟大诗人所写的作品，也因更多"芳菲凄恻之音"，没有"反抗挑战"，所以"感动后世，为力非强"。也就是说，屈原诗作里没有反抗挑战的个性与气质，因而使其诗作的感动的力量大大减弱。时间进入到二十世纪如五四那样的新时代，历史的钟声已经敲响了现代行进的步伐，时代的号角已经吹响了现代人的现代思想和现代意志，随着自觉精神的萌发、新思潮的涌现和富有个性的外国诗歌的传播，五四时代的先驱者们对于文学要富有个性色彩的呼声也越来越强烈，并努力在创作实践中得到真正实现。然而，纵观五四前的几位新诗人的诗作，真正体现出具有现代个性与气质的还是鲁迅新诗。

鲁迅是最看重诗作的个性与气质的，他在诗论《摩罗诗力说》中对此特别强调，不仅在理论上进行了相当重要的论述，而且例举了大量具有独特个性与气质的西欧诗人诗作进行阐释，说明了他们在当时的特别举动，以及他们的诗作在当时所发生的特别作用。鲁迅的本意是想通过对以拜伦、雪莱为首的西欧诗人的介绍，将他们的个性精神和反抗意志传播到中国来，由此改变中国及中国人的孱弱本性，使之逐渐振作和奋发起来。很显然，这是一片多么赤诚的良苦用心。我认为，每个人都有自己的性格，不同的人有着不同的性格，但总体来看，性格还显一般，个性才是特别，气质更显差异，也就是说当性格发展到唯个人独具并以此明显区别其他的时候，个性便由此产生，气质也便由此孕育。鲁迅正是历经了这样的过程并形成了他完全不同于其他人的独有的个性和气质，再以此贯穿在他所有的作品中，形成了唯他作品才有的独特性。所以，在中国新诗的初创期，也只有鲁迅的新诗才那么的不同寻常，显示着特有的诗情诗意和创作特色。在中国新诗中，真正富有个性与气质的作品并不多见，而鲁迅新诗是最富个性与气质的，其个性与气质又是在中国新诗中的最初表现，标示着中国新诗的渐趋成熟。这不能不说鲁迅新诗具有独特的艺术魅力。虽然历经了好几十年的风雨洗礼，却仍然值得我们去作进一步的赏读、研究与探索。

一、中国新诗最初足迹的追溯

中国新诗的产生是很不容易的，经过了不少的艰难与曲折。虽然在满清末年，有人提出了"诗界革命"的口号，但由于几千年来古诗观念的左右、文学思想的封闭和陈旧势力的反对与阻挠，中国诗歌是绝难革命的，也只能停留在口号上而已。虽然一些有识之士还在继续对诗歌革命进行潜心思考和戮力探索，但毕竟难以也无法拿出实际的新诗作品。只有到了五四时期，才有中国新诗产生的气候和环境。那时一批留学海外的学子在深入考察西方文学的历史之后，觉得西方文学有着大胆的勇气和奋发的作为，再审视中国文学的现状，觉得中国文学不思进取，停滞不前，甚至很有些暮气之感，认为中国文学实在有着革新、改革和革命的必要。以诗为例，留学美国的胡适是诗歌革命的肇事者和坚定的主张者，他首先提出了"以白话作诗"、"诗体大解放"、"作诗如作文"等一系列主张，并以自己的创作实践加以印证，由于传统文学观念的根深蒂固的影响，响应者自然寥寥。但随着时间的推移和人们现代文学意识的产生，个别的文学先觉者也开始了较为积极的响应。中国新诗也真是一个难产的婴儿，却最终生产了出来。

中国新诗虽然应运而生，但在发轫期写诗的人毕竟太少，可谓寥若晨星，新诗作品自然稀少，可谓凤毛麟角。虽是如此，却也给人惊世骇俗、耳目一新之感，因为它到底是不同于传统诗歌的崭新的诗歌。在鲁迅新诗创作之前，写新诗的人只有胡适、沈尹默、刘半农等寥寥几个人，他们以新诗的形式和语言书写较新的社会生活的内容，描绘了较新的社会生活的情景，表达了较新的情感意绪和内在心理，虽然从现在的角度去审视，还有诸多不尽人意的地方，但他们那种顺应形势与潮流而敢于开创的精神着实难能可贵。胡适之诗或体现一种自由精神（如《鸽子》），或表现一种人道精神（如《人力车夫》），或显现一种抗议精神（如《威权》），但总体还写得粗糙，有着明显古诗词曲的痕迹，诗意严重不足，缺少耐人回味的余香，更缺少真正的个性与气质。沈尹默之诗或表现出一种人格独立的精神（如《月夜》），或体现出一种对现实的社会生活与人生的揭露批判的精神（如《三弦》），其中的诗情诗意诗境诗味都较为浓厚，可以构成一幅清新别致的画面，但其个性与气质还有待加强。刘半农之诗更多地反映民间的疾苦，正如他在《扬鞭集·自序》中所说的那样，他要把"数千年来受尽侮辱与蔑视，打在地狱里而没有呻吟的机会"的群众的呼声写出来，所以他的诗或描写贫富悬殊及尖锐对立的现象，愤怒地指出仅有一纸之隔的屋里屋外竟然是两个截然不同的世界，鲜明地表达了作者对黑暗社会的不满和对劳动人民的深切同情（《相隔一层纸》），或热情歌颂劳动人民劳动的伟大，寄寓着对劳动人民的希望的"火花"（《铁匠》）。刘半农的新诗朴实清新，自然晓畅，感情真挚，色彩鲜明，诗情诗意诗味都较浓郁，但鲜明的个性气质还是有待加强。但不管怎样，作为中国新诗的第一批诗人，他们已经尽了力气，他们毕竟为中国的新诗写出了开山之作，这已经是一个了不起的创造。我们不能苛求于前人，我们应该感念于前人所作的贡献。

中国新诗坛的早期，除了胡适、沈尹默、刘半农等寥寥几个人积极响应诗歌革命的号召并主动进行新诗创作外，的确显得非常的寂寞与孤独。为了打破这一沉寂的局面，鲁迅和周作人也开始了新诗创作。鲁迅的新诗一发表在《新青年》上，便显示出与众不同的独特的个性与气质，一切都是崭新的，也便立即引起了读者的热烈共鸣和社会的强烈反响。因为鲁迅新诗从体格到内容到内涵到美感都给人全新的感觉，一举打破了旧诗词的清规戒律，全然没有了旧诗词的残留的痕迹，并且新诗中放射着一股灼人的力量，让人为之兴奋，为之振作，为之鼓舞，也因而看到了新诗的希望和发展的前景，中国新诗由此获得了旺盛的生命和气运。毫无疑问，鲁迅对中国新诗的勃兴起到了引领、促进和催化的作用。

二、鲁迅新诗体格的个性气质

中国新诗是在古典诗词的基础上另起炉灶建立起来的，这就意味着要全然打破古典诗词的束缚而建立一种新的诗体，但要建立一种崭新的诗体也不是那么容易的。同时又要能够与西方诗歌的诗体形式接轨，就更不是那么容易了。新的时代新的内容又的确需要新的形式来加以书写和表现，而古典诗词那严格的格律形式又确实严重束缚和限制了新内容与新思想的表现，要想

"旧瓶装新酒"真是很难，只有"新瓶装新酒"才是最好的方式，但要创造一种新的诗体形式来表达新的时代社会的思想内容又不是说话那么简单，必然要经过一个艰难曲折的过程。像中国新诗的最早倡导者和尝试者胡适虽然在理论主张上显得多么新颖，但在新诗创作的实践上却与其理论主张并不完全一致，其最早创作的新诗带着明显的古典诗词的痕迹，连他自己也十分不满意，并将其比喻为缠脚过后慢慢放大的妇人，还没有完全放开，总有一些拖泥带水的成分。这就说明胡适自己提出的所谓"诗体大解放"是多么的迈步艰难。

相比之下，在中国新诗的初创期，只有鲁迅的新诗才真正体现了"诗体大解放"的要求。鲁迅新诗的诗体形式完全是崭新的自由的，毫无古典诗词的影子。鲁迅新诗完全跳出了古典诗词的窠臼，完全摆脱了古典诗词的束缚，在一个全新的诗体形式上写出了全新的时代社会的内容，表达了全新的时代社会的思想与情感。这也就意味着全新的诗体形貌的生产。这种全新的诗体形貌也恰好切合当时的自由开放的思想观念。我们可以在此比较一下鲁迅新诗与胡适新诗，就可知道两者之间本质上的差异。

如胡适最早的一首诗《蝴蝶》：

> 两个黄蝴蝶，双双飞上天。
> 不知为什么，一个忽飞还，
> 剩下那一个，孤单怪可怜；
> 也无心上天，天上太孤单。

从诗体面貌看，完全就是非常整齐的豆腐块诗；从音韵看，每个诗行的最后都押韵，可谓句句押韵；从阅读的感觉看，的确就像顺口溜一样。总体来看，此诗犹如古典诗歌的翻版，在形式上没有什么创新，虽然使用的是白话，但这种白话太过直朴和通俗，缺乏提炼和打磨，也就不足以令人咀嚼和揣摩。其中的蝴蝶即便有着一定的象征意味，但也因为语言的表述过于口语化，而损伤了新诗应有的诗味。

再看鲁迅的一首诗《梦》：

> 很多的梦，趁黄昏起哄。
> 前梦才挤却大前梦时，后梦又赶走了前梦。
> 去的前梦黑如墨，在的后梦墨一般黑；
> 去的在的仿佛都说："看我真好颜色"；
> 颜色许好，暗里不知；
> 而且不知道，说话的是谁？

　　　　暗里不知，身热头痛。

　　　　你来你来！明白的梦。

　　我们可以看出，鲁迅新诗的诗体是完全自由的。无论诗语的组成还是诗行的排列，无论诗语的锤炼还是诗意的表达，无论诗韵的构造还是押韵的方式，都完全摆脱了古典诗歌的羁绊，没有一点古典诗歌的痕迹。鲁迅新诗是从全新的层面上营造诗歌的体格面貌，彻底打破古典诗歌的一切窠臼与束缚，由此给中国新诗的真正孕育与产生作出示范。自然，鲁迅新诗的诗歌形象是有深刻意味的，而且其寓意所指绝不是个人的情思意绪，而是重大的社会问题和时代主题，这样才使他新诗全新的诗体形式发生重大的文体意义，也才有值得我们去探究的必要和可能性。

　　总的看来，鲁迅新诗的体格是具有个性气质的。其诗体形貌自由、洒脱、奔放，而且健康、健全、刚健，也正表现出鲁迅个人的个性气质。鲁迅新诗不仅是自由性的诗体，而且还是开放性的诗体。而这种诗体不是鲁迅突然性的创造，而是他继诗歌论文《摩罗诗力说》发表后经过十几年的思考而孕育出来的。鲁迅有着古代文学的深厚底蕴，既对古典诗词的诗韵特性了如指掌，又对外国诗歌的情况了然于心，这就使他有可能在内心深处进行东西文化的碰撞，从而与西方文化与文学接轨，而在中国新诗的初创期，就能对中国古典诗歌进行深重的发难，一开始就能创作出形式全新的诗歌来。鲁迅新诗也以其全新而富有个性气质的诗体形式而赢得了在中国新诗史上的崇高地位。

三、鲁迅新诗内容的个性气质

　　相对于中国古典诗词，鲁迅新诗的内容不是感伤或伤感的内容；相对于胡适新诗的内容，鲁迅新诗的内容不是狭隘或狭小的内容。鲁迅新诗的内容是大内容、大题材，它不是某种不值得注意的生活现象，而是某种引人重视的社会现象，不是微不足道的小事，而是牵动人心的大事。鲁迅新诗的内容绝不是意义不大或毫无意义的内容，而是意义非凡或意义重大的内容。鲁迅新诗的内容有揭露黑暗、向往明天的内容；有批判狭隘自私、狂妄自大而唯我独尊的内容；有鼓动爱情自由、婚姻自主而大胆追求的内容；有批判落后、勇往直前的内容；有借鉴先进文化以求得自我更新的内容；有自我觉醒之后对理想执著追求的内容。这些内容都是当时所必须书写的，这些内容总是直击当时时代和社会的重大现象，也直接反映人们最关心最敏感的社会问题。它将人们的视线吸引到最重大的社会问题的层面上，引发人们去深入地思考和探索，从而进行反省和反思，以此提高自己的觉悟和辨别力，然后防止丑恶现象的再次发生，使美好现象逐渐产生。这是鲁迅新诗内容的个性气质的具体表现，也是鲁迅新诗内容的真诚愿望。

我们说鲁迅新诗的内容具有相当的个性气质，就在于它的确反映了那个时代和社会的落后面，同时也表达了自己的新认识和新主张。也就是说，鲁迅新诗内容不独写出了那个黑暗社会的暗点，也写出了那个新旧交替时代的亮点，不仅是对丑恶现象和黑暗势力的揭露和批判，而且也对崭新的人与事进行了肯定和赞扬；也就是说，鲁迅新诗内容除了坚决反对逆历史潮流的事物外，还肯定和认同顺应历史发展的人事现象，为明天和未来的发展指明了应该发展的方向。如《梦》，它既揭露、批判和讽刺了那些群魔乱舞的丑恶表演，那些魑魅魍魉的怪模怪样，那些跳梁小丑的滑稽可笑，但那个"明白的梦"也分明写出了对明天的热烈憧憬，表达了对明天美好的向往与追求。《桃花》既批评了桃花的过分张扬、骄傲自大、自私狭隘和个人主义心理，也暗中称赞了"我"的温柔敦厚、心宽大量，还有李花的谦恭文静、富有涵养。《爱之神》既讥刺了中箭之人的瞻前顾后、畏首畏尾和对爱情的保守观念，又鼓励人们大胆地执著地追求爱情，大力宣扬了爱情自由和婚姻自主的时代精神。《人与时》既一针见血地揭批了那三个人的错误思想与糊涂认识，又通过"时"的口吻肯定了对现在的执著和对将来的求索与进发，这就分明指示着人们要立足现在，展望将来，向美好的未来努力前进。《他们的花园》既批判了封建势力对新生事物和新文化的压制，又热情歌赞了像小娃子那样的人们勇于采摘异域文化果实的行为，说明借鉴外来文化进行自身文化改革的必要与必然。《他》既揭露和批判了封建势力的"铁屋子"的封闭与禁锢，又塑造出一个敢于冲破黑暗势力并敢于追求远大理想的人物形象。这个敢于打破又敢于上下求索的形象着实令人敬佩令人感动，它给我们指明了应该走的人生道路和人生方向。纵观鲁迅新诗内容的个性气质，我们总觉得它不是单一地揭露什么，批判什么，否定什么，讥讽什么，或者单纯地宣扬什么，肯定什么，赞同什么，而是将两者结合起来，写出旧与新的两面，让人们对陈旧与过去失望的同时，又对明天和未来抱有极大的希望和信心。这恐怕正是鲁迅新诗内容与当时别的新诗的不同之处，也正是鲁迅新诗内容的个性气质所在。

鲁迅新诗虽然离我们现在比较久远了，但鲁迅新诗内容的个性气质仍然值得我们思考与学习。虽然鲁迅所生活的那个时代和社会已经早已成为过去，虽然我们生活在一个充满阳光和温暖的崭新的时代和社会，美好的现象、美好的人物、美好的事物总是社会生活的主流，但社会生活总不是一潭净水，丑恶的现象、丑恶的人与事也还是多多少少地存在，所以我们在歌唱新人新事新风尚的同时，在面对丑恶事物的时候，仍然要有着鲁迅的揭露和批判的精神，决不能视而不见，充耳不闻，更不能事不关己，高高挂起，明知不对，听之任之，要像鲁迅那样，敢于、勇于和善于揭露和批判，将丑恶的东西暴露出来，以便引起大家的高度注意，共同施与批评或批判的压力，由此使丑恶的东西逐渐减少以至绝迹，使美好的东西越来越多以至蔚然成风，那么，我们的社会就是真正的和谐社会，我们的生活就是真正的美好生活。这也正是鲁迅生前所期望的社会生活的美景。

四、鲁迅新诗内涵的个性气质

无论古典诗词还是像胡适那样的新诗开创者的诗歌，其诗歌的内涵都显得比较的狭小。古典诗词或表现个人的离愁别绪，或抒发对某种遭遇的感叹哀怨，或表达对某种人事的独特感受，或反映劳动人民的心酸、疾苦和苦难，也写出了对爱情执著追求的呼唤和歌赞；胡适新诗或表达对自由的向往，或表现对底层民众的同情，或表示对"威权"的批判。这些诗歌内涵当然是不错的，也是应该抒写传达的。这些诗歌内涵也在一定程度上反映了相应的时代特点，描绘出相应的社会情景，传达出相应的社会信息。但反抗挑战之声实在缺乏，总觉得境界还不是很高，气魄还不是很大。诗歌作者还明显受到阶级的局限和社会阅历的限制，还没有更长远的眼光和更远大的理想，因此不能也无法表现出更好的诗歌内涵的品性。而鲁迅就不一样了，他受到更先进思想的影响，又是有意背叛自己出身的阶级，宁愿做封建阶级的"逆子贰臣"，这就使他有可能在诗作中表现出勇敢的反抗意识和大胆的斗争精神。鲁迅新诗内涵事实上也确实与众不同，它既反映了鲜明的时代特征和时代精神，又表现出明朗的抗争意志和革命斗志，还传播出革故鼎新的社会动向和时代潮流，分明宣告要推翻陈旧的一切而重新建立崭新的机制，这可说是对传统社会和古老历史的一个惊天动地的反动。在那时候，恐怕也唯有鲁迅才有着如此胆大包天的创作意识和创作举动。现代历史也早已证明了鲁迅创作意识和创作行为的正确性。我们也为鲁迅的超前思想和大胆行为而感动而敬佩。

赏读鲁迅新诗，我们明显感觉到鲁迅所要表现的绝不是微不足道的小意思，而是撼动人心的大主题，绝不是个人的离情别绪，哀怨伤感，而是一个时代的代表所进行的震荡山谷的呐喊，绝不是自己单纯的情意抒写，思绪抒怀，而是寄寓着对国家、社会、人生的思考。鲁迅新诗不是停留于对现实事物和现状的表面书写，而是对时代与社会的本质和发展方向进行的大胆的展望、预测与探求，有着显明的上下求索的精神与气度。从他新诗的内质看，他分明要扫荡和砸碎所有陈旧而腐朽的东西，期望建立崭新而充满生机、富有活力的东西，他似乎要以排山倒海的气势树立一个全新的诗歌形象，以此实现他反抗挑战的美好愿望及其诗歌的美学追求。如《梦》首先对光怪陆离的丑恶现象和群魔乱舞的丑恶势力及其滑稽可笑的表演进行揭露批判后，就是表达对明天的憧憬和向往，意味着那种黑暗污秽丑恶的东西再也不能存在下去，只有坚信美好的明天才是人们的希望、光明和温暖。《桃花》批评桃花的自私狭隘、骄傲自满、狂妄自大、心胸狭小、目空一切、自我中心、个人心理，褒扬"我"的包容和富有涵养，以及李花的含蓄稳重、谦虚文静，还有"我"与李花的谦谦君子，不予计较，意味着对桃花那种过分显露与张扬的否定，对"我"与李花那种低调沉默开怀的肯定。《爱之神》中小娃子对中箭之人既鼓励也激励，既关心也批评，既帮助也刺激，就是要震醒人们自由恋爱的意识，使人们从愚昧保守麻木的意念中解放出来，从而表明对自由爱情的热切呼唤和勇敢追求。《人与时》中三个人的观点都是错误的，一个太过理想化，不切实际，一个要搞复辟倒退，又太悲观了，一个假装糊涂，模棱两可，这显然都是与现实本身严重脱离的。所以"时"要站出来加以指责和制止，坚决表明自己的立场和态度，那就是执著现在，展望未来。这显然就是诗歌的立足点和落脚点，也正是作者的本意所在。《他们的花园》通过小娃子大胆偷摘别人花园的花朵也即是勇于借鉴别国先进文化的举动，真诚地说明盗取别国之火意在煮自己的肉的道理，也就是说明盗取天火以使人间变文明的道理，同时充分表明了"拿来主义"的精神，只有敢于拿来才有使自己变得更加文明的可能。《他》通过他觉醒过来后不分季节与时间地勇于追求远大理想的行为，意在表明无论国家社会还是人自身都只有敢于勇往直前、大胆追求才有自己的美好出路和前途，说明不能原地踏步走，要积极进取、超越自我的道理。由上所述，我们深感鲁迅新诗内涵的个性气质就在于它能顺应历史前行的基本方向，也符合历史行进的汹涌潮流。鲁迅新诗处在新旧交替的历史交汇点上，总是开辟着一片崭新的天地，对人们的思想感情、观念意识、意念斗志进行启蒙，使之觉悟进而觉醒，引领着人们向着美好的明天和未来努力进发，并充满信心地开创着个人、社会、国家的美好前景。这是鲁迅新诗内涵的根本用意所在，也是鲁迅本人的善良心愿和良苦用心。

　　阅读鲁迅新诗，我们深感其内涵是深刻的，也是深远的，是高扬而撼动人心的，也是睿智而启迪人心的。其新诗内涵的激情喷发和昂扬向上总是让人兴奋不已，希望倍增，信心满怀，让人看到明天美好的前景和未来发展的方向。在那样一个难以看得很清并容易产生迷茫的时代社会里，诗人能够表现出如此富有深度与力度的主题精神，实是难得，令人感动。尤其是其中所体现出的民主科学的精神、个性解放的精神、自由平等的精神、反抗抗击的精神、借鉴拿来的精神、执著追求的精神，更是使人感觉时代、社会与人将要发生的巨大变化，预示着一个新的时代与社会的君临。即便是今天，我们也仍然觉得诗作中所反映的时代精神、时代主旋律和时代最强音仍是我们前进的动力和进军的号角。虽然我们今天的时代和社会已经具有了诗中所反映的精神，但仍然要继续鼓动、宣传和发扬这种精神，以此更加激励我们走向更加美好的时代和社会，塑造更加美好的人的形象，开创更加美好的人生道路。

五、鲁迅新诗个性气质的审美效力

中国古典诗词虽然取得了辉煌的成就，但由于更多伤感之意与抑制不了的哀音，缺乏奋勇前行的意味与反抗战斗的声音，致使整个诗歌的伟美在一定程度上大大减弱，正如鲁迅批评屈原诗歌所认为的那样，"然中亦多芳菲凄恻之音，而反抗挑战，则终其篇未能见，感动后世，为力非强。"[1]而鲁迅新诗就不一样了，其中充满着非常浓重的反抗挑战的声音，这种声响响彻于整个诗篇，也响彻在读者的心中。其诗的基调总是那样的积极，情调总是那样的热烈，格调总是那样的高昂，所体现出来的美学感受就是一种力量，一种伟大，一种崇高，一种壮美。我们也正是为鲁迅新诗的个性气质所体现的这种美学风格所感动，所激动，所熏染，所陶醉，它使我们因赏读其诗而激发出一种难以抑制的激烈而迅猛的内在力量，使我们好像自然有着一种勇猛向前的内驱力和迈步前行的劲头。这说明鲁迅新诗的个性气质的确有着一种遮掩不住的审美效力。

毫无疑问，鲁迅新诗具有一种力量美、一种雄壮美和一种崇高美。那么，这种震撼人心的美又是如何产生的呢？我想关键在于诗人自身内在的力与美，以及崇高的思想感情与高尚的人格精神，几者融合而放射到诗语中，并寓于整个诗篇，从而发生综合效应而产生崇高与壮美的美学效果。犹如古罗马的朗吉弩斯在《论崇高》中所说："一个崇高的思想，如果在恰到好处的场合提出，就会以闪电般的光彩照彻整个问题，而在刹那之间显出雄辩家的全部威力。"又说："所谓崇高，不论它在何处出现，总是体现于一种措词的高妙之中，而最伟大的诗人和散文家之得以高出侪辈并在荣誉之殿中获得永久的地位总是因为有这一点，而且也只是因为有这一点。"[2] 德国哲学家康德曾说："真正的崇高只能在评判者的心情里寻找，而不是在自然对象里。"[3] 由此对照鲁迅及其新诗，就更能说明这种伟美产生的必然。我们早已知道鲁迅本人所显示的内心力量和个性精神，这使他有极大的可能性将这种意志和气质融进诗篇中，同时鲁迅早就在《摩罗诗力说》这个长篇诗论中表明了自己所追求的美学精神和美学风格，而事实上鲁迅新诗也只是鲁迅早已追求的美学精神和美学风格的创作实践而已。你看鲁迅新诗中那种磅礴的气势，那种强烈的声音，那种势不可挡的阵势，那种凛然不可侵犯的勇气，无不掠人心魄，搅动心弦，刺激灵魂。《梦》中"明白的梦"的一针见血，《爱之神》中小娃子的不留情面，《人与时》中"时"的入木三分，《他们的花园》中小娃子的大胆采摘，《他》中"他"的勇猛追求，无不显示出一种个性的美，一种气质的美，一种力量的美，一种雄壮的美。它们简直把处于黑暗昏愦麻木状态下的人们的心猛然震醒，使之重新恢复真正做人的意识，回复到成为真正的人的层面，这种努力又是怎样的良心苦意。对于鲁迅新诗的个性气质所产生的审美效果又怎样呢？还是康德说得好："对于崇高的愉快不只是含着积极的快乐，更多的是惊叹或崇敬"。[4] 赏读鲁迅新诗，其诗歌形象的言行异样特别，令人惊诧，我们所感受的正是一种积极的快乐，一种奋发向上的快乐，一种惊叹和崇敬的快乐。

在五四时代，潮流涌动，风云变幻，也相对冰雪解冻，自由开放，有不少东西产生了有形无形的"共名"，但都要去写作"共名"的时代主题，又难以产生属于自我的个性特色。而鲁迅却在对于"共名"的时代大潮的感受中，既随顺潮流又逾越潮流，能够跳出并超越"共名"的圈子，写出具有独特个性和属于自我的诗作来，这不能不说是鲁迅及其诗作区别于他人及其诗作的特别之处，这不能不说是鲁迅强大非凡的创作力的有力证明。恰如陈思和先生所说："在共名的状态下，只有个人创造力特别强的作家才具备与'共名'搏斗的可能性，通过穿透来达到包容和消化时代主题，使之在文学创作中转化为强大的思想容量，这样的作品不仅能在当时产生较大的社会影响，而且也拥有较持久的艺术魅力。"[5] 鲁迅新诗正是如此。在今天建设有中国特色社会主义的新时期，我们更应该发扬鲁迅新诗所表现出来的个性与气质，使我们的国家和社会将建设得更加美好，更加温馨，更加繁盛。

注释

[1]《坟·摩罗诗力说》，《鲁迅全集》，西藏人民出版社，1998 年，第 21 页。

[2]《文艺理论译丛》（2），人民文学出版社，1958 年，第 34 页。

[3][4] 康德《判断力批判》上卷，人民出版社，第 95、84 页。

[5] 陈思和《陈思和自选集》，广西师范大学出版社，1997 年，第 146 页。

试析鲁迅新诗的战斗性

　　回顾中国文学史，在长达两千多年的文艺历史的长河中，要找到一个真正富有战斗精神并一以贯之的作家，恐怕实在有些困难，像鲁迅那样充满战斗气概与神韵的文人大家，实属罕见。我们也知道，鲁迅就是以战士的凌厉姿态和精神面貌步入文坛的。由他在中国新文坛的出现，致使中国文学真正开始了一个新纪元，呈现出一道又一道有别于旧文学的新颖而独特的风景线。这可说是极其少见而格外引人注目的文学盛事。至今回想起来，仍使人倍觉新奇，感慨不已。

　　鲁迅作品的总体特色和主调之一就是鲜明的战斗性。当然，这种战斗性不是出于个人毫无意义的私利，而是出于社会和民众解放的长远考虑。正如张天翼所说："一切艺术都是为了斗争，为了一定的人群的利益而斗争。"[1]鲁迅是极为看重文学的战斗作用的，他认为叶紫的《丰收》"是对于压迫者的答复：文学是战斗的！"[2]这种战斗的声音至少打破了社会的沉寂和人们的沉默，意味着受苦受难而麻木的人们的将要觉醒。所以文学必须也应该发出呐喊和"战叫"的响声，方能震醒沉睡已久的人们，由此将他们引向有希望有前途的生路中去。鲁迅充满战斗性的作品在中国新文学的初期真如晴天霹雳，震动着沉睡的中国社会，又如一声惊雷，惊醒着还在酣睡的人们。

　　对于鲁迅的战士性格和战斗精神，毛泽东曾在《新民主主义论》一文中早已论定："鲁迅是中国文化革命的主将，他不但是伟大的文学家，而且是伟大的思想家和伟大的革命家。鲁迅的骨头是最硬的，他没有丝毫的奴颜和媚骨，这是殖民地半殖民地人民最可宝贵的性格。鲁迅是在文化战线上，代表全民族的大多数，向着敌人冲锋陷阵的最正确、最勇敢、最坚决、最忠实、最热忱的空前的民族英雄。鲁迅的方向就是中华民族新文化的方向。"

　　鲁迅的诸多作品毫无疑问地充满着战斗性。那么，鲁迅新诗是否也一样呢？

一、文艺战斗性的追踪寻源

中国有着源远流长的历史文化，有着光辉灿烂的文学成就，这是没有质疑的。之所以中国有着悠久耀眼的文明成果，就在于中国人有着顽强的生命力、勇猛奋斗的坚强意志和敢于抗争的个性精神，就在于中国总是有不畏强暴的英雄式的人物，就像鲁迅所说："我们从古以来，就有埋头苦干的人，有拼命硬干的人，有为民请命的人，有舍身求法的人，……虽是等于为帝王将相作家谱的所谓'正史'，也往往掩不住他们的光耀，这就是中国的脊梁。""他们有确信，不自欺；他们在前仆后继的战斗"。[3]这自是令人欣喜的事。然而，这种脊梁式的人物终是不多。就文学而言，虽有一些揭露社会流弊、反映民生疾苦、"哀民生之多艰"的文字，但到底受到封建社会制度的严重局限，无法从根本上揭穿社会的黑暗本质，也只能是"长太息以掩涕兮"，无济于事，也无能为力。屈原只能是哀婉凄恻，问天问地；陶渊明只能是所谓的"采菊东篱下，悠然见南山"；陈子昂也只能是"念天地之悠悠，独怆然而涕下"；柳宗元也只能是"孤舟蓑笠翁，独钓寒江雪"；李白漂泊一生；杜甫一腔忧愤；即使关汉卿自认为"是个蒸不烂、煮不熟、捶不匾、炒不爆、响珰珰一粒铜豌豆"，虽有昂扬的战斗精神，但还是只能满腔忧怨愤恨而已；后来龚自珍高喊出"我劝天公重抖擞，不拘一格降人材"的雷鸣般的话语，但整个社会依然黑暗污浊。由于中国自古以来的文字根本没有动摇封建社会腐朽黑暗的根基，所以从根本意义上说，真正富有战斗精神的作品，实在太少。

正因为中国太少文艺的战士情怀和战斗精神，所以鲁迅才将眼光转向国外，转向欧洲。他早年就以发现新大陆的新奇和激情专门写了一篇长篇论文《摩罗诗力说》，特别而详细介绍了独具个性品质、抗争精神和战斗意志的"摩罗诗人"。他高度赞扬他们"无不刚健不挠，抱诚守真，不取媚于群，以随顺旧俗；发为雄声，以起其国人之新生，而大其国于天下。"并称他们为"精神界之战士"。他怀着不无激动的心情叙说了他们产生的背景和过程："英当十八世纪时，社会习于伪，宗教安于陋，其为文章，亦摹故旧而事涂饰，不能闻真之心声。于是哲人洛克首出，力排政治宗教之积弊，唱思想言议之自由，转轮之兴，此其播种。而在文界，则有农人朋思生苏格阑，举全力以抗社会，宣众生平等之音，不惧权威，不跽金帛，洒其热血，注诸韵言；然精神界之伟人，非遂即人群之骄子，轗轲流落，终以夭亡。"而拜伦、雪莱继起，"转战反抗"，"其力如巨涛，直薄旧社会之柱石。"余波流向他国，影响甚远。于是产生了俄国的国民诗人普希金、波兰的报复诗人密克威支、匈牙利的爱国诗人裴多菲等。这些诗人的纷纷出现，确实犹如石破天惊，震动着欧洲文坛，激荡着欧洲人的灵魂。

而中国呢，鲁迅说："今索诸中国，为精神界之战士者安在？有作至诚之声，致吾人于善美刚健者乎？有作温煦之声，援吾人出于荒寒者乎？家国荒矣，而赋最末哀歌，以诉天下赀后人之耶利米，且未之有也。"[4]中国既然没有精神界的战士，鲁迅也就理所当然以身作则，将自己塑造成战士的形象，以战士的本色进入文学天地和精神领域。鲁迅在五四前夕正式步入文坛后，自始至终都显示着他冲锋陷阵、战斗顽敌的气势和可贵精神。到后来，鲁迅希望"我们应当造出大群的新的战士"[5]，以利中国社会的改造和发展。鲁迅最终不负自己所愿和读者的期待。

由此可见，中国文艺进入五四新时期以来，才真正充满战斗的色彩，而创作具有战斗意义的作品又是从鲁迅开始的，并一直伴随始终。鲁迅自己也便成为人们敬仰的"精神界之战士"。鲁迅以小说创作的形式作为战斗的开端。他的小说如《狂人日记》一开始就掀开了中国文明这个隐藏得年久极深的"人肉的筵宴"，揭破了中国社会几千年的"吃人"的本质。《孔乙己》将深受毒害的旧知识分子所做的黄粱美梦击得粉碎，将其可悲可怜的悲剧命运暴露在光天化日之下。《阿Q正传》将国民劣根性以悲喜剧的形式演绎出来，充分暴露其可悲可笑的滑稽表演及其造成的悲哀的人生结局。《野草》无疑是在无望甚至绝望的生死边缘进行的最后战斗的记录，是不惜以牺牲生命为代价的惨痛的战斗的体验。他的杂文更是对社会痼疾、人生世相、丑恶嘴脸的大曝光，体现出更为显明的战斗色彩，犹如瞿秋白所说："鲁迅的杂感其实是一种社会论文——战斗的'阜利通'（feuilleton）。"[6]鲁迅这些作品在中国当时真是颗颗炸弹，猛然炸响，石破天惊，惊世骇俗。鲁迅正是以这些带有浓重火药味的作品对中国一切旧物进行了不遗余力的冲杀和荡涤，才使中国文学出现了崭新面貌，获得了前所未有的新生，也才显示出鲁迅及其作品的特有价值和意义。

二、鲁迅新诗战斗性的文本表现

鲁迅新诗同他的小说、杂文、散文诗等形式的作品一样，"含着挣扎和战斗"[7]。这种战斗的特性体现在诗篇中就是强有力的揭露、批判、否定、驳斥、讽刺、嘲笑、鞭笞、挞伐。阅读鲁迅新诗，我们深感其中对丑恶现象的揭露和批判，对错误观念的否定和驳斥，对落后意识的讽刺和嘲笑，对丑恶嘴脸的鞭笞和挞伐，都深入骨髓，生动有力。

《梦》列举了大前梦、前梦、后梦的如走马灯似的丑恶表演，实则喻指当时前门驱虎后门进狼的变幻莫测、动荡不安的政局。那些野心勃勃的政界人物，一个一个做着这样那样的黄粱美梦，打着自己的如意算盘，又如何如何粉饰自己，似乎出于某种公心，但其实都不过是令人嗤之以鼻的跳梁小丑，也不可能实现他们所谓的美丽梦幻。作者以艺术的笔触将他们的阴谋诡计暴露出来，活画出他们阴险丑恶的嘴脸，揭穿了他们不可告人的目的。《人与时》列举出三人各不相同的观念认识：一个美化将来，夸耀将来如何如何的好，其实不过是虚幻的梦想；一个要复古，只想回到过去和从前，如鲁迅所说"曾经阔气的要复古，正在阔气的要保持现状，未曾阔气的要革新"[8]，其实都是为了一己私利；一个似乎什么也不知道，扮着聋子装糊涂，其实就是愚昧昏愦，不明是非。作者将三个人的观点一针见血地指出，一一展示出来，谁是谁非，谁对谁错，读者心中明白，自有判定。《桃花》中桃花的狭隘与自私，《爱之神》中受箭之人的畏缩与胆怯，作者都作了形象描画，也作了客观而冷静的讥嘲。《他们的花园》中那个践踏玷污百合花的苍蝇，真是个顽固保守而只会横加毁坏的画像，恰如鲁迅批判的那样："我们中国人对于不是自己的东西，或者将不为自己所有的东西，总要破坏了才快活的。"[9]作者以白描手法作了简笔勾勒，并表达出极端厌恶和鄙弃之情。鲁迅新诗就是这样以一种荡涤旧物的笔墨揭露社会生活的黑暗，暴露人们思想深处的疾病，以便加以否定和改造。

当然，鲁迅新诗所写，不是没有事实根据的凭空编造和杜撰，而是作者多年所见所闻所感的诗意抒发和表达。鲁迅一向强调创作的生活依据、静观默察和深刻感受，正如他说："作者写出创作来，对于其中的事情，虽然不必亲历过，最好是经历过。""我所谓经历，是所遇，所见，所闻，并不一定是所作，但所作自然也可以包含在里面。"[10]鲁迅经历和目睹了满清末年的腐败统治、辛亥革命的推翻封建王朝的猛烈炮火、袁世凯篡夺革命胜利果实以及梦想恢复帝制做皇帝的丑恶表演、张勋带领辫子军妄想复辟的闹剧、各种军阀混战的令人可恨的惨痛情形和场面、五四时期从外传来的激进思潮、有识之士鼓动的活跃思想和声势浩大而雄壮的反帝反封建的爱国的游行示威活动，等等。就像瞿秋白所总结的："鲁迅从进化论进到阶级论，从绅士阶级的逆子贰臣进到无产阶级和劳动群众的真正的友人，以至于战士，他是经历了辛亥革命以前直到现在的四分之一世纪的战斗，从痛苦的经验和深刻的观察之中，带着宝贵的革命传统到新的阵营里来的。"[11]鲁迅自己也说："这虽然不是我的血所写，却是见了我的同辈和比我年幼的青年们的血而写的。""因为从旧垒中来，情形看得较为分明，反戈一击，易制强敌的死命。"[12]可见鲁迅作品的生活来源和艺术的真切，也可见鲁迅新诗客观冷静而沉稳的笔墨。

从鲁迅新诗文本可以看出，鲁迅新诗充满着革命的色彩。鲁迅不愧是革命的歌者，与革命感同身受，同呼吸，同命运。有如他自己所说："革命的文学家，至少是必须和革命共同着生命，或深切地感受着革命的脉搏的。"[13]不然，又怎能写出像《梦》、《人与时》、《他们的花园》等诗作。这些诗作正是反映了当时突出的社会现象，表达了作者意欲进行社会革命和思想革命的强烈愿望。这些诗作的出现，可以说，既是对五四新潮的积极呼应，也是对人们陈旧观念意识的激烈冲击和猛烈荡涤，更是对人们接受崭新的思想感情的努力开启和积极引导。而且这是一种长期的革命工作，必须坚决彻底地进行下去，方能最终达到革命的目的。鲁迅曾说："对于旧社会和旧势力的斗争，必须坚决，持久不断，而且注重实力。"[14]从中可见鲁迅的革命风貌及其作品的革命气质。鲁迅终其一生，都在文化精神上做着这一艰苦细致的革命工作，并取得了长足的进步、发展和丰硕的成果。这也让后人感念不已，敬佩不已。

三、鲁迅新诗战斗性的内在因由

鲁迅新诗为什么充满战斗性？鲁迅其他作品为什么总是具有争战攻伐的特性？这是我们不得不思考的问题。难道鲁迅生性喜欢鞭挞斗争？难道鲁迅天生喜欢抗战攻击？我想，事情不可能那么简单。任何事情或情况的产生，总是有它产生的形势背景；任何作品特色的出现，总有创作者之所以创作这种作品的内在动因。那么，鲁迅创作那么多充满浓郁战斗色彩和精神的作品的内在因由又是什么呢？

中国社会进入19世纪末20世纪初，已是满目疮痍，千疮百孔，百事不顺，世事堪哀，朝廷腐败，政局动荡，列强侵吞，丧权辱国，社会糜烂，民不聊生，生活污浊，国民愚弱，这就是中国当时令人悲哀的惨状与图景。而鲁迅呢，正处于为国弱民贫而痛心疾首之中，正处于探求救国救民的真理的过程中。他是把文艺当作疗治国民精神创伤和拯救社会的思想武器。如他在《〈呐喊〉自序》中痛切地说道："凡是愚弱的国民，即使体格如何健全，如何茁壮，也只能做毫无意义的示众的材料和看客，病死多少是不必以为不幸的。所以我们的第一要著，是在改变他们的精神，而善于改变精神的是，我那时以为当然要推文艺，于是想提倡文艺运动了。"这既说明了鲁迅从事文艺活动的动机，也隐约透露了鲁迅文学创作的战斗信号。

哪里有不平，哪里就应该有愤怒，哪里有剥削，哪里就应该有斗争，哪里有压迫，哪里就应该有反抗。我想鲁迅也正是基于这样的认识，才毅然以文艺为战斗的武器，走上向着敌人冲锋陷阵的文艺之路。鲁迅一进入文艺创作领域，就开始了文艺战斗的步伐。这是由中国社会内忧外患的情势所决定的，也是由鲁迅创作的宗旨和最终目的所决定的。面对中国的积贫积弱、黑暗腐败、落后挨打的事实和中国人的麻木不仁、愚昧迷信、因循守旧的现实，作为有良心而高度关注中国命运走向的鲁迅，是不可能熟视无睹，无所作为的。还是鲁迅自己说得好："但这时却只用得着挣扎和战斗。"[15] "至于富有反抗性，蕴有力量的民族，因为叫苦没用，他便觉悟起来，由哀音而变为怒吼。怒吼的文学一出现，反抗就快到了；他们已经很愤怒，所以与革命爆发时代接近的文学每每带有愤怒之音；他要反抗，他要复仇。"[16] "世上如果还有真要活下去的人们，就先该敢说，敢笑，敢哭，敢怒，敢骂，敢打，在这可诅咒的地方击退了可诅咒的时代！"[17] "何况在风沙扑面，狼虎成群的时候，谁还有这许多闲工夫，来赏玩琥珀扇坠，翡翠戒指呢。他们即使要悦目，所要的也是耸立于风沙中的大建筑，要坚固而伟大，不必怎么精；即使要满意，所要的也是匕首和投枪，要锋利而切实，用不着什么雅。"所以他自觉担负起"挣扎和战斗"的任务，坚决反对"靠着低诉或微吟，将粗犷的人心，磨得渐渐的平滑"的"小摆设"。他希望"有不平，有讽刺，有攻击，有破坏"。[18] 况且是处在阶级社会中，必然要进行阶级的斗争。正如他说："生在有阶级的社会里而要做超阶级的作家，生在战斗的时代而要离开战斗而独立，生在现在而要做给与将来的作品，这样的人，实在也是一个心造的幻影，在现实世界上是没有的。要做这样的人，恰如用自己的手拔着头发，要离开地球一样"。[19] 又说："现在是多么迫切的时候，作者的任务，是在对于有害的事物，立即给予反响或抗争，是感应的神经，是攻守的手足。潜心于他的鸿篇巨制，为未来的文化设想，固然是很好的，但为现在抗争，却也正是为现在和未来战斗的作者，因为失掉了现在，也就没有了未来。"[20] 从这几段文字中可以看出，鲁迅从不同的角度阐述和说明了其作品为什么具有战斗特性的原由。

鲁迅新诗创作虽然只是他整个创作中一个小小的环节，但却是他正式创作之初的环节，因此也是一个重要的环节。从鲁迅新诗文本的阅读中，我们也深切感受到其新诗充满战斗性的根由和所要达到的目的。《梦》中对群魔乱舞的丑相的揭露和抨击，无非是为了美好明天的将要来临。《人与时》中对错误言论的斥责与愤慨，无非是为了立足现在的脚跟和注重将来的发展。《他们的花园》中对苍蝇践踏新美的否定与愤怒，无非是为了肯定和迎接难得的新生事物，以求得自我改造和自我更新。还有《他》中"锈铁链子"等意象的出现，表明了作者意欲砸碎锁链、追求梦想、获得新生的强烈意愿。这些新诗出现在五四时期之初，就像《狂人日记》一样，是对中国旧社会和旧传统发出的战斗宣言，也是对中国的明天和未来发出的深情呼唤。

四、鲁迅新诗战斗性的文学意义

鲁迅是以战士的面貌出现在中国新文坛上的，又是以文学为武器进行战斗的。当然，这种战斗不是战场上对着敌人正面直接的冲锋，而是在文场上以笔墨文字向一切保守落后的势力发起的攻击，向一切陈旧腐朽的意识进行的发难，也即是进行的思想斗争和社会批判。这从以上对鲁迅新诗文本的举例解读中已经深知这一点。由此我们也明白了鲁迅新诗战斗性的文学意义。

一是鲁迅新诗的战斗性抒写出战士的抱负。郭小川曾说："战士自有战士的抱负：永远改造，从零出发；一切可耻的衰退，只能使人视若仇敌，踏成泥沙。"从鲁迅新诗中那愤然冲杀的个性、坚决斗争的态度、猛烈批判的精神已经证明了鲁迅作为战士的情怀和理想。

二是鲁迅新诗的战斗性表明了文学是一种战斗的事业。高尔基说过："……文学是一种战斗的事业，为了给敌人以狠狠的打击，您必须磨快您的武器，它将是柔韧的，锋利的，杀伤性很大的。"[21] 又曾说："文学从来不是司汤达或列夫·托尔斯泰个人的事业，它永远是时代、国家、阶级的事业。"[22] 鲁迅新诗的战斗性绝不是一时心血来潮的戏作，而恰恰表明了其新诗正是为了国家、社会和民众的终极目的和意义。

三是鲁迅新诗的战斗性说明了诗人的预言家理念。冯雪峰说："诗人如果是预言者，艺术家如果是人类的导师，他们不能不站在历史的前线，为人类社会的进化，清除愚昧顽固的保守势力，负起解放斗争的使命。"[23] 鲁迅新诗的战斗性充分说明了诗人的预言家理念。鲁迅正是站在历史的前沿，感应时代的风神，响应社会的新潮，既以自己的诗篇宣告了古老陈旧而落后腐朽的东西的理应终结，同时也预示着新奇美好而富有崭新生命的东西的理应到来。"沉沉的黑夜都是白天的前奏。"（郭小川语）"冬天已经到来，春天还会远吗？"（雪莱语）我们从后来历史前行的脚步声中早已感受和看到了这一点。

四是鲁迅新诗的战斗性体现出诗歌的革命教育的作用和革命文艺家的基本任务。鲁迅早就说过：诗歌应该"撄其后人，使之兴起"。[24]毛泽东后来也说："要使文艺很好地成为整个革命机器的一个组成部分，作为团结人民、教育人民、打击敌人、消灭敌人的有力的武器，帮助人民同心同德地和敌人作斗争。""一切危害人民群众的黑暗势力必须暴露之，一切人民群众的革命斗争必须歌颂之，这就是革命文艺家的基本任务。"[25]我想，鲁迅新诗及其其它作品毫无疑问起到了这样的教育作用，鲁迅本人终其一生也基本完成了这一基本任务。毛泽东对鲁迅的尊崇和崇高评价，就充分地说明了这一点。

注释

[1] 张天翼《艺术与斗争》，《张天翼论创作》，上海文艺出版社，1982年，第 134 页。

[2]《且介亭杂文二集·叶紫作〈丰收〉序》，《鲁迅全集》，西藏人民出版社，1998 年，第 948 页。

[3]《且介亭杂文·中国人失掉自信力了吗》，《鲁迅全集》，西藏人民出版社，1998 年，第 914 页。

[4]《坟·摩罗诗力说》，《鲁迅全集》，西藏人民出版社，1998 年，第 34、35 页。

[5]《二心集·对于左翼作家联盟的意见》，《鲁迅全集》，西藏人民出版社，1998 年，第 590 页。

[6] 瞿秋白《〈鲁迅杂感选集〉序言》，《中国现代文学作品选》（上册），西南财经大学出版社，1987 年，第 351 页。

[7]《南腔北调集·小品文的危机》，《鲁迅全集》，西藏人民出版社，1998 年，第 695 页。

[8]《而已集·小杂感》，《鲁迅全集》，西藏人民出版社，1998 年，第 506 页。

[9]《华盖集续编·记谈话》，《鲁迅全集》，西藏人民出版社，1998 年，第 466 页。

[10]《且介亭杂文二集·叶紫作〈丰收〉序》，《鲁迅全集》，西藏人民出版社，1998 年，第 947 页。

[11] 瞿秋白《〈鲁迅杂感选集〉序言》，《中国现代文学作品选》（上册），西南财经大学出版社，1987 年，第 367 页。

[12]《坟·写在〈坟〉后面》，《鲁迅全集》，西藏人民出版社，1998 年，

第 87、88 页。

[13]《二心集·上海文艺之一瞥》,《鲁迅全集》, 西藏人民出版社, 1998年, 第 610 页。

[14]《二心集·对于左翼作家联盟的意见》,《鲁迅全集》, 西藏人民出版社, 1998 年, 第 590 页。

[15]《南腔北调集·小品文的危机》,《鲁迅全集》, 西藏人民出版社, 1998 年, 第 694 页。

[16]《而已集·革命时代的文学》,《鲁迅全集》, 西藏人民出版社, 1998年, 第 474 页。

[17]《华盖集·忽然想到 (五至六)》,《鲁迅全集》(一), 中国人事出版社, 第 398 页。

[18]《南腔北调集·小品文的危机》,《鲁迅全集》(二), 中国人事出版社, 2005 年, 第 50 页。

[19]《南腔北调集·论"第三种人"》,《鲁迅全集》, 西藏人民出版社, 1998 年, 第 655 页。

[20]《且介亭杂文·序言》,《鲁迅全集》, 西藏人民出版社, 1998 年, 第 882 页。

[21] 高尔基《给留·阿·尼基弗罗娃》,《文学书简》上册, 人民文学出版社, 1962 年, 第 311 页。

[22] 高尔基《论文学及其他》,《高尔基文学论文选》, 人民文学出版社, 1958 年, 第 109 页。

[23] 冯雪峰《左翼作家联盟底成立》,《冯雪峰论文集》上册, 人民文学出版社, 1981 年, 第 27 页。

[24]《坟·摩罗诗力说》,《鲁迅全集》, 西藏人民出版社, 1998 年, 第 21 页。

[25] 毛泽东《在延安文艺座谈会上的讲话》,《毛泽东选集》第三卷, 人民出版社, 1966 年, 第 805、828 页。

鲁迅新诗的时代性与现代性特色

文学总是伴随着时代的发展变化应运而生的，每一种文学内容和文学形式都无不打上时代的烙印和映现着现时的特色。正如白居易在《与元九书》中所说的"文章合为时而著，歌诗合为事而作"。这个响亮的口号可说是历代文人一种富有时代责任感和历史使命感的集中概括。"为时而著"、"为事而作"就是意味着作者对现实社会的一种关注，对时代精神的一种关切，对改造社会、促进社会进步的一种责任和使命。古往今来，做到"为时而著"、"为事而作"不乏其人，但更多的只有"为时而著"、"为事而作"之心，却很少真正的"为时而著"、"为事而作"之文。其根本原因就在于很难在其文中听到时代的声音。像杜甫一生写了许多面对现实、讽喻时事、针砭社会的诗歌，像白居易一生写了很多反映时事、为现实而作、充满现实主义精神的诗歌，实属少见。

陆游曾在《示子遹》诗中说："汝果欲学诗，工夫在诗外。"[1] 所谓"工夫在诗外"就是说学习者要在诗外下工夫，花时间，要对现实生活首先进行细致而深入的了解、观察、调查、感受、认识、理解，收集大量的材料之后，才能对诗本身的学习有所帮助，再有所提高。如果对现实生活一片空白，那么即便诗内功夫多么深厚，也难以写出好诗来。因为诗歌的创作不是凭借多么高明的技巧，而是主要依靠现实生活的材料。也正如后来毛泽东所说："中国的革命的文学家艺术家，有出息的文学家艺术家，必须到群众中去，必须长期地无条件地全心全意地到工农兵群众中去，到火热的斗争中去，到唯一的最广大最丰富的源泉中去，观察、体验、研究、分析一切人、一切阶级、一切群众、一切生动的生活形式和斗争形式，一切文学和艺术的原始材料，然后才有可能进入创作过程。否则你的劳动就没有对象，你就只能做鲁迅在他的遗嘱里所谆谆嘱咐他的儿子万不可做的那种空头文学家，或空头艺术家。"[2] 现实生活不仅是文艺创作的源泉，而且还丰富和深化创作者的思想感情，为文艺创作提供丰深的题材内容。同时，现实生活的潮流也是回避不了的，有良知和现实精神的作家是必然要面对的。犹如鲁迅所说："世界的时代思潮早已六面袭来，而自己还拘禁在三千年陈旧的桎梏里。于是觉醒，挣扎，反叛，要出而参与世界的事业"。[3] 而鲁迅自己正是有着这样的体验并经历了这样的过程。在他清醒并觉悟起来之后，便在一开始的文章中就紧密地联系现实，关注现实，探索现实。所以在他的文章中，我们总是能够听到时代的足音，呼吸到时代的空气，把握到时代的脉搏。而鲁迅自己也觉得，既然已经与时代相遇，就要让自己的心律和着时代的节奏一起跳动，真正用心去感悟时代，体验时代，为时代而放声歌唱。

鲁迅新诗正是为那个时代而歌唱的战歌。其中充满着鲜明的时代性与现代性特色。我们从中的确看到了时代和现代的影像，聆听到时代与现代的步伐。里面的新思想、新观念、新情感、新行为正是那一时代与现代精神的高度反映，它将我们带入那一时代与现代的情境中，去感受人与社会的风云变化，去领受时代精神对人们的鼓舞，去接受现代精神对人们的启迪。

一、鲁迅新诗的时代性特色

所谓时代性就是要以敏感的神经去感应新时代的来临，去反映新时代的情景，去书写新时代里人们的新的思想情感和行为举动。这其实就是一种时代精神的放歌。这种时代精神是首先投射到诗歌中的。因而也就最先让人们受到感染和鼓舞，致使人们能够更快地循着时代的足迹奋然而前行。

时代性要求作者要走进时代中去，去感念时代的面貌、体温、脉搏、运行方向，将它们进行高度的概括和提炼，然后再高度集中起来写进诗歌中，让人们能够从中体会到一个崭新时代的美丽风神。正如王国维在《人间词话》中说："诗人对宇宙人生，须入乎其内，又须出乎其外。入乎其内，故能写之；出乎其外，故能观之。入乎其内，故有生气；出乎其外，故有高致。"[4] 这种"入乎其内"又"出乎其外"就是写诗的基本步骤，否则就难以写成充满生气与高格的作品。"诗是一种最集中地反映社会生活的文学样式"，[5] 而社会生活又往往带有时代性特点，所以诗在书写社会生活的同时要反映一个时代的特征，"诗人要把时代写入诗中。诗人要写时代精神，诗人是为它而生活，而存在的。"[6] 而真正的诗是心底的歌，所以写诗一定要用心去写，就像艾青所说："写诗应该通过自己的心去写，应该受自己良心的检查。所谓良心，就是人民的利益和愿望。人民的心是试金石。"[7] "诗人是时代和人民的良心。应睁开眼睛，看清楚我们的时代，做它的代言人。"[8]因为人是生活在现实中人与人的关系中，永远也离不开现实社会和生活其中的广大民众，我们只有与广大民众发生关联，才能获取用之不竭的创作源泉和丰富多彩的材料内容。况且又是处在有阶级的社会中，妄想超越阶级而独立存在，无异于空中楼阁，实在是不可能的。正如鲁迅所说："生在有阶级的社会里而要做超阶级的作家，生在战斗的时代而要离开战斗而独立，生在现在而要做给与将来的作品，这样的人，实在也是一个心造的幻影，在现实世界上是没有的。要做这样的人，恰如用自己的手拔着头发，要离开地球一样"。[9]所以我们只能脚踏实地，面对现实，写出符合时代要求和人民需求的作品，才是一个作者应尽的责任，也才不会违背一个作者应有的良知。犹如雨果所说："文学的目的是为了人民"，"……文明需要的是人民的文学。"[10]鲁迅正是这样的一位作家，他的每一篇作品都是他所处的那个时代的反映，那个时代的风神面貌、风云变幻，那个时代的思想变化、感情波动，那个时代的人物事物、现象本质，那个时代的纷繁林立的矛盾与斗争，都在他的作品中展露无遗，让人们对新旧交替时代的正误去作思考和判断。鲁迅处于那个时代的中心城市，既对那个时代的神经和精髓容易得到敏感，又能在他的思想深处作出及时反应，同时又能在他的作品中及时反映出来，给人们提供了可资思考的材料内容，这是一个作家甚是难得的行为举动。特别关键的是，鲁迅是在用心用良心去写一个时代和人民的心声。无论那个时代的黑暗与痛苦，无论那个时代的混乱与挣扎，无论那个时代的新奇与新生，无论那个时代的光明与欢愉，无论那时人民的保守与落后，无论那时人民的麻木与愚昧，无论那时人民的祈盼与苦难，无论那时人民的期望与奋争，都在他的笔下生动形象地表现出来，让我们看到百姓遭难的情景，同时也看到人民即将觉醒的趋势，从而告别过去，迎接明天，为新时代的到来而欢呼。

鲁迅的新诗无疑是对那个时代的书写和记录，而且是以简练的笔触所作的真实的反映。其思想与情感的精髓是与我们今天的内在精神合拍相通的。其中既有对腐朽陈旧观念的驳斥与否定，也有对新颖思潮和崭新观念的称赞与肯定，而且更主要的还是对新思想、新情感、新精神、新举动的礼赞。因此也就给我们以新的感觉和新的感受，恰如他自己所说："因为它更新，和我们的世界接近。"[11]鲁迅是在以一种独特的慧眼看到前面的曙光，是在以一种独特的诗笔勾画前面的图景，也是在以一种独特的方式与当时人和我们今天的人进行心灵的沟通、思想的交流与精神的对话。像《梦》，作者将那些五颜六色、稀奇古怪的梦并排在一起，写出它们的丑陋表演，无非暗指那时所上演的皇帝梦、复辟梦、割据梦等，并给它们涂上乌黑的色彩，以此表明对它们逆历史潮流而动的揭露和反对。同时，"明白的梦"又直接站出来进行斥责，更是表明了作者对明天热切的憧憬与欢迎，对未来真情的向往与追求。《桃花》中桃花听不得别人的称赞，只觉得自己才是最美而值得赞扬的，所以便小心眼地"生了气"。其实，"我"也只是平心而论，都进行了赞美，而桃花却只想独占风光，独享殊荣。这正好喻指了当时受封建思想影响的某种自私狭隘的人。相反，又正表明了作者对宽容大度之人的赞许。《爱之神》中爱神射出启悟和萌生"爱"的金箭，无疑是当时爱情自由的西方观念传播到我国的写照，但受箭之人却犹疑不决，不敢大胆迈开步伐，不敢大胆追求爱情，这又是当时深受封建礼教危害的行为表现。作者借助爱神的口说出了心中的气愤和忧虑，也表明作者多么希望人们尽快地解放思想，迎接新潮。《人与时》中作者将三个不同的人的迥然不同的想法列举出来，这正是对当时错综复杂的思想反映。有人望将来，有人要复古，有人装糊涂，而恰恰忘记眼前，忽略现在。所以作者针锋相对，据理力争。他借助"时间"的口吻，作了斩钉截铁的回答：从前已经过去，现在尤其重要，将来可望前行。《他们的花园》中小娃子受到时代新潮的感染，大胆走出传统文化的牢笼，大胆从别家花园采摘百合花，意味着勇于从别国采摘新文化的花朵。但是拿回家却遭到苍蝇的践踏与玷污，又遭到家长的责骂，真是让人气愤和无语。这种情形恰如鲁迅所说："中国大约太老了，社会上事无大小，都恶劣不堪，像一只黑色的染缸，无论加进什么新东西去，都变成漆黑。"[12]其描述的感觉可谓形象而到位。幸好小娃子还能坚持自己的想法和理想而继续采摘，继续引进新文化的种子。《他》写了一个时代觉醒者的行动与追求。他觉醒之后，不是沉浸于自己的解脱与喜悦，而是独自踏上漫漫征途，为寻找自己的理想，也为寻求救国救民的真理而慢慢求索。不管春夏秋冬，不管酷暑严寒，不管坎坷曲折，都一个劲地去求索，以至于别人还在寻他。这正是那个时代觉醒的人们所普遍行进的足迹。作者写进诗里，显然表达了对他们的赞许。从以上例举可以看出，鲁迅新诗确实写出了一个时代的新旧变化，写出了一个时代的新旧交锋，写出了一个时代的辞旧迎新。在对时代的书写中，我们看到了特有的时代现象、时代潮流和时代精神，我们也深为那个时代潮流和时代精神所感染和鼓舞，并且情不自禁地要投入到时代的怀抱中，探求科学真理，建功立业，实现自己远大的理想和抱负。

鲁迅新诗既是一个时代的告别，也是一个时代的总结，既是一个新时代的反映，又是一个新时代的开启和催动。他那对陈旧过去的坚定不移的否定和批判，他那对新时代兴高采烈的肯定和欢迎，他那对幸福的明天和美好的未来的满怀信心的争取和迎接，都在其诗的字里行间流露无遗，溢于言表，让我们似乎也跟着发生情绪和心理的悲喜变化。鲁迅以后虽然没有继续新诗创作，但他凭借其他的文体形式仍然反映着时代的心声。就新诗而言，鲁迅新诗毕竟以简洁而委婉含蓄的文字写出了一个旧时代的终结和一个新时代的开端，写出了五四新时代的精髓和本质，为我们在纷纭变幻的时代将怎样辨明事情的好坏优劣、选择自己的人生理想和目标、走好自己的人生之路，指明了可以行进的方向。

二、鲁迅新诗的现代性特色

所谓现代性就是要从现实生活中抽取出具有历史性的内容，抽取出反映现代社会本质的具有诗意的东西，也就是从现时事物中抽取出具有永恒价值的东西。这种现代意识，导致他能在充满诗意的抒写中提炼和表达出一系列充满现代精神的崭新观点。

现代性要求作者要把握现代社会生活的脉搏和精髓，看清和抓住那些过去从未有过的东西，寻觅和提取那些刚刚产生的新现象、新事物、新思想和新感情，将它们进行高度的提炼和概括，以充满诗意的形象形式写进诗里去，然后加以宣传、鼓舞和推动，使之能够更好地孕育和发展，由此使社会生活变得更加和谐美好。现代性的东西只能在现代社会生活里产生，而人又分明是离不开现有社会生活的，一个有灵感和良知的人是不会对现有社会生活里的新东西视而不见听而不闻的。恰如鲁迅所说："身在现世，怎么离去？这是和说自己用手提着耳朵，就可以离开地球者一样地欺人。"[13] 又说："失掉了现在，也就没有了未来。"[14] "我们要说现代的，自己的话；用活着的白话，将自己的思想，感情直白地说出来。"[15] 当然，诗中所写一定是具有现代意义的东西，这样才能够鼓舞人心，振奋思想，增强斗志，才能够振作精神，催人奋发，促人进步。因此，撄其人心，"使之兴起"，[16] 才是诗歌创作的目的和关键。鲁迅特别注重"立人"，又特别注重树立具有现代思想与现代精神的人。他认为："欧美之强……则根柢在人"，所以"外之既不后于世界之思潮，内之仍弗失固有之血脉，取今复古，别产新宗，人生意义，致之深邃，则国人之自觉至，个性张，沙聚之邦，由是转为人国。人国既建，乃始雄厉无前，屹然独见于天下"。"人既发扬踔厉矣，则邦国亦以兴起。""即不若是，中心皆中正无瑕玷矣，于是拮据辛苦，展其雄才，渐乃志遂事成，终致彼所谓新文明者"。"诚以人事连绵，深有本柢，如流水之必自原泉，卉木之苗于根荄，倏忽隐见，理之必元。"[17] 又说："欲扬宗邦之真大，首在审己，亦必知人，比较既周，爰生自觉。自觉之声发，每响必中于人心，清晰昭明，不同凡响。"还要"震于外缘，强自扬厉"，"故曰国民精神之发扬，与世界识见之广博有所属。"[18] 当历史进入二十世纪一十年代末，随着近代历史的结束和西方文明文化的传播与涌入，那些古老而陈旧的东西开始退出历史舞台，中国社会已逐渐发生本质的变化，开始向崭新的天地迈进，意味着现代社会的钟声已经敲响。整个社会的思想感情的闸门逐步打开，整个社会的精神气度的程度逐步增大，整个生活的奔涌的潮流在逐步开放，整个生活的本来的面貌在逐步更新。总之，无论社会还是生活都在日新月异。作为敏感而又快捷的歌手，对此是尽收眼底的，对此也是不会放过的。他必然要在相应的作品中作出反映，以此表达他对一个现代社会来临的欢迎和感受。而鲁迅正是这样一位感应现代新知的歌手。在他的新诗中，现代新潮流、新气象、新人物、新意识、新性格、新举动都有着精粹的抒写，现代社会生活的情感取向和本质精神都在一定程度上有着着实的反应，并从他的反应中似乎预示着现代社会生活应有的某种共同的流向，而且这种流向已经为后来的历史事实所证明。

现在我们来看鲁迅新诗。鲁迅新诗可说是对现代思想和现代精神的集中反映。其思想与精神的本质恰恰是我们今天思想与精神的最初萌生，也是对我们今天思想与精神产生的催动和促进，于是也便形成了我们今天富有现代意识和个性精神的真正潮流。其新诗里面明显涌动着对过去的反叛，对反动事物的揭露与批判，对新生事物的热烈欢迎，对现在眼下的热情期盼，对明天未来的热切呼唤。其新诗里面似乎有着要将旧世界旧锁链彻底砸碎的气势，要将一切污泥浊水污渍沉渣扫除净尽的势头，就像他在《华盖集·忽然想到（六）》中所说："苟有阻碍这前途者，无论是古是今，是人是鬼，是《三坟》《五典》，百宋千元，天球河图，金人玉佛，祖传丸散，秘制膏丹，全都踏倒它。"[19] 同时，又要迎接并开创一个崭新的世界，并说："新的应该欢天喜地的向前走去"，"老的让开道，催促着，奖励着，让他们走去。"[20] 这也正是鲁迅新诗所要表达的具有现代性的思想倾向。如《梦》，作者对群魔乱舞的事实现象作了全盘的暴露、深刻的揭露和无情的批判，他敢于以"明白的梦"的口吻进行大胆的指责、揶揄和抨击，这表明他对旧事物的十分愤恨和对新事物的热情向往。《桃花》中的"我"敢于发表自己的意见，对桃红李白的景象作了深情的赞美，并对桃花狭隘的思想意识和自私的情感心理作了含蓄的批评，这分明表明了作者对宽容大度、宽大为怀的广阔胸怀的称颂。《爱之神》中小娃子敢于射出代表爱情的神箭，敢于对受箭之人的瞻前顾后、迟疑不决进行坚决的批评和讽刺，这无疑表明作者对自由追求爱情的肯定和鼓励。《人与时》中作者对那三个人各自的错误思想进行的怒斥和嘲讽，明确指出现在的重要和将来的可望，希望人们跟着自己在注重现在的同时朝着美好的将来行进，这的确表明了作者"重现在而望将来"的情感趋向。《他们的花园》中小娃子为了"别求新声于异邦"[21]，不惜费尽心机，走出国门，犹如普罗米修斯一样去盗取天火，去摘取具有现代色彩和气息的文艺花朵，来润泽本国固有的文化园林，即便遭受挫折，也在所不惜，无怨无悔。这何尝不表明作者对异域文化的关注之心和对本土文化的改革之意。《他》中的"他"更是具有高远的理想和志向。他从沉睡了不知多少年的睡梦中醒来，毅然决然地踏上了漫长无期的求索之路，只是为了在拯救和更新自己的同时更要拯救和更新自己所属的社会和民众。不管秋去冬来，今年已去，明年又来，都在执著地追求和探索。这个形象真有点《过客》中过客的情思韵味和精神气度，自然也表明了作者"路漫漫其修远兮，吾将上下而求索"和"亦余心之所善兮，虽九死其犹未悔"[22]的决心意志。纵观鲁迅新诗，我们有着明显的感觉，那就是现代人的革新思想和个性精神都有着分明的显露和体现。现代人所具有的品性、胸怀、气度、行为，现代人所具有的眼光、性格、心理、意志，都在诗中从不同的角度以不同的方式进行了形象生动的写意。它不独表现出作为现代人应该想什么做什么，而且表现出作为现代人应该怎样想怎样做。这无疑给当时人们要迈进现代人的行列以很好的启迪，也给我们今天现代人要做好现代人以很好的启示。

　　鲁迅新诗虽然并没有产生在真正的现代社会里，但是它毕竟产生于现代历史之初，意味着现代社会的开启。在中国由近代进入现代、由旧转新的过程中，鲁迅新诗显然起到了呐喊助威的效果，起到了促进和推动的作用。其中的人物、思想、个性、精神虽然不可能达到今天所要求的相当高的程度，但其显示出的气势与气概在当时却十分惊人，十分了得，犹如空谷传响，少见稀罕。事实上，其中的筋脉气质与我们今天人与社会的脉络本质是根本相通相同的，我们今天的所思所想所作所为可谓鲁迅新诗思想精神与个性气质的发扬和发展。鲁迅虽然以后没有继续新诗创作，但并不意味着他停止了现代行进的步伐，而是通过其他文体样式继续做着现代启蒙的工作，继续呼喊着现代的声音，继续开辟着现代社会应走的道路。

三、鲁迅新诗时代性和现代性特色的本质意义

在中国新诗发轫期和初创期，虽然也产生了一些诗作，但真正有意义的诗作是不多见的。那时大多只是一种现象的反映和一种事实的记述，真正具有诗情诗意的作品就更少了。在那个时段，像鲁迅新诗那样既具有时代感又具有现代感的诗作，真如凤毛麟角，稀罕之物了。鲁迅继新诗创作之后，虽然很快将笔墨文字转向了其他，但在他的影响下，产生了像郭沫若那样的大诗人和《女神》那样具有大气魄的诗作。这无不说明鲁迅新诗的感染力和影响力，也无不说明鲁迅新诗时代性和现代性特色所具有的本质意义。

鲁迅新诗发生的影响并不在于诗的本身，而重在于诗的内容。英国大诗人济慈曾说："……诗应当是伟大而不唐突，透入人的心灵；而使人惊异震动的不是诗的本身，却是诗的内容。幽静的花是多么美！如果它们拥上大街来，大叫大喊，'欣赏我吧，我是紫罗兰，迷恋我吧，我是樱草花！'它们将要丧失多少的美啊！"[23]其意是说诗歌的影响力在于诗歌的崭新内容，而不是诗歌本身，而诗歌的新内容要靠诗人在现实社会生活里去发现和开掘。鲁迅新诗的确就是这样。我觉得鲁迅能够站在时代的前沿和制高点，去把握时代的脉搏，去开启现代的魂灵，写出了具有时代特征和现代精神的诗作，实是难得。

我们发现，历史发展到由旧转新的最初时期，往往有着双重的意味，五四时期就是如此。其时代特征分外分明，现代精神也格外突现。因此，那时的时代是具有现代性的时代，那时的现代是具有时代性的现代。也就是说，时代性中充满着现代性，现代性中又充满着时代性。为此写出的真正作品也是如此。像鲁迅新诗那样既具有时代性，也具有现代性，时代性中充满现代的色彩，现代性中又具有时代的韵味。所以我们认为，鲁迅新诗反映了一个时代，开启了一个现代，鲁迅新诗是时代的镜子，现代的缩影。

鲁迅新诗绝不是应时之作，而是有着永久历史意义的文学珍品。鲁迅新诗不是人事现象的简单书写，而是具有强烈时代感和现代感的深意之作，"而是那全部作品中的真实的生活，生龙活虎的战斗，跳动着的脉搏，思想和热情，等等。"[24]正因为有了这些，才使我们更加倾心和注重鲁迅新诗。鲁迅新诗所抒发的个性精神、批判精神和反抗精神，以及所寄望的现代社会和现代人生，已经早已在现实社会生活里实现。因而我们认为鲁迅新诗是具有超前性、前瞻性和开创性意义的，而且已经由后来的历史事实所证明。这也不得不让人佩服鲁迅独到的见解和长远的眼光。

在新诗最初创作中，鲁迅新诗似乎不须用富丽堂皇的言辞去润色与雕饰，也仍然显出若干亮色，也仍然具有深邃的意义。这又让人感觉到鲁迅新诗有着小中见大、平凡中显伟大、化平凡为神奇的艺术功效，使人更是钦佩鲁迅其人其诗。别林斯基说："没有一个诗人能够由于自身和依赖自身而伟大，他既不能依赖自己的痛苦，也不能依赖自己的幸福；任何伟大的诗人之所以伟大，是因为他的痛苦和幸福深深植根于社会和历史的土壤里，他从而成为社会、时代，以及人类的代表和喉舌。只有渺小的诗人们才由于自身和依赖自身而喜或忧。然而，也只有他们自己才去谛听自己小鸟般的歌唱，那是社会和人类丝毫也不想理会的。"[25] 鲁迅虽然不以诗人闻名于世，但毫无疑问是一位伟大的诗人。

注释

[1] 陆游《剑南诗稿·示子遹》，张耀辉编《文学名言录》，湖南人民出版社，1986 年，第 129 页。

[2] 毛泽东《在延安文艺座谈会上的讲话》，《毛泽东选集》第三卷，人民出版社，1966 年，第 817—818 页。

[3]《而已集·当陶元庆君的绘画展览时》，《鲁迅全集》，西藏人民出版社，1998 年，第 511 页。

[4] 王国维《人间词话》，四川人民出版社，1981 年，第 75 页。

[5] 何其芳《关于写诗和读诗》，人民文学出版社，1961 年，第 5 页。

[6] 徐迟《黄山谈诗》，《文艺和现代化》，四川人民出版社，1981 年，第 152 页。

[7] 艾青《新诗应该受到检查》，《艾青谈诗》，花城出版社，1982 年，第 31 页。

[8] 徐迟《黄山谈诗》，《文艺和现代化》，四川人民出版社，1981 年，第 152 页。

[9]《南腔北调集·论"第三种人"》，《鲁迅全集》，西藏人民出版社，1998 年，第 655 页。

[10] 雨果，见《西方古典作家谈文艺创作》，春风文艺出版社，1980 年，第 376 页。

[11]《且介亭杂文二集·叶紫作〈丰收〉序》，《鲁迅全集》，西藏人民出版社，1998 年，第 947 页。

[12]《两地书·四》，《鲁迅全集》（二），中国人事出版社，2005 年，第 416 页。

[13]《三闲集·文艺与革命》,《鲁迅全集》, 西藏人民出版社, 1998 年, 第 546 页。

[14]《且介亭杂文·序言》,《鲁迅全集》, 西藏人民出版社, 1998 年, 第 882 页。

[15]《三闲集·无声的中国》,《鲁迅全集》, 西藏人民出版社, 1998 年, 第 526 页。

[16]《坟·摩罗诗力说》,《鲁迅全集》, 西藏人民出版社, 1998 年, 第 21 页。

[17]《坟·文化偏至论》,《鲁迅全集》, 西藏人民出版社, 1998 年, 第 18、13 页。

[18] [21]《坟·摩罗诗力说》,《鲁迅全集》, 西藏人民出版社, 1998 年, 第 19 页。

[19]《华盖集·忽然想到（六）》,《鲁迅全集》, 西藏人民出版社, 1998 年, 第 376 页。

[20]《热风·随感录四十九》,《鲁迅全集》, 西藏人民出版社, 1998 年, 第 102 页。

[22] 屈原《离骚》, 黄寿祺、梅桐生《楚辞全译》, 贵州人民出版社, 1984 年, 第 16、8 页。

[23] 济慈《致雷诺》,《西方文论选》下册, 上海译文出版社, 1979 年, 第 62 页。

[24]《且介亭杂文末编附集·论现在我们的文学运动》,《鲁迅全集》, 西藏人民出版社, 1998 年, 第 1060 页。

[25] 别林斯基:《杰尔查文的作品》,《别林斯基论文学》, 新文艺出版社, 1958 年, 第 26 页。

论鲁迅新诗的诗体解放

中国古典诗词已经延续了千年了，由于诗体的固定化、机械化与模式化，由于书写内容的狭窄、凝固与短视，因此确实不能写出更广阔的社会生活，不能反映更丰富的思想感情，甚至反而还对创作者的思情意绪产生了束缚、妨碍和阻滞的副作用，看来古典诗词应该被消除文学正宗的地位，退出文学历史的舞台。要完成这样的任务，实现这样的目的，还得靠历史发展的形势的新变化和新文学潮流的涌动与促使。终于五四新文化运动和新文学运动爆发了，这就给新文学代替旧文学带来很好的契机。以胡适为首的新文学运动的急先锋，率先向旧文化发难，向旧文学开战，为此特别发出了"诗体大解放"的号召，这对破除旧体建立新体的新诗创作是一个极大的鼓动和引导。一时之间，"诗体解放"简直成了活跃而美丽的精灵。而鲁迅正是紧密配合和响应的急先锋之一，所创作的新诗完全是崭新的，其诗体完全是解放的，给人的感觉完全是新颖的。

罗丹曾说："真正的艺术家总是冒着危险去推倒一切既存的偏见，而表现他自己所想到的东西。"谢冕曾说："他们具有蔑视'传统'而勇于创新的精神，……他们要在诗的领域中扔去'旧的皮囊'而创造'新鲜的太阳'。"[1]中国早期新诗人们正是有着这样的勇气、胆量和创新精神，坚决彻底告别了古典诗词的陈规陋矩，开创了用白话写作新诗的新路子，创造了一种崭新的诗体形式，标志着中国新诗的孕育和诞生。而鲁迅新诗在中国早期新诗的比较中是最成熟的，其诗体解放的程度和范围是最高和最全面的。从对鲁迅新诗的审查中，我们明显感觉到其诗体解放的诸多内容。

一、鲁迅新诗诗体的反传统与现代化

鲁迅新诗诗体跟其他白话诗人的新诗诗体一样都是反传统的，并主张诗体的现代化。他们都响应着先驱者的号召，要用较为自由的形式营造白话诗的诗体，逐渐将旧诗从正统的地位挤出去，重新树立崭新的诗体形象。

关于诗体解放的论述，要首推白话诗的最早开创者胡适了。他当时写了诸多文章谈论白话诗，尤其是在《文学改良刍议》中谈了"八事"主张，其中所说的"须言之有物"、"不摹仿古人"、"须讲求文法"、"不作无病之呻吟"、"务去滥调套语"、"不用典"、"不讲对仗"、"不避俗字俗语"就是从整体上要求文学的改革与创新，无论内容还是形式还是章法还是语言，都要打破旧诗传统，创立诗歌的新体新貌，开启现代新诗的步伐。特别是他后来对诗体解放的解释，更为直白而具体。他说："诗体的大解放，就是把从前一切束缚自由的枷锁镣铐，一切打破：有什么话，说什么话；该怎么说，就怎么说。这样方才可有真正的白话诗，方才可有表现白话文学的可能性。"[2]又于1919年10月在《谈新诗》一文中指出："文学革命的目的是要替中国创造一种'国语的文学'——活的文学。"又说："中国近年的新诗运动可算得是一种'诗体的大解放'。因为有了这一层诗体的解放，所以丰富的材料，精密的观察，高深的理想，复杂的感情，方才能跑到诗里去"。胡适总结欧洲及三百年前及西洋几十年来的诗界革命都是"语言文字和文体的解放"，所以这次"中国文学的革命运动，也是先要求语言文字和文体的解放"。他说："新文学的语言是白话的，新文学的文体是自由的，是不拘格律的。""形式上的束缚，使精神不能自由发展，使良好的内容不能充分表现。若想有一种新内容和新精神，不能不先打破那些束缚精神的枷锁镣铐。"认为"细密的观察"、"曲折的理想""决不是那旧式的诗体词调所能达得出的"。"五七言八句的律诗决不能容丰富的材料，二十八字的绝句决不能写精密的观察，长短一定的七言五言决不能委婉达出高深的理想与复杂的感情。""直到近来的新诗发生，不但打破五言七言的诗体，并且推翻词调曲谱的种种束缚；不拘格律，不拘平仄，不拘长短；有什么题目，做什么诗；诗该怎么做，就怎么做。"[3]胡适这些关于诗体解放的论述，其目的就是要创造崭新的诗体形式，同时也给他自己和最初创作新诗的诗人们提供指导性意见。

鲁迅关于新诗诗体解放的论述并不多见，但是他在1918年5月至1919年4月所写的几首新诗，却是彻底解放的新诗诗体。鲁迅新诗既没有古诗那种严格的体式，也没有古诗那种严格的对仗，似乎古诗中所有的清规戒律都不复存在，给人的感觉如像说话般的自由地写作，又完全达到胡适"八事"主张的要求，也符合胡适在《谈新诗》中阐发的意见。鲁迅新诗完全是以一种崭新的诗体形式包裹着崭新的思想内容，以一种崭新的表达方式传输着崭新的主题精神。正如胡适所说："我所知道的'新诗人'，除了会稽周氏兄弟之外，大都是从旧式诗，词，曲里脱胎出来的。"[4]言下之意，就是说中国最初创作的新诗还多少受到旧诗的羁绊，还多少有着旧诗的影子。也就是说，鲁迅新诗没有一点古诗词的痕迹，完全消除了传统诗歌的规定性，从而走上了现代诗歌的轨道。鲁迅新诗中的《梦》、《桃花》、《爱之神》、《人与时》、《他们的花园》、《他》，无论哪一首都没有古诗那种整齐划一的格式，也没有平仄的讲究，也没有严格的用韵，都充分显示着诗体的自由。就新诗的整体而言，有的长，有的短；就诗行而言，也是有的长，有的短，而且间或长短交错，显现出别具一格的风貌。又特别是《他》，分三节进行抒写，还分别使用了序号，更标明诗体的不同一般，给人更新的感觉。鲁迅新诗的确体现出别样的体貌，同时又显得自由灵活，自然活泼，在打破传统诗的格局上迈开了崭新的步伐。鲁迅以自己的新诗实践使中国白话诗离开传统而走上现代的转型，应该说是取得了相当的成绩。

二、鲁迅新诗诗体的散文化与叙事性

赏读鲁迅新诗，明显感到其诗体还有着散文化的倾向与叙事性的风格。其散文化是对旧形式破坏的需要和手段，叙事性是使诗体内容显得具体的特殊方式。当时为了避免白话诗写得空洞而缺乏内容，也是为了避免白话诗写得抽象而缺乏诗意，于是便以散文化与叙事性为方法来使白话诗变得容易理解和具体生动起来。

古典诗词中确实有些诗只是一种抽象而枯燥的写法，由于缺乏形象具体的内容，让人难以理解。中国初期的新诗为了避免这一点，一些人便在理论上提出了新诗散文化与叙事性的看法，新诗最初实践者们也便在新诗创作中自然而然以此进行尝试。朱自清曾说："新诗的初期重在旧形式的破坏，那些白话调都趋向于散文化。"[5]因为古诗词太过讲究严整严格的音节、凝炼齐整的语句，这样不利于新内容与新思想的表现，不利于时代精神的反映，所以最初新诗人们就借鉴散文的某些写法，如在新诗创作中使用散句，给人看起来好像不是高度凝炼的语句，但又是有意味的语句，又讲求音节的自然灵活，按照胡适所说，就是"凡能充分表现诗意的自然曲折、自然轻重、自然高下的，便是诗的最好音节。"[6]还讲求诗语的明白如话，防止过分隐晦甚至晦涩，才有利于对诗意的理解。总之，这样写起来就比较的顺当而灵活。同时，像胡适等人主张新诗的具体写法，胡适说："诗须要用具体的做法，不可用抽象的说法。凡是好诗，都是具体的；越偏向具体的，越有诗意诗味。凡是好诗，都能使我们脑子里发生一种——或许多种——明显逼人的影像。这便是诗的具体性。"[7]康白情说："具体的写法，就是刻绘的作用。——这本是文学里应具的道德，不过旧诗限于格律，不能写得到家；如今新诗和散文携手，自然更能写得到家了。"[8]也即是说，作具体的写法当首推散文具有如此特点，散文能做到具体地描写对象，既能叙事，又能写景，还能对话，总能将对象的具体信息形象生动地传达出来，所以新诗与散文接轨也就成了自然。这样使新诗既能打破旧形式而建立新形式，又能使新诗翻出新花样，建构一种新异的诗歌格局。

由此观摩鲁迅新诗，我们明显感觉到其诗体表现为叙事体与对话体，有着鲜明的散文化倾向。鲁迅新诗中的每一首都有着具体事件或事情的叙述，在叙事过程中又有着明显的对话形式。这种叙事与对话又恰能将所写的人与事写得具体实在，使人能够充分触摸到诗歌的形象，感受到诗歌的思情意绪，让人获得可以也能够感知的具体印象。如《梦》叙述了各种乌黑之梦进行丑恶表演的事以及"明白的梦"在面对各种恶梦说道"看我真好颜色"时所说的反唇相讥的揭露性与批判性的话语。《桃花》叙述了桃花在面对"我"对鲜花盛开的美好景象的赞美时反而生气发怒的事，其中隐藏着"我"与桃花的话语交流。《爱之神》叙述了爱神射出神箭而中箭之人不敢迈开脚步大胆追求爱情的事，当中有着中箭之人的询问和爱神对中箭之人犹疑不决的严厉的话语批评。《人与时》叙述了人与时进行论辩的事，整首诗主要就是人与时的话语对答，特别是时间对人物严重的错误思想进行了严厉的话语批判。《他们的花园》叙述了小娃子想尽办法偷摘百合花的艰辛过程及最终遭到破坏的可怕结果，当中隐藏着封建家长持否定意见的话语。从对鲁迅新诗的阅读中，我们深感鲁迅新诗由于有着显明的叙事性和对话性，致使诗歌显得具体生动，且有着鲜明的意象，呈现出具象化和形象化的特色，让人可以感知到诗歌的风神，可以触摸到诗歌的灵魂，可以把握住诗歌的精髓。这不能不说是借鉴散文与叙事的笔法所带来的良好结果。

三、鲁迅新诗诗体的口语化与通俗化

鲁迅新诗还明显带有口语化与通俗化的特点。鲁迅非常讲求文字表达的通俗易懂，明白晓畅。他曾经说过："我做完之后，总要看两遍，自己觉得拗口的，就增删几个字，一定要它读得顺口；没有相宜的白话，宁可引古语，

希望总有人会懂，只有自己懂得或连自己也不懂的生造出来的字句，是不大用的。"[9]只有首先让人读得顺口，言辞用语自然平实，然后才能懂得所表达的含意。如果故作高深，难以理解，就只能引起读者的望文兴叹。这当然要靠作者的指导思想和遣词造句的功夫了。

　　古典诗词由于书面语过重，加上有时在一定程度上使用了典故，很难一下子理解字面含意，连字面含意都难搞清楚，就更难了解字面背后的含意了，也就妨碍了对整首诗的深刻理解。这正是要对古典诗词进行革命的原因之一。所以历来的文人大家都十分重视语言的构造，也发表了相当精辟的意见。贺拉斯说："在安排字句的时候，要考究，要小心，如果你安排得巧妙，家喻户晓的字便会取得新义，表达就能尽善尽美。"[10]列·托尔斯泰说："在艺术作品里，只有在这样的情况下，即既不能加一个字，也不能减一个字，还不能因改动一个字而使作品遭到损坏的情况下，思想才算表达出来了。"[11]高尔基说："文学的第一个要素是语言。语言是文学的主要工具，它和各种事实、生活现象一起，构成了文学的材料。民间有一个最聪明的谜语确定了语言的意义，谜语说：'不是蜜，但是可以粘东西。'因此可以肯定说：世界上没有一件东西是叫不出名字来的。语言是一切事实和思想的外衣。可是事实后面隐藏着它的社会意义，每种思想都包含着原因：为什么某种思想正是这样的，而不是那样的。艺术作品的目的是充分而鲜明地描写事实里面所隐藏的社会生活的重大意义，所以必须有明确的语言和精选的字眼。"[12]鲁迅也说："说起白话文应该'明白如话'，已经要算唱厌了的老调子，但其实，现在的许多白话文却连'明白如话'也没有做到。倘要明白，我以为第一是在作者先把似识非识的字放弃，从活人的嘴上，采取有生命的词汇，搬到纸上来；也就是学学孩子，只说些自己的确能懂的话。"[13]这些论述都从不同的角度和层面阐释了语言对于文学的重要作用。文学作品的语言只有让人读得懂，才能知晓字面的意义，更进一步才能认知字面背后所蕴含的社会意义，那么文学才能产生宣传、感动和教育的效果。尤其是诗歌，由于字句本身就十分凝炼，加上语意的跳跃性，本就让人不太容易顺着诗语的脉络去理解其中的深意，如果再不讲究字句的通畅明晓，就很可能造成阅读的障碍，影响了诗歌传播思想感情和感染人心的功效。

　　根据上述关于文学语言的议论，来对照鲁迅新诗，分明感觉鲁迅新诗的语言是十分考究的，不是随意组构的。首先鲁迅新诗的语言在阅读上是流畅顺口的，再是鲁迅新诗的语言是通俗易懂的，三是鲁迅新诗的语言其意义是丰富而深刻的。也就是说，读者既能读懂鲁迅新诗的语言，也能明白鲁迅新诗语言的深意，还能理解鲁迅新诗语言的精神内涵。这除了鲁迅新诗语言在表述上通顺晓畅外，还有一个重要的原因就是恰当使用了口语。这种口语的运用，也就带来了语言的通俗化，使人不感到陌生，消除了语言上的阻碍，反而感到熟悉而亲近亲切。没有了语言上的阻隔，也就容易将读者带进语言环境中，去领会语言给人带来的意义。胡适在《文学改良刍议》中主张"务去滥调套语"、"不避俗字俗语"。看来鲁迅新诗是做得很好的。鲁迅新诗所使用的语言给人的感觉就好像平常说话一样，既顺畅，又通俗明了，容易理解其意，自然又含有深意。如"很多的梦，趁黄昏起哄"（《梦》），单就这句的字面意思就很好理解，无非是说在黄昏时刻，很多的梦哄然而起，一齐来临。而深意就是以各色各样的梦喻指各种各样黑暗势力的明争暗斗，勾心斗角，相互排挤与攻击。又如"桃花可是生了气，满面涨作'杨妃红'"（《桃花》），这句表面上写出了桃花生气发怒的面目表情，但实质上却画出了像桃花一样的人的自私狭隘的心理。其中"很多的梦"、"生了气"分明就是口语。又如在《爱之神》和《他们的花园》两首诗中，直接把主要人物用口语称为"小娃子"。像《爱之神》中的"一个小娃子"、"不知怎么一下"、"我怎么知道"等等，像《他们的花园》中的"有许多好花"、"是胡涂孩子"、"说不出话"等语句，像《人与时》中的"什么"、"这说什么的"、"我不和你说什么"，像《他》中的"'知了'不要叫了"、"秋风起了"、"大雪下了"等语句，都明显带有口语的味道与色彩，意义明晓，而与前后的语句联结起来，就更蕴含着深刻的含意。可以说，鲁迅新诗在语言的口语化和通俗化方面迈开了一大步，也给当时的新诗写作做了良好的示范。总之，鲁迅新诗采用的是现实生活里的新鲜活泼的语言，是明白易懂的语言，也是新颖活跃的语言，更是充满生机与活力的语言。

四、鲁迅新诗诗体的打破格律，建立新韵

我们说鲁迅新诗的诗体是完全解放的，就在于它完全打破了格律，同时又建立了新韵。也就是说，鲁迅新诗没有一点格律的束缚，完全按照现代人的话语方式来表情达意，营造诗句，而且在恰当的时候，又以今人的语音进行押韵。这样在诗体上充满现代的气息，让人有一种全新的感觉。

所谓格律就是格式和韵律。古典诗词对于字数、句数、平仄、押韵、对仗等都有严格的要求和规定，其格式和韵律基本上固定不变。虽然古诗表现出和谐流畅的音乐美和匀称整齐的结构美，但随着新的时代的到来，人们又

不满足于这种美的单调形式，而且这种美的单调形式又确实束缚了创造者的手脚，不利于创造者进行创新，而且新的时代信息与内容又那么丰富，古诗是很难抒写和表现出来的，再加上人们对诗体形式有更多更高的要求，而古诗又满足不了这种要求。于是，对古典诗词的革命就成了必然，也就在五四时期兴起了一场文学运动，专门研究诗歌的发展方向，并强烈要求必须创建新的诗体形式，才是诗歌未来的出路，因此新诗便应运而生。至于新诗到底怎么写，以胡适为首的不少人都发表了精辟的意见。胡适认为必须打破格律的限制，用韵要自由灵活，可用韵，也可不用韵，如果用韵也要用现代的韵。废除古韵用今韵的目的，就在于要获得"达意状物"的自由。刘半农认为："于有韵之诗外，别增无韵之诗"[14]，就是说，为了获得更大的自由，甚至也可以作无韵诗。康白情说："新诗重在精神，不必拘韵，就偶然用韵以增美的价值，也要不失自然。""我们做诗，尽管照我们自己所最好的做去，不必拘于一格"。[15]鲁迅也发表过真知灼见，他说："我只有一个私见，以为剧本虽有放在书桌上和演在舞台上的两种，但究以后一种为好；诗歌虽有眼看的和嘴唱的两种，也究以后一种为好；可惜中国的新诗大概是前一种。没有节调，没有韵，它唱不来；唱不来，就记不住，记不住，就不能在人们的脑子里将旧诗挤出，占了它的地位。……我以为内容且不说，新诗先要有调，押大致相近的韵，给大家容易记，又顺口，唱得出来。"[16]"诗须有形式，要易记，易懂，易唱动听，但格式上不要太严。要有韵，但不必依旧诗韵，只要顺就行。"[17]从鲁迅的话语意义看，鲁迅对新诗讲求的是用宽松的格式，有相应的节调，使用新韵，创建一种新的形式，这样有利于歌唱和记忆。鲁迅对新诗的意见跟上述其他诗人的意见在本质上其实是一致的，也说明鲁迅对上述其他诗人对新诗的意见的认同和支持。

由此对照鲁迅自己的新诗，我们感觉鲁迅新诗完全打破了格律形式，字数句数没有固定，也没有整齐划一的音节，也不讲究平仄对仗，即便用韵也是根据现代语音而用的新韵。而且鲁迅新诗的押韵没有一定的规律性，完全是依照情思意绪的发展与表达而自然押韵，有时连续押韵，而中间部分不押韵，有时前后相隔很远才押韵。如《梦》开头两句的韵脚"哄"、"梦"连续押韵，三四两句的韵脚"黑"、"色"连续押韵，五六两句最后的"知"、"谁"就不押韵了，最后两句的韵脚"痛"、"梦"又押韵了，并且回应开头两句的韵脚，押同一个韵脚。《桃花》前两句的韵脚"中"、"东"连续押韵，相隔两句再押韵，即最后四句的韵脚"红"、"孔"、"孔"、"懂"连续押韵，而且整首诗押的是同一个韵。《爱之神》前三句的韵脚"中"、"弓"、"胸"

连续押韵，后面大部分诗句就没有押韵了。《人与时》第一句与第四句的韵脚都是"在"，相隔两句押韵，五六两句的韵脚都是"去"，连续押韵，最后两句没有押韵，但第三句与最后一句的韵脚都是"么"，又遥相押韵。《他们的花园》第一句与三四句的韵脚"发"、"家"、"花"押韵，第二句隔断，三四两句连续押韵，最后两句的韵脚"家"、"花"又连续押韵，并与开头遥相呼应，中间的大部分诗句没有押韵。《他》分三个诗节，第一节五句，二三五句押韵，都是"着"，三五句之间间隔一句；第二节五句，只有三五两句押韵，韵脚是"餍"、"叶"，中间有间隔；第三节四句，一四两句押韵，韵脚是"他"、"家"，中间间隔两句。由此可见，鲁迅新诗是有韵诗，只是押韵自由灵活地使用新韵，完全废除了古诗押韵的规定性与固定性。鲁迅新诗的押韵也正是他对于新诗主张的特别实践，让人读起来自然流畅，朗朗上口，也合乎自然音节。因此鲁迅新诗的实践是成功的。

五、鲁迅新诗诗体解放的文学性意义

鲁迅新诗创作的实践是被公认为成功的，在诗体解放的程度和力度上也是最大的，可以成为后来新诗创作的典范。正如胡适所说：当时新诗多像"一个缠过脚后放大了的妇人，"而"会稽郡周氏兄弟却是例外。"[18]后来朱自清高度评价道："多数作家急切里无法甩掉旧诗词的调子，……只有鲁迅氏兄弟全然摆脱了旧镣铐"[19]。郭沫若认为鲁迅新诗达到极致甚至至境："偶有所作，每臻绝唱"[20]这些评价足以说明鲁迅新诗是真正意义上的新诗，在新诗的草创期无疑有着不可磨灭的文学性意义。

一是为当时诗体解放运动助了一臂之力。鲁迅按他自己的话说是不喜欢新诗的，但为了响应先驱者发出的诗体解放的号召，为了文学的解放和诗歌变革的自觉，更为了打破诗坛的寂寞，于是创作了几首新诗。鲁迅新诗一发表在《新青年》上，就给人全新的感觉，立即引起强烈的反响，得到了行家的认同和肯定，一时引发诗坛的热闹和活跃。这对诗体解放运动起到了推波助澜的作用。

二是为诗体解放开创了崭新的局面。鲁迅新诗的发表，在不少人的心中产生了共鸣，使人觉得诗歌原来也可以如此创作，新诗就是这样创作的。从而开创出"五四"白话新诗格式自由、体裁多样的新局面，有力推动了白话新诗的诗体解放。这样解除了原来诗歌创作的诸多束缚，就吸引更多的人对于新的诗歌的亲近和爱好，也就吸引更多的人创作新诗并走上新诗创作的道路。

三是为当时及以后的新诗创作在诗体上做了较好的示范。鲁迅曾说待到被称为诗人的人出现了便洗手不作。鲁迅新诗创作之后，确实出现了像郭沫若、徐志摩等有名的诗人，鲁迅自己也确实没有怎么创作新诗了，而是把创作的重心转向了小说、杂感、散文和散文诗等方面的创作了。但是鲁迅曾经创作的新诗却是真正意义上的新诗，是活泼多样、清新自然、完全自由的新诗，这也就给当时和后来者创作新诗以良好的启示和示范。

四是为新诗的真正确立和创建奠定了坚实的基础。鲁迅是五四新文化运动和新文学运动的积极参与者，也是诗歌革命的赞同者和支持者，又是新诗创作的实践者。有了鲁迅的呐喊助威和创作实践，就使五四新文化运动和新文学运动更加激进和猛烈，就使诗歌变革的力度、广度和深度更大了，也使新诗创作蔚然成风成为可能。事实上，既鲁迅新诗之后，出现了不少的新诗人，这虽然与胡适、刘半农、沈尹默、康白情、周作人等人对新诗的宣传鼓动实验关系密切，但也与鲁迅对新诗的主张和实践有着很大的关系。所以鲁迅新诗的诗体解放创造了中国最初新诗的崭新的形式和面貌，从而证明了旧诗的过时和落后，坚定了人们对于新诗的信心和勇气，为新诗的真正确立和创建奠定了坚实的基础。

注释

[1] 谢冕《在新的崛起面前》，《共和国的星光》，春风文艺出版社，1986年，第196页。

[2] 胡适《尝试集·自序》，《胡适学术文集·新文学运动》，中华书局，1993年，第381页。

[3] [4] 胡适《谈新诗》，杨匡汉、刘福春编《中国现代诗论》上编，花城出版社，1985年，第2、3、6页。

[5] 朱自清《诗的形式》，《新诗杂话》，作家书屋，1949年，第144页。

[6] 胡适《尝试集·再版自序》，《胡适学术文集·新文学运动》，中华书局，1993年，第407页。

[7] 胡适《谈新诗》，杨匡汉、刘福春编《中国现代诗论》上编，花城出版社，1985年，第14页。

[8] 康白情《新诗底我见》，杨匡汉、刘福春编《中国现代诗论》上编，花城出版社，1985年，第38页。

[9] 鲁迅《我怎么做起小说来》，《鲁迅论文学与艺术》下册，人民文学出版社，1980年，第517页。

[10] 贺拉斯《诗艺》,《〈诗学〉〈诗艺〉》,人民文学出版社,1962 年,第 139 页。

[11] 转引自季莫菲也夫主编《俄罗斯古典作家论》,人民文学出版社,1958 年,第 1129 页。

[12] 高尔基《和青年作家谈话》,《高尔基文学论文选》,人民文学出版社,1958 年,第 294 页。

[13] 鲁迅《人生识字胡涂始》,《鲁迅论文学与艺术》下册,人民文学出版社,1980 年,第 837 页。

[14] 刘半农《我之文学改良观》,《新青年》第 3 卷第 3 号,1917 年 5 月。

[15] 康白情《新诗底我见》,《少年中国》第 1 卷第 9 期,1920 年 3 月。

[16] 鲁迅 1934 年 11 月 1 日《致窦隐夫》。

[17] 鲁迅 1935 年 9 月 20 日《致蔡斐君》。

[18]《胡适文集》第 9 卷,北京大学出版社,1998 年 9 月。

[19] 朱自清《〈中国新文学大系·诗集〉导言》,杨匡汉、刘福春编《中国现代诗论》上编,花城出版社,1985 年,第 242 页。

[20]《鲁迅诗稿·序》,《郭沫若全集》,人民文学出版社,1981 年。

论鲁迅新诗的意象特征

亚里士多德在《诗学》中说："……欧里庇得斯是按照人本来的样子来描写。"[1]契诃夫说："按照生活的本来面目描写生活。它的任务是无条件的、直率的真实。"[2]这无疑说明并阐释了现实主义创作原则的真意。就是说作家不能随意地借助自己的主观想象而随心所欲地描写生活，反映生活，而必须认真细致地深入生活，体察生活，严格遵循现实社会生活的发展逻辑和运行规律，将生活的本来面貌和内在精神形象生动地书写和表现出来。

综观鲁迅及其作品，毫无疑问，鲁迅是现实主义大家，鲁迅作品是现实主义作品。由此对照鲁迅的新诗，我们深感其中的社会背景、生活场景、内容形式、人物活动、精神面貌等正是作者所生活的那一特定的历史社会、时代脉络和思想潮流的独特反映，与那个新旧交替时期孕育产生的新思潮、新观念、新现象、新事物、新动向有着血肉般的紧密关联。特别是鲁迅新诗的意象更是有着独特非凡的动人之处，深深地吸引着人们情不自禁地进行探索，并怀着激动的心情去寻找深藏其中的灼人的美妙。于是，我们发现鲁迅新诗意象的确有着启人深思、耐人寻味的艺术特征。

一、鲜明的诗化形象

鲁迅生活在满清末年及军阀混战的时代，那时候人民生活痛苦不堪，祖国前途十分堪忧，为了挽救民族和国家的危亡，有不少先进知识分子远渡重洋，到国外去寻找救国救民的真理，并将各种救治社会的良方传播到中国来，于是当时中国大地出现了种种解决中国问题的方法、途径和主义。鲁迅本人也到日本求学而最终走上文学道路，意欲通过文学的宣传作用鼓动人的精神，唤起人的觉醒，拯救人的灵魂，并用手中战斗的文笔与形形色色的旧势力进行英勇的战斗，揭破他们的本相，揭穿他们的实质，以期让人们看到各种落后势力和反动势力的真面目，从而明白自己的处境和应该走的人生之路。在这上下求索的漫漫长路中，鲁迅看到了很多典型的人与事，让他产生了深沉的思考，致使他有可能写进文学作品，成为文学作品中题材与人物形象的主要来源。这从他后来关于创作的通信等文章已经得到证实。我们在这里想说的是，鲁迅即便创作的几首新诗，其题材内容和意象选取也有着时代生活的源泉。特别是新诗意象让人明显感到是那一特定时代潮流和社会生活中的人与事的形象写照和艺术反映，这些人与事进行高度概括和提炼而进入诗歌后便形成高度凝炼的诗化形象，具有浓缩性、典型性和普遍性意义。

所谓诗化形象，就是社会生活中带有时代特征的人与事经过作者艺术处理后而演化成意蕴深刻的启人深思的艺术形象。由此对照鲁迅新诗意象，我们分明感到诗化形象的耀眼夺目。其中那一个一个诗化形象扑面而来，格外分明，又直逼人的内心，使人无法自已，控制自己的思维活动，不得不迎面对视，仔细端详他那活动的本意和言行的实质。无论《梦》中五颜六色、光怪陆离的梦和敢于作讽刺批判的"明白的梦"，还是《桃花》中心胸狭隘的桃花和洒脱无忌的"我"，无论《爱之神》中张弓搭箭的小娃子、被爱神之箭射中之人，还是《人与时》中那三个作议论判断的人、注重现在而着眼将来的时间，无论《他们的花园》中"走出破大门""得了一朵百合"的小娃子、洁白如雪而光明无比的百合花、乱拉"蝇矢"的苍蝇、不明真相而误会指责的大人，还是《他》中觉醒之后而默默追求的"他"、四处寻找而寄予关心的"我"。这些形象无疑都是诗化形象，都富有深意而活灵活现地映现在我们的眼前，让人情不自已地激动、揣摩和深思，就像磁铁一样粘连着人的思想情感，总使人在自觉不自觉的状态中去探求其中的奥秘。

值得注意的是，这些形象不是作者随意塑造的，不是虚空的影像，不是高悬空中的虚拟物，而是来源于现实生活的实际，是作者对现实社会现象的艺术概括，是作者脚踏大地而集中起来的艺术典型。看似巧合与虚假，实则真切与真实。因为这些形象就是作者生活的当时社会所出现的人事现象，作者只是用诗歌的笔触将其艺术化而已。同时，这些形象又是作者在生活的历程中体察到的，并亲眼看到的，甚至某种形象就是作者本人的自我写照，明显有着作者自己的身影。像"明白的梦"、小娃子、时间、他等主体形象，都带有清晰的个性特色。而鲁迅新诗反映的正是当时的事实现象，鲁迅本人正处于上下求索而革故鼎新的过程中，再回想鲁迅一贯的言行和主张，你能说这些形象与作者鲁迅没有密切关联吗？鲁迅曾说："作者写出创作来，对于其中的事情，虽然不必亲历过，最好是经历过。""我所谓经历，是所遇，所见，所闻……"[3]鲁迅自己的创作正是他曾经经历及所见所闻所感的艺术反映和艺术表现，他的不少小说人物都有其生活原型，如闰土、孔乙己、祥林嫂等，他的散文中记述的长妈妈、范爱农、藤野先生等更是真人真事的生动书写。其新诗中的主体形象也明显是那个时代生活中先进人物的艺术化，带有那个特定时代生活的深深印痕，这就让人有着如临其境、如见其人的真实感。

说到真实，鲁迅是特别讲求的，他尤其主张"写真的活的人"，其新诗中"明白的梦"、小娃子、时间、他等主体形象正是一颗颗鲜活的生命符号，透露着时代生活的浓厚气息。因为只有这样，才能给人以更加真切的感受和作用，才能以鲜活的人物形象真正触动人们的心灵和精神，由此改变和活跃人的精神面貌，作品也才具有更大的力量，如他所说："因为真实，所以也有力。"[4]总之，鲁迅新诗有着鲜明的诗化形象。这种诗化形象纷然呈现，其中主体形象又巍然屹立，牵动人的内心深处，给人带来振奋人心、鼓舞斗志、迈步前行的活力与动力。

二、高扬的个性气质

关于个性气质问题，似乎早就不足为怪，而且逾到后来愈是老生常谈的问题了。随着时代的行进、社会的发展和人的高度解放，后来之人好像愈来愈认识到个性气质的重要，并在自己身上也充分体现出应有的个性气质。同时，随着文学观念的变化、文学理念的更新和文学理论的发展，对文学创作的要求和文学鉴赏的尺度也越来越高，除了作品中的人物要有立体感外，尤其注重人物要有不同于别人的个性气质，这样才能反映出人的复杂性与个别性。这当然是正确的。然而没有前人的开创，又哪有后人的认识，以至今人的发展。回想中国几千年的文学作品，其人物又有几个具有鲜明凌厉的个性气质，也正因为人物的个性气质被严重抹杀，才造成一幕又一幕的悲剧发生。在那个社会生活里，封建统治者、封建官僚和封建家族制定了那么多的清规戒律，有那么多的"不准"，致使人们从小就受到封建思想的教育和熏染，也就从小被扼杀了人的个性气质，哪里有属于人自己的声音，又哪里敢发出属于人自己的声音，否则就是离经叛道，大逆不道，当诛当杀。所以鲁迅总结为以往几千年的中国人不过是"奴隶"而已，也只能是"奴隶"罢了。既然是奴隶，就只能是听话和顺从，就只能是愚昧和保守。作为反映社会生活的文学作品，自然也难以塑造和刻画出个性鲜明的人物形象。作为诗歌来说，更多的也只是叙述悲伤的故事，倾诉怨恨的遭遇，反映民生的疾苦，描画美丽的风景，抒写自我的情怀。这当然是不错的，但又总觉缺少什么。即便也有几个很有个性特征的人物，自是可喜，却也终竟寥寥，让人遗憾。当然，有个性自是好事，但在那万恶的旧社会里，有个性也会因此造成悲剧。我们说，无个性会造成悲剧，但由于社会的黑暗和腐败，有没有个性都会造成悲剧。这是人们毫不情愿的，但作为人来说，到底应该有个性为好，方能体现出人的特点。如果人人都有个性，敢于反抗和斗争，敢于揭露和批判，并且能够联合起来，形成强大的力量，那么就有可能动摇反动统治的基础，打破社会黑暗的源头，给自己带来一点生活的希望。文学作品更是应该写出人的个性特点，方能产生震动人心的作用。鲁迅的几首新诗，我想作者正是基于这样的考虑，才写出了几个带有个性气质的人物形象，以期在新旧转型的初始阶段给人以注意、警醒和思考。

鲁迅是极力看重人的个性气质的。他早年就在文章中提出"掊物质而张灵明，任个人而排众数"，"必尊个性张精神"[5]的主张。其中心意思就是发扬人的个体精神，发挥人的个人意志，即是人们常说的个性解放与个性张扬。后来又说"发展各各的个性"。这些言论在个性被淡化以至被扼杀的社会里，真如晴天霹雳，空谷足音，猛然震荡着人们的神经，使人也一夜之间猛然惊醒，多少醒悟和意识到作为人应该有种活气，才能像人一样好好地活着。在1918、1919年创作新诗时，正值五四时期，虽然人的个性气质在一定程度上在一定范围里有所张扬，但还远远不够，因为鲁迅希望的是人的个性的全面发展和普遍发展，希望的是中国所有的人都应该发展自己的个性，所以鲁迅在创作的新诗里，仍然要写出几个具有个性气质的形象，以此表达他那关切人的愿望，也以此能够传播开去，起到感动人、感染人、教化人的功效。在《梦》中那个"明白的梦"透过五颜六色的现象敢于点破群魔乱舞的本质，《桃花》中那个"我"面对桃红李白的繁盛景色敢于发表自己的赞语，《爱之神》中那个小娃子对受到爱箭而迟疑不定的人敢于提出大胆的批评，《人与时》中那个时间针对三个人的纷争敢于加以否定，敢于陈述自己的意见，敢于肯定现在，敢于期望将来，《他们的花园》中那个小娃子敢于走出自己的"破大门"，敢于采摘邻家"大花园"里的百合花，敢于再次想望别人的好处和美景，《他》中的那个"他"在沉睡之后敢于自我觉悟，敢于冲破"锈铁链子系着"的房门，敢于走向广阔的天地，敢于去追求自己的希望和理想。在那个闭塞落后的社会环境里，这些诗中形象就像一股暖意洋洋的春风吹进人们的心田，无不打动人心，震颤心灵，无不叫人拍手称快，喝彩叫绝，舒心快意，痛快淋漓。也正是有了这种太少见的具有个性气质特征的诗歌形象，我们才深感鲁迅新诗的特别之处。

鲁迅新诗的主体形象之所以具有高扬凌厉的个性气质，就在于他们都是觉醒者、觉悟者、进步者的象征，是最先头脑清醒而认识到人应该为人的道理的人。于是他们有胆量，有气魄，有脾气，有性格，敢于面对，敢于正视，敢于追求，敢于批评，敢于抗争。正如鲁迅所说："必须敢于正视，这才可望敢想、敢说、敢做、敢当。"[6]鲁迅新诗中主体形象的惊人言语和行为已经充分证明了这一点。《梦》中"明白的梦"敢于说出"颜色许好，暗里不知"，对那些光怪陆离的梦进行大胆指责，戳穿其背后的实质。《桃花》中的"我"敢于赞美桃李盛开的美景，敢于大胆地批评桃花的个人主义思想。《爱之神》中小娃子敢于射出爱情的神箭，敢于斥责想爱之人的犹疑与呆滞。《人与时》中时间敢于说出斩钉截铁的响亮话语："从前好的，自己回去。//将来好的，跟我前去。"敢于给对方当头一棒。《他们的花园》中小娃子敢于偷摘别人的花朵，也即敢于盗取别国的火种。《他》中"他"敢于打破锁链，冲破牢笼，敢于走上崭新的人生。这些言行着实表明了人的自我醒悟，自我认知，自我进取，表明了人的自我意识的产生和自我意志的出现。这分明是一个可喜可贺的事实现象。有了少数人走着这样的人生之路，就有更多的人走出一条宽广的人生之路。随着思想的解放、社会的前进和时代的发展，自然就会迎来更加美好更加广阔的人生之路。历史运行到今天，我们不是已经真真切切看到了这一点吗？鲁迅新诗中主体形象给人的这种启发和引导也的确起到开路先锋的作用。鲁迅新诗也无疑以其诗歌形象的特别而在无形中给五四白话新诗的创作带来了崭新的信号，为中国白话新诗开创期的新诗创作暗示了一种值得思考和探索的方向。

三、深蕴的哲理内涵

诗歌意象是要讲求意蕴的，而且最好是有着较深的意蕴，尤其是主体意象更应该具有深刻的意蕴，这样才能给人带来无尽的思考与回味而长留人们心中，也致使诗歌本身跟随主体形象而流传不衰，传唱千古。陈子昂《登幽州台歌》之所以至今让人难以忘怀，就在于那个吟咏之人面对悠悠苍天大地所发出的思古幽情的咏叹，确实使人心神振动。柳宗元《江雪》之所以至今令人记忆犹新，就在于那位老渔翁不畏冰天雪地的险恶环境而敢于独自垂钓、勇于挑战的情怀，实在叫人肃然起敬。鲁迅新诗意象显然是有意味的，尤其是主体意象更是有着深蕴的哲理内涵。

鲁迅新诗主体意象的哲理内涵主要表现在：1. 注重现在。现在是起点，有了现在才有将来，将来是寓于现在之中的，没有现在，将来也就无从谈起。所以鲁迅曾说："杀了'现在'，也便杀了'将来'。"[7]《人与时》中时间针对前面三人的说法作了坚决的否定。太过理想，不好；粉饰过去，也不对；稀里糊涂，也不行。"你们都侮辱我的现在"，其意是说要从现在做起，以待将来。当然是从现在好的方面做起，以此期待美好的将来。这无疑给人们指示了一条人生奋进的基本出路。2. 寄予希望。希望总是美好的，给人以生活的勇气和前进的动力。人要是没有希望，也就没有生活的信心和前进的力量。而希望又是寓于现实生活的事实存在之中，只要人们有着摆脱苦难、获得新生的愿望，也就有着将要实现的美好希望。难怪鲁迅说："希望是附丽于存在的，有存在，便有希望，有希望，便是光明。"[8]《梦》中"明白的梦"这个意象本身就意味着希望的寄托。《他们的花园》中小娃子的大胆举动，也恰恰表明有想法，有行动，有奋斗，也就意味着有希望。《他》中的"他"，在昏睡之后终于醒悟，于是毅然决然砸碎锁链，冲破"铁屋子"，走上一条漫漫求索路，自然隐含着一种希望。鲁迅新诗的主体意象都能"立意在反抗，指归在动作"[9]，确实让人看到了一种希望的存在。鲁迅在呐喊时期为了不让人感到沮丧而总是在作品中着意"显出若干亮色"[10]，这些亮色正是希望之所在，从而给人鼓舞奋进的力量。3. 勇于追求。人不但要追求，而且应该有着追求的勇气。只有追求才能闯入新天地，才能改变自己的命运。千万不要害怕，否则就迈不开脚步，只能老死在原地。鲁迅在谈到人生的旅途时说："前途很远，也很暗。然而不要怕。不怕的人的面前才有路。"[11]说的是很有道理的。有"怕"的心理，是很难做成事情的。世上那些做成大事的人，都是有着"不怕"的心理言行。而鲁迅新诗的主体意象也正是如此表现。《爱之神》中小娃子即爱神丘比特射出金箭后批评青年男女求爱的犹豫和徘徊，鼓动他们放开手脚，大胆追求。《他们的花园》中小娃子用尽心机，冒着风险，偷摘邻家的花朵，意即盗取别国的火种，更新自己，为我所用，正是进取求索的行为表现。《他》中的"他"排除一切障碍，不怕艰难险阻，去追求虽然遥远但却美好光明的东西。只有大胆迈开第一步，勇敢走向广阔的天地，就有美好的出路和远大的前途。4. 批判唯我。鲁迅十分讲求人的个性精神，还曾说"任个人而排众数"，这只是鉴于当时国民昏聩而言的，但并不是个人主义，以"我"为中心，排斥大多数，而是希求人人都要有自己的性格特征，精神意志，观念认识，然后每个有个性精神的人团结起来，联合起来，一致对抗腐朽黑暗反动的东西，那么就有可能获得新颖光明进步的东西。为此鲁迅对唯我主义、"自我中心论"进行了批评。《桃花》中桃花就是妄自尊大、以我为是、排斥他人的形象写照。显然作者在此进行了形象的讽刺和批评。而对"我"的开怀大度、相知相容的宽大胸怀作了肯定和赞许。

鲁迅新诗主体意象的确具有深刻的哲理内涵。其哲理内涵引导着人们产生诸多思考和感念，启示着人们应该怎样获得自己独立的人格精神，指示着人们应该如何开辟自己的人生道路。这对于唤起人的觉醒显然起到很好的促进作用，这对于当时进行的思想解放运动无疑起到积极的推动作用。鲁迅非常注重人的自立，认为人如果没有站立起来，什么事都难做成。他说："其首在立人，人立而后凡事举"。又说："人既发扬踔厉矣，则邦国亦以兴起"。[12]在这里，不仅强调了"立人"与"人立"的重要作用，而且还上升到国家的高度，认为人的个性、意志、精神的发扬，有利于国家的兴起，将人与国家紧密联系起来，说明人对于国家的重大意义。到后来，鲁迅更是着重强调人的精神，并上升到民众灵魂的高度。他说："惟有民魂是值得宝贵的，惟有他发扬起来，中国才有真进步。"[13]这说明鲁迅极力关注"人"的发扬，高度重视"民魂"的发扬，是想以此作为国家进步的前提条件，意在期求国家的兴盛，最终达到祖国的昌盛和强大。鲁迅新诗创作正是表达了这一意思，鲁迅新诗主体意象的哲理内涵正是表达了这一深邃而又博大的意蕴。

四、动人的诗美展示

诗总是美的，诗美是诗歌创作的基本审美要求。但美又是多样的，不同诗人的审美倾向又是不同的，因而其诗美显现也是不同的。有的因雅致秀气而显出美，有的因繁华灿烂而显出美，有的因气韵流动而显出美，有的因壮阔雄伟而显出美。有的是清秀美，有的是自然美，有的是朴素美，有的是绚烂美，有的是雄壮美。不管是哪一种美，都体现出那种美自身所带有的色彩和特点。那么，鲁迅及其新诗追求的又是哪一种美呢？鲁迅新诗的主体意象又显示出哪一种美呢？

作为战士形象的鲁迅，绝不是颂扬歌舞升平的歌者，也不是吟风弄月的儒士，更不是帮闲鼓吹的文人，而是拿起笔进行战斗的战士。所以他的新诗追崇的只能是一种雄壮之美。鲁迅在《摩罗诗力说》中早已阐明了自己的美学理想和美学追求。他说："顾瞻人间，新声争起，无不以殊特雄丽之言，自振其精神而绍介其伟美于世界"。意思是当时都是以不同凡响的雄丽伟美的言语声音唱响人间，传播当世，浸透人心，振奋精神。又说："诗人为之语，则握拨一弹，心弦立应，其声澈于灵府，令有情皆举其首，如睹晓日，益为之美伟强力高尚发扬"。其意就是诗人应该写出震荡心灵的诗作，这样才使读者的心弦为之振动，作出反响，才使读者"如睹晓日"般的新奇豪迈，感到一种伟大的力量。又进一步说："若其生活两间，居天然之掌握，辗转而未得脱者，则使之闻之，固声之最雄桀伟美者矣。"[14]言下之意是说，生活在天地之间而没有解脱苦难的人听到最雄伟的声音，顿然感觉精神振奋，意气风发，顿时有种生活的信心、勇气和力量。就在这篇论文中，他不惜花费大量篇幅介绍欧洲的几位被称之为"摩罗诗人"的情况及其诗作，那些诗人的言行和诗作都体现出雄壮伟大之特点。从这里可以看出，鲁迅特别欣赏和主张伟美的美学风格，并在他后来的作品中一以贯之。鲁迅新诗主体意象毫无例外地体现出雄壮伟岸的美学特征。

所谓伟美，简而言之就是伟大与壮美，就是伟大和雄壮之美。自然界中那些雄奇的山水，奔腾的江河，壮阔的海洋，人们容易看到它们的伟美。那么，就人而言，又怎样才能显现出伟美呢？人的伟美不在于他的外在身躯和形象，而在于他的内在气质和震撼人心的言行。鲁迅特别看重人的不同流俗的言行，特别注重人的不同凡响的举动，也就是那些前所未有的激励斗志的能唤醒民众的言行和举动，也就是那些敢于忤逆、叛逆、反叛、反抗、抗击、抗战、讽刺、批判、斗争、战斗的言语和行动。鲁迅新诗的主体意象恰恰有着这样的言行，恰好体现出伟美的风格特色。《梦》中"明白的梦"尖锐指出群魔乱舞背后的实质，大胆揭露"你方唱罢我登场"有如走马灯似的黑暗现实的怪象，辛辣讽刺了各色人物居心叵测的丑恶表演。《桃花》中"我"敢于嘲讽桃花自私狭隘、唯我独尊的心理。《爱之神》中小娃子坚决批判求爱之人瞻前顾后、畏首畏尾、犹疑顾忌、迟疑不决的态度和行为。《人与时》中时间对前面三人话语的坚决否定和批判，并果决地说出"从前好的，自己回去。/将来好的，跟我前去"的惊世骇俗的话语。《他们的花园》中小娃子敢冒天下之大不韪，做出了以偷摘邻家花园好花的形式改造和更新自己的举动。《他》中他到底清醒过来，立马无所顾忌地踏上走向广阔、寻找光明、追求新生的道路。这些主体意象真是不同凡响，非同一般。他们那些不合潮流的言行举动是不为世俗容忍的，也是一般人不敢想更不敢做的。而他们却在那样一个空气凝固且白色恐怖的社会环境里，既敢想也敢做，而且那样的果敢坚决，干脆利落，着实令人佩服，显示着觉醒者和先进者应有的战斗精神和英雄气概，其形象也毫无疑问地表现出令人敬佩的高大和壮美。

观览鲁迅新诗的主体意象，总觉得是一种动人的诗美展示。他们在身处逆境与危险，面临黑暗与污浊，冒着杀戮与恐怖的环境里，却能以力抗时俗、争天抗俗的言语举动直击流弊，抗击社会，确实深入人心。而且其独立特行的风度姿态又显得那样洒脱自如，活泼可爱，可亲可敬。所以，鲁迅新诗的主体意象既是一代先觉者振作奋发的精神风貌的显现，又是现代新诗动心感人的诗美形象的展示。启示着人们以果决铿锵的态度求得自己的首先解放，鼓舞着人们以高扬雄丽的声音打破沉闷的社会空气，激励着人们以激昂扬厉的步伐走出一条广阔崭新的生活道路。

鲁迅新诗意象的确有着只属于自己的鲜明特征，这与鲁迅的诗歌主张和看法有着高度的一致性，也符合鲁迅本人的性格特点与内在气质。从鲁迅的革命言行与实践看，鲁迅新诗主体意象的言行表现又何尝不是鲁迅本人思想行为的形象化的艺术反映。现实生活本就如此，作为现实主义作家的鲁迅，他无意也没有必要去夸大或缩小什么，只是真实地也是艺术地写出生活的实情，由此透射出生活的本质，让人们清楚地看到生活的本质。同时，也使人们在投射着社会阴影的诗意形象中看到自我的投影，从而反观自身，加以改进，力求自新。这是历史和时代赋予现实主义作家的基本任务，鲁迅也完成了这一光荣的基本任务。

注释

[1] 亚里士多德《诗学》，人民文学出版社，1962 年，第 94 页。

[2]《契诃夫论文学》，人民文学出版社，1959 年，第 53 页。

[3]《且介亭杂文·叶紫作〈丰收〉序》，《鲁迅妙语录》，中国广播电视出版社，1992 年，第 177 页。

[4]《漫谈"漫画"》，《鲁迅论文学与艺术》下册，人民文学出版社，第 805 页。

[5]《坟·文化偏至论》，《鲁迅全集》，西藏人民出版社，1998 年，第 13、18 页。

[6]《坟·论睁了眼看》，《鲁迅全集》，西藏人民出版社，1998 年，第 73 页。

[7]《热风·随感录五十七　现在的屠杀者》，《鲁迅妙语录》，中国广播电视出版社，1992 年，第 204 页。

[8]《华盖集续编·记谈话》，《鲁迅妙语录》，中国广播电视出版社，第 56 页。

[9]《坟·摩罗诗力说》，《鲁迅全集》，西藏人民出版社，1998 年，第 19 页。

[10]《南腔北调集·〈自选集〉自序》,《鲁迅全集》, 西藏人民出版社, 1998 年, 第 660 页。

[11]《热风·随感录六十三"与幼者"》,《鲁迅全集》, 西藏人民出版社, 1998 年, 108

[12]《坟·文化偏至论》,《鲁迅全集》, 西藏人民出版社, 1998 年, 第 18、13 页。

[13]《华盖集续编·学界三魂》,《鲁迅全集》, 西藏人民出版社, 1998 年, 第 422 页。

[14]《坟·摩罗诗力说》,《鲁迅全集》, 西藏人民出版社, 1998 年, 第 20 页。

试论鲁迅新诗的意象把握

　　鲁迅不愧是中国新文学的奠基者，在五四时期对新文学众多文体的潜心探索中，新诗也自然成为他探索和实践的文体对象。在对新诗的尝试中，也取得了在今天看来还是有价值的经验，并给我们留下了很是难得的弥足珍贵的作品。

　　鲁迅虽不是诗人但却有着诗人的气质，也是真正懂得诗歌本质特征的文化新人和文学新人，这从他 1907 年所写《摩罗诗力说》最早对西欧诗人的系统介绍和评析中显现出的崭新气象和透露出的奋发的张力，就可足见一斑。鲁迅创作的新诗仅只 1918 年至 1919 年两年间为新诗开始创作"打打边鼓，凑些热闹"[1]而创作的几首简短的新诗。然而就这几首仅存的新诗却给人以鲜明而深刻的印象。比较新文学史上的新诗，单就意象把握而言，鲁迅新诗也并不多么逊色。

　　意象是什么？意象就是诗歌的艺术形象或艺术符号。它是将客观生动的景与物和主观强烈的情与理紧密结合以至达到水乳交融的状态而形成的传达情意的艺术实体。没有这样的艺术实体是无法传递诗歌含意和主题信息的。有了这个艺术实体，诗歌的情感、思想、心理、意念等精神元素都得以顺理成章地抒发，诗人的喜怒哀乐、酸甜苦辣等情绪感受都得以畅通无阻地传输。也就是说，艺术实体就是诗歌艺术的形象符号。它是连接诗歌这个文本与欣赏者主体之间的桥梁和纽带。一切观念意识的艺术表现与传达都有赖于这个艺术的存在物。艺术底蕴很深厚的鲁迅是深知这一艺术特质的。作为新文学之初的新诗创作，鲁迅能在自己的新诗实践中分明体现出来，也很是难能可贵的。

　　细读鲁迅的 6 首新诗——《梦》、《桃花》、《爱之神》、《人与时》、《他们的花园》和《他》，首先给人的总体感觉是：意象把握的分寸感适度，既没有选择超负荷的意象，也没有降低意象的负荷量，既有中心意象，也有辅助意象，在辅助意象的衬托中突现中心意象，意象背景的设置含蓄而不深奥，让人读后稍加思索就明了背后的社会情势，具体背景自然而明朗，意象的组合也自然有序，使意象表达能够合情合理地传情达意，并有利于中心意象的深意表达，由此产生了令人揣摩玩味的意象审美效果。

就其时代背景而言，这几首新诗很明显都是放在五四时期那个新与旧、进与退交战的大背景下，那是一个"黑云压城城欲摧"的情势，逼人的时代趋势、险恶的社会环境、昏乱的民族同胞已将人置于崩溃的边缘，祖国将到危险的境地，"真要活下去的人们"[2]必须奋起振作，尽力挽救民族与国家危亡的命运。就其意蕴来说，这几首新诗通过诗歌的中心意象，都形象反映了那时一些觉醒的智者争取光明追求美好的热烈心愿和真挚情怀，寄托了包括作者在内的先进人士"别求新声"的大胆举动和探索精神，传达了时代先驱者们为走出困境的自觉努力和主动步伐。

几首新诗中，鲁迅选择的意象不是人们想象的奇特非凡，而恰恰是人们意外的司空见惯。明白的梦、桃花、爱神、时间、百合花、他，不正是人们日常生活中常常看到和谈到的吗？鲁迅把它们纳入诗中，将它们人格化和情感化，分别作为中心意象，并把它们放在具体背景和生活环境中，与其他意象一起进行巧妙组合而构成意象群，使之在其他意象的辅助下，通过意象之间对话的方式显示中心意象，这既避免了意象游离于诗体之外的飘浮和不可捉摸的模糊性与不定性，又消除读者与中心意象之间的距离和不可接近，使读诗的人首先有种亲近感，而乐意进入诗歌意象的游历中去慢慢接触、观览和品尝，从中体会和领悟出不同意象发出的不同声音与中心意象弹奏的主旋律，最终获得审美过程中的美感享受。

《梦》写于1918年5月，是作者开始写作新诗的第一首，这第一首诗就有种耐人咀嚼的感觉。"梦"是人们经常做的，人们常常要做稀奇古怪、五颜六色的梦。作者便抓住"梦"这个非常普通的现象，把它放进诗歌环境中成为表意的意象。但如果仅仅就梦而笼统地抒写，其意象及其意义还是模糊不清，没有具体感和确定性。作者在《梦》中将"梦"分为"大前梦"、"前梦"、"后梦"等很多种，使其拟人化而充满灵性和实感。他们趁着黄昏哄然而起纷纷出场了，在黑夜里进行着相互间的交锋、纷争和排挤，"前梦才挤却大前梦"，"后梦"又马上"赶走了前梦"，他们去的在的都说自己有"真好颜色"，叫大家去观看和称赞，而其实他们明明都是黑得如墨，墨一般的黑。这种自欺欺人的做法是没有光亮和前途的，还是等待"明白的梦"吧。面对他们相持不下的纷然争论，"明白的梦"这时干脆一针见血地道破他们的真实："颜色许好，暗里不知"，"暗里不知，身热头痛"。这真有点像《皇帝的新衣》中那个可爱的孩子忍不住说出实话的感觉。在这里，黄昏显然是黑暗势力的代表，大前梦、前梦和后梦是群魔乱舞的表现，有的只是阴暗、污秽和丑陋，他们在前台进行了一番滑稽可笑的表演后，终于被代表向上和前进的"明白的梦"推到幕后。"明白的梦"从幕后缓慢而从容走上前台，揭破丑恶的表象和本质，使之现出本相而逃之夭夭。这个中心意象显然寄寓了作者对丑恶势力毫不客气的坚决态度和英勇奋战的情绪意志，对明天、未来、光明和希望的热情期待和执著追求，意味着只有不断"挤却"不好的梦，实际就是只有进行一次又一次的改革，人类社会才能更新，才能走上真正美好的出路。

《桃花》中作者将"桃花"这个平常的物象化为诗体的中心意象，把他置于春雨刚过太阳很好的出场背景，在"我"的客串和与"桃花"的言语对接中演化出一番诗意。在这个和美的情景中，"我"不经意地漫步园中，"桃花"、"李花"在园西、园东各自开放，面临花儿盛开的景象，"我"情不自禁地赞美道："好极了！桃花红，李花白。"却并没有说"桃花不及李花白"。然而桃花竟然气得满脸涨红，并对"我"言语相撞"好小子！真了得！"，"我"也只好温和辩解"我的话并没有得罪你"，最后没有办法，只能说句无奈的感叹话"唉！花有花道理，我不懂。""桃花"为什么生气呢？因为"桃花"不愿同"李花"并排，觉得把自己贬低了，所以生气。其实桃红李白，桃李芬芳，本是并列的，并无高下之分，他们两相辉映，各显优长，相得益彰，况且"桃花"本就排在第一，却还不足意。这是一种什么思想作怪呢？很明显，"桃花"自以为高出"李花"，高人一等，只认为自己的优长才是优长而忽略和排斥对方的优长。这是一种自高自大、妄自尊大的错误的思想情绪的表现。此诗通过对"桃花"这个中心意象的描绘与处理，表达了作者对个人主义思想观念所提出的批评意见。

《爱之神》取材于古罗马神话爱神丘比特的故事。传说他是一个身长双翅手持弓箭的美少年，他的箭射到青年男女的心上，就会产生爱情。作者将这个为人熟悉的题材具体化，为这首诗设置了一个具象化的情节。诗的中心意象"爱"是在展翅空中、搭箭张弓的"小娃子"与被射前胸的人的对话中展开和突现出来的。已中爱箭的人已经产生了"爱"，但不知道爱的对象，因此心中茫然，便去谢问射箭的"小娃子"，而"小娃子"着慌摇头作回答："你应该爱谁，我怎么知道。/总之我的箭是放过了！/你要是爱谁，便没命的去爱他……"那么中心意象"爱"的寓意是什么？这其实表达了"爱的自由"

的主题。要爱就自由地爱，大胆地爱。当然这里的"爱"不单指爱人之爱、所爱之人，而是有着爱的对象的丰富性，凡是人物、事物、景物等一切充满美好、光明、进步的东西都是爱的对象。这首诗表面是爱情诗但不限于爱情诗。这无疑是五四时期"个性解放"、"自由平等"的时代精神的强烈反映。

《人与时》这首诗可有点现代诗的风味。作者采取意象叠加的手法将人与时瞬间见面、对接和碰撞，在三个具体人的话语交谈中推出了"时间"这个中心意象。"一人说，将来胜过现在。／一人说，现在远不及从前。／一人说，什么？"三人各说一词、各自为对。在听到三个人的话语交谈后，"时间"毅然站出来发表自己的意见："你们都侮辱我的现在。／从前好的，自己回去。／将来好的，跟我前去。"从"时间"这个中心意象的言语表达中，分明透露出敢于面对的勇气、坚定意念的信心和立足现在、着眼未来的眼光，也说明一切都要经过时间检验的道理。从前已成往古，现在只是起点，将来才是方向。此诗有种含蓄而浩淼的空间视觉性，让人同时看到古老的从前、眼前的现在，也似乎看到将来的光景，并使读者在瞬间的静听与感应中作出应有的价值判断。它把从前、现在、将来放在一起，把历史和未来通过现时的桥梁紧密连接，具有强烈而深沉的历史感和岁月沧桑的凝重感，从悠远的历史中透射出对未来的希望和向往。整首诗满蕴着深刻的哲理意蕴，催人联想与深思，启人奋发而有为，给人留下广阔而丰富的艺术天地。

《他们的花园》也是一首启人深思、耐人寻味的小诗。作者将中心意象"百合花"置于繁花盛开的背景中，在"小娃子"费尽心机从邻居大花园里偷摘的行为中出场。"小娃子"在花园的许多好花中"用尽小心机，得了一朵百合"，"像才下的雪"一样"又白又光明"，小心翼翼拿回家，花与面庞交相辉映，使得"小娃子"喜爱有加，轻轻放在那里，结果被"绕花飞鸣"的"苍蝇"弄得满屋零乱，被大人责备一番，"偏爱这不干净花，是胡涂孩子"，"忙看百合花"，"几点蝇屎"已经污染"百合花"的洁白与纯净，"小娃子"急得"看不得；舍不得"，"瞪眼望天空"，更是"无话可说"，没奈何，又想起了邻家大花园里还"有许多好花"。这里的"百合花"显然是光明美好的象征与化身，流露出作者对美的事物的热爱之情。但如果美遭到破坏和玷污又将怎样呢？诗中答案告诉我们：美遭到破坏是应激起惋惜、遗憾和憎恨之情的，然而不要专注一点，过分伤感，而要振作精神，想法努力，因为美的东西不只一种，还有很多很多的美等待你去选择和获取。值得注意的是：作者自然而恰切地采用了比较手法，将"百合花"与"苍蝇"、建构与破坏、爱与恨、善与恶、美与丑进行对比，在对比中，两相映衬，各自突现，好坏自分，美丑自明，优的更优，劣的更劣，并使读者在阅读鉴赏中同时开展审美和审丑的双重活动，从而得出意想不到的双重价值判断，由此获得审美过程中的更多的审美快乐。

《他》这首诗写于 1919 年 4 月，也是作者五四时期进行新诗实践所创作的最后一首诗。这首诗更是新颖别致，内涵丰深，给人耳目一新之感，有着较大的咀嚼余地。此诗三个诗节，每一节抒写一个情景，就在这三个情景的背景和人事经过的描述中，推出诗歌的中心意象——他——以及他的行为表现。作者在意象选取与设置中，通过知了、秋风、大雪三个辅助意象的推移来构成情节转化的契机，安排了夏、秋、冬三个不同季节的变换和知了叫、秋风起、大雪下的背景转换来突现"他"的举动。他的门被"锈铁链子系着"，将自己关在屋子里酣酣地睡着，知了叫不起他，秋风吹不醒他，大雪压不怕他，他似乎就这样一个劲儿死死地睡着。"他"的酣睡其实就是作者在《呐喊·自序》中所说"铁屋子"里面"许多熟睡的人们"的艺术写照，"不久都要闷死了，然而是从昏睡入死灭"，却"并不感到就死的悲哀"。当然"他"并不局限于不知觉醒的人，而且还包含了无法改变的旧事物。但从二、三诗节看，"他"好像又很快觉醒了过来，离开了沉闷的房间，毅然走向远方去追求远大的理想。这当然又是令人感动的行为举动。总之，此诗中心意象的表意比较复杂，但不管怎样，此诗在中心意象上寄寓了作者对停滞不动的人与社会的悲凉感和对人与社会必须改革的深情呼唤。

从以上简要分析中可以看出，鲁迅新诗的意象是人们熟悉易懂、明了朴实、平易近人、亲切可感的。其意象把握也是符合实际准确到位的。意象选取恰当平实，意象背景合适实在，意象设置巧妙自然，意象表达晓畅明朗，意象寓意丰深蕴藉，意象效果显著动人。鲁迅决不是某些诗人把诗歌意象高悬空中或放之高阁，不是故弄风雅或故作玄妙与高深，而是从生活中取象，源于生活又高于生活，消除一种"谬误的判断和隔膜的揶揄"，着力"抒发自己的热情"[3]，用"真的声音""感动中国的人"[4]。这说明鲁迅开始试作新诗就将诗歌与现实密切关联，与生活主动贴近，就将自己的诗笔触摸现实生活的体肤，反映时代社会的焦点，致使他仅有的几首诗也成为传播"真声音"[5]的小螺号而成为具有特殊价值的诗作。

在中国新诗的最初尝试中，胡适和鲁迅是最早的实践者，但两人的新诗面貌却差异极大。胡适新诗除了形式上还留有旧诗词的痕迹外，其意象的单一性、情感的个人性、情思的单薄感、意蕴的粗浅感比较明显，而且有种矫揉造作的飘浮之感，缺乏饱满感、厚实度和深刻性，难以玩味与耐读。而鲁迅新诗意象的丰满、情思的饱和、意蕴的深邃、意味的蕴藉，都真实而自然，含蓄而深沉，隐含一种耐人寻味、引人揣摩的艺术境界与魅力。确实感到"新"的气息、"新"的味道，而且从内容到形式都是全新的风貌、全新的感觉。这取决于他真诚关注现实、密切联系实际、热情贴近生活、大胆看取人生的新诗倾向。作为新诗的初试者，能够在相对于古典诗词的基础上甩掉包袱摆脱羁绊而营造全新面貌，在新诗滥觞期能做到如此，真是极不容易也非常难能可贵。

别林斯基赞扬普希金诗作的真实性说："普希金的诗里没有奇幻的、空想的、虚伪的、想入非非的东西；它整个浸透着现实。它没有给生活的面貌涂上脂粉，它只是把生活本然的、真正的美显示出来。普希金的诗里有天堂，可是那天堂总是浸透着人间。"[6]鲁迅的新诗恰是这样。我们从中也的确看到了人间世事与生活、现实与未来，看到了"刀光火色衰微中"的"一种微薄的天色"和"新世纪的曙光"[7]。鲁迅也决不掩饰现实生活的阴暗、缺陷与痛苦，而是如实地加以艺术的反映，并给人一种希望的亮光。正如黑格尔说："纵然是表现痛苦，也要有一种甜蜜的声音渗透到怨诉里，使它明朗化，使人觉得能听到这种甜蜜的怨诉，就是忍受它所表现的那种痛苦也是值得的。"[8]

读罢鲁迅这6首新诗，总是感觉其意义特别。鲁迅在评价白莽的诗说道："这《孩儿塔》的出世并非要和现在一般的诗人争一日之长，是有别一种意义在。这是东方的微光，是林中的响箭，是冬末的萌芽，是进军的第一步，是对于前驱者的爱的大纛，也是对于摧残者的憎的丰碑。一切所谓圆熟简练，静穆幽远之作，都无须来作比方，因为这诗属于别一世界。"这用于评价鲁迅自己的新诗，真是恰切无误。在诗坛沉寂的今天，我们应该深受启发。

（本文发表于《西南大学学报》2007年增刊）

注释

[1]《集外集·序言》，《鲁迅全集》光盘版，北京银冠电子出版有限公司。

[2]《华盖集·忽然想到五》，《鲁迅全集》，西藏人民出版社，1998年，第376页。

[3]《集外集拾遗·诗歌之敌》，《鲁迅全集》光盘版，北京银冠电子出版有限公司。

[4]《三闲集·无声的中国》，《鲁迅全集》，西藏人民出版社，1998年，第526页。

［5］《热风·随感录四十》，《鲁迅全集》，西藏人民出版社，1998 年，第 98 页。

［6］［8］转引自吕进《新诗的创作与鉴赏》，重庆出版社，1982 年，第 42、52 页。

［7］《热风·随感录五十九"圣武"》，《鲁迅全集》，西藏人民出版社，1998 年，第 107 页。

谈鲁迅新诗意象的象征性

象征性意象现在看起来是没有什么稀奇了，但在中国新诗草创期的 1918、1919 年前后，能在新诗创作中准确运用象征性意象来联结与组合充满诗意的语言符号，营造一种浓郁的诗歌氛围，表达丰富而深刻的诗情与诗思，就显得弥足珍贵也更加难能可贵了。

在运用象征性意象进行新诗的构造中，鲁迅发表于 1918 年 5 月 15 日至1919 年 4 月 15 日《新青年》上的几首新诗，可谓借用象征性意象进行新诗创作的成功典范。鲁迅发表的《梦》、《桃花》、《爱之神》、《人与时》、《他们的花园》和《他》等每一首新诗中，都闪耀着象征性形象的艺术光辉。透视中国新文学发展史和中国新诗所走过的艰难曲折的漫长道路，以及至今还在对何为新诗进行众说纷纭莫衷一是的论述与阐释，我们深感鲁迅新诗应该引起我们的特别注意。鲁迅新诗在发表的当时虽然并未引起读者的太多注意力，也许由于鲁迅新诗表达的蕴藉涵蓄婉曲深刻而当时的人们又缺乏相应的鉴赏力所致吧，但是金子总会发光的，经过了 90 年的岁月洗礼与时间冲刷，在翻阅整个中国新诗的文本档案时，我们意外地发现鲁迅新诗确实有着闪烁其中的美点和亮点，以致吸引着我们重读与评析鲁迅新诗的浓厚兴趣。

鲁迅新诗似乎也的确沉睡得太久了，现在也该是我们好好研读鲁迅新诗的时候了。作为艺术大家，鲁迅创作的每一种艺术作品都是美丽的艺术之花，以前我们更多地研读鲁迅的小说、散文、散文诗和杂文而比较忽略鲁迅的新诗，这是不应该的。鲁迅并非诗人，我们也不能因此而不去研读鲁迅新诗。事实上，鲁迅新诗隐藏着很大的研读空间，潜藏着很多值得研究的新诗元素。单就象征性意象而言，鲁迅新诗就有着让人揣摩和深思的很大空间。

一、象征性意象的艺术探源

何谓象征？象征就是用某种特定的形象来表现与之相似或相近的某种思想感情的艺术方式。或者以某种特定的事物表达某种特定的含意，抑或赋予某种特殊事物以某种特殊意义。它是以具体事物来抒写另一事物或传达某种思想情感，表面写的是这个事物，实则写的是那个事物。"象征最大的用处就是以具体的事物来代替抽象的概念。"[1]它是以实写虚，由实生虚，化实为虚。如：红色象征热烈，绿色象征和平，绿洲象征希望和光明，松、竹、梅、菊、雪象征着高洁的品质，等等。所谓象征性意象，就是以象征手法表示某种特殊意义的艺术形象。象征性意象在古今中外的文学作品中大量存在，以致成为文艺家设置意象的一种惯用的文艺技巧和手段。外国诗歌中象征性意象非常多，以至后来形成象征主义的流派和潮流而风靡一时，像雪莱《西风颂》中的"西风"就是一种强劲的革命力量以及诗人自我的象征；波德莱尔《恶之花》中的"恶之花"就是西方世界善恶美丑两相交融的象征；高尔基《海燕之歌》中的"海燕"就是无产阶级坚强战士的象征；艾略特《荒原》中的"荒原"就是现代西方社会及资本主义文明的象征。这些象征性意象在诗歌中巍然矗立，耀眼夺目，引起了读者极大注意力，同时使诗歌获得了意蕴丰深的内涵，吸引了读者特别研究探索的强烈兴趣。我国古典诗歌中象征性意象也很不少，如："曾经沧海难为水，除却巫山不是云"，诗人以"沧海水"、"巫山云"象征忠贞不二的爱情和深切思念的爱人以及某一坚定的理想；"春蚕到死丝方尽，蜡炬成灰泪始干"，诗人以"春蚕"、"蜡炬"象征着执著的爱情或对某种希望信念的至死不渝的追求；"野火烧不尽，春风吹又生"，诗人以"野火"象征一种破坏力，以"春风"象征一种新生力量；"墙角数枝梅，凌寒独自开"，以"梅花"象征一种傲霜斗寒、孤傲高洁的品格；"落红不是无情物，化作春泥更护花"，以"落红"象征一种甘愿牺牲、无私奉献的精神。这些诗句中的意象明显带有象征性和暗示性，绝非单纯的写景了事。其中隐含着触动人心的本质意义，要靠读者经过揣摩和赏析方能得知，也才知象征性意象的奥妙所在。

鲁迅博览群书，涉猎广泛，既有古典文学的深厚功底，又有外国文学的丰富知识，可以说古今中外的文学作品及相应的文学理论多有接触和了解，法国的象征主义自然也在他的视线内，这为他日后正式进行文学创作和走上文学道路做了充分准备，也才使他开始创作就能"一发而不可收"。就其象征手法及象征性意象来说，鲁迅作品中无论小说还是散文都有表现，既有贯穿全文的整体象征，如小说《狂人日记》中的"狂人"，显然是反封建战士的象征，散文《狗·猫·鼠》中的狗、猫、鼠是生活中某一类型的人的象征；也有画龙点睛的局部象征，如小说《补天》中女娲胯下的小丈夫就是人的原欲的象征，《药》中夏瑜坟上的花环无疑是明天的希望和革命后继有人的象征。特别是散文诗《野草》使用了大量的象征手法，出现了大量的象征性意象，可以说《野草》就是主要以象征手法创造的大量象征性意象活动的集结。秋夜、枣树、影子、过客、战士、求乞者、老女人等意象，都有着显明的象征意义，而使作品充满浓郁的艺术性，达到含蓄而深刻的程度，让人深感艺术表现的美妙。尤其让人惊奇的是，鲁迅在为数不多的新诗创作中也有着象征手法的准确运用和象征性意象的巧妙设置，而且又是那样的自然得体，可谓天然而成。这在中国新诗的草创期分明是一种崭新的手法和意象显现，不得不引起我们对鲁迅新诗意象的象征性进行鉴赏与评析的浓厚而强烈的兴趣。

二、象征性意象的文本体现

象征性意象并不是简单地牵强地生硬地赋予意象的某种含义，如果这样也不能产生真正的象征性意象。诗人要善于寻找与自己的情思意绪相感应与契合的外界事物，寻找能够最充分最完美地表达或暗示自己内心世界的富有特征的事物，也就是要在大千世界中找到与自己心灵相吻合又富有诗情的对应物，这样才能够赋予外物的象征义而成为象征体。这是运用象征手法的基本点。

鲁迅新诗中有着由充满主观情意并富有特征的客观事物而形成的象征体。这种象征体在鲁迅为数不多的几首新诗中都分明地存在着，由此构成具有特殊含意的意象符号，就像颗颗闪亮发光的明珠，映入读者的眼帘。特别引人注目的，就是鲁迅新诗不像一般新诗只是单一地个别地局部地使用象征，而是综合地总体地全局地使用象征，也就是说鲁迅新诗既有众多的表现具体情景的局部象征，又有贯穿全诗的整体象征，并在标题上充分显示，致使全诗从标题就有种象征性的感觉，再到诗歌主体更是象征性意象纷繁林立，可以说鲁迅新诗中每一个意象都带有象征性，因而更加吸引着读者的眼球，刺激着读者要去探个究竟。《梦》以"梦"作为全诗的一个整体象征性意象，具体到诗中又有五颜六色的局部象征性意象，有大前梦、前梦、后梦和明白的梦，诗篇就是由带有不同色彩的梦组成的，这些各不相同的梦通过自身各不相同的表演显然有着各不相同的指向和寓意。《桃花》以"桃花"作为全诗关注的象征性意象的焦点，诗中通过对他那异样的情态描写，在我和李花的陪衬下，显得格外突出。这里的我、桃花、李花分明是不同的人的不同的人品的象征。《爱之神》以爱神作为"自由之爱"的总体象征意象，以中箭之人作为非自由之爱、非大胆之爱的局部象征意象，两者形成相互反衬的象征体，使主体象征意象"爱神"显得尤其分明。《人与时》将人与时间同时作为总体象征意象并在标题上一同显现，在诗中又将人分为三个具体的人，分别代表着对过去、现在和将来的不同立场以及不置可否的态度，以此陪衬时间这个主要象征体，然后将时间这个占中心地位的象征意象突现出来，又以拟人的手法表明他鲜明的情感态度，时间事实上就是既注重现在又着眼将来的主体象征意象。《他们的花园》以盛开着各种鲜花的花园作为全诗的整体象征意象，以小娃子、大花园、好花、百合花、苍蝇、家长作为诗歌局部象征性意象元素，各自富有深刻的象征义，由此构成诗歌的象征性氛围和传达出诗歌的象征性意蕴。《他》中的"他"无疑是贯穿全诗的具有象征性的中心意象，诗中的知了、太阳、锈铁链子以及秋风、大雪、路和"我"等意象都各有其深刻的象征义，以此作为意象元素镶嵌在诗中，成为诗歌不可或缺的表情达意的意象符号，从而承载着诗歌的深情厚意和传递着诗歌的意蕴信息。这些就是鲁迅新诗象征性意象的具体表现。在这些诗篇中，鲁迅都是以整体象征性意象和众多局部象征性意象谋篇布局、巧思妙构的，从而委婉而含蓄地传达出诗歌启人深思的思想，表达了诗人浓郁而深沉的情意。

　　鲁迅新诗就是这样以象征性意象的巧妙构置而成就优美深邃诗篇的。鲁迅坚决反对以虚造的幻景而赢得人们的欢心，更反对以虚悬的极境而赚取读者的夸耀，他说："凡论文艺，虚悬了一个'极境'，是要陷入'绝境'的"[2]，所以他的新诗不以华而不实的意象去虚与委蛇，而是以着实具体的象征性意象去洞察社会的风云变幻，去反映时代的内面精神，去烛照人的思想与灵魂。这也表明鲁迅新诗意象的深意和非同一般。

三、象征性意象的审美内涵

　　如果诗歌意象也带有明显的象征性，也具有一定涵义，那么正如古人所谓"托义于物，借物言志"，是符合象征性的基本要求的。但是这个"义"与"志"假如不是大义与大志，恐怕诗歌的象征性也未能达到理想的真正高度。而鲁迅新诗恰能在普通的诗歌意象中赋予象征性色彩且能达到象征意义的深度与高度，这并不是一般新诗所能相比的，也由此可见鲁迅新诗象征性的深刻内涵和远大志向。

　　鲁迅作为一生致力于"立人"工作的探索者和国民精神的改造者，是不可能抒写个人的些小情感，更不可能发抒没有意义的儿女情长的感慨，即便简短的新诗也要以小见大，见微知著，"一滴露珠照天地，几行文字写春秋"，透射出汹涌的时代风云，反映出广阔的社会图景，描摹出昏乱的现实状况，表露出自己在时代的风云变幻、社会的动荡混乱和现实的污秽漆黑中鲜明的政治立场、情感取向与人生态度。因此鲁迅新诗的象征性意象寄寓的是时代社会的大情感与大志向，具有普遍性的意义，恰如黑格尔所说："象征要使人意识到的不是它本身那样一个具体的个别事物，而是它所暗示出来的普遍性的意义。"[3]也如日本文艺评论家滨田正秀所认为的，象征就是"用小事物表现或暗示大事物。"[4]《梦》里所写的大前梦、前梦、后梦趁着黄昏纷纷登场，相互倾轧，就是暗示那时接二连三勾心斗角与排挤打击的军阀派系争斗，对当时军阀连连上演的什么皇帝梦、复辟梦、割据梦、总统梦、统治梦等五颜六色的噩梦作了淋漓尽致的形象反映，其情形也正如鲁迅在《哀范君三章》中所描绘的"狐狸方去穴，桃偶已登场。"诗中还鲜明地突现了"明白的梦"，"明白的梦"显然是代表时代发展新趋向的时代新人和诗人自我的象征，在面对形形色色的丑恶表演，这个具有反抗精神的时代勇士勇敢地站出来进行大胆的揭露、讽刺和批判，形象地发表了时代前进的宣言，也由此使此诗的象征性带有讽喻性和前瞻性。《桃花》中所写的桃花、李花和我，各自意味着在雨过天晴后面对繁盛景象的不同心态。桃花心胸狭隘，骄傲自满；李花涵蓄稳重，不露声色；我坦荡直爽，快言快语。这三个意象由各自不同的心理透露而分别象征着三种迥然不同的人品，孰优孰劣，读者自有判断。《爱之神》可谓"自由恋爱"的颂歌。其中爱之神意味着爱情的自由，是现代爱情的象征，寄寓了作者的颂赞之情；"我"意味着爱情的不自由，是传统爱情的象征，寄予了作者的批评之意。《人与时》中的三个人通过他们的话语分别象征了理想主义、复古主义和糊涂主义这三种类型的人，表明作者对他们的批判；时间象征着现实主义的人们，首先立足现实，也要着眼将来，表明作者对这类人的肯定。《他们的花园》塑造了几个耐人寻味、发人深思的艺术形象。小娃子是勇敢拿来者的象征、大花园是西方先进文化园林的象征、好花是优秀文化的象征、百合花是最先进的文化知识品种的象征、苍蝇是践踏者与毁坏者的象征、家长是封建势力保守者的象征。其好坏美丑自然显现。诗中通过小娃子、苍蝇和封建家长对百合花的不同言行态度，刻画他们各自不同的心理，鲜明地表达了作者对美的事物的赞赏之情和对丑的事物的厌恶之意。《他》中的"他"是一个猛然觉醒者和对理想执著追求者的象征，尽管夏去秋至冬又到来，季节变换，长路漫漫，曲折艰辛，但矢志不渝，持之以恒，仍是追寻。"我"去寻找却半途而废，寓指那种没耐心没恒心没信心的人。诗中之人，孰是孰非，作者的情感态度了了分明。在这些诗中，可以看出，作者是以积极关注时代社会发展趋势的眼光，去抒写诗歌内容和设置象征性意象的，致使其象征性意象富有浓重的时代色彩和深刻的审美内涵，从而引领着人们去思考人在新潮冲击和新旧交替之中应该朝着什么方向走什么样的路。

鲁迅就是这样站在时代的高度和前沿，将自己的诗笔紧紧跟随现实情势的动态变化，伸进现实生活的内里与深处，挖掘出人们未曾发现的东西，表达出人们想说而未说的话语。鲁迅是坚决反对吟风弄月和闲适的小品文的，不满那种"靠着低诉或微吟，将粗犷的人心，磨得渐渐的平滑"之认为，极力赞赏那种"没有忘记天下"，"有不平，有讽刺，有攻击，有破坏"的作品。他称赞"罗隐的《谗书》，几乎全部是抗争和愤激之谈"。他说："何况在风沙扑面，虎狼成群的时候，谁还有这许多闲工夫，来赏玩琥珀扇坠，翡翠戒指呢。他们即使要悦目，所要的也是耸立于风沙中的大建筑，要坚固而伟大，不必怎样精；即使要满意，所要的也是匕首和投枪，要锋利而切实，用不着什么雅。"[5]鲁迅新诗及其象征性意象正是针对社会现实的短小精悍而锋利切实的"投枪和匕首"，警醒人们要以清醒的头脑和奋然的姿态去面对现实，正视现实，革新现实。

四、象征性意象的美学感应

鲁迅曾说："生存的小品文，必须是匕首，是投枪，能和读者一同杀出一条生存的血路的东西；但自然，它也能给人愉快和休息，然而这并不是'小摆设'，更不是抚慰和麻痹，它给人的愉快和休息是休养，是劳作和战斗之前的准备。"鲁迅新诗及其象征性意象"自然含着挣扎和战斗"[6]，是诗歌中的"生存的小品文"，有着独特的品格和个性，给人以强烈而深远的美学感应。

当我们阅读鲁迅新诗的时候，总感到其象征性意象连同诗歌一起给人以信心、勇气和力量。这应该就是鲁迅自己所说的"撄人心者"的作用吧。在那个新旧交锋、黑夜还在肆虐的时代，不是人人都能够说出心中的话语。然而作为新文化闯将和开路先锋的鲁迅，敢于说出心中大胆而真实的话语，真是鼓舞人心，激励斗志，催人奋进。这种言人之未言、发人之未发的诗话见解，既是历史与现实的形象描绘，也是作者理性思考的形象表达。这一切都源于一个"真"字，真实，真诚，真率，而且又是那般自然，毫无斧凿矫饰之痕迹。黑格尔老人曾说："诗的观念方式对事物外表留恋不舍的兴趣，它把外表看作本身值得描绘和重视的，因为它表现出事物的真实情况。"[7] 鲁迅新诗正是达到如此境界。《梦》以光怪陆离的各种颜色的"梦"的纷纷登场表演以及"明白的梦"的无情揭露，《桃花》以"我"与桃花的言语对答，《爱之神》以小娃子（爱神）与"我"的话语交锋，《人与时》以三种人的各自言语和时间对几种人的批判与自我表白，《他们的花园》以小娃子采撷鲜花的大胆举动和苍蝇的破坏行为、封建家长的冷漠反对的态度，《他》以"他"那上下求索的意志和"我"的中途而退的作为，无不反映了当时前后历史与现实的真实情景，无不因事物外表的真实而反映出事物本质的真实。作者毫不隐讳地说出与生动描述，完全是出于对黑暗现实的十分忧虑、对人之精神的深切关注、对明天未来的殷切期望。其真实的反映、真诚的用心和真率的性情，无疑表现出难得的个性，也让人深受感动。它的确将读者带进诗歌的情境中，去观摩去感触去评判时代社会的格调变换，以及人的言行举动、内心世界与精神特征。自然一切都必须语言来表现，而"语言的魅力就在于它的象征性。"[8] 鲁迅新诗的语言因意象的象征性也明显带有象征性色彩，而使诗歌语言具有摄人心魄、令人揣摩、发人深思的艺术功效，它促使人们驰骋艺术想象，去捕捉那象征着的普遍意义。

　　鲁迅新诗意象的象征性无疑对后来诗人们的诗歌创作具有一定程度的启示性。在中国新诗的发展过程中，象征手法也逐渐成为文艺家们常用的艺术技巧。除了以李金发为代表的象征派诗人的诗歌创作直接来源于法国象征主义外，其他诗人包括以戴望舒为代表的现代派诗人的诗歌创作也未免不受到前人诗歌创作的象征性的影响，他的名诗《雨巷》中的"雨巷"决然是当时黑暗社会现实的象征，"我"是诗人自我的象征。这首诗也自然借鉴了法国象征派诗歌的艺术手法，同时也继承了中国古典诗歌的传统。光未然《黄河大合唱》中的"黄河"分明象征着中华民族，黄河的哀怨、愤恨和怒吼就是中华民族在生死存亡关头的哀怨、愤恨和怒吼。臧克家《老马》中的"老马"无疑是旧社会过着牛马不如的悲惨生活的劳动人民的象征，老马的悲苦、叹息和忍辱负重就是旧中国苦难深重的劳动人民的悲苦、叹息和忍辱负重。诗人在这里找到了外在世界的寄情物和符合诗情诗意的对应物，恰好地寄托了自己的思想感情，很好地表达了自己的内在意向。

　　鲁迅新诗也如其小说有着"表现的深切和格式的特别"之总体特征，其新诗的"新"除了内容新、表现新、格式新、语言新，恐怕不能否认的还有技巧手法新。本文所充分论证的象征手法的恰好运用和象征性意象的巧妙设置，就是一个明显而典型的例证。无怪乎一些新文学的大家也不得不承认和称赞鲁迅新诗是全新之作。胡适说当时新诗多像"一个缠过脚后放大了的妇人，"而"会稽郡周氏兄弟却是例外。"[9]后来朱自清高度评价道："多数作家急切里无法甩掉旧诗词的调子，……只有鲁迅氏兄弟全然摆脱了旧镣铐"[10]。郭沫若认为鲁迅新诗达到极致甚至至境："偶有所作，每臻绝唱"[11]，这虽有点过誉，但鲁迅新诗是现代诗歌的上品却是无疑的。甚至有人还说鲁迅新诗至今还没人超越，认真考察中国现代诗歌状况，也确有道理。鲁迅新诗给人留下的审视和思索的空间太广阔了，加上意境的宏阔与深邃，以至于需要很长时间方能把握其中的真意与深意，真是"自觉之声发，每响必中于人心，清晰昭明，不同凡响。"[12]从象征性意象的显现就可见一斑，也预示着鲁迅新诗具有永久的耐读力。

　　　　（本文系与黄燕合作，发表于《教育与教学研究》2009年第10期）

注释

[1]《朱光潜全集》（2），安徽教育出版社，1987年10月，第64页。

[2]《且介亭杂文二集·"题未定"草七》，《鲁迅全集》（二），中国人事出版社，2005年，第337页。

[3][4][8]谢文利、曹长青《诗的技巧》，中国青年出版社，1984年10月，第292、295页。

[5][6]《南腔北调集·小品文的危机》，《鲁迅全集》（二），中国人事出版社，2005年，第50页。

[7]吕进《新诗的创作与鉴赏》，重庆出版社，1982年，第221页。

[9]《胡适文集》第9卷，北京大学出版社，1998年9月。

[10]《〈中国新文学大系·诗集〉导言》，上海良友图书公司，1935年3月。

[11]《鲁迅诗稿·序》，《郭沫若全集》，人民文学出版社，1981年。

[12]《坟·摩罗诗力说》，《鲁迅全集》（一），中国人事出版社，2005年，第18页。

鲁迅新诗意象所指的不定性和多义性

相比小说、散文和戏剧形象，诗歌形象恐怕是最难揣摩和感受的。因为小说、散文和戏剧形象有着相对的明确性与稳定性，而且由于描述的具体性与清晰性而使形象有了一定程度上的较为确定的实指，因而其形象色彩与形象意蕴也就不难进行美学判定。然而诗歌就不一样了。诗歌除了叙事诗、哲理诗和政治讽刺诗等其含义比较确切的诗体面貌外，大量的诗歌类别体貌为抒情诗，而抒情诗其形象感特别强，有着不少的诗歌意象作为诗情抒发与诗意表达的因子，这种诗歌意象似乎有着天然的含蓄与蕴藉，加上抒情诗特别讲究艺术性，一般都不主张直接明了地描述抒写对象和环境，这就更加重了诗歌意象的蕴蓄与隐晦，使人更难于把握诗歌意象的含意与真意，很难以确切的语言加以表述，也正是古人所说的"只可意会，不可言传"，由此造成诗歌意象的不定性与多义性，不同的人有不同的理解，不同的读者有不同的欣赏感悟和鉴赏结论。

所谓不定性就是诗歌意象的所指具有不稳定和不确定的特性。所谓多义性就是诗歌意象具有多重或多种含义的特性。诗歌意象所指的不定性由于没有确切的指向或指归，致使诗歌意象的外延扩大，欣赏者可以根据诗境诗情的寓意与暗示，去展开合乎诗意的想象与理解。诗歌意象的多义性由于含义的多样，致使诗歌意象的内涵加深，欣赏者可以根据自己的生活感悟与人生体验，去进行合乎规律与目的的领会与阐释。诗歌意象所指的不定性和多义性可使欣赏者思维的翅膀在比较广阔的时空进行自由的飞翔，不受某种规定性情境的制约与限制，让人可以在有限的艺术时空中作无限的艺术畅游，从而获得艺术精神的高度活跃与愉悦，以及至高无上的高雅的快乐。

一、诗歌意象所指的不定性和多义性的源流追溯

诗歌意象所指的不定性和多义性发生的可能性是完全存在的，而且古来有之。由于诗歌意象所指的不定性和多义性的发生，致使诗歌呈现出复杂的生命状态。由不定而产生多义，由多义而产生不定，由不定与多义甚至产生歧义。也由此产生鉴赏过程中的误读与误解。这其实是文学鉴赏的正常现象。屈原笔下的美人、众芳、香草等意象是寓指理想之君王或贤臣、耿介之群贤和高洁之自我，如果按语词的字面理解就错了。古代诗作中常以"伊人"、"芳草"等美丽的意象喻指抒情主人公期盼的贤君贤相或美好的理想与抱负，自然也可理解为爱人或美好的事物。两种理解都可以，这就要根据读者的实际境遇来进行意义阐发。但有一点，就是不能仅作字面的表层理解，最好作语词转义的深层理解，在转义的基础上又可作深层的多种理解。之所以能够产生如此多义，就在于诗歌意象提供了符合诗情诗意的多种感悟的可塑性因素，也就使诗歌意象所指有了不定和多义的可能，于是读者进行多方面的体悟和感受就自然而然了。但有时诗歌意象的表层含意就是对一种生活现象的抒写，只是如果照实理解就没有多大意义，而只有透过现象看本质才能真正懂得意味深长的深意，揣摩到这种深意才明白作品之价值。"衣带渐宽终不悔，为伊消得人憔悴。"表面是说为所爱之人而甘愿付出与牺牲，即使衣带宽松，面容憔悴，也毫无悔意，实质上可以转为对某种理想无怨无悔追求的内涵理解；"春蚕到死丝方尽，蜡炬成灰泪始干。"春蚕与蜡炬本身就是这种生命终结状态的表现，由此转为对爱情以及某种理想至死不渝追求的含意表现；"身无彩凤双飞翼，心有灵犀一点通。"表面上是对爱情的渴求与盼望，但完全可以转化为对人情相融人心相通的热切期待与呼唤。"众里寻他千百度。蓦然回首，那人却在，灯火阑珊处。"本是对实景的描写，但可以转为这样的理解：任何闪光的思想、美好的事物都要经过千寻万找的艰难困苦的积累与孕育过程，才会在恰当时候突然出现在你的眼前，让人产生意外惊喜。这些诗句就是这样由表及里、由浅入深地发生意象与意蕴的多重感与丰富性，导致读者在理解上的变异性与多样化，也使诗歌本身获得艺术生命的活力。

二、鲁迅新诗意象所指的不定性和多义性的文本解读

品读鲁迅新诗，恰有意象所指的不定性和多义性的艺术审美感。鲁迅新

诗如果根据意象本身提供的艺术信息，可以作出符合诗歌本意的理解。鲁迅创作的 6 首新诗发表于 1918 年 5 月 15 日至 1919 年 4 月 15 日北京《新青年》上，很显然是受时代思潮的鼓动与激荡而萌发的创作冲动，其诗意也明显有着很强的现实针对性，有着时代情状投射其中的影子。如果联系鲁迅生活的时代背景和时代特征，将诗歌意象与那个特定时代环境中所发生的重大历史事件对照起来考察，也能作出合乎实情的正确解释和赏读。这就说明鲁迅新诗内涵的丰富性是存在的，其根源取决于鲁迅新诗意象宽广性特征而产生意象的不定性与多义性特征。鲁迅新诗意象组合起来总是具体而又概括地包容和表达诸多含意，决不是单纯地传达某一个意思或某一种情意，也就是说鲁迅新诗意象的概括性、包容量与伸缩感都比较强比较大，以致读者能够根据意象符号的诗意启示作出多种意义的解释。从不同的视野感触会发生不同的体悟，从不同的视角审视会产生不同的诗意。这也反过来决定着鲁迅新诗意象有着较大的可塑性与创造性。鲁迅新诗意象的不定性与多义性是相辅相成的，互为肌理，相得益彰，由此增强其新诗艺术的生命力。

"梦"常常作为对美好事物、闪光理想和对明天未来向往憧憬的指代或比喻，但有时也代指某种不好的东西。《梦》中的"梦"两者兼有，"很多的梦，趁黄昏起哄"，五颜六色，光怪陆离，既有"前梦"也有"后梦"，前梦、后梦之中又有很多梦，它们在黄昏时节纷纷登场，相互排挤争斗，都意欲把对方赶走出局，于是进行着一番滑稽丑恶的表演。这些梦显然是黑色的、灰色的，是黑暗势力的象征，可以判定作者是在对黑暗势力的批判。当你联系到当时一系列历史小丑的表演，什么皇帝梦、复辟梦、总统梦，割据梦，就使乌黑之梦的意象具体化和明朗化，可以以此表明作者意在对反动势力的深刻揭露，同时又是对群魔乱舞的历史怪象的辛辣讽刺。诗里又出现了"明白的梦"与之相对，由此表现出此诗含意的丰深性。"明白的梦"自然是美好的明亮的，是作者美丽的想望和理想的寄托。如果联系实际情形，那么"明白的梦"之意象又何尝没有现实依据。"明白的梦"可谓新生者的象征。那时，十月革命已经爆发，大批先觉者已经应运而生，作者以"明白的梦"来寄寓对明天的明亮希望，是恰切而自然的。从"明白的梦"对小丑一般表演的前梦、后梦大胆反驳的坚定语气和反对抗拒的坚决勇敢的姿态，可以看出，"明白的梦"就是代表了已经和将要产生的新生事物，意味着光明美好的未来不会太远，预示着一个新时代的即将来临。由于多重含意蕴含其中，就使此诗有着一种引人品味、耐人咀嚼的余地。

《桃花》写了花中的桃花和李花。单就花来说，花也是美好事物的象征。各种各样的花都有自身的光华和优长，都值得抒写和歌赞。但当它赋予了人情色彩后，也就有了人性的情感好恶。诗里写我、桃花、李花三个意象。"我"在园中漫步，看到"桃花开在园西，李花开在园东"，"我"情不自禁地咏叹道："好极了！桃花红，李花白。"这是"我"即景生情的喜不自禁的赞叹，并没有任何偏心而特别称赞哪一方。桃花、李花各自盛开都是满园春色的装点。然而桃花却生气了，而且非常生气。一般认为，此诗主要表达作者对心胸狭隘者或狭隘主义者的批评。联系当时西学东移的情势，桃花何尝不是文化激进者的代表。在面对西方先进文化进入中国大地的艰难，在面对外来先进学说得不到极大认可，而又极力想望变革更新传统文化的情况下，作为新知识分子——先进文化的代表，怎不感到内心的愤懑和气恼。所以桃花狭隘嫉妒，只是表面现象，实则有着内在的深层原因，就是对一种先进文化融入固有文化的激切心理，盼之愈切，难以掩饰，也不必掩饰，因此桃花的生气是有意为之。李花似乎是谦谦君子和传统文化守望者的象征，默不作声，好像表示了他的谦逊与虚怀，但也不排除有意沉默，以静制动的心理战术。这样理解此诗，也许含义更丰深更复杂，也许更符合诗歌创作的实际。

《爱之神》的确是一首爱情诗，但不一定仅仅局限于爱情的理解。在理解为爱情抒写的基础上，又何尝不可以加大诗歌表意的范围。古往今来诸多描写对爱情执著追求的主题，都可以转化为对理想对人生执著追求的理解，如"曾经沧海难为水，除却巫山不是云"，本意是对爱妻的深切眷念和痴情思念，如果结合实际转意而理解为对美好理想对明天的热切向往和努力追求，又何尝不可。《爱之神》描述了一个身中爱神之箭而不敢大胆出击、勇敢行动的故事，表明作者爱情自由的思想观念和对徘徊不前者的批评。爱情自由又常常是个性解放的具体表现，因此此诗又寄寓了作者对个性解放的期望和呼唤。爱神之箭射中了谁，谁就可以名正言顺地自由地爱谁，去寻找和追求自己的意中人，这是爱神给予的爱的自由和权力，谁也不能阻碍和干涉。然而诗中的"我"却犹豫徘徊，迟疑不决，这说明深受传统文化思想的影响是何等深重，即使给予自由和权力，也仍然有着奴性心理的阻滞而难于迈开前进的步伐，也说明要彻底改变闭塞落后思想的影响，又是多么的艰难。"我"已受爱箭的射中，就该去自由地爱，又何必还要向爱神问个明白，所以爱神果决地回答："总之我的箭是放过了！/你要是爱谁，便没命的去爱他；/你要是谁也不爱，也可以没命的去自己死掉。"爱情如此，其他方面又何尝不是。此诗可以说是对个性泯灭太久的叹息，是对应该个性张扬却不去个性发挥的嘲讽，更是对已受外来文化冲击却还在固守古老文化而封闭自我个性的批判。所以《爱之神》不能单纯理解为爱情诗，实则还有多方面的深意。

《人与时》以人与时间的对话为开端和切入点，最终锁定在时间的链条上。从前、现在和将来组成一个时间的链条，人在这个链条的时间段落中处于一种什么样的形态和抱有什么样的态度？有人说将来好，要想奔到将来，是理想主义的表现；有人说从前好，要想回到从前，是复古主义的表现；有人不置可否，是虚无主义的表现。而"我"的态度和倾向是立足现在，展望未来。这是对此诗的基本理解。但也可以由此敷衍开去。在时间链条的时间段中，我们只能站在现有的时间点上去思考现在与将来，我们只能顺应时代的潮流而奋勇前行，否则就要受到时间的惩罚。因为时间是前进的，也是无情的，过去的时间不再回来，也不可能回复到从前，我们只能与时俱进，才是应该采取的举动，也才能更新自己，不断创造新的自我。任何逆历史潮流而动的行为都将遭到不断前行的时间的唾弃，甚而被抛入历史的尘埃而成为无人问津的废弃之物。因此我们应在脚踏现实的基地上，随着时间的行进而奔向和拥抱美好的明天与幸福的将来。同时，现在的思想启蒙运动正开展得蓬蓬勃勃，如火如荼，恰是寄予希望也看到曙光的时候，每个觉醒之人正可大显身手，大展宏图，怎不从现在做起，去开辟未来发展之路呢。从鲁迅当时的实际作为看，也正是如此表现。这样理解就使此诗更具有启人深思的丰富性和深刻性。

《他们的花园》叙述了小娃子用尽心机摘取百合花的过程、得到百合花的欣喜、百合花的最终遭遇、小娃子面对惨景的惋惜以及最后的洒脱心理。总体上是表明对美的事物遭到破坏的遗憾和对美的破坏者的厌恶与憎恨之情。但其中又含有多层意思。"他们的花园"显然是指西方的文化环境。"许多好花"显然是指各种具体的新知识。小娃子显然是追求美好的象征，百合花自然是美好事物的象征，苍蝇是丑恶事物的象征，未露面但说话的家长是封建势力的象征。诗歌就是在这几种意象活动的交织中构成的。其中"破大门"、"邻家"等意象都各有寓意。小娃子是正要努力生活的，所以才不惜走出自己的破大门，恰巧望见邻家的大花园开着许多好花，于是满怀欣喜，用尽小心机，终于得到一朵像雪一样白净的百合花，小心翼翼拿回家，轻轻放在那里，花儿映照面庞，使人顿生朝气与活力。不料遇到苍蝇的绕花飞鸣，将百合花弄得一片脏乱。家长这时出来批评孩子是偏爱不干净花的糊涂孩子。小娃子忙看已有几点蝇屎的百合花，不忍再看却又有些不舍，真是去留两难，十分矛盾。但也只能无可奈何，无话可说，也说不出话。虽是可惜却也无奈，但又突然想起邻家大花园，那里还有许多好花，还可以想法去采摘。从这个叙述性的故事中可以归结出这样几层意思：凡要生活的人必须借助他物以更新自己而获得新生；新生事物的产生和到来总不是一帆风顺的，总要遭到陈旧势力的反对和阻碍；美的事物遭到玷污和破坏是令人痛惜的，也理应受到憎恶与愤恨；美总是有的，即使遭到丑的践踏，但也不必过分伤感，还可以想法创造更新的美。这几层含意融会在诗歌的字里行间，构成了此诗的丰富性和深刻性。对照五四时期的社会现实，此诗简直就是对时代大潮涌动而出现各种情景的真实写照。五四时代正是西方文化涌入中国市场的繁盛期，在如何对待新潮和新文化问题上，出现了相互对立的各种各样的观念立场，也形成了不少新旧对峙、各方交错、不相包容而泾渭分明的派别，那时有激进派、改革派、改良派等新派，有复古派、守旧派、反对派等旧派，也有中庸派、中立派。这也印证了此诗表意的针对性与复杂性。但不管怎样，此诗旗帜鲜明地表达了坚决维护新事物的立场与观念，是对保守、反动势力的猛烈而有力的回击和批判。

《他》更是一首复杂而有争议的诗。全诗由三个小节组成，写夏、秋、冬三个季节中"他"的不同状况及"我"在追寻过程中的不同举动。大概内容是：第一节写夏天"我"以为"他"在房中睡着，生怕影响和干扰他的清静，所以奉劝知了不要鸣叫，等到太阳落山，知了停止鸣叫，去开门叫醒他的时候，门却被锈铁链子紧紧系着；第二节写秋天到来，"我"希望秋风尽快吹开窗帘，会望见"他"那娇美的双靥，然而却是房内空空，全是粉墙，因而"我"感怀不已，不禁遗憾，发出"白吹下许多枯叶"的感叹；第三节写冬天来临，大雪纷飞，"我"扫出路去寻"他"，一直寻到山上，都不见他的踪影，并担心他的安危，认为山上不是如花似玉的他所居住的环境，结果寻来寻去，还是掉转头回到自己的家，终于没有再去寻找。这个"他"寓意什么，"他"即"她"，古人常以女性作为美梦即美好理想的象征。因此有人认为此诗是写"我"对美好理想追求的过程或三个阶段，然而"我"的追求不执著，走回头路，没有继续前进，坚持到底，令人惋惜，由此寄寓了作者的批评之意。但也有人认为"他"即指当时的新思想。第一节写新思想被封锁，第二节写新思想被放逐，第三节写新思想被埋葬。由此表明作者对新思想的深情呼唤和对新思想遭遇不测的叹惋。如果把"他"直接作为"新人"即"觉醒之人"来理解，那么诗意的表达也是顺理成章的。在"铁屋子"酣睡多年的一些人终于受外界的刺激与启发而猛然觉醒了，定要放飞自己，去追求远大的理想，不管夏热、秋瑟与冬寒，都义无返顾，坚定不移，因而追求的路愈走愈远，以致象"我"那样的人，想一路同行，共同追寻，虽是关心和担忧但始终找不着他，只好回到自己的家。那么这三种解读到底哪一种更接近诗歌的本意，要说清楚的确很难。诗里寄寓的深意实在太多，从不同的视角或抓住不同的关键词去解读，就会产生不同的感悟与意义。《他》这首诗可谓鲁迅新诗中最杰出的诗作，一直倍受人们关注与赏识，不少现代新诗选本都选到了它，它几乎达到了人见人爱、越读越新的境界。

纵观鲁迅新诗，其含义的丰厚性着实让人感佩不已。如果只是诗意的丰厚性，也还是觉得美中不足，因为更给人深思和启迪的还在于诗意的深刻性。鲁迅新诗恰好显现出丰深性的特质，才让人如嚼橄榄慢慢咀嚼，深味不断，久读不衰，具有长久的生命力。五四初期创作的新诗，到如今恐怕唯有鲁迅的新诗才引起了人们的高度注意。原因就在于他创作的新诗全是新的，而且诗意的丰深含有太多解不开的谜。之所以达到如此境界，就在于鲁迅新诗全用形象说话，将诗歌的美学意蕴隐含在诗歌具体的形象之中，不要浮华的辞藻，不要妩媚的语言，只要朴素的言语与平凡的形象弹奏心底的歌，只要真实真诚的情感抒写着"两间之真美"[1]，真是"一语天然万古新，豪华落尽见真淳"。

三、鲁迅新诗意象所指的不定性和多义性的文学效应

鲁迅曾说诗歌小说"究竟也以独创为贵"[2]，贵就在于情感与形象，贵就贵在以充满情感而又真实的形象传达出丰富而又深邃的艺术意蕴。别林斯基说过"没有感情就没有诗人，也没有诗。"高尔基也曾说："在诗句中，占首要地位的必须是形象，——即表现在形象中的思想。"我国古代诗论吴乔《围炉诗话》中也说："诗贵有含蓄不尽之意，尤以不著意见、声色、故事、议论者为最上。"这些经典之论道出了诗歌创作的真谛。鲁迅新诗正是达到了以充满感情的形象说话而含蓄蕴藉的境界，从而使他的新诗产生不定性和多义性的特征而耐人咀嚼，形成新诗中的"这一个"而有别于五四初期其他诗人的诗。从以上对诗作的透视与解读并对照五四初期其它诗作，可以看出这一特点。当然鲁迅新诗是不背离时代精神的，它本身就是受时代精神的感召和鼓舞而孕育的，诗人也意欲通过诗歌的平台与窗口发扬和传播那一难能可贵、催人奋进的时代精神，也由此表明"志高者意必远"。但鲁迅新诗蕴含的时代精神是间接表现出来的，没有像"席勒式地把个人变成时代精神的单纯的传声筒"，而是"更加莎士比亚化"[3]。如果单纯就

鲁迅新诗进行品味也能品出其中深味，但我们不满足于此，如鲁迅说"我总以为倘要论文，最好是顾及全篇，并且顾及作者的全人，以及他所处的社会状态，这才较为确凿。"[4]因此联系到鲁迅新诗创作的时代背景，就更感鲁迅新诗创作技巧之新颖，手法之高妙，表达之婉转，含量之丰富，寓意之幽深，揣摩之有味，余味之悠长。

那些丰富而深刻的小说或戏剧大作能够产生"一千个读者心中就有一千个哈姆雷特"的艺术效果，似乎诗歌是不可能产生如此审美功效的，但我想审美效应的大小不在于作品本身的大小，只要做到"形象大于思想"，做到诗歌形象内涵的博大精深，做到"一滴水珠照天地，几行文字写春秋"，即便短小精悍的诗作一样会产生不同读者有不同审美感应的艺术效果。如卞之琳的《断章》："你站在桥上看风景，/看风景人在楼上看你。//明月装饰了你的窗子，/你装饰了别人的梦。"李健吾说这是表现了人生的悲哀。因为人生都是相互装饰的，最后大家死了，成为坟墓里的人，就是地球的装饰。而作者却认为此诗是表现事物都是相对的观念。你在桥上看风景，有人在楼上看你，你也成为被看的风景，你在看风景，你是主体，你成为被看的风景，你就是客体了，看你的人就变成主体了。明月装饰你的窗子，你是主体，明月是客体，但在同一个时空里，可能你进入别人的梦里，那个做梦的人是主体，你只是做梦的对象，你就变成客体。任何人事都是如此，相对而然，相互转化。这确实蕴含一种哲学的表述。如此仅只四句的同一首诗居然有两种迥异的解读，但又合情合理，可以同时存在。不同的读法与理解不一定是对立的，应该是相互补充，相得益彰的。也由此更显现出诗歌意象不定性与多义性的美学效应。

如果一部文学作品在长时间阅读中只有一种理解或只释放出一种意义，那么这部文学作品也就无法继续阅读下去，也就失去了它的生机与活力，也就宣判了它的死刑。一部文学作品之所以得以阅读，就因为它能在阅读过程中不断产生新的意义，就因为它能不断给人以新的感觉和新的感受。由于人总是喜欢新的东西，又总是有着乐于传播新东西的喜好，这样就不断有人口耳相传，这样就使所传的作品越传越广，越传越响亮，越传越神奇。中国的"四大名著"就是在千百年来口耳相传的过程中广为人知，家喻户晓，深入人心，流传不衰，并显示出它们的辉煌和伟大，直到今天以至将来都会深深地留存在人们的记忆。

随着时间的推移，以前僵化的思维模式早已打破，创作者创作的艺术性逐渐加强，鉴赏者鉴赏的审美力逐渐提高，诗歌意象的可塑性也越来越强，不同的人根据不同的情况会产生不同的理解和审美效果。这是一种很好的文学现象，意味着文学生命的健康、活泼与繁荣，也期待着有更多传之后世的新诗佳作的问世。

（本文系与黄燕合作，发表于《中国校外教育》2009 年第 8 期）

注释

[1]《坟·摩罗诗力说》，《鲁迅全集》（一），中国人事出版社，2005 年，第 20 页。

[2]《华盖集续编·不是信》，《鲁迅全集》（一），中国人事出版社，2005 年，第 456 页。

[3] 马克思《致斐迪南·拉萨尔》，《马克思主义文艺论著选讲》，中国人民大学出版社，1982 年，第 201 页。

[4]《且介亭杂文二集·"题未定"草七》，《鲁迅全集》（二），中国人事出版社，2005 年，第 338 页。

鲁迅新诗的对比性意象显示

比较是人类思维的基本方法之一。纵观古今中外的文学艺术，即使在同一部文艺作品中都有着比较的人物形象、环境情节、情景细节等等。这是人类常用的思维方法在文学艺术创作中的具体运用和反映。所谓比较就是两种或两种以上的事物之间辨别其异同、高下等。比较又分为类比和对比。类比就是同类事物之间所作的比较。对比就是两种不同事物或同一事物的两个方面放在一起进行相互之间的比较。在日常生活中，人们常常运用比较的方法判别和认识事物的本质，从而提高人们的思维水平以及识别能力。因此人们常说"有比较才有鉴别"。

王夫之在《姜斋诗话》中说："'昔我往矣，杨柳依依；今我来思，雨雪霏霏'。以乐境写哀，以哀境写乐，一倍增其哀乐。"从情境的角度说，无疑是反衬；从事物、情景、心情方面说，也完全是比较，而且是相反相成的对比。这样就把士兵出征的悲哀忧伤和士兵回家的喜乐愉悦两种情感放在紧邻的诗句连环中加以分明的凸显。其实这也是两种诗歌意象的奇巧安排，用"杨柳依依"和"雨雪霏霏"的意象对比，反面映衬，由此表现出两种不同的特别情感，真是奇哉妙哉。

作为文学艺术渊源深厚的鲁迅是深知其中奥妙的。他在中国新文学开创期所写的小说中就有着对比性人物形象的格外引人注目的显示，不说多个人物的对比关系，只就单个人物形象而言，如祥林嫂、子君、爱姑、魏连殳、吕韦甫、闰土等，都有着前后迥然不同的变化，使人物前后形成巨大的反差，给读者留下难以抹去的记忆。令人惊奇的是，在鲁迅开始创作的为数极少的几首新诗中几乎每首都有对比性意象的显示。细读鲁迅新诗，那些对比性意象就像电光石火刺激着欣赏者的眼目，就像初升的太阳、流泻的飞瀑、喷薄的河水，蕴含着巨大的冲击力，震荡着读者的心弦而深深地映在读者的脑海。

鲁迅新诗意象表面看来好像随意自然地写出，没有什么巧思妙构的印痕，感觉不到作者的用心与高妙。其实这是误解。当你进入诗歌文本与那些虽平凡却很富特征的意象进行情感交流与心灵对话的时候，方才感到那些意象虽然普普通通甚至司空见惯，习以为常，但是却出于自然而然，天然而成，又富有深情厚意，这时才恍然大悟作者技法的高超。我们都有这样的印象，文艺作品中往往看似平常的东西，实则是经过作者精心孕育而成的，真如古人所说"看似寻常最奇崛，成如容易却艰辛"，只是读者最初感觉不到罢了。而恰恰这种自然天成的东西最能打动读者的心，最受读者的称赞和青睐。当然仅仅是自然而然，也并不决定诗作的高下优劣，这只是读者乐于接受的前提。而鲁迅新诗意象是在自然之中进行了不露痕迹的对比性的设置与构造，又饱含浓郁的情意与强烈的个性，让人在不经意中受到内心的激荡、心理的撞击和心灵的振动。这才深感和惊叹鲁迅新诗创作的匠心独运。那么鲁迅新诗的对比性意象到底怎样？还是让我们从诗歌文本结构出发看看鲁迅新诗对比性意象的详细情况吧。

一、对比性意象的文本显示

鲁迅新诗对比性意象在诗歌文本结构中的体现是非常明显的。诗的篇幅虽然简短，但意象却是色彩多样的。而鲁迅新诗的意象不是笼统含糊的，而是具体明朗的。这也不是问题的关键，因为大多数诗歌都表现出意象的具体性和明朗性。关键是鲁迅新诗意象在具体与明朗中明显构成对比关系，在对比关系中呈现出意象的特别。这种对比性意象在众多诗歌中就很少见了。这也正是鲁迅新诗不同于其他新诗的特异之处。

鲁迅新诗意象的对比不是单一的而是多层的，不是一对一，而是一对二或三，或一对多，或者说一种意象与一组意象构成对比，或者两体或者多体意象构成对比。这更显示出鲁迅新诗的特异。让人在多层意象对比中去感受诗情与诗意，去作出审美价值的辨析与判断。《梦》中的"明白的梦"是一个带着亮色的正面意象，大前梦、前梦和后梦是一组同类的充斥黑色的反面意象。很明显，正面意象与反面意象形成一层对比，反面意象之间形成又一层对比。《桃花》中的"我"与"桃花"形成对比；"我"与"李花"形成对比；"桃花"与"李花"又构成一层对比。"我"是坦然的、直率的、客气的；"桃花"是多疑的、狭隘的、偏执的；"李花"是含蓄的、谦逊的、沉静的，其对比可谓鲜明。《爱之神》中爱神与中箭之人形成对比。爱神的大胆、勇猛、明白与中箭之人的胆小、畏缩、茫然，恰成鲜明对比。《人与时》其标题就可看出诗歌意象的对比关系。时间头脑清醒，反对过去，立足现在，着眼将来，三个人或轻视现在，夸大将来，或留念过去，或糊涂盲目，形成恰巧的对比；而三个人之间又形成恰好的对比。《他们的花园》中"小娃子"与封建家长，百合花与苍蝇，以及苍蝇与封建家长，形成三层意象对比。小娃子要拿来、吸收、建设，苍蝇要破坏、践踏、玷污，封建家长要反对、轻蔑、气愤，小娃子与苍蝇、封建家长对新事物的截然不同的行为态度，恰恰构成了了分明的对比关系。百合花纯净洁白美丽，苍蝇污秽肮脏丑陋，其对比之显明了然。《他》中，他的睡着与醒悟，我的寻找与终止，屋里的空无，屋外的现实，以及夏天的热烈、秋天的温和、冬天的寒冷，各自形成相互对比。由此可见，鲁迅新诗的对比性意象显示贯穿在每一首新诗中，既表现出几首新诗的整体性，又表现出每首新诗的个体性。这些对比性意象通过对比的方式集中放在一起，又在对比的平台上各自显现各自的风貌与神韵，让读者在对比性意象的各自表演中去把握其运行的方向，认清其内在的本质。

要知道，这种对比性意象不是毫无意义的，而是有着重大意义的形象符号，其本身就是抒写情思意绪的艺术实体和传情达意的艺术桥梁。这种对比性意象将我们引入五四时期特殊的时代环境，通过诗歌意象的指引和暗示，使我们对那一特定的时代风神有了基本了解，体察到那一时代气运的产生和发展的基本过程，从而启示着人们应该何去何从，应该走着怎样的社会与人生的道路。

二、对比性意象的美学意蕴

对于诗歌来说，意象固然非常重要，既是诗歌承载情意的载体，又是诗歌传达信息的媒体。但再好的意象如果没有赋予深厚的意蕴，也不过是美丽而虚幻的泡影，瞬间就会迸裂与消失，不会给人留下什么影像。鲁迅新诗的对比性意象由于含意的丰深，又在对比中显露出深刻的本质差别，致使不同意象及其意蕴本身在时代思想的烛照下构成极大的反差，让人深感其触动人心的巨大力量。

鲁迅新诗的对比性意象很显然带着特定的时代色彩，与时代的潮流与情景紧密联系在一起。一是抒写时代的本质内容。五四时代的本质内容到底是什么？那就是在新旧交战的过程中，陈旧的东西在疯狂地扑，企图作最后的垂死挣扎，妄图回复到封建制度的社会轨道；新兴的东西在竭尽全力地争战，英勇无畏，四面出击，以决绝彻底的态度和行为打退封建势力的进攻，冲决一切陈旧的罗网，坚决"打破那些束缚精神的枷锁镣铐"（胡适《谈新诗》），为新生事物的产生全面扫清道路。二是揭示时代的本质精神。五四时代的本质精神又是什么？那就是创造社所体现的"狂飙突进"精神和"女神"精神。那就是一种勇猛果敢、奋力冲杀、不怕牺牲的英雄主义气概；那就是一种意气风发、勇于幻想、信心百倍的浪漫主义气量；那就是一种脚踏大地、敢于面对、立足实际的现实主义气度。透视鲁迅新诗，应该说，这些时代本质内容与精神在对比性意象显示中都有很好的形象反映和体现。《梦》中"明白的梦"显然代表了明亮、光明、希望和进步，及其揭破黑暗的果决态度与迈步向前的坚毅性格；大前梦、前梦和后梦显然代表昏暗、乌黑、污秽与浑浊，他们趁着黄昏纷然出动，意欲进行最后挣扎，但在相互排挤中一个一个都在黑暗中消逝，预示着他们终将走向灭亡，无论他们怎样夸耀自己"看我真好颜色"，也只能是欲盖弥彰的把戏而已，决不能挽回覆灭的命运。《桃花》中"我"的坦率、直爽、耿介，代表了时代先觉者们坦荡的心理、朴直的气质和率真的个性，"李花"代表了谦和、谨慎、谅让、稳重的品格，"桃花"代表了自高、自大、自骄、自傲、自满、自负的品性。《爱之神》中爱神是个坚决果敢、干练英勇、雷厉风行、干脆利落的人物形象，敢于发出那一枝自由恋爱的神箭，发表个性解放恋爱自由的宣言；中箭之人是个犹豫不决、迟疑盲目、茫然无措、胆小怕事的人物形象，已经有了自由恋爱的空气和氛围，却仍然禁锢自己的个性，不敢迈出自由恋爱的脚步。《人与时》中的时间代表着敢于正视现实、直面人生的向上力量，他那种以现在为起点、告别过去、摈弃陈腐、开拓未来的勇气和精神，闪烁着灼人的光芒，着实撼动人心。三人各自所说的不着实际的虚空的话语，是令人啼笑皆非的。什么"将来胜过现在"，太过理想化，夸张味儿十足；什么"现在远不及从前"，复古倒退，陈腐迂阔，顽固保守；什么"什么"，盲目糊涂，麻木不仁，迂腐不堪。这种理想主义、复古主义、糊涂主义都是可笑而不可取的。《他们的花园》中"小娃子"大胆而勇敢地从邻家的大花园摘取纯洁优美的百合花，令人赞叹和赞美；"苍蝇"却肆意糟蹋任意蹂躏，使美遭到污染与破坏，是令人厌恶的；而封建家长对小娃子举动的不满，又是令人反感的。《他》中"他"或许是一种美丽梦想的象征，或许是美好人事的代表，然而这种本是美的东西却处于酣眠不起、沉睡不醒的状态，令人惋惜和遗憾。但"他"似乎又很快觉醒觉悟起来，毅然离开家庭走上追求理想的广阔道路，又是值得感佩和赞叹的。"我"作为一个追求者，不管季节季候怎样变化，从夏到秋再到冬，都在不停地执著地寻找与追求，是让人感怀和感动的。但"我"却没有继续追寻，而是中途停止，最终还是回到自己的家，又是让人感到遗憾和可惜的。鲁迅新诗对比性意象的本质内容和本质精神，都在诗歌文本中得到形象的艺术反映，这从以上对不同意象在对比中所显现出的本质含意的简析中可见一斑。这也正是鲁迅新诗对比性意象的美学意蕴。虽然诗歌意象一般不能实指，不能具体明确地指代或表示什么，但是联系艺术创作的时代背景和社会环境，将诗歌意象放在具体时代社会的时空中，又确实给读者以某种意味深长的联想和启示。鲁迅新诗的对比性意象分明与五四时代的情势相关联，既创作于那一特殊的时代情境，又确实反映了那一特殊的时代气象和精神。从作家对作品的创作应紧跟时代步伐，感应时代神经，反映时代呼声，体现时代精神的基本要求来说，鲁迅新诗也理应是时代社会孕育出来的艺术之品。从鲁迅在《呐喊·自序》中所说："有时候仍不免呐喊几声，聊以慰藉在那寂寞里奔驰的猛士，使他不惮于前驱。……但既然是呐喊，则当然须听将令的了……因为那时的主将是不主张消极的。""不愿将自以为苦的寂寞，再来传染给也如我那年青时候似的正做着好梦的青年。"更是一个有力的证明。因此上述对比性意象的意蕴分析无疑是合理的，合乎时代社会的逻辑。

艾青说："诗人愈能给事物以联系的思考与观察，愈能产生活生生的形象；诗人使各种分离着的事物寻找到形象的联系。"此话真是说出了诗歌创作的真谛。鲁迅恰能将生活中平凡的不相关联的事物"以联系的思考与观察"和"寻找到形象的联系"，然后组合为有机整体的富有情深意重的诗歌意象，也就是"活生生的形象"。尤其是鲁迅新诗意象连在一起呈现出对比性特色，在对比中透露出更多的意蕴信息，刺激着读者的审美心理。同时鲁迅新诗仿佛一面时代的镜子，让人从中看到时代的风貌与神韵，听到时代前进的脚步声，得知社会变革的道路是多么曲折，又冒着多大风险，行走又是多么艰难。总之，尽管中国现代气象的产生来之不易，中国的现代进程步履维艰，但中国现时代的行进方向总是向前的。这是鲁迅新诗对比性意象最深刻的美学意蕴。

三、对比性意象的美学特征

对比性意象比较非对比性意象或同一种色彩性质的意象，更能产生了了分明、耀人眼目的美学特征。在各不相同的意象对比中，显示出截然不同的意象特色，既使诗歌意象的色彩度和本质性显得更全面更透彻，又使高的显得更高，低的显得更低，大的显得更大，小的显得更小。这正是鲁迅新诗对比性意象的优长和亮点。

鲁迅新诗对比性意象到底显现出什么样的美学特征？当我们面对鲁迅新诗，将那一系列的意象放在平台上进行对照，就立即凸现出它们的本质差异。一是真假实虚昭然若揭；二是好坏优劣判然若明；三是是非对错了然显明；四是善恶美丑自然显露。让人在意象对照中随之触动自己的审美情感，牵动自己的审美倾向，作出自己的审美评判和最终的审美论断。《梦》中那一连串的梦真是纷然杂陈、眼花缭乱，看似五光十色，分辨不清，然而将那些梦排列起来，就自然现出了各自的本相。黄昏是黑夜来临的前奏，预示着社会黑暗的先兆或背景形势；大前梦、前梦、后梦纷纷出场，进行相互推挤排斥的滑稽而丑陋的表演。唯独"明白的梦"毅然行动，果敢言语，揭穿丑恶，指陈时弊，其形象巍然屹立，高大伟美。《桃花》中"我"的真诚赞美；"桃花"莫名其妙的生气；"李花"的默默无语。《爱之神》中爱神对个性解放、恋爱自由的真情呼唤；中箭之人的抑制个性、封闭爱情。《人与时》中时间的诚挚话语、率直性情；几种人的奇谈怪论、无用争执。《他们的花园》中"小娃子"的大胆拿来、珍爱美丽；"苍蝇"的捣乱破坏、肮脏龌龊；封建家长的顽固守旧、迂腐不堪。《他》中"他"的酣睡不醒、飘浮不定，而又觉醒追求；"我"的憧憬向往、执著追求，而又没有坚持到底。这些意象两两对比，其美学特征及其差异格外明朗。谁真谁假，谁实谁虚，谁好谁坏，谁优谁劣，谁是谁非，谁对谁错，谁善谁恶，谁美谁丑，已是清清楚楚，明明白白。而且真的更真，假的更假，实的更实，虚的更虚，好的更好，坏的更坏，优的更优，劣的更劣，是的更是，非的更非，对的更对，错的更错，善的更善，恶的更恶，美的更美，丑的更丑，真是对比之中更显本色与实质。

由对比性意象所显示的美学特征，确实容易产生相应的审美情感、审美倾向和审美判断，但要设置好这种意象却并不容易。首先必须将这种对比性意象放在特定的时代背景与环境中，赋予时代的特殊意义与色彩，隐含不露痕迹而又令人揣摩的深意，然后加以巧妙的布置，显得既集中又主次分明，这样就使读者在欣赏过程中在联系时代情景与作者心境的情况下，品读到对比性意象的深刻寓意，方知诗中三昧和创作之高妙。

四、对比性意象的审美效力

鲁迅曾说他的作品要上三十岁才读得懂，也即是缺乏社会经历和人生阅历的人是很难读懂的。他的新诗也是一样。如果没有较深的社会体察和人生体悟，是很难有诗歌欣赏的感怀和感念的，很难感悟和认知其中的奥妙。就对比性意象来说，当你进入诗歌的文本结构中，总感到一系列对比性意象在各自的舞台上进行各自的表演，而读者正坐在台下的对面进行聚精会神的欣赏，观看那些角色到底表演到什么样的程度，通过舞台上下或平面对视中去审视与把握其内心灵魂的真善美与假恶丑，从而感叹不已，记忆犹新。这恐怕就是对比性意象产生的审美效力吧。

首先高度吸引读者注意力。其次产生深刻的印象记忆。任何文艺作品如果不能引起读者的注意力，不能在读者心中产生印象记忆，那么创作的艺术性就很弱，就不是成功的。鲁迅新诗由于采取了对比性意象的设置，在对比中通过意象的牵引和触动，就使读者的注意力高度集中在意象的艺术实体上，去触摸对比性意象的内蕴，去探求对比性意象的精魂。而一旦懂得其中的情与思、意与神，便有着无尽的内心愉悦，又更进一步集中注意力，去探视诗歌意象之中更深妙更本质的东西，给读者以铭刻肺腑的印象记忆。无论"明白的梦"与那些暗色的梦，无论坦诚的"我"与心胸狭隘的"桃花"以及含而不露的"李花"，无论真切率直的爱神与优柔寡断的中箭之人，还是气概豪迈的时间与巧言令色的人们，还是有胆识的"小娃子"、净美的百合花与污浊的"苍蝇"、顽固不化的封建家长，还是睡梦的"他"与寻梦的"我"，以及"他"后来的追求与"我"后来的停滞。这些对比性意象都深深刺激着我们的审美视觉和审美心理，将我们的心带入诗歌意象所产生的时代社会的环境中，去和那个特定的时代与社会进行特殊的对话与交流，去审视、评判与肯定那个特定的时代与社会在人类历史的长河中所表现出的应有的历史进步性，从而知晓与把握那个特定时代社会的面貌与风神，并认识到历史总是向前运行的基本方向。如果撇开这些所谓历史性、时代性、社会性抑或政治性色彩，那么，鲁迅新诗对比性意象因为蕴含一种独有的品行与个性，所以从做人的角度说，也在做人应该有着怎样的品行与个性上给人以深刻的思考与启迪，从而振动着读者的心。

艺术作品牵动了读者欣赏的高度注意力，的确给人留下难以忘怀甚至不可磨灭的印痕。赏读鲁迅新诗，那种对比性意象正是牵住和催动了我们的注意力，使我们在心理和脑海的屏幕上摄下深刻的影像，并有着一种无形的内在力，驱动读者不时回味而了然于心，打下深深烙印，经得住时间的冲刷，岁月的洗礼。由此不得不惊诧于作者创作水平的高妙。

对比也本是来源于生活的，生活中常常有着真假、善恶、美丑的对照，作为反映社会生活的文艺也自然会运用来源于生活的艺术手段。这是对生活艺术的巧妙借鉴。古诗中就有不少对比手法的用法,如杜甫的诗句"朱门酒肉臭,路有冻死骨",通过这一对比,就把贫富悬殊、贵贱差异的社会现实鲜活地表现出来,给人留下刻骨铭心的印象。通过对比,既揭示出是与非、好与坏、善与恶、美与丑的对立,使人们在比较中得到鉴别,也揭示出事物的对立面,反映事物内部既矛盾又统一的辩证关系,使人们得以全面地看到问题的实质。对比当然不是简单的比照,而要有其本质意义,必须对所要表达的事物的矛盾本质有深刻的认识。鲁迅新诗意象通过对比性的设置与显示,并形成看似矛盾却紧密相连的有机统一体,更富有内在的情思、神韵与技巧性,更具有一种内在的引力、动力与张力。这是鲁迅新诗对比性意象给人的最深的审美感受。

　　鲁迅虽然说过不喜欢新诗,但并不意味着不去涉及。鲁迅是一个战斗的歌者,是一个自觉担负时代重任与历史使命的作家,对现实社会决不会冷眼旁观,无动于衷,而是力求以各种体裁与形式的文学作品加以艺术的反映。即使在寥寥可数的新诗创作中,也不忽视赋予一种时代的主题精神,蕴含一种撼人的力量,震动和激励人们从昏暗的情势与麻木的意识中清醒过来解救出来,要达到这一目的,必须高超的艺术手段。阅读鲁迅新诗,单就对比性意象的设置及显示的动人的力量看,也可见鲁迅新诗创作的高强的笔力。

(本文发表于《攀枝花学院学报》2008 年第 4 期)

鲁迅新诗中的寻梦者与追求者形象

　　说到鲁迅，恐怕很少有人将他与梦联系起来，更不清楚他与梦有着密切的关系。其实梦是一种普遍的生活现象，是一种现实环境中难以实现的愿望的曲折而隐晦的变形反映，是人人都亲历过的内心感觉，体验过的潜意识流程。鲁迅自然不会例外，但是鲁迅的梦却非同一般，有着只属于他自己的个性特征。可以说鲁迅一生都有着梦的情结，与梦结下不解之缘。在他的小说、杂文、散文、散文诗等诸多体裁的作品中都提到梦，尤其是散文诗《野草》简直就是梦的集结，其中不少篇章都是直接描述的梦境。即使是他为数不多的新诗也少不了对梦的描写，甚至他第一首新诗发表在 1918 年 5 月 15 日北京《新青年》月刊第 4 卷第 5 号上，其题名就是《梦》。可见鲁迅对"梦"算是情有独钟。

　　当然鲁迅的梦是有特殊含义的，它不是流于人们惯常认为的一般意义甚或毫无意义的在实际生活中所做梦的实写，而是经过严格筛选提炼加工并上升到文学艺术高度且具有隐喻意义的虚写，它带有平常普通的梦的色彩，然而又远远超越其固有的缺陷而生成为具有特殊意义的艺术世界。诚如鲁迅在《〈呐喊〉自序》里所说："我在年青时候也曾做过许多梦，后来大半忘却了，但自己也并不以为可惜。……而我又偏苦于不能全忘却。这不能全忘的一部分，到现在便成了《呐喊》的由来。"由此可知，鲁迅的梦是一种人生奋斗与追求的历程所留下的别有意义的深深记忆，是他奋然前行矢志不渝地求索进取所留存的心灵的足迹，同时又是指引和推动自己继续奋勇前进的指路明灯和导航灯塔。

　　品读鲁迅新诗，我们分明感到诗歌环境结构中有个卓尔不群的形象。这个形象或隐或显地活跃在诗歌的表里或者字里行间或者内部结构之中，它时而是诗中的中心意象，时而又好像就是抒情主人公，直接代表作者说话，甚或几者合而为一，共同完成作者的心愿与理想，实现作者的人生价值与意义，表达作者的喜怒哀乐，抒写作者的心路历程。这个形象很特别，它始终在寻找和探寻着一个现实的光亮，一个美好光明的景致，一个立足现在又向往未来的明亮之梦，一个脚踏实地的既坚决拒绝黑暗又潜心拥抱明天的梦。它在大胆地探索，果敢地迈步，奋力地追寻，顽强地抗争，勇毅地进击，即使遭遇怎样的艰难险阻、坎坷曲折。它在寻梦中追求，在追求中寻梦，二位一体。这就是一个寻梦者和追求者形象。那么，这个寻梦者与追求者形象在鲁迅新诗中到底是一个什么样的情况？

一、寻梦者与追求者形象的诗歌意象

古往今来在诗歌中存在一种艺术形象的辉耀，总体上是不多见的，除了为我们所知道的最著名的抒情长诗和叙事长诗中作者精心塑造了感心动人的艺术形象外，在抒情短诗中虽有不少充满深情感人肺腑的力作，但能闪耀着鲜明的艺术形象却十分稀少，也难能可贵。有了这个鲜亮耀眼的艺术形象，就能使诗歌更能吸引和打动读者的心，发挥更大的感染和教益作用。鲁迅新诗恰能在简短小巧的诗歌文本中呈现着一种"撄人心者"[1]的艺术形象，更是弥足珍贵。这个艺术形象是在寻梦与追求过程中体现出来的，也是在寻梦与追求过程中自我塑造和完成的。这个寻梦者与追求者形象进行着格外引人注目的一系列冲击过去、抗击现实、追寻明天的活动，极大地牵引着我们读者紧紧跟随在他的后面去热切地关注和思考从前、现在和未来，作出相应的适时的正确的人生取向和价值判断。《梦》中那个"不知道，说话的是谁"的人，《桃花》中那个赞美"好极了！桃花红，李花白"的人，《爱之神》中那个张弓搭箭"一箭射着前胸"的人，《人与时》中那个宣言"你们都侮辱我的现在"的人，《他们的花园》中那个"用尽小心机，得了一朵百合"的人，《他》中那个觉醒之后敢于追求的人和那个"扫出路寻他"的人。他们总是在行动，在期盼，在呼唤，在艰难地行进，在艰辛地求索，在"立意在反抗，指归在动作"[2]，都在以不同的方式和路径，寻找探求着现实的出路、明天的希望、未来的梦想。虽然其中受到阻碍，遭遇挫折，但并没有偃旗息鼓，灰心丧气，以至于退缩倒退，还是以不改初衷的继续进击的态度与行为找寻着前进的方向和可行的道路。只是更多地沉入内心的深深的思索，以便更好地更准确地找到属于作为人应该生活其间的真正的环境与社会。要知道这些形象绝不是传统的保守者和时代的落伍者，而是新生活的向往者和新时代的奋进者，以一种开怀大度的心胸和容纳借鉴的气度努力于自己家园的建设。这些艺术化的形象活动于鲁迅新诗的每一篇中，去承担各自的规定任务，担负各自的历史使命，完成各自的分内职责，实现各自的人生价值。可见这种形象在鲁迅新诗文本中是明确而实际存在的。他以鲜活的形象显耀在我们的眼前，让读者也以一颗深受时代精神感召的心去审视去鉴赏，去判定其内含的意义和价值。艺术形象是诗歌动心感人的重要元素之一。鲁迅新诗的特别之处除了诸多特别的艺术元素外，还重在于闪耀着耀眼夺目的艺术形象。这种艺术形象富有极大的吸引力和极强的驱动力，让人产生无尽的兴趣、联想和鉴赏心理，引动着我们情不自禁地对这个形象进行一番考察和探讨，他究竟有什么值得我们去认真感知和解读，又是什么在牵动和领引着我们的审美需求，从而让我们以极大的热情去认知，去进行探求奥妙的审美活动，作出美学天平上的审美判断。

二、寻梦者与追求者形象的内在特质

要做一个寻梦者与追求者，决不是想当然的事。他必须具备最基本同时也是最本质的素质，或者说一种非常重要的起着关键作用的内在特质，否则就不可能产生不同于普通人的特殊性和个别性，就不可能产生具有特别意义的形象。鲁迅新诗中寻梦者与追求者显然是受时代新思潮影响的文化新人的形象。那么这种形象到底必须哪些内在特质？一是思想敏锐，反应迅速快捷。这是一个文化新人成熟的首要标志。没有敏锐的思想，就不会受到某种新近的先进思想的启迪，打开自己的眼界，开阔自己的思路，而产生一种新的思想观念，也就看不到新的形势发展和新的精神气象；一旦产生并形成自己的新思想、新观念，就会促使自己对外界作出迅速敏捷的反应，及时采取有利于生活更新、社会向前的果断行为和措施。二是感情丰富而深沉。丰富而深沉的感情决定着一个文化新人能否正确看待不同于从前的新人物、容纳迥异于以往的新事物和包容有别于过去的新现象的基本态度。丰富意味着肚量、气量和大量，深沉意味着思虑、思考和思索。表示着一个文化新人在文化选择和取向上开放洒脱的情感容量及深度，如古人所说"海纳百川，有容乃大"。三是心理坦然，胸怀坦荡。从心理学的角度看，这是属于人的心理气质问题。一个人的心理气质如何决定着人的行为方式和接收方式。正如古人所说"君子坦荡荡，小人常凄凄"。心理坦然心胸坦荡的人总是以一种开怀奔放而稳健的心态去迎接所面对的一切新奇美好，珍惜和抓住难得的机遇快速行动，果断接收，再进行分析，剔除糟粕，吸取精华，尽快接受其中有益的有价值的东西。相反心理狭窄胸怀狭隘的人必然是行为迟疑接收缓慢，难以真正接受新奇的东西，甚至经受不

住任何挫折，容易沮丧，心灰意懒，颓废消沉。四是既看清前进的方向，又保持清醒的头脑。这是一个文化新人应具的眼光和头脑。这样既有行为的明确性和目的性，避免意气用事，盲目冲动，又有充分的忧患意识、挫折意识和心理准备，防止突然受挫的不适应性和创伤感，能够较快较好地调整、平衡心态，摆脱矛盾与困惑，重新开始寻梦的脚步，踏上追求的旅途。五是敢于面对和正视现实。这是一个文化新人必有的胆量和气魄。鲁迅在《记念刘和珍君》中说："真的猛士，敢于直面惨淡的人生，敢于正视淋漓的鲜血。"可谓极其形象的概括、总结与期望。如果没有这一点那就一切都是枉然。鲁迅在《论睁了眼看》中说道：中国人"万事闭眼睛，聊以自欺，而且欺人，那方法是：瞒和骗。""中国人的不敢正视各方面，用瞒和骗，造出奇妙的逃路来，而自以为正路。在这路上，就证明着国民性的怯弱，懒惰，而又巧滑。一天一天的满足着，却一天一天的堕落着，但却又觉得日见其光荣。""中国人向来因为不敢正视人生，只好瞒和骗，由此也生出瞒和骗的文艺来，由这文艺，更令中国人更深地陷入瞒和骗的大泽中，甚而至于已经自己不觉得。"鲁迅在此从反面揭露了中国人的劣根性，说明中国人所深受的极其可怕的弊病的危害，真是触目惊心，引人警觉。六是要有坚强的意志、顽强的毅力。这是一个文化新人取得成功的必要条件。不具备这点，要想获得成功无异于"痴人说梦"、"天方夜谭"。梁启超在《论毅力》中开篇就说："天下古今成败之林，若是其莽然不一途也。要其何以成，何以败？曰：有毅力者成，反是者败。"又进一步论述道："其在志力薄弱之士，始固曰吾欲云云，吾欲云云，其意以为天下事固易易也，及骤尝焉而阻力猝来，颓然丧矣；其次弱者，乘一地之意气，透过此第一关，遇再挫而退；稍强者，遇三四挫而退；更稍强者，遇五六挫而退。其事愈大者，其遇挫愈多，其不退也愈难，非至强之人，未有能善于其终者也。"这正说明坚强的意志和顽强的毅力对于一个人成功的重要性。以上六种内在特质在鲁迅新诗中的寻梦者与追求者身上都有着一定的体现。《梦》中那个追求"明日之梦"的人物形象，在观看许多"看我真好颜色"的"去的在的"陈旧纷乱的梦的表演后，敢于面对面地一针见血地揭破其中的丑陋，敢于直接道破其"颜色许好，暗里不知"的黑暗本质。《桃花》中那个敢于"随便走到园中"的"我"，敢于毫不回避地赞美桃李盛开的景象，敢于说出"好极了！桃花红，李花白"的热切的话语。《爱之神》中的爱神，敢于冲破传统禁锢，蔑视束缚人的礼教、封建习俗与伦理教条，发射出他那支点燃爱情的爱的神箭，并敢于对中箭之人作出严厉批评。《人与时》中那个时间的虚拟人物，敢于直面众说纷纭的谈论，正面指出和批评各种错误的看法，勇猛地发表自己锐意进取、开拓革新的意见，"你们都侮辱我的现在"，"从前好的，自己回去。/将来好的，跟我前去。"义无返顾地表明自己向着既定目标进发的人生态度。《他们的花园》中的"小娃子"，敢于"走出破大门"，"用尽小心机"，从邻家大花园里摘取一朵"又白又光明，像才下的雪"一样的百合花。《他》中那个觉醒之后始终寻找美梦似的理想的"他"，尽管面临着有些虚无缥缈的实际情景，但还是不分季节时令地寻找寻找再寻找，从夏天到秋天再到冬天。可以看出，鲁迅新诗中寻梦者与追求者形象是基本具备了一个文化新人应有的内在特质的。这个形象有思想，有情感，有眼光，有脑筋，有胆识，有魄力，也有意志和毅力。在诗中总是在以具体的言行与动作向着一定的方向和目标作尽力的冲刺。如果没有这些内在特质，即使新的一切来到面前，也无动于衷，视而不见，充耳不闻，甚至拒而远之。离开这些内在气质，也就难以形成如此形象。

三、寻梦者与追求者形象的形象特征

艺术形象是艺术作品不可或缺的艺术元素，但并不等于有了艺术形象就有了艺术魅力。艺术形象只是艺术魅力产生的前提条件。要使艺术作品具有或富有艺术魅力，还必须有着活灵活现生动感人的艺术形象。要有鲜明光耀的艺术性格才有了了分明的艺术形象。艺术性格是艺术形象的归依，艺术形象是艺术性格的体现。这就是二者之间的紧密关系，相依为伴，不可分离。尤其是短小的诗歌作品，要具有艺术形象就很不容易，要表现一种生动鲜明的艺术形象，更是难上加难。然而鲁迅新诗却突破抒情短诗的常规，在不多的诗行中描绘出一种辉映全诗、动人心魄的艺术形象，真是让人惊奇不已而又欣喜万分，令人不得不钦佩作者技法的高超。从寻梦者与追求者在诗歌文本中的表现看，应该说是形象分明，特征鲜明。他总是有一种引力在引领和牵制着读者去欣赏其风采，去探究运行其中的掠人的风貌神韵，我想这就是艺术魅力发生效力的缘故吧。寻梦者与追求者也的确不愧是这样的形象。他有着干练坚决的态度，凛然的姿态，豪迈的气概；他判断果决，行为果断；他雷厉风行，大刀阔斧。《梦》中那个说话人，是在大前梦、前梦、后梦等所有"墨一般黑"的梦粉墨登场、丑恶暴露、自鸣得意而不自知之后，毅然决然站出来揭破其盖在表面的虚伪的漂亮的面纱，使之露出内里的乌黑与死相。《爱之神》中的爱神显然是在深思熟虑后勇猛地跨出那一脚步，不假思索地发射出那一燃烧爱火的神箭，并严厉批评中箭之人对爱的茫然无措。《人与时》

中那个拟人化的人物更是气派非凡，超乎寻常，他那句"从前好的，自己回去。/将来好的，跟我前去。"的话语，在那个昏暗的环境里真是石破天惊，电闪雷鸣，一个正气凛然、威风凛凛、无所畏惧的艺术形象活脱脱地映入眼帘，一个热烈激进的有着大无畏精神的艺术形象活生生地跃入眼目。如果没有相应的性格特征与内在的精神气质，人物形象是不可能作出如此惊人举动的。我们从中也看出其人物形象没有丝毫的优柔寡断和迟疑不决，有的只是英勇行动，迈步向前，毫不退缩。当然其人物性格也还不尽如此，那就是同时还有着机智、稳重的性格特征，能够审时度势，适时保存自己，以利再战，力避莽撞行事造成的无谓牺牲。《桃花》中"我"敢于对桃李盛开进行真情而深情的赞美，但鉴于桃花生气，随即辩解"我的话可并没有得罪你"，退而只得发出"唉！花有花道理，我不懂。"的感叹。然而这种辩解与感叹其实就是对狭隘者的一种巧妙的抗议。《他们的花园》中"小娃子"敢于将摘取的百合花拿回家，这是了不得的举动，但在面对百合花遭到苍蝇践踏污染而又受到大人说的那句"偏爱这不干净花，是胡涂孩子！"的话语指责后，也只能"瞪眼望天空"，"更无话可说"，然而可贵的是，他虽然"说不出话"却仍能"想起邻家"，等待时机，再去摘取"许多好花"。《他》中"他"不管沉睡多久，但最终能够醒来，并树立理想，矢志不渝地追求理想；"我"在追寻很长一段时间后，虽然还是回到自己的家，但这并不意味"我"不会再一次出发踏上追寻的旅程。在寻梦与追求的过程中，有果敢的行为举动和勇猛前进的精神，也不免矛盾、犹豫、徘徊、彷徨。这恰恰是艺术性格的丰满或饱满所在，这才是富有立体感的艺术形象。从以上结合实例对鲁迅新诗的艺术性格的简明分析中，得知寻梦者与追求者形象确实具有显明而突出的性格特征，由此使之成为鲜明而生动的艺术形象，给我们留下难以忘怀、记忆犹新的印象。

四、寻梦者与追求者形象的审美理想

每个人都有自己的审美理想，这种审美理想生成为人们行动与追求的巨大动力。如果失去它，人就没有了赖以前进的内驱力，做起事来就会缺乏干劲与精神。诚然，审美理想有远近高下之分，不同的人又有不同的审美理想。就文艺作品而言，其审美理想体现在三个方面：作者、作品和读者。作者的审美理想是通过作品来实现的，作品的审美理想要通过读者来实现，这样通过作品的中间环节或中介将作者的审美理想与读者的审美理想连接起来，但又只有三者的审美理想趋于一致性或同一性时，才能连通或连同起来，产生

三者的真正共鸣。鲁迅新诗的审美理想从寻梦者与追求者形象身上已经得到格外分明的体现。俗话说"文如其人"、"诗如其人"、"画如其人"、"字如其人",是什么样的作者就会创作出什么样的文艺作品。鲁迅本人一生就是扮演着寻梦者与追求者的角色,都在为寻找光明的梦和追求美好的明天而奋斗不已、殚精竭虑、鞠躬尽瘁。这从他生前奋斗的足印以及作品博大精深的思想、广泛巨大的反响与产生的深广久远的实际影响证明了。当我们审视新诗中那个寻梦与追求的人物形象时,不得不为之动情动心,不得不为之感染和鼓舞。无论是《梦》中那个追寻"明白的梦"的人或者就是"明白的梦"这个中心意象,还是《桃花》中那个抑制不住激动地赞颂美丽景色的人,无论《爱之神》中那个干脆果敢地放射爱箭的人,还是《人与时》中那个立足现在、放眼未来、脚踏实地、勇往直前的人,无论《他们的花园》中那个很有心计、沉着稳健、等待时机、见机而动的人,还是《他》中那个醒后执著追求理想的人和那个对美梦般的目标寻找寻找再寻找而又养精蓄锐另寻机遇的人,其审美理想的本质特征都有着意气风发、斗志昂扬、奋进寻求的精神特性,其审美理想的本质内容都有着非凡的志气,高远的志向,远大的抱负,崇高的理想,也感染和激发出读者有着这样的志气,这样的志向,这样的抱负,这样的理想,因为这恰好与读者的审美理想相通相融,也就容易被认同与接受,从而产生心灵上的共振,使诗作的艺术形象发生艺术魅力的深刻效力。由于这种形象是受时代精神的熏染和感召而孕育产生的,有着振奋人心、鼓动人心、激励人心的审美理想,所以这种形象也就陶冶着人们,鼓舞着人们,撼动着人们也朝着明天奋然而前行。这种形象让读者看到时代涌动的潮流而将自己融合于时代大潮,从而呼吸时代气息,感应时代脉搏,把握时代方向,听从时代召唤。显然这种形象有着作者的影子,是作者所感应的时代精神通过诗歌塑造的人物形象所进行的艺术反映。这一艺术形象的写照将为还处于迷惘和困惑的人们指出了一种应对眼下现实的应有态度,指出了一条摆脱迷茫走出困境的可行的出路。

五、寻梦者与追求者形象的美学意义

无论怎样的文艺作品都应该有一种美学意义的追求,否则花费心血而艰辛构想的文艺创作就成了徒劳无益或劳而无功的虚幻的摆设。而这种美学意义在很大或很高的程度上应该是积极向上的,是鼓舞人心,催人奋发的。这也是诗歌的形象意蕴应有的指向或指归。尤其是在五四时期那个暗无天日,

群魔乱舞，魑魅魍魉横行霸道而又新旧交错，"山雨欲来风满楼"的非常特殊的时代环境，怎样通过文艺的宣传与鼓动，让新的尽快产生成长，使旧的尽快灭亡消失，作为洞察时势而又不失时机奋然前进迎接新生的鲁迅，是明晓而深知的。所以他的作品在暴露黑暗揭露时弊催人觉醒的同时，又给人带来红亮的希望，赋予人们坚定的信心和勇气，激励人们勇往直前，让人"在刀光火色衰微中，看出一种薄明的天色"和"新世纪的曙光"[3]。他说：这"是国民精神所发的火光，同时也是引导国民精神的前途的灯火。"[4]这在鲁迅新诗中表现得分外明朗。那个揭出乌黑的"明白的梦"、那个盛赞美景的"我"、那个射出爱神之箭的"小娃子"、那个敢说"跟我前去"的时间、那个采摘百合花的"小娃子"、那个不断寻找的"他"或"我"，都从诗歌文本中显示着他们的光辉形象，也从他们寻梦与追求的过程中体现出形象的美学意义。他们的外在形象似乎显得很朴实。然而从他们内里的精神气质和表现出的有悖于时尚的大胆言行看，其内在形象及其体现出的美学品格是崇高、壮美、雄伟、刚健、强劲、英勇、伟美、壮丽。也由此才产生振聋发聩、摄人心魂的美学意义。当我们将那个时代情势联想起来的时候，就会深深感触到鲁迅新诗中寻梦者与追求者形象的艺术张力。你好像看到吹响时代号角的形象，又看到"路漫漫其修远兮，吾将上下而求索"的形象，从而仿佛听到时代行进的脚步声，禁不住内心的激情涌动，顿生一种融入时代洪流的愿望。在五四时期的时代潮流的鼓荡中，除了郭沫若的新诗给人震天之响的感觉外，鲁迅新诗也在一定程度上给人"风乍起，吹皱一池春水"的感觉，如霹雳在寂寞的人群中发生了一声震响。只是郭沫若新诗的外在情感的浓烈度很大，让人一下就感觉到了，而鲁迅新诗由于力求冷静与深沉，情感的浓烈是蕴藏在内的，需要慢慢品赏才能深感其味。两人的抒情方式极不一样，一个是热抒情，一个是冷抒情。热抒情一般只是爆发式的短暂激动，冷抒情就像嚼橄榄似的越嚼越有味，经得住时间的考验，产生长久的有意味的激动。无怪乎鲁迅说："感情正烈的时候，不宜做诗，否则锋芒太露，能将'诗美'杀掉。"[5]这种"诗美"自然包含许多美学元素，其中无疑包括诗歌形象的美学意蕴和美学意义。鲁迅以自己的新诗创作实践了这一主张，我们也从对鲁迅新诗的品味中感受了这一点。

就其美学观念与美学追求来说，鲁迅是倾向于雄健、刚强、伟美的，而拒绝温柔平和之声。他在《摩罗诗力说》中说："顾瞻人间，新声争起，无不以殊特雄丽之言，自振其精神而绍介其伟美于世界"，"诗人为之语，则握拨一弹，心弦立应，其声澈于灵府，令有情皆举其首，如睹晓日，益为之美伟强力高尚发扬"。他说屈原《离骚》，虽"则抽写哀怨，郁为奇文"，"放言无惮，为前人怕不敢言。然中亦多芳菲凄恻之音，而反抗挑战，则终其篇未能见，感动后世，为力非强。"其批评之中肯。这也是鲁迅的审美志向，古人云"诗言志"，鲁迅新诗通过对寻梦者与追求者形象的抒写和描画，正是表达了这个志向。

五四时代正是一个世界新潮涌入国门有利于先觉者进化思想开启民智的时代，因而一个能够"睁眼看世界"的时机到来了。这是一个千古难逢的历史机遇，作为早就有许多美丽之梦的鲁迅是会紧紧抓住并十分珍惜的，以便抒发他那为民众为社会为将来美好的情感潮流和情绪意志。如他自己所说"世界日日改变，我们的作家取下假面，真诚地，深入地，大胆地看取人生并且写出他们的血和肉来的时候早到了；早就应该有一片崭新的文场，早就应该有几个凶猛的闯将！"[6]其实鲁迅本人就是一个"凶猛的闯将"。鲁迅一生都在寻梦与追求，因此诗中寻梦者与追求者又何尝不是鲁迅的自我写照，映照着鲁迅的身影。如果没有"不能全忘的一部分"梦，鲁迅恐怕也就不会有像《呐喊》等那样响彻云霄、震荡山谷、惊世骇俗、震撼人心的作品的问世。这真是积之愈久，发之愈烈。

毫无疑问，鲁迅的梦是理想、希望、追求、奋进、前行，是光明与美好、进取与开拓的象征。其情感流向总是指向一个合情理性和合目的性的运动的前方。鲁迅新诗中跃动着的寻梦者与追求者形象确实震动人心，难以忘怀。这个形象以一种含蓄或显明的姿态巍然屹立在诗歌文本中，让你明显感到他的言谈举止，仿佛看到他的音容笑貌。由于其中内蕴着一种有感于时代的力与美而使之内含着难以挡住的牵引力和内驱力，引动着接受主体不得不去接受，并随着形象的意蕴指向去探索人类、社会、生活和未来的出路。这就是鲁迅新诗寻梦者与追求者的形象魅力给人留下的鲜明深刻而又乐意接受的印象。

注释

[1][2]《坟·摩罗诗力说》，《鲁迅全集》，西藏人民出版社，1998年，第20、19页。

[3]《热风·随感录五十九"圣武"》，《鲁迅全集》，西藏人民出版社，1998年，第107页。

[4][6]《坟·论睁了眼看》，《鲁迅全集》，西藏人民出版社，1998年，第74页。

[5]《两地书·三二》，《鲁迅全集》光盘版，北京银冠电子出版有限公司。

鲁迅新诗的叙述模式与叙述者身份

不同的诗人以不同的方式进行诗歌的架构，以只属于自己的手段来营造诗歌的体式，致使不同的诗体呈现出各自不同的个性特征而与别的诗歌区别开来，由此显现它的特殊性与个体性而引起人们的格外注目，遂将欣赏者带进诗歌的内部环境结构，去观览赏鉴其中动心感人的奇丽风光。

在"五四"时期的新诗创作中，鲁迅的新诗正是如此，即便只留下寥寥可数的几首诗，也显示出奇异的特色。其样式的特别、形式的独特，使人感到这只能是别样的、鲁迅的。其他诗人是万难也不可能有半点相似之处，从而显现出鲁迅新诗独有的个性特征。在中国新诗的初创期，最早试作新诗的是胡适，之后还有鲁迅，但两人的新诗格式迥异。胡适因出于小心翼翼地尝试而只是在古典诗词的形貌上慢慢放大放宽放松，是一种还带着陈旧镣铐的跳舞，给人轻浮而又羞涩局促之感。鲁迅则大胆而全然打破旧体诗的格局，不留丁点古诗词陈旧的痕迹，而成为一个纯然开放的自由的新诗体例系统，给人明快而又洒脱严谨之感。由此形成两人差异极大的新诗形体面貌。

浏览开创之期的新诗体貌，前后大约主要有谨小慎微的放大体、舒缓深沉的叙述体、狂飙突进的抒情体等，放大体显然以胡适为代表，叙述体当然以鲁迅为代表，抒情体自然以郭沫若为代表，他们以各自的新诗作品显现出不同的诗体色彩而在新诗坛灼灼开放、熠熠生辉。诚然，每一种诗体都有自身的优长与特点，不能以不同的诗歌体貌来判定诗歌本身的高下，重要的是运用得成功与否。我在这里着重论说的是鲁迅新诗的诗体特色。在此联系其他诗人诗体也不过是在比较中突现鲁迅新诗诗体的特异之处。

那么，鲁迅新诗诗体的特异之处又到底在哪里？我认为就在于他新诗的叙述性结构形式，并由此形成的叙述体。如果由这种结构形式形成的叙述体显得粗浅粗陋或飘浮浮躁，那也没有什么可说的。也就是说如果这种叙述体不能承载诗歌重量或蕴含诗歌内涵并能把它传递给读者，那么这种体式无疑是失败的，还有值得谈论的必要么？然而鲁迅运用这种诗体却是非常的成功。鲁迅新诗的叙述体，是以叙述的结构、形式、手法、方式来建构诗歌的框架，表达诗歌的内容，编织诗歌的意象，抒发诗歌的情意，最终以叙述的体格来承担诗歌的重量。其本质是抒情的，绝不是以叙述替代抒情。其中意象尤为重要，是诗歌情意与情思的载体，而鲁迅新诗恰好能够以叙述作为桥梁和纽带将纷然的意象连接组合，并依靠叙述的方法将作为载体的意象巧妙编入诗歌的形体内，从而自然委婉而流畅地传达出诗歌深沉的歌唱和丰深的诗意。鲁迅的几首新诗都是以此巧思妙构的，因此形成一种诗体模块或模板。我们称之为叙述模式。

而在这个模式中，又或明或暗隐藏着一个叙述者形象，它以叙述者的身份站在诗歌之外的高处，对诗体叙述的人事景物以及所表达的情思意绪作出相应的反应和应有的价值评判。即是说抒情主人公是以叙述者身份出现的。这个叙述者形象有时走到前台，有时退居幕后，它或许就是抒情主人公，或许就是作者本人，或许就是读者自己，或许就是另一个人物，它随着诗歌文本与鉴赏者审美过程中的感觉变化而发生不同的变化，甚至偶然还融合为一。总之，在诗体背后是有一个人在观照、在审视、在衡量、在评论、在判断。也因此使鲁迅的新诗成为了"这一个"，而让人醉心其中，揣摩深思，探索究竟。

诗歌当然是主情的，关键是怎样抒发情感，是直接还是间接，直白还是婉转，显明还是含蓄，浅露还是深沉。鲁迅的新诗必然属于后者的表现形态，是以隐含的形式来连通诗歌文本的各种意象符号和信息的，其中自然也有描摹与议理的因素和成分，但又都把它纳入叙述模式的艺术格局与系统中加以组构与表现，最终以叙述体结构模式作为传媒将全部情思意绪传达给读者，让读者通过这个媒介去感觉感受诗歌的意蕴，触摸诗意的灵魂，因而得到欣赏过程中有所感悟有所发现有所启迪的审美快乐和美感享受。

《梦》是为了表达对明天的向往之情和对光明的肯定与赞颂。但怎么构思和抒写才能生动地表现出来。"梦"又是笼统的抽象的模糊的难以捉摸的现象概念，"梦"的题材与主题在古典诗词中也常常出现，怎样着笔才不至于落入古人的窠臼且既具象又有新意呢？这确实是很费琢磨的。作者在《梦》中首先将梦拟人化，分为很多种类，涂上如墨一般"黑"的颜色，然后置于黄昏的背景，在黄昏之后的黑夜里哄然而起，相互哄闹与挤兑，在排挤与拒斥的过程中互不相让，难以收场，最后被带着亮色的"明白的梦"突然跳将出来赶走了其他黑色的梦。大前梦、前梦与后梦都被赶走，只留下"明白的梦"傲然独立。

这样就具体实在新颖可感了。整首诗由大前梦——前梦——后梦——明白的梦组成一个叙述的连环，在简要如实地叙述不同类别的梦的具体言行活动中，通过"明白的梦"的意外举动和具有力量的言语表达来突现其形象的特别。由此形成一个关于梦的故事的叙述模板。诗歌意象的明暗色彩、情感起伏都在这个模板中显现出来。这首诗的叙述者是隐藏幕后的，其情感态度、观念倾向判然若明。那就是肯定改革，赞成更新，迎接明天。

《桃花》简单地说就是叙述"桃花"生气的事儿。诗中写到在雨过天晴花儿竞妍的氛围里，"我"漫步园中感到赏心悦目、喜乐非常而情不自禁地说出赞美的话语，也只是一种出自内心的普遍的赞叹，便引来了"桃花"的不满和生气。事情就在这个叙述模块中展开。"桃花""满面涨作'杨妃红'"这一情态的细节描绘融入其中。作者又具体设计了桃花李花在园东园西争相开放的情景和"我"赞美鲜花盛开而"桃花"生气的情节，致使诗歌的含意在"桃花"表情言语的叙述过程中得到突出显现，又以二者对话的方式将各自的心态显露出来。"桃花"为什么生气呢？就因为他想独自争艳独占风光，因此产生嫉妒不满之心并对我生气责怪。在这里叙述者已从幕后走到前台，具体化为诗中的一个意象——"我"，抒情主人公与叙述者与读者融合一起，参与诗歌文本的说话，虽然诗中最后感叹："唉！花有花道理，我不懂。"但也只是话里有话不便明说的含蓄而给读者留下揣测的余地罢了，其中隐含的寓意读者分明判断出叙述者所传播的是：对人的谦和虚心、和谐和美的热切愿望，以及对骄傲自满、妄自尊大的个人主义思想观念的批评意见。

《爱之神》的叙述框架更为显明。它简洁叙述了爱神（即诗中"小娃子"）与中箭之人的对话过程。作者将这一神奇故事具体化，由这样几个情节：爱神展翅空中、搭弓张箭、中箭之人谢问、爱神答语组成，然后加以叙述，从而构成一个叙述板式。中箭之人感谢爱神的栽培，但又感觉茫然不知爱的对象，因而赶忙要求爱神告诉他"应该爱谁？"爱神着慌摇头立即回答："你应该爱谁，我怎么知道。/总之我的箭是放过了！/你要是爱谁，便没命的去爱他；/你要是谁也不爱，也可以没命的去自己死掉。"其叙述中"爱"的意象与主题得以突现。至于爱与不爱，爱什么，都由自己选择和决定。于是"个性解放"、"自由之爱"的时代精神便委婉地传达出来，让人心领神会，并与幕后的叙述者一起去作出思考、判定和抉择，最终感应着爱的自由空间，寄托着爱的奔放与向往。

《人与时》明显由一组对话构成叙述模块。它以"人与时"的对话，又化为三个具体人与时间的话语交谈，将"从前——现在——将来"组成一个纵向的时间链条穿织进叙述结构中，来表现他们的优劣、好坏与进退。"一人说，将来胜过现在。/一人说，现在远不及从前。/一人说，什么?"三人各抒己见，是非难分，这时"时道，你们都侮辱我的现在。/从前好的，自己回去。/将来好的，跟我前去。……"从简括的叙述中分明构筑了一条历史的长河，演绎出一大段具有空间视觉性的时间流程，在整个时间段中我们同时看到由"从前、现在、将来"表现出来的历史行进的步伐，再从意象的话语表述中去判明时段是否前进，历史是否迈步。经过叙述者、抒情主人公和读者共同对历史的俯瞰与审视、辨析与评判，得出确切的结论：抛开从前，立足现在，着眼将来。尤其是在现在的起点上，胸怀光明，向未来进发才是最根本的任务、方向和目标。从中我们深感"时间"明确无误的判断、果决干练的性格气质与洞察时事的时代精神。

《他们的花园》叙述了"美"遭到破坏与践踏的事情。作者将面庞微红的"小娃子"在邻家大花园里摘到的"百合花"遭受"苍蝇"摧残的情节故事讲述出来而构成叙述体。在对比的叙述中对"百合花"的纯洁与净美，用"又白又光明，像才下的雪"的简言描绘进行突现，使人产生对美的喜爱和对丑的憎恨。又以"看不得；舍不得"、"瞪眼看天空"、"更无话可说"与"说不出话"的诗句，勾画出"小娃子"面对被玷污的"百合花"产生的惋惜、着急又无奈的神情表现与心理反应。最后以"……想起邻家：/他们大花园里，有许多好花"的诗句戛然而止。虽然诗句本身没有明确告诉我们最终的答案，但稍加思索就感悟出应有更好的选择与追求的情怀。通过叙述者的观照与评判，以及诗体的信息传递，让我们获得并懂得"枝上柳绵吹又少，天涯何处无芳草"的道理，并明白时代与人生的指向。

《他》写的是"他"先酣睡而后觉醒的事情。"他"好像不分季节、昼夜、冷暖地睡眠，时时刻刻毫不间断地睡眠，而其实之后觉醒过来，走上了追求理想的道路。作者在诗体结构中采用叙述的方法把"他"在夏天睡眠的情景与在秋天和冬天追求的程度客观真实地叙述出来，从而构造一个叙述的模式。在这个诗歌体式中，作者设置夏天知了叫、秋天秋风起、冬天大雪下的背景与环境片断，将夏——秋——冬连成时间段，以在不同时间和季候中"他"的行为表现来突现其思想与精神的本质。"他"那种先是麻木不仁、昏昏入睡的举动让人格外担心与忧虑，而后觉醒觉悟起来，毅然踏上求索之路的行为又令人格外感动与惊喜。由此表现叙述者即抒情主人公对"人"的沉睡不醒的忧愤和尽力唤醒沉睡者的热烈情感与火热执著的意愿，并隐约告诫人们：如果始终沉睡不起，无异于走进死灭；只有觉醒振作奋发起来，才能走出人生的困境，显出"人"的活力，才是作为"人"应有的希望的出路。

在上面理论阐释与作品的例证分析中，我们认为鲁迅的新诗确实呈现出叙述模式和存在着叙述者身份，使之外化为一种诗歌的叙述体。当然这只是一种诗歌的形式，不管怎么变化和显出多大差异，都不能必然说明诗歌本身的质量。内容决定形式，诗体只是外在的形式，关键是内容体现的情感与精神。如果形式与内容达到高度的统一，那诗歌本身无疑自成高格。鲁迅正是如此，将其抒写的内容放进他规定的形式中而成为唯他所有的诗歌文本。在这个叙述性的文本结构中，总感到内容的抒写真实而亲切，形式的表达恰切而自然，对内容与形式的融洽总有一种亲切感、自然感和新颖感。

透视鲁迅的新诗，再进一步走进去，深入下去，仔细揣摩、体味、感悟与寻觅，就分明感到自己是在和诗歌文本进行着心灵的交流与对话，感到了一种真切而灼热的精神与热情，感到了一种对光明与美好的张显与张扬，感到了诗中透射出的顽强的灼人的力与美。这都有赖于作者能熟练恰巧地营造诗歌文本形式而体现出的诗体风貌、时代风神和对生活的放声歌唱。也由此使他的诗歌因意象的饱满而有厚度、内容的深切而有深度、情思的扩大而有广度、表达的恰当而有力度，就使他的诗歌的信息含量很大而内蕴丰深，达到感之愈切、思之愈深、读之愈诚的美学效果。

鲁迅就是在这样的叙述性的结构形式中来表现他的现实关注、人文关怀和充满希望的喜悦。而使他的新诗显示出区别于其他的独有的特色，"这种区别正是该文体确立自身艺术特征的根本"[1]。特别让人注意的是，鲁迅在新诗创作之初就能够达到诗歌形式结构与情感内容和谐而完美的统一，并在诗体中包含了那么多的信息量，的确给人惊诧之感。我想除了他渊源深厚的旧学基础和对诗歌底蕴与特质的透彻了解外，重要的还在于"作家的文体意识"和"文体自觉性"[2]。著名诗评家蒋登科先生说："诗人的任务就是在诗的文体可能性之中扬诗之所'长'，避诗之所'短'，由此张扬诗的文体可能性。"并"提高诗人的文体自觉性"[3]。又说："保持诗的文体可能性是诗的生命之源，保持高度的文体自觉性是诗人的艺术生命之源。"[4]懂得了这点，诗歌创作就会得心应手，正如王蒙所说："一个生活阅历、艺术修养、创作实践都非常丰富深厚的人，完全可能略有所思便秉笔大书，边设计边施工而照样保证工程的质量。"[5]鲁迅的新诗正是达到了这一艺术的效应与境界。

要知道，鲁迅新诗的叙述体绝不是叙事诗。这是两个不同的诗学概念。但就其诗歌体式来说，叙事诗仍表现为一种叙述体。只是叙事诗的叙述体是一种宏大的格局，其中要进行人物的塑造、场面的展示以及恢弘情节的安排与布置，从而书写壮阔的情感，囊括时代风云；而鲁迅新诗的叙述体要小巧得多，是高度浓缩而富有诗情的表达方式与文本格式，是以凝练的叙述性语言叙写精细的情节故事，在细小而精巧别致的叙述格局中描绘心灵的感应，抒发浓重的情感，体验人生的苦乐，关注生命的走向，表露内心的理想，闪现思想的火花。对这一诗体，也许鲁迅并不满意，所以"待到称为诗人的一出现，就洗手不作了。"[6]但我想这只是鲁迅的谦逊和过高要求。现在回头赏玩，确有深味。诗情浓浓，诗意绵绵。

在中国新诗的初创期，鲁迅创作的新诗明显呈现出一种结构的叙述模式，并隐藏着一个观照、审视与评判的叙述者，而且准确把握了这种诗体特征，由此体现着鲁迅新诗体式的特别与奇异，说明鲁迅开始创作新诗就孕育着诗歌的文体可能性和诗歌创作的文体自觉性，这在打破旧体诗的基础上是一个崭新的诗歌文体的构建，具有始创与开拓性意义，对我们今天的诗体创新无疑是有启发和参照价值的。

（本文发表于《西南农业大学学报》2008 年第 2 期）

注释

［1］［2］［3］［4］蒋登科《论诗人的文体自觉性》，《新诗审美人格论》，广西民族出版社，1992 年，第 21、23、24、30 页。

［5］转引自蒋登科《新诗审美人格论》，广西民族出版社，1992 年，第 29 页。

［6］《集外集·序言》，《鲁迅全集》光盘版，北京银冠电子出版有限公司。

浅论鲁迅新诗的对话结构

在中国新诗的初创期，鲁迅虽然"只因为那时诗坛寂寞，所以打打边鼓，凑些热闹"而创作了屈指可数的几首诗，为催促新诗的诞生发出呐喊，为推动新诗的创作施以一定的助力，"待到称为诗人的一出现，就洗手不作了"[1]，但在当时却产生了重大影响。在时隔90多年的今天，我们从中国新诗所走过的艰难曲折的漫长历程的回顾与考察中，再回头审视鲁迅的新诗作品，便惊奇地发现：鲁迅新诗不独体现着深邃丰富的意蕴，更重要的是酿造着一种新颖独特的不同于其他诗人诗作的文体结构。

我们曾经说到鲁迅新诗创作一开始就有着诗体追求的自觉性，表现在文本形式上就是显明的叙述模式及叙述者身份。现在进一步考察又意外地发现鲁迅新诗在叙述性的模块中是以对话的方式来组织诗歌的外在形式，来连缀诗歌内容和表现诗歌思想情感的。由此在叙述性的主体模式中呈现着一种对话结构形式抑或对话体，使其诗歌结构形式更为细致、更为缜密、更为精进。

一、对话结构的文本表现

阅读鲁迅新诗，只要稍微留心就知道诗歌文本的形式模块中分明存在着诗歌意象的对话特性，它或明或隐地显现于诗歌的总体结构中，而又多是以诗中人物鲜明的话语对答来加以呈现，这几乎成为几首新诗共有的规律性特征。诗歌的核心内容就是以话语对答的方式来表述和串连起来，进行自然而精密的组合，然后与背景叙述和辅助性说明的诗歌语句相连结，从而形成有机的诗歌统一体，组成诗歌的完整篇章。

《梦》写"明白的梦"与其他梦的对话。很多梦趁着黄昏时节起哄，在冲撞挤兑过程中，去的大前梦和前梦、在的后梦都在说："看我真好颜色"，看他们自以为是的情态，"明白的梦"干脆一针见血道出他们的黑暗本质，对答道："颜色许好，暗里不知"；"暗里不知，身热头痛"。《桃花》写"我"与"桃花"的对话。鉴于雨过天晴、风和日丽的情景，"我"乘兴漫步花园，看见桃李盛开，情不自禁地说道："好极了！桃花红，李花白。"并"没说桃花不及李花白"，便引起桃花的生气，"满面涨作'杨妃红'"，于是赶忙说道："好小子！真了得！竟能气红了面孔。"事实上，"我"只是就桃红李白的事实而言，并没有说谁好谁坏，但桃花却心胸狭隘，莫名其妙地生气，"我"又只得赶紧回答："我的话可并没得罪你，你怎的便涨红了面孔！"总也解说不清，最后只好感叹："花有花道理，我不懂。"《爱之神》写爱神与中箭之人的对话。小娃子展翅空中，张弓搭箭，"一箭射着前胸"，被中之人发生爱情，反而感到茫然，因此立即谢问爱神："小娃子先生，谢你胡乱栽培！/但得告诉我：我应该爱谁？"爱神只管射箭，不管爱的对象，于是着慌摇头回答中箭之人："唉！/你是还有心胸的人，竟也说这宗话。/你应该爱谁，我怎么知道。/总之我的箭是放过了！/你要是爱谁，便没命的去爱他；你要是谁也不爱，也可以没命的去自己死掉。"《人与时》写人与时间的对话。"一人说，将来胜过现在。/一人说，现在远不及从前。/一人说，什么？/时道，你们都侮辱我的现在。/从前好的，自己回去。/将来好的，跟我前去。/这说什么的，我不和你说什么。"整首诗的对话结构非常明显。《他们的花园》没有外在的对话结构，但有着内在的对话趋向或话语迹象。当小娃子用尽心机在邻家大花园里摘到一朵百合花，拿回家好好放在那儿，却被乱飞的苍蝇弄得一团糟，"忙看百合花，却已有几点蝇矢"，被大人发现遭到言语斥责："偏爱这不干净花，是胡涂孩子！"小娃子"无话可说"，也"说不出话"，但其没有说出的内心话语是可想而知的。《他》虽然整首诗没有明显的对话结构，但在第一诗节还是透露出些微的对话信号。诗歌开篇以隐藏背后的作品人物或叙述者的身份和口吻写道：""知了'不要叫了，/他在房中睡着；/'知了'叫了，刻刻心头记着。"表明这个隐藏人物与知了的暗中对话，诗人便以这种简明的对话方式进入诗歌文本结构的写作。

　　鲁迅五四初期所写的几首新诗就是这样营造着诗歌的对话结构，除了《他们的花园》和《他》两首诗没有完全以对话形式结构全篇外，其他几首都是以对话形式构造全诗的外观。不管是诗歌的主体对话还是局部的话语或对话的显露，都说明鲁迅新诗总是或明或暗、或多或少地体现出对话结构的特色，使他的诗歌在对话结构的形式中给读者传输着信息，并使之接收、品评和鉴赏。

二、对话结构的审美意蕴

对话结构自然只是诗歌的外在形式，每个诗作者都有自己的诗歌体式。但没有恰切的诗体形貌和运载形式，也难以包容诗歌的丰富内涵和内在意蕴。鲁迅新诗是以对话结构来承载和容纳诗歌本身的材料内容和思想感情的。如果换成另外的诗歌结构，也未尝不可，但总觉得以对话结构更为适宜。

《梦》是要表达摒弃黑暗、称颂光明的，提醒人们不要留恋过去而要向往明天，寄寓了作者对昨天的陈旧与浑浊的愤恨，对未来的明亮与美好的热切期望，鼓励人们大胆地告别过去，迎接和拥抱明天。同时揭示出一个颠扑不破的真理，指出社会发展的基本方向，那就是：历史总是迈步向前的，又只能在新陈代谢的过程中才能前进，不管怎样的黑暗势力也阻挡不了时代行进的潮流。只有不断地进行勇猛的改革，才有美好明天的到来。这样一个深刻的主题，要用诗歌委婉地表现出来，不是一件容易的事。但作者通过"明白的梦"与其他梦的简言对话便顺利完成了。《桃花》无非是对那种有着严重个人主义思想观念的人们提出的警告，恳切地批评了孤芳自赏、排斥对方、骄傲自满、狂妄自大、高高在上的情绪意念，表达了作者对谦虚谨慎、平等待人、和蔼可亲、平易近人、友好相处的高风亮节的真诚呼唤，告诫人们要有能容他人、理解别人、宽和客气、善良礼让、通畅开阔的胸襟气度，寄寓作者"自由平等"、"互助共存"[2]的殷切期望。这样一个抽象的主题，要用诗歌形象地加以表现，确实很难。但作者通过"我"与桃花的巧妙对话便很好地完成了。《爱之神》表明作者自由恋爱、自由选择的主张，是当时思想解放、个性解放的时代思潮的形象反映。既然已经有了新思想的萌生，也产生了爱情，那就应该毫不迟疑地大胆勇敢地去追求和获取自己的爱情。不应该有丁点的犹豫与疑惑。同时爱情也罢，婚姻也罢，都应该自己做主，不应该受制于人，听从他人的干涉与指示。要全然摆脱陈旧的桎梏，奋力寻求自己的所爱。这正是诗歌作者的言下之意。如此的含意多么丰深，但作者通过爱神与中箭之人的简短对话就艺术地完成了。《人与时》的意蕴更是宏博而深邃。诗作抒写抒情主人公在对待从前、现在和将来的几种不同态度上，毅然决然地表现出立足现在、放眼将来的情感态度，旗帜鲜明地批判了"现在远不及从前"的复古主义，讥嘲了"什么"的糊涂主义，劝诫了"将来胜过现在"的理想主义。从前的早已成为历史的陈迹，应该坚决抛弃；将来是我们寄予的美好希望和今天前进的巨大动力，理应坚决留住和珍视。诗人的主张显然是一切都要脚踏实地从现在起步，向未来进发。所以诗中写道："你们都侮辱我的现在。/从前好的，自己回去。/将来好的，跟我前去。"鲁迅曾说："明明是现代人，吸着现在的空气，却偏要……侮蔑尽现在，这都是'现在的屠杀者'。杀了'现在'，也便杀了'将来'。"[3]可谓一个有力的印证。而如此深广的主题精神，只通过时间与一些人精简的对话就高妙地得以完成。《他们的花园》中有一个未出场人说了一句"偏爱这不干净花，是胡涂孩子！"这虽然只是一句话，但这一句话却对全诗起着非常重要的串联和凝结作用，使诗歌的内涵正在这一句话中得到伸展与开发，诗的意蕴才达到深湛的程度。表明了作者对封建家长势力的否定与批判。《他》中的第一节以幕后人与知了的简单对话作为此诗的开端，为后面诗节内容顺理成章的舒展和深化打下良好基础。表明作者对"他在房中睡着"的现实情景既关心又忧虑的复杂矛盾的心境。

　　以上便是我们从鲁迅新诗的对话结构和意象话语的表述中体会揣摩出的审美意蕴，我们也就从中获得了诗歌传达的这些意蕴信息。用对话结构和话语表述来承担诗歌思想内容的重量，这是鲁迅新诗结构形式的独特之处，而又达到完美的融合与统一，不能不承认作者善于谋篇布局的高超才能。

三、对话结构的审美特征

　　考察鲁迅新诗的对话结构，再细读和认真体会鲁迅的新诗文本，你不经意之间觉得其对话结构有着真实性、自然性和平实性的审美特征。也即是这种对话结构体现出，欣赏者主体也从中体察出如此审美特性。这种审美特性显示出诗歌文本的外在的审美品格。

　　1. 真实性。说到真实，我们常常说到生活的真实和艺术的真实。艺术真实来源于生活真实又高于生活真实。这当然是正确的。但对于真实的论说又主要局限在文艺的思想内容上。其实艺术真实也体现在艺术形式上。思想内容的艺术真实要通过艺术形式的艺术真实得到体现。如果艺术形式和方法技巧处理不当，或任意夸大缩小或根本不妥帖，也很难恰切地反映应有的思想内容和传达本有的情思情感，反而给人虚假不实之感。鲁迅新诗在艺术形式的处理上可谓高度真实，以艺术的手段准确地抒写和传达了诗歌的思情意绪，具体说就是用对话结构的艺术形式承担着诗歌的任务和传送着文本信息。如"明白的梦"与各种各样的"梦"的对话；"我"与"桃花"的对话；爱神"小娃子"与中箭人的对话；时与人的对话。通过诗歌文本中的意象对话来组成诗歌的文本结构，你总感到是真实的，好像就在眼前发生的生活事实，而且没有丝毫怀疑，也就真的信以为真。因为对话内容与对话形式让人分明感到就是生活的内容，是人人所经常看到的，是人人都有所经验和感受的。既然对话及其结构形式本就来自生活的存在，作者只是巧妙地借用到诗歌的结构中再加以艺术的加工、锤炼和表现，那么这种对话结构的真实性就毫无疑问了。对此特别让人感到和佩服鲁迅对生活观察的敏锐和艺术借鉴的睿智。鲁迅真的不愧是善于借鉴、化用与创新的艺术大家。

2. 自然性。李白有首诗写道："清水出芙蓉，天然去雕饰。"其中"天然"就是出于自然。这虽然是说出水芙蓉的自然形态，但已成为天然而成的一切出品和艺术品的比喻。对那些不加雕琢、没有粉饰、不露斧凿痕迹的艺术精品，人们常说"巧夺天工"、"自然天成"的赞誉之词，加以出自内心喜悦的赞美，就在于这种审美对象与审美主体的审美心理切近和趋于一致。因为人们都喜欢天然的美、自然的美，而厌恶矫揉造作、浮华虚美的东西。这是人类共同的审美心理，凡是违背这种审美心理，都会遭到人们的不快与离弃。鲁迅是深知审美心理和审美趋向的。他在致汪静之的信中说："情感自然流露，天真而清新，是天籁，不是硬做出来的。"[4]说的就是诗歌要以"自然流露"的方式进行表达，发出天籁般的声音，给人"天真而清新"的美感和快感。鲁迅自己的新诗也恰是以先觉者的姿态和不畏艰难险阻与封建势力奋争的凛然气势，大胆而勇敢地发出了蕴藏心中的自然之声。你看他用对话结构将自己对黑暗的现象、污秽的环境、腐朽的观念的愤恨之情描绘得活灵活现，将自己对光明的追求、未来的期望、坚定的意识、坚强的斗志表达得栩栩如生。这种对话结构确实自然而然地传情达意，毫无矫情别扭之感。如前所说它本身就是来源于生活，生活又是自然的，又是以自然的形态显现，经过诗人巧思妙构的艺术加工，就显得具有高度艺术性的自然。这种艺术自然的特性是很有魅力和吸引力的。它能让读者主动地自觉地走进诗歌之中，不知不觉地被诗歌的情思熏陶和感染，最终发生诗歌的效力。

3. 平实性。平实不仅体现在内容上，也体现在形式上。诗歌不仅要表现出平实的思想感情，还要表现出平实的形式体貌，力求使诗歌情思内容的平实与诗体风貌的平实有机统一起来，取得内外表里的一致性，这样才使诗歌内含的各种元素达到和谐融洽共处的状态。这里虽然仅就诗歌的平实性而言，其实任何风格的诗歌都应如此。否则内外表里的不一，会造成诗歌传达情思意绪的障碍和审美主体接受的阻隔。平实的诗歌体貌有种平易近人的特性，最让人容易靠近和接触。当然华美的诗歌体貌自有它的风韵和优长。鲁迅的诗体风貌是明显趋向于平实的。他用对话结构的表述来传情达意，使其诗歌文本与读者的间隔大大缩小以至于消失，甚至两者相融，极大地唤起读者阅读与欣赏的热情。看他的《梦》、《桃花》、《爱之神》、《人与时》，其诗歌体貌都是由对话结构组织和体现的，在欣赏过程中总感到它的平易与朴实，没有疏离感。这也是从生活的本然性而来。毫无疑问，观察生活谙熟透彻的鲁迅是深受启发的。同时，鲁迅的新诗创作绝不是个人的孤芳自赏，也绝不是供给所谓高雅之人的鉴赏品，而是将自己的新诗作为文化启蒙的斗争武器和新思想新感情的传播媒介。用平实的诗体风貌有利于扩大五四时代精神的范围和影响。可见鲁迅是有意识地将自己的诗歌创作面向更广大的群众，以便更有力地唤起民众的觉醒，更好地发挥诗歌的战斗力和感染力。鲁迅新诗平实的文体风貌与他小说、随感、杂文的文体风貌极为一致，也由此可见鲁迅所关注的始终是如何才能通过平实的文体风貌使作品更好地与普通民众心灵相通，产生应有的审美效力。

诗歌形式的真实性、自然性、平实性是诗歌能否比较容易走进读者视野的前提条件，要想使诗歌进入读者的内心，除了诗歌文本提供的引人注目的确能打动人心的诗歌元素外，重要的还在于接受主体有着怎样的审美感受。

四、对话结构的审美感受

一切艺术都来源于生活，无论思想内容还是艺术形式，只要按照生活逻辑与艺术逻辑相结合的原则加工处理笔下的材料内容，上升到艺术的高度与境界，又与生活本身接近，与共同的审美心理相吻合，激起人们已有的审美感受，那么接受者是会乐意接受的。鲁迅新诗的对话结构正是给人这样的审美感受。

1. 亲切感。人们常说"文如其人"、"诗如其人"、"画如其人"，道出了作品与作者的对等或同一关系，其道理无疑是正确的。本来就是什么样的作者就会写出什么样的作品。但其含意的范围不应局限在作品与作者的关系，还应扩大到作品与生活中人的关系。生活中的很多人都是和蔼可亲的，也特别钟情于和蔼可亲。鲁迅本人的生活表现正是如此，所以当年有那么多的青年学生能够聆听鲁迅的教诲，并主动写信求教和愿求指点与栽培。不少资料都证明生活中的鲁迅是和蔼可亲的，给人以亲切感。这种亲切感在鲁迅新诗文本中得到分明的显现。这种亲切感又是从诗体的对话结构中表现出来的。诗中人物或意象的对话是温和宛转的，没有外在的咄咄逼人的架势，对话结构中没有凌厉的气势和居高临下的姿态，令人总感到诗歌文本是在与你进行平等和悦的对话。你看这些诗歌话语："我的话可并没得罪你"，"唉！花有花道理，我不懂。"（《桃花》）"你应该爱谁，我怎么知道。/总之我的箭是放过了！"（《爱之神》）虽然情感的机锋、思想的锋芒隐藏在对话的字里行间，体现着"柔中带刚"、"绵里藏针"的特性，但开始是感觉不到的，感到的只是对话结构的温婉和悦的一面，这真是诗人让诗歌吸引读者的高妙手段。如果诗歌文本给人的第一印象便是趾高气扬的气势，你愿意走近吗？当你走进诗歌文本，仔细揣摩，耐心咀嚼，深感字里行间投射着思想感情的内部张力，而你已经受到良好的影响、陶冶与感染，已经放不下丢不开难以离去了，即使离开也已受熏陶了。这时你不得不惊叹诗人精妙而高超的技艺了。

2. 朴素感。从美学上说，朴素是一种美。那种雍容华贵的美，虽然也受欢迎，但实际生活的人们恐怕更多地喜欢和倾向于朴素美。因为生活的人们大多是朴素的，以朴素的风貌表现于生活中。这也是人们共有的一种普遍的审美心理。朴素与人的心理特性有更多的相通之处，更能引人投以关注的目光，因为它更反映了生活的本真。有人认为牡丹与菊花相比更喜欢菊花，就在于菊花虽朴素但更诚实谦逊，牡丹虽华美但不免有矫饰显耀之嫌。将这样的生活现象和认知心理引入诗歌创作的文本结构中，也是理所当然的，符合大众的审美倾向。鲁迅是倾心于素朴的，这从他对木刻艺术的爱好以及他的作品风貌得到充分的证明。鲁迅的新诗呈现出朴素的诗体面貌，又是以对话结构显现出来的。如这样的对话与语词："暗里不知，身热头痛。/你来你来！明白的梦！"（《梦》）"小娃子先生，谢你胡乱栽培！/但得告诉我：我应该爱谁？"（《爱之神》）可见其对话结构没有精雕细刻的痕迹，没有华丽的外表，没有鲜艳的色彩，没有高贵的情调，有的只是生活本来面貌的艺术反映，朴实的外貌，淡雅的色调和淡然的面目。作为忠实地反映生活的鲁迅，无意于去作什么不必要的装饰与粉饰，就按生活本然的朴素与清淡经营诗歌的创作，使诗体结构以朴素的风貌显示着它的本色，连表述的语词也不加任何修饰，显示着它来源于生活的本色。这恰恰让读者更容易接近，没有阻滞感、隔膜感、拒斥感和畏惧感，有的只是靠拢、亲近、走进和品味的感觉。这种审美感受全是由朴素的美感产生的。

3. 深沉感。再好的结构形式，如果没有纳入很好的思想内容，也是毫无用处的。反之，如果容纳着美好的情思，蕴含着丰富而令人反复玩味的深意，那就更显出结构形式的巧妙与高超。二者相互映衬，相得益彰。鲁迅新诗的对话结构正是如此。他以人们非常熟悉的对话结构容纳着深沉的情感与思想，使诗歌表现出貌不惊人却内涵丰深的特色。生活本身也并不是简单的表象，而是有着深沉的状态。鲁迅是明显受到启示的。他将诗笔首先放在那个动荡不已、纷乱丛生、群魔乱舞、险象环生的时代大背景下，然后又放在那个乱七八糟、昏天黑地、新旧交错、进退两难的社会背景中，再放在诗歌意象活动的具体环境中，如此抒写与抒发着一层一层又一层的诗情与诗意，致使诗歌的对话结构及其文本有着巨大的意蕴信息，令人咀嚼不尽，把玩不止，揣摩不定。如《梦》中"很多的梦，趁黄昏起哄"，有大前梦、前梦、后梦，它们都是乌黑的梦，你可以联系辛亥革命后连连更迭的政局、风雨飘摇的社会、动荡不安的生活、理想的破灭和希望的失落等诸多方面去理解；又有"明白的梦"，它是明亮的梦，你也可以分别从政治、社会、生活、人生、现实、理想与追求等很多角度去理解。不同的视角有不同的感受，不同的读者有不同的解读。诗中"梦"的对话看似简单实则非同寻常。这又完全是对话结构的深沉所致，使其诗歌文本结构透露出丰富多样的信息。这也正是人们常说的"大处着眼，小处着笔"方法的实际运用所产生的美学效应。这种对话结构表面好像明朗，然而却十分深沉，表面看来确实平常，实则十分别致。鲁迅曾说："我的文章不是涌出来的，是挤出来的。听的人往往误解为谦逊，其实是真情。"[5]可见鲁迅构思的斟酌与不易，也正如古人所说"看似寻常最奇崛，成如容易却艰辛"。而这种诗意信息含量太多太大太高的文本结构又的确难以理解深透，对此鲁迅本人是深知的，所以他说他的作品"要上三十岁，才很容易看懂。"[6]就是说上了三十岁的人才有丰富的社会阅历和深刻的人生感悟，只有这样才能真正理解其深意，真正读懂他的作品。这从对鲁迅新诗的阅读和理解中就可足见一斑。

五、对话结构的审美效果

任何文艺作品都不应拉开与读者的距离，尤其是诗歌。因为诗歌由于总体上的简短、凝练、精美，相对于其他文艺作品最能与读者亲近和相通，最不费读者多少赏读的时间，最容易在潜移默化中起到陶冶性灵、优化性情、教化人心、鼓舞斗志的作用。如果写诗的人没有做到这点，不仅是诗歌创作的失败，诗作者也应该心中有愧。那种高悬和远离读者的诗歌，不可能吸引读者的到来与赏读。鲁迅新诗的对话结构及其诗歌文本产生的美学效果是不言而喻的。这已从上述几方面的例证分析中得以证明。赏读鲁迅新诗让人总感到诗人是在对话结构中漫不经心地娓娓道来充满诗意的话语与诗句，这样大大缩小甚而消除读者与诗歌文本之间的距离感，仿佛欣赏者就站在诗歌意象的旁边或面前，以至加入其中聆听他们的对话，观察他们的言行，感受他们的气韵。鲁迅新诗当时一问世就引起不少青年学生和读者的惊叹、赏识与青睐，致使一些读者写信向鲁迅求教或将自己的诗寄去以征求意见。无怪乎连新诗的首创者胡适也不得不承认鲁迅新诗的新颖与别致，他说当时新诗多像"一个缠过脚后放大了的妇人，"而"会稽郡周氏兄弟却是例外。"[7]后来朱自清高度评价道："多数作家急切里无法甩掉旧诗词的调子，……只有鲁迅氏兄弟全然摆脱了旧镣铐"[8]。郭沫若认为鲁迅新诗达到极致甚至至境："偶有所作，每臻绝唱"[9]，这虽有点过誉，但鲁迅新诗是现代诗歌的上品却是无疑的。也有人说鲁迅新诗至今还没人超过，认真考察中国现代诗歌状况，也确有道理。鲁迅新诗给人留下的审视和思索的空间太广阔了，加上意境的宏阔与深邃，以至于需要很长的时间方能把握其中的真意与深意，具有永久的耐读力，真是"自觉之声发，每响必中于人心，清晰昭明，不同凡响。"[10]这除了鲁迅新诗深蕴的内涵和阔大的境界，还取决于鲁迅新诗别开生面的富有新意的结构形式的魅力。

　　　　　　　　（本文系与黄燕合作，发表于《现代语文》2009 年第 22 期）

注释

[1]《集外集·序言》，《鲁迅全集》光盘版，北京银冠电子出版有限公司。

[2]《热风·随感录·五十九"圣武"》，《鲁迅全集》，西藏人民出版社，1998 年，第 107 页。

[3]《热风·随感录·五十七　现在的屠杀者》，《鲁迅全集》，西藏人民出版社，1998 年，第 105 页。

[4]鲁迅 1921 年 6 月 13 日《致汪静之》。

[5]《〈阿 Q 正传〉的成因》，《鲁迅全集》光盘版，北京银冠电子出版有限公司。

[6]鲁迅 1936 年 4 月 2 日《致颜黎民》。

[7]《胡适文集》第 9 卷，北京大学出版社，1998 年 9 月。

[8]《〈中国新文学大系·诗集〉导言》，上海良友图书公司，1935 年 3 月。

[9]《鲁迅诗稿·序》，《郭沫若全集》，人民文学出版社，1981 年。

[10]《坟·摩罗诗力说》，《鲁迅全集》，西藏人民出版社，1998 年，第 19 页。

浅谈鲁迅新诗的语言色彩

　　一切艺术都必须语言来标示和表现。语言本是人类用以交流的表意符号，一旦进入人类高级精神活动的物化的艺术品，就变成更有意义的表意符号。语言是艺术中最稳定、最不易改变的物质外壳，是审美客体与审美主体之间的艺术中介。离开了它，艺术的一切都无从说起。文学是语言的艺术，"文学的第一要素是语言。语言是文学的主要工具，它和各种事实、生活现象一起，构成了文学的材料。"[1]文学功底深厚的鲁迅是深知其道的。

　　但是，语言又不是凝固不变的僵死的物质介质，它是随着时代历史和社会生活的变迁而变化发展的。因此每个历史时代的文学就应有鲜活生动的语言表情达意，方能传达时代生活的新声，表达时代人们的心音。然而，要在中国人成百上千年早已习惯和适应的语言程式的基础上进行突然快速的语言变轨，既不容易也很难把握好，尤其是以崭新的语言描述好新文学的图景，创作好新文学不同体裁和题材的文本，更是难上加难。"五四"新文学的先驱者和开创者们正面临这样的困惑与处境，虽然他们最终冲出和打破了古老语言的牢笼与罗网，但从他们用新式的现代语言构造的文本结构中可以看出，没有几人用新的语言写出了真正传情表意的诗歌作品。而鲁迅却是一个例外。在五四新文学的语言转轨期，鲁迅是用崭新的现代白话创建新文学，抒写新思想新情感中最好的一个，特别是他用现代白话创作的现代新诗可说是几乎无人能及。

　　当然，即便用白话语言创建白话文学，但语言使用本身并不决定什么，绝不决定着作品的高下优劣。胡适曾说："若想有一种新内容和新精神，不能不先打破那些束缚精神的枷锁镣铐"[2]，就新时代必然要求新语言抒写新精神而言，其道理是千真万确、颠扑不破的。但关键还在于怎样使用才使所使用的语言具有新意与深意，才能让读者能够从中感受到确切而流畅的传情达意，获得新颖而丰深的思想感情，聆听到时代生活的新的声音和前进的步伐。又特别是现代诗歌，既要运用现代语言进行抒写和创造，又不能失去诗歌应有的精炼、气质与神韵，的确考验创作者的技巧和手段。对此，我们研读鲁迅的新诗，深感其语言的运用可谓娴熟顺畅，技艺深湛，独具一格。

纵观鲁迅的新诗，就其语言运用及体现的语言色彩看，有着如下几方面特色。

一、通俗与平朴

品读鲁迅的新诗，首先给人以通俗与平朴的感觉。就是让人感到语词普通平常、语句畅通顺口、语意明晓易懂、语感平实朴素。也就是鲁迅新诗的语言没有陌生感，似乎是人们生活中已经习惯熟悉了的常用语言。它不深奥不晦涩，语言表层容易读懂和理解。它表面浅显，但决不意味着浅露，也决不是浅陋粗鄙或粗浅鄙俗。如果停留在表层的通俗与平朴，没有语言的内在情意，也是毫无价值可言的。它是以通俗与平朴的外在形貌来委婉显露其内在神韵的。当你从看似平常的语言形貌中走进诗歌的内部，方才深感其语言的奥妙与分量。象《梦》中"很多的梦，趁黄昏起哄。""而且不知道，说话的是谁？""你来你来！明白的梦。"这些诗句的语言的确没有惊人之处。"很多"、"梦"、"黄昏"、"不知道"、"说话"、"谁"，就是日常生活中人们惯用的语词，单独看显然没有意义，然而将它们连缀起来就成为很有意味的诗歌语言了。俄国形式主义语言学家雅各布森说："诗歌的显著特征在于，语词是作为语词被感知的，而不只是作为所指对象的代表或感情的发泄，词和词的排列、词的意义、词的外部和内部形式具有自身的分量和价值。"[3]鲁迅真是太懂得语言运用的法则与奥妙。当你把看似平常的词语放在诗歌的语境和意象活动的环境以及时代社会的形势背景并联系到它们各自所代表的意义，就明白其中深婉的含意而扼腕惊叹了。当然这种语言并不是随意为之，虽然来源于生活但不能机械地照搬，而要经过艺术的提炼，否则就给人苍白感、凝滞感而味同嚼蜡了。杜甫曾说"语不惊人死不休"，这正说明诗语提炼功夫的重要性。由于鲁迅新诗的语言具有通俗而平朴的色彩，所以其诗也就具有雅俗共赏的特点，没有距离感和隔膜感，文化层次和文学水平高低的人都可以赏读，从中品味到各自感受的情思意绪。

二、具体与实在

鲁迅新诗的语言明显呈现出具体与实在的特点。其诗歌语言不像以李金发为代表的象征主义的诗歌语言那样缥缈纷飞，扑朔迷离，模糊晦涩，难以捉摸，更难揣测和琢磨其中的诗意与诗境。也不像其他诗人的诗歌语言那样虽也不乏具体与实在但却难以品出其中的深广涵义。鲁迅新诗容易捉摸到诗歌语言的精灵，仿佛觉得是实实在在、活生生的，就在眼前生动活泼地存在着，不会费劲地寻找到语言的具体感和实在性。你可以循着语言的确切感和明确性去探寻诗歌的内在脉络与路径，从而找到隐藏在诗歌深层的形象意蕴。如《桃花》："春雨过了，太阳又很好，随便走到园中。/桃花开在园西，李花开在园东。"其诗句显然是具体可感的。其中的语词："春雨"、"太阳"、"桃花"、"李花"、"园西"、"园东"，它们所处的状态与位置就是这样的，毫无虚假之感。然而又不完全是自然性的，你可以沿着诗歌语言提供的路向，稍稍一想就想到了五四时期中西文化碰撞的时代思潮。胡适在《谈新诗》中说："诗要用具体的做法，不可用抽象的说法。凡是好诗，都是具体的；越偏向具体，越有诗意诗味。凡是好诗，都能使我们脑子里发生一种——或许多种——明显逼人的影像。"[4]真是说到了诗歌创作的关键处。鲁迅新诗语言的具体与实在恰恰就给人的大脑以多种"明显逼人的影像"。高尔基更是从美的高度进行了雄辩的议论，他说："作为一种感人的力量，语言真正的美，产生于言辞的准确、明晰和悦耳"[5]。毫无疑问，鲁迅新诗的语言是"准确、明晰和悦耳"的，由此产生诗歌语言真正的美。具体而实在的诗歌语言是很费考究的，如果斟酌不好，也很容易流露出直白或平直的毛病，丧失充满诗意的语言美。可以看出，鲁迅的新诗是以明朗而又含蓄的诗歌语言抒写有感于时代的深情，表面确实明晰，也有具象感，但不仅仅如此，它通过诗歌语言的暗示或象征，让欣赏主体在诗语的明晰与具象中感触到时代的体温和脉搏，窥视到时代的风云变幻投射到创作主体的内心激荡。

三、灵活与简练

五四时期的新诗首先是从诗歌语言的革命中脱胎换骨应运而生的，经过一代新诗的拓荒者与实践者对严重束缚思想情感的古典诗词语言的穷追猛打，终于攻克古旧迂腐的语言堡垒，越过语言表达的障碍而开拓和建立起新诗语言的表达体式。在诗歌语言的革命性意义上，五四新诗功不可没。但五四新诗的语言总体上还显得僵直呆板，不够灵动活跃，由于受欧化的影响，也还不大简练。在五四白话诗中，鲁迅新诗的语言可说是最灵活最简练的，真正做到了"用活的工具替代死的工具"[6]，用活的语言抒写活的生活，表达活的情感，又如古人所说"立片言而居要"。鲁迅新诗语言的灵活与简练，主要表现在将生活语言化为充满诗情诗意诗境的文学语言，赋予简洁练达而情深意重的艺术色彩，尤其是其诗歌语言庄谐共存的格调，给人留下极为鲜明而深刻的印象。例如，《爱之神》中称爱神为"小娃子先生"，"小娃子"是生活用语的俗称和口语，妙用过来生动有趣，"先生"是对人表示尊敬庄重的称呼，两者合用，显得既充满情趣又有庄重感。《他们的花园》中写"小娃子，卷螺发"，写百合花"又白又光明，像才下的雪"，前者活泼，表现出小娃子的生活情态，后者庄重，表示着诗中人物对百合花的满心喜爱和真心赞美。同时诗句字数不多，显得精简扼要，顺畅练达，言语虽少却传深情，似乎觉得应该如此。由此可见，鲁迅新诗的语言是亦庄亦谐，庄中有谐，谐中有庄，两相交融，互为渗透，交相辉映，从而表现着抒情主人公复杂的内心情绪，透射出诗歌丰富而深邃的内在意蕴。这种诗歌语言由于来得灵活巧妙、活泼有趣，又不失应有的庄重与严谨，显得庄谐有度，又简洁洗练，流利畅达，给人既庄严又轻松的双重美感，真是很富吸引力和驱动力。这说明鲁迅新诗至今让人咀嚼仍觉有味的原因，也显示出鲁迅对新诗语言的准确把握和运用自如。

四、创意与深切

中国新诗开创期的诗歌大多着力于突破古代诗歌语言的规范性，打破陈旧僵死的诗语表达的范式和格局，因此在创建新诗语言的表意上没有倾注多少心力，致使不少新诗很难有咀嚼回味的余地。像胡适的《蝴蝶》、《人力车夫》，刘大白的《卖布谣》、《田主来》，等等，虽然诗歌语言相对于旧诗确有很大变化和改观，也在很大程度上表明新诗语言抒写的自由，不可否认他们在诗歌语言变革上的创见和实践上所作的努力，但从诗歌内涵的角度看，近似于直白话语的串联，浅露平直暴露无遗，没有咀嚼的味道。如鲁迅所说："皆著意外形，不涉内质，孤伟自死，社会依然"[7]。"语言是一切事实和思想的外衣。"[8] "语言是传达思想感情的工具。"[9] 虽然表明语言对于思想的重要性，但要用充满诗意诗味的语言抒写具有诗性规范的丰富而又深刻的思想情感，却是很不容易的。而鲁迅新诗恰好表现出这方面的独特性。鲁迅新诗是用白话语言创建了既有丰深内涵又具有诗性规范的诗歌文本。他能够用普通话语酿造成委婉含蓄的充满深情厚意的诗作，应该说是对新诗创作的独到贡献，开辟了新诗创作中更有诗歌本性或诗性特色的门径。即是说鲁迅新诗语言具有创意与深切的特性。这恰恰是诗歌之所以是诗歌的本性所在。鲁迅新诗语言的创意与深切就在于以质朴无华的语言抒写深沉的情感与深刻的思想，将语言的外形与情思的内质统一起来，并达到和谐共处的状态。如"很多的梦，趁黄昏起哄。"（《梦》）"好极了！桃花红，李花白。"（《桃花》）"他们的大花园里，有许多好花。"（《他们的花园》）从中可以看出语言的素朴与明晓，但却意象鲜明活脱，"黄昏"、"大花园"是意象背景、环境的渲染与烘托，"梦""起哄"、"桃花红"、"李花白"、"好花"开放，是意象的展现与活动，然后将这些意象联结起来，再与特定的社会情景、时代潮流联系起来，其语言的深情深意就透视出来了，反映出那一时代观念的冲撞和社会思潮的撞击以及在人们心灵上掀起的浪花，从中又感到其诗巨大的语言容量。可见鲁迅新诗语言的创意与深切是从语言描述的意象中表达出来的，这正是诗歌传情达意的奥秘与真谛。正如庞德所说："每个词应有意象粘在上面，而不是一块平平的'筹码'"[10]。也由此可知鲁迅新诗为什么那样具有深味，令人深思，耐人揣摩的原由。

五、诗味与淡雅

人们常说诗要像诗，就是指诗要有诗味，否则就失去诗应具的特质，诗也就不是诗了。所谓诗味就是诗歌内含的情感、思想、韵律、兴致综合而成的特有的艺术气质。即是说诗歌要有兴奋激动奔涌的情思意绪和跃动荡漾流淌的内在旋律。概括起来，诗味就是由情味、意味、韵味和兴味组成和体现的。自然这都要靠语言的媒介加以表现。鲁迅新诗语言恰好具备诗味特征。而诗歌语言又不是以豪华富丽而是以简朴淡雅的面貌显现的，让人从中寻找到诗歌的真情真意。由此让人醉心其中，耐心赏读。譬如《人与时》中"你们都侮辱我的现在。/从前好的，自己回去。/将来好的，跟我前去。"诗歌语言素雅朴实，精巧雅致，好像不加任何修饰地随口说出，但一个坚决告别从前、勇敢面对现在、力争奔向将来的追求者形象鲜活动人地凸现出来了，其果敢、坚毅、奋勇、激进的姿态与气派，分明可见可感，令人感动，催人奋发，促人自新。如果孤立地看其中的词语，也没有什么特别，但连缀成诗句，就意味深长了。席勒说："从表现的媒介中自由地顺利地显现出来，不管语言的一切桎梏，总而言之，诗的表现的美就在于自然（本性）在语言的桎梏中自由的自动。"[11]鲁迅新诗语言正是在如此"自由的自动"中表现出诗歌的美。看来真正的诗美不在于语言的高雅或素雅与否，只要能体现出诗歌的气韵与风神，即便素淡的语言也一样能写出感动人心、摄人心魄的好诗。这种有着浓郁诗味的淡雅之诗仿佛出于天然，给人"淡妆浓抹总相宜"的感觉。尤其是"在语言的桎梏中"，鲁迅能摆脱羁绊机动灵活洒脱自如地运用崭新的语言，写出诗味十足淡雅适宜的崭新的诗歌，实是新文学史上难能可贵的创举。

在中国诗歌语言转型的五四时代，要使诗歌从传统诗的体格中解脱出来，努力建造一种崭新的诗歌体式，关键就在于新诗语言运用得成功与否。而且又是"只能用活的语言（白话），不能用死的语言（文言）"[12]，不然要将"诗体大解放"落在实处就成虚幻的泡影。"诗体大解放，就是把从前一切束缚自由的枷锁镣铐，一切打破：有什么话，说什么话；该怎么说，就怎么说。这样方才可有真正的白话诗，方才可以表现白话文学的可能性。"[13]"有什么题目，做什么诗；诗该怎样做，就怎样做。"[14]方能"努力造成一种近于说话的诗体"[15]。这当然是好的，也理应如此，虽然有其一定的局限性，搞不好很容易流于散漫平白直露。钱玄同在《尝试集·序》中指出："现在做白话韵文，一定应该全用现在的句调现在的白话"，"用今语达今人的情感"[16]。龙泉明说："不受任何限制，追求诗的最大限度的'自由'"，"求得自由随意地表现诗人心中真切的情思意绪"[17]。但要应用好白话语言写出具有诗歌本性的诗作，还不是说话似的简单。而鲁迅新诗恰恰符合诗歌之所以是诗歌的诗性规范，是白话语言与新诗心神结合得最好的文本，也因此才有鲁迅新诗生存久远的气运。

惠特曼说："逢新世界，新时代，新民族，当然同时要有新的舌头"。志希认为："惠特曼最大的能力就是能创造新的语言文字"，"他以为人类的生活日新、思想日新，当然要有新的语言文字才可以适应"。[18]俞平伯认为：诗歌"是发抒美感的文学。……力求其遣词命篇之完整优美。……发抒高尚之理想。""用字要精当，造句要雅洁，安章要完密"，"说理要深透，表情要至切，叙事要灵活"。康白情认为诗歌应体现"自然的美"[19]。龙泉明说："诗歌要随时代的变迁而更新自己"[20]。鲁迅是真正理解其精神的，因而他的新诗真正体现了新的语言文字中蕴藏的新世界的潮流、新时代的走向、新民族的出路。鲁迅说：白话"可以发表更明白的意思，同时也可以明白更精确的意义"[21]。他用自己的诗作和其他作品切实地证明了白话语言的应用功能和优长。

品赏鲁迅新诗，明显感觉其诗歌语言的生活味十足，它不是生活的原汁原味，照抄照搬，而是对生活语言高度提炼后所含有的生活品味或质味或本真味，并上升到文学的具有文学艺术的风味和品位。这样才使其语词语句虽朴实却有很大的语意信息，显示着新诗浓厚的语言容量，经得住反复咀嚼品赏，既有真挚之情感、丰深之思想、高远之理想，又有火样之热情、鲜明之意象、灼人之形象，从而引动鉴赏主体去探寻深藏其内里的诗魂。而且鲁迅新诗简短小巧，近似于灵巧精致的小诗，然而在精简中却含有特大的包容量和承受力。这不能不说是鲁迅新诗语言运用成功的证明，为中国现代新诗的语言运用提供了很好的值得学习的典范。

叶圣陶说："语言是文艺作者唯一的武器。解除了这一宗武器，搞不成什么文艺。使不好这一宗武器，文艺也就似是而非。因为世间没有一种空无依傍的，不落言诠的，叫做文艺的东西，文艺就是组织得很惬当的一连串语言，离开了语言无所谓文艺。"[22]鲁迅新诗显然用好了"这一宗武器"。我们从鲁迅新诗中既认识到特有的语言色彩，又领略到一代先觉者和实践者催动一个时代新生的风采，感受到那个随时代跳动的脉搏和受时代鼓荡的心声。总之，在中国新文学发轫期，在使用语言的新工具进行新文学创作上，鲁迅无疑是表现得最出色的，显示着文学大师的动人风采。

注释

[1][8]《和青年作家谈话》，《高尔基文学论文选》，人民文学出版社，1958 年，第 294 页。

[2][4][14]胡适《谈新诗》，转引自龙泉明《中国新诗流变论》（修订版），人民文学出版社，2003 年，第 16、22—23、34 页。

[3]转引自《结构主义与符号学》，上海文艺出版社，1987 年。

[5]《论社会主义现实主义》，高尔基《论文学》，人民文学出版社，1978 年，第 321 页。

[6]胡适《逼上梁山》，《胡适学术文集·新文学运动》，中华书局，1993 年，第 201 页。

[7]鲁迅《摩罗诗力说》，《鲁迅全集》，西藏人民出版社，1998 年，第 21 页。

[9]《语言小谈》，《赵树理文集》第四卷，工人出版社，1980 年，第 1811 页。

［10］庞德《回顾》，译文见《诗探索》1981 年第 4 期。

［11］转引自朱光潜《西方美学史》，人民文学出版社，1979 年，第 442 页。

［12］［17］［20］龙泉明《中国新诗流变论》（修订版），人民文学出版社，2003 年，第 31、34、28 页。

［13］胡适《尝试集·自序》，《胡适学术文集·新文学运动》，中华书局，1993 年，第 381 页。

［15］胡适《逼上梁山》，《胡适学术文集·新文学运动》，中华书局，1993 年，第 198 页。

［16］［19］转引自龙泉明《中国新诗流变论》（修订版），人民文学出版社，2003 年，第 28、35 页。

［18］志希《书报评论·少年中国月刊》，《新潮》第 2 卷第 1 号，1919 年 10 月。

［21］鲁迅《答曹聚仁先生的信》，《鲁迅全集》第 6 卷，人民文学出版社，1981 年，第 77 页。

［22］《〈叶圣陶选集〉自序》，《叶圣陶论创作》，上海文艺出版社，1982 年，第 196—197 页。

鲁迅新诗与中国早期其他白话诗之比较

在中国新诗的滥觞期和发轫期，写新诗的人是非常少的，只有寥寥几个人对新诗创作才感兴趣，并拿起诗笔进行新诗创作。先是胡适革故鼎新，标新立异，孤军奋战，后来沈尹默、刘半农、鲁迅等人紧密配合，这样写新诗的人才逐渐多起来，中国新诗坛才出现了活跃的气氛。其中，鲁迅为新诗的活跃无疑起到了摇旗呐喊的作用，鲁迅新诗为当时人和后来人的新诗写作无疑起到了垂范的作用，值得学习和借鉴。

不管中国新诗后来的发展景象如何，我们都不会忘记早期白话诗为中国新诗的发展所作的贡献。其实，鲁迅新诗也是属于中国早期白话诗的范围，这里只不过是把鲁迅新诗单独独立出来，也是为了论述的方便起见。中国早期白话诗处于中国新诗的孕育阶段，免不了它自己的稚嫩、脆弱和不成熟。但是，中国早期白话诗也有着它自身显明的特点，尤其是鲁迅新诗更是有着鲜明的特色、意义和价值。如果我们把鲁迅新诗和中国早期其他白话诗放在一起进行比较，就知道其中明显有着相应的差异。总体来说，鲁迅新诗显得锋芒毕露，刚健不挠，凌厉乖张；中国早期其他白话诗显得温柔敦厚，性格平稳，心气平和。这恐怕是由创作者的性格特征和思想本质决定的，不以人的意志为转移。具体来说，鲁迅新诗与中国早期其他白话诗有如下的差异性。

一、个性气质的差异

鲁迅新诗与中国早期其他白话诗相比较，首先体现在个性气质上的差异。中国早期其他白话诗的个性气质显得较为微弱，而鲁迅新诗的个性气质则显得更为鲜明突出。这可从两个方面来审视。

一是诗体形式的差异。中国早期白话诗人如胡适提出"以白话作诗"、"诗体大解放"等口号，从理论主张上看是完全正确的，但创作的诗作却与理论主张存在着相当大的距离，这就出现理论与实践的严重脱节。他所说的"以白话作诗"倒是用白话写诗了，却又成了街市俚俗的顺口溜，他所说的"诗体大解放"倒是诗体解放了，但诗体也没有大解放，却又成了豆腐块，正如他自己说他的诗就像缠脚之后慢慢放大的妇女或放大了的小脚而已。像《蝴蝶》、《鸽子》等诗就是如此。之后，胡适努力避免诗作中流露的古典诗词的痕迹，也的确出现了崭新的面貌。像《湖上》、《人力车夫》、《威权》等诗就是如此。这样，胡适的新诗也就逐渐走上了自由体诗的道路。沈尹默的新诗在诗体形式上是比较自由的，也是比较解放的，给人新颖之感。如《月夜》："霜风呼呼的吹着，／月光明明的照着。／我和一株顶高的树并排立着，／却没有靠着。"全诗仅只 4 行就表明了人格独立的深刻含意，特别是诗体自由洒脱，诗语轻松自如，难怪康白情 1922 年在北社《新诗年选·1919 年诗坛略纪》中说："第一首散文诗而备具新诗美德的是沈尹默的《月夜》。"还有他的《三弦》从诗体形式上看也写得清新亮丽，给人别致之感，被公认为街头即景诗的优秀篇章。刘半农的新诗从诗体形式上看也还是比较的自由灵活，比较的革新解放，给人通俗易懂的感觉。如《相隔一层纸》，全诗只有 8 行就叙述了贫富悬殊的事实现象，尤其是诗体自然流畅，诗语朴实晓畅，明白如话。又如《铁匠》，虽然全诗由 22 行组成，诗行比较多，却热情地写出了以铁匠为代表的劳动人民的辛苦劳作，而且诗体洒脱自如，诗语朴素明快，通俗畅达。中国早期白话诗人中，虽然胡适的新诗创作走过了一段弯路，但他毕竟为后来写诗的人提供了深刻的教训。随后，胡适和沈尹默、刘半农等人都很快走上了真正"诗体解放"的道路，其新诗又为后来写诗的人提供了可资参阅的蓝本。

　　审读鲁迅新诗，总觉得其诗体形式更加革新解放，更加灵活自由，也更体现出鲜明突出的个性气质。鲁迅新诗完全脱去了古典诗词的外壳，没有一点古典诗词的痕迹，诗体是完全解放的，灵动变化的，没有整齐划一的现象，诗行有多有少，有长有短，灵活自如，诗语全用白话，而且是经过提炼的精练的富有深意的白话。鲁迅新诗还讲求一定的音韵，也就是说其诗根据语意表达的需要还有着适当押韵。鲁迅对新诗的要求比较高，他认为新诗应完全不同于古诗，应该具有独特的品位和形象。他说："我只有一个私见，以为剧本虽有放在书桌上和演在舞台上的两种，但究以后一种为好；诗歌虽有眼看的和嘴唱的两种，也究以后一种为好；可惜中国的新诗大概是前一种。没有节调，没有韵，它唱不来；唱不来，就记不住，记不住，就不能在人们的脑子里将旧诗挤出，占了它的地位。……我以为内容且不说，新诗先要有调，押大致相近的韵,给大家容易记,又顺口,唱得出来。"[1] "诗须有形式,要易记,易懂,易唱动听,但格式上不要太严。要有韵,但不必依旧诗韵,只要顺就行。"[2]鲁迅不仅是如此认为的,也是这样实践的。他的几首新诗都基本体现出他的这种理论主张,这也使他的新诗与中国早期其他白话新诗发生了诗体形式上的些微区别。

二是内容内涵的不同。如果说形式只是外表,内容内涵才是实质,那么我们又来对照一下鲁迅新诗与中国早期其他白话诗在内容内涵上的显著不同。中国早期其他白话诗总体上看,其内容内涵是比较单一的单纯的单调的,它只是简单地书写一个内容和表达一个意思,没有更多的内容和更丰富的内涵,尽管也使用了相应的艺术技巧。如胡适的《鸽子》就只写了在天高云淡的晚秋时节,一群鸽子三三两两自由嬉戏这样一幅画面,表达了诗人自由飞翔的美好心境。《湖上》只是写了夜晚萤火虫和水里的倒影从船边飞过的情景,表达了诗人对潇洒自由的歆羡。当然这两首诗也体现了五四时代的自由精神。《人力车夫》只是单纯地写了少年车夫不得不拉车的苦楚,透露社会底层的不幸,表现了诗人对车夫的同情和人道主义精神。《威权》只是写威权坐在山顶上指挥一群被铁索锁着的奴隶为他开矿而最后覆灭的事实,表达了诗人对反动统治的反抗叛逆的意思。沈尹默的《月夜》就只写了在霜风吹月光照的晚上我和一株很高的树并排立着却没有靠着的事实,表达了一种人格独立的精神。《三弦》虽是一首散文诗,但所写的也只是一个弹三弦的人的凄苦状态,自然暗示了社会的荒凉衰败和人生的悲惨痛苦,从而流露了诗人对现实的不满。刘半农的《相隔一层纸》也只是写了屋里屋外暖与冷的情景和贫富悬殊的事实,表达了作者对黑暗社会的不满和对劳苦人民的深切同情。《铁匠》仅只写出铁匠辛苦劳作的情景,表达了诗人对劳动者的歌赞,不过此诗的最后两句给人带来希望的"火花",可说多少加深了诗意。由此可见,中国早期其他白话诗人的诗的确在内容上还显得单薄,在内涵上还显得浅显,似乎离我们对新诗的要求还差一段距离。当然,中国早期其他白话诗人已尽了他们的历史责任。

而鲁迅新诗就显然不同了。鲁迅新诗在内容内涵上给人的感觉是丰富而深刻的。鲁迅新诗在内容上的设置总有对立的两面,在内涵上的表现也总有两面。也就是说,鲁迅新诗总是书写两种或多种内容,总是表现两种或多种内涵。这样就使得鲁迅新诗往往具有几种理解,抑或说鲁迅新诗存在着不定性和多义性。由于鲁迅新诗内容的非单纯,致使它的含意表达具有深刻性和多样性,即是读者可以从诗歌的理解中挖掘出更丰富的内涵。如《梦》一方面写乌黑之梦的丑恶表演,另一方面写明白之梦的义正词严,一方面揭露丑恶势力的恶德丑行，另一方面寄以明亮而殷切的希望。《桃花》一方面写桃花的心胸狭窄，傲慢无礼，另一方面写"我"的大度沉稳和李花的谦恭礼让，一方面批评了为人的自私狭小的心理与气量，另一方面肯定了为人的坦荡宽容的胸怀与气量。《爱之神》一方面写爱神的勇敢与坚决，另一方面写受箭之人的畏缩与迟疑，一方面赞扬了对爱情的执著与洒脱，另一方面否定了对爱情的胆小与犹疑。《人与时》一方面写三个人各自发表的错误言论，另一方面写"时"发表的正确主张，一方面批判了错误论调，另一方面阐明并肯定了正确的观念。《他们的花园》一方面写小娃子想尽办法偷摘百合花，另一方面写封建势力对百合花的玷污与糟蹋，又写小娃子在自己努力的成果遭到破坏后仍能继续坚持自己的行为准则，一方面肯定了有识之士借鉴别国文化以更新自我文化的举动，另一方面批判了封建势力顽固守旧排斥新文化的行为，同时又肯定了有识之士继续坚持借鉴拿来的精神。鲁迅新诗的内容内涵就是这样的复杂多样，使人在了解主要内容的同时，又了解到其他相应的内容，使人在理解核心内涵的同时，又理解到其他相应的内涵，让人得到多种了解和理解上的收获。鲁迅新诗为何那么令人咀嚼品赏，那么叫人耐读，其主要原因正在于此。

二、思想精神的差异

鲁迅新诗与中国早期其他白话诗相比较，还明显存在着思想精神上的差异。中国早期其他白话诗在思想精神上相对来说还比较单一、浅显、薄弱，而鲁迅新诗的思想精神显得比较复杂、丰深、味浓，更令人咀嚼。

中国早期其他白话诗由于写在白话发生的开始阶段和白话诗的最初孕育阶段，不可避免地带来思想精神上的过分拘谨和语言表达上的太过谨慎，致使思想精神还不大丰富与深刻，要想一边使用刚刚产生的白话，一边又要表现出丰深的思想精神，使其两者还要达到有机的统一，确实也难为白话诗的最初创作者。同时，白话诗的最初创作者虽然思想精神要比一般人解放得多，但毕竟还是要受到一定的局限。像胡适的《蝴蝶》就只是单纯地表达了诗人的孤单寂寞。《鸽子》只是单纯地表达了诗人对自由的向往。《湖上》只是单纯地表达了诗人对自由洒脱的欣羡。《人力车夫》虽是透露了底层社会的不幸，但也只是表达了诗人的同情和怜悯之心。《威权》虽是写了奴隶叛逆反抗的行为也取得了胜利，但也仅止于此，而且其中叛逆反抗的情绪与行为实在不够激烈。沈尹默的《月夜》就只单纯地表现了一种人格独立的精神。《三弦》也只单纯地表达了作者对穷人的同情和对社会的不满。刘半农的《相隔一层纸》虽然表达了作者对劳苦大众的同情，也表现出对黑暗社会的不满，但由于缺乏更具体的细节描绘，致使思想精神还是显得不够厚实而深刻。《铁匠》也只单纯地表现了作者对辛勤的劳动者的赞颂，虽然诗篇最后出现了希望的"火花"，但由于描绘的薄弱，留下的余味还是非常有限。中国早期其他白话诗人由于种种原因，在白话诗思想精神的厚实度和深刻度上明显受到严重影响，这是我们从对他们的白话诗的阅读和体会中分明感受到的。尽管如此，但我们不能苛求于他们，他们已经做出了自己的努力。

而鲁迅新诗在思想精神上有着特别的厚实度和深刻度。鲁迅新诗不仅表现出多种思想精神，而且还表现出丰厚而深刻的思想精神。即便在一首诗中，鲁迅新诗也不仅表现出一种深刻的思想精神，而且表现出两种或两种以上深刻的思想精神。当代诗论家谢冕曾说："它意蕴甚深却不求显露；它适应当代人的复杂意识而摒弃单纯；它改变诗的单一层次的情感内涵而为立体的和多层的建构。"[3]此说用于鲁迅新诗，也是合适的。鲁迅新诗既有对倒行逆施的丑恶现象的揭露和批驳，也有对美好明天的寄意（如《梦》）；既有对不好行为的揭示和不满，也有对好的行为的认可和称赞（如《桃花》）；既有对爱情自由的果断行动的认同，也有对恋爱行动的狐疑的指责（如《爱之神》）；既有对错误言行的斥责和批判，也有对正确言行的肯定和赞同（如《人与时》）；既有对大胆借鉴拿来的行为的肯定和赞同，也有对破坏势力的否定和批判（如《他们的花园》）；既有对执著追求的赞扬，也有对不坚持到底的批评（如《他》）。由此可以看到，鲁迅新诗就其思想精神来说，总是表现出对立的两面，而且又以正面为主，反面为辅。正面的思想精神或行为才是诗歌集中表现的主要而又中心的思想精神或行为，反面的思想精神或行为只是作为背景交代或从旁映衬。在鲁迅新诗中，这正反两种思想精神是相互对应的，也正因为有着对应的内容关联，才使诗歌显得丰厚，也正因为有着正面思想精神的突现，才使诗歌显得更加深刻，因为正面的思想精神预示着明天美好的动向，指出了未来发展的方向。鲁迅新诗为何如此丰厚与深刻，这恐怕与鲁迅本人的丰富而深刻的思想精神紧密相联，也与鲁迅的创作原则密切相关。鲁迅虽然更多地揭露黑暗，指出弊端，但又不愿太过如此，还要留点光亮，给人希望。所以鲁迅曾说："我于是删削些黑暗，装点些欢容，使作品比较的显出若干亮色"。[4]"并不愿将自以为苦的寂寞，再来传染给也如我那年青时候似的正做着好梦的青年"。[5]要"让别人过得舒服些，自己没有幸福不要紧，看到别人得到幸福生活也是舒服的！"[6]鲁迅还说先驱者们"牺牲了别的一切，用骨肉碰钝了锋刃，血液浇灭了烟焰。在刀光火色衰微中，看出一种薄明的天色，便是新世纪的曙光。"[7]又诚恳地说："愿中国青年都摆脱冷气，只是向上走，不必听自暴自弃者流的话。能做事的做事，能发声的发声。有一份热，发一份光，就令萤火一般，也可以在黑暗里发一点光，不必等候炬火。"[8]鲁迅还说："希望本无所谓有，也无所谓无。这正如地上的路，其实地上本没有路，走的人多了，也便成了路。"[9]又说："说到人生的旅途罢。前途很远，也很暗。然而不要怕。不怕的人的面前才有路。"向培良认为：鲁迅先生看似过于冷静与默视，"而其实他是无时不充满着热烈的希望，发挥着丰富的感情的。"[10]鲁迅坚信："我们一定有悠久的将来，而且一定是光明的将来。"[11]我们从新诗文本分明看到，鲁迅新诗常常是黑暗与光明、丑恶与美好、错误与正确、落后与进步、倒退与前进、停滞与追求、失意与希望等并举起来的，构成了正反并列比较的关系，这就让人从比较中看到了谁是谁非，孰好孰坏，然后自然得出自己的审视和判定，发现了明天和未来的美好的路向，这也正是鲁迅新诗厚实与深刻的原因所在。

三、形象本色的差异

鲁迅新诗与中国早期其他白话诗相比较，还明显有着形象本色的差异。形象本色就是指形象突显的性质色彩。中国早期其他白话诗的主体形象总体上说是温婉柔和的，相对来说，还缺乏突出的棱角与个性，即便有反抗的声音和行为，也并不那么强烈。而鲁迅新诗的主体形象却是带刺的，棱角分明，个性突出。鲁迅新诗的主体形象是叛逆的、反抗的、战斗的形象。

中国早期其他白话诗人由于思想认识上的某种限制，由于叛逆反抗的思想情绪还不够强烈，由于更多反映某种单一的事实现象和更多抒发某种单纯的情绪，由于没有深入挖掘现象与情绪背后隐藏的诗意，致使其诗的主体形象总是显得那么温和，也就不可能有着激烈的言辞和行为。像胡适《蝴蝶》中的蝴蝶只是个孤单可怜的形象，《鸽子》中的鸽子只是个向往自由的温和型的形象；《湖上》中的萤火也只是个热爱洒脱自由的温柔型的形象；《人力车夫》中的车夫只是个简单诉说困苦的形象，其中的"我"只是个简单表示同情的形象；《威权》中的奴隶只是个具有一般性的叛逆反抗的形象。沈尹默《月夜》中的"我"只是个简单表达了独立精神的形象；《三弦》中的弹三弦的人只是个弹弦诉苦表达哀怨的形象。刘半农《相隔一层纸》中的叫花子只是个可怜的受苦人的形象；《铁匠》中的铁匠只是个辛苦劳作的形象。观览这些诗歌主体形象，我们的确从中没有听到特别震撼人心的声音，没有发现特别的反抗行为，没有感觉到凌厉的个性和超人的气质。也许在当时来说，这些诗歌主体形象能够发出自己的声音，已是有如空谷足音，给人新颖之感。但随着时间的推移，假如这些诗歌主体形象能够发出非同寻常而更加特别的声响，由此增强诗歌主体形象的力度，那该是多么令人激动的事情。

　　而鲁迅新诗就完全不一样了。鲁迅新诗的主体形象给人的感觉就是一个个斗士，就是一个个战士。他们除了具有叛逆反抗的言行外，还有着斗士的斗争精神，还有着战士的战斗精神。他们无论面对怎样的黑暗势力，无论面对怎样的错误言行，无论面对怎样的悖逆行为，也无论面对怎样的荒谬言论，也无论面对怎样的倒行逆施，也无论面对怎样的阻挠破坏，都能够进行大胆的揭露，奋力的批驳，坚决的反对，英勇的抗击，辛辣的讽刺，执著的追求。这样就使诗歌主体形象总是处于勇于争战的动态之中，显示着一种刚毅顽强、勇猛抗战的革命精神和革命力量。《梦》中"明白的梦"在面对各种乌黑的梦的丑恶表演时，敢于指斥它们的黑暗本质，敢于痛斥它们的丑陋行为。《桃花》中"我"和李花在面对桃花的狭隘自私与心高气傲时，敢于以谦让平和加以讽刺和表示不满。《爱之神》中爱神在面对中箭之人对爱情的畏缩迟疑时，敢于以严厉的言语进行讥讽和批评。《人与时》中"时"在面对三人发出的荒谬言论时，敢于加以斥责并发表正确的观点和主张。《他们的花园》中小娃子在面对自己文化的陈旧落后时，敢于借鉴别国文化进行自我更新；在面对丑恶势力的破坏和封建势力的责骂时，敢于再次想法进行自我文化的更新与变革。《他》中他在面对用锈铁链子锁着的房屋时，敢于砸碎锁链，打开房门，冲出牢笼，走向远方，去追求远大的理想和希望。这诸多"敢于"的大胆的言行，真是惊世骇俗，银瓶乍破，空中震响，叫人感觉新鲜，心生痛快，精神振奋。读着这样的诗，感触这样的主体形象，总觉得眼前特别一亮，精神特别爽利，心情特别痛快淋漓。这恐怕正是鲁迅新诗与中国早期其他白话诗的本质差异。中国社会当时还显得特别沉闷，思想大解放也还十分艰难，要大大迈步更是谈何容易。正如鲁迅所说："可惜中国太难改变了，即使搬动一张桌子，改装一个火炉，几乎也要血；而且即使有了血，也未必一定能搬动，能改装。不是很大的鞭子打在背上，中国自己是不肯动弹的。"[12]所以中国当时也非常需要像鲁迅新诗那样富有战斗力的诗歌，方能把沉睡的人们震醒，实现人的初步觉醒和思想解放，使之回到人的本位上来，然后才有推动社会前行和历史向前发展的希望和可能。我想鲁迅正是基于这样的考虑，才塑造出一系列富有个性和力量的诗歌主体形象。

四、创作动机的差异

鲁迅新诗与中国早期其他白话诗相比较，在创作动机上还存在着一定的差异。中国早期其他白话诗人是有意识地主动创作白话诗，是对白话诗的创作进行实验。而鲁迅却是无意识地被动创作白话诗，仅是为了打破诗坛的寂寞，凑凑热闹，去创作白话诗。

中国早期白话诗人为了破除陈旧而僵死的文言，证明白话的鲜活而富有生命，也为了证实白话能够书写社会生活中多彩的人事现象和表达丰富的思想感情，便在诗歌创作上毫不犹豫地使用白话这种语言的新工具。因为诗歌历来被看作文学的正宗，只要在诗歌创作上证明了白话的实际意义和功效，就可以确立白话的重要地位，也就可以将白话普及开来，成为人们口头交流和文学创作的普遍使用的语言方式。在诗界吃螃蟹的第一人就是胡适，胡适早在留美期间，就发誓要以白话作诗，用他的话说，就是要"用全力去实验作白话诗"，早在1917年，胡适就在《新青年》上发表了《白话诗八首》，"欲借此实地试验，以观白话之是否可为韵文之利器"，并望"大家齐来尝试尝试"。胡适新诗毕竟是中国新诗的最初尝试之作，所以还"未能脱尽文言窠臼"，而且还受到五七言诗格律的束缚，但是它不用典，不对仗，不拘平仄，大都语句通俗明白，又是相对于古典诗词的重大进步。随之而来，沈尹默、刘半农等人积极响应，也纷纷试作白话诗。到了1918年1月，胡适和沈尹默、刘半农三人发表了九首白话诗作，其诗在形式上有了大突破，诗体得到了大解放，摆脱了旧体诗词格律的束缚，创造了新的诗歌体式——自由诗体。胡适等人的新诗发表，也就标志着中国新诗的正式开端。之后，响应的人越来越多，也就逐渐确立了新诗在文学上的正统地位。不过，从创作动机来说，中国早期其他白话诗人开初的确是为了试验白话的成功与否而作新诗，所以他们的新诗是用白话写诗的试验品，也是语言变革的需要。通过他们的逐步试验，证明了白话的活力和白话诗的最终成功。后来有人评论说："到胡适登高一呼，四方呼应，而新诗在文学上的正统地位以立"。这也反映了胡适在新诗理论和实践上的作用与功不可没。

而鲁迅创作新诗，不是主动去试验白话的成效，不是完全证实用白话作诗是否成功，而是鉴于当时以白话写诗的人太过寥寥，所以为打破寂寞的局面而作新诗。正像他自己所说："我其实是不喜欢做新诗的，——但也不喜欢做古诗，——只因为那时诗坛寂寞，所以打打边鼓，凑些热闹"。"待到称为诗人的一出现，就洗手不作了。"[13] 作为敲边鼓的人，不是为了要做一个诗人，而是以写白话诗向文言文挑战示威，用以证明文言文能做到的白话文未必做不到。虽然鲁迅是无意识创作白话诗，但鲁迅创作的白话诗又是最成功的。从 1918 年 5 月 15 日到 1919 年 4 月 15 日，鲁迅在《新青年》上陆续发表了 6 首新诗——《梦》、《桃花》、《爱之神》、《人与时》、《他们的花园》、《他》。这些新诗可说是一气呵成，相当成功，无论是全用白话，还是诗体形式的大解放，无论是思想内容的抒写，还是情思意绪的表达，无论是新诗意象的设置，还是新诗形象的风貌，无论是新诗形象的个性色彩，还是新诗表意的深度与力度，都完全摆脱了古典诗词的窠臼，没有一点古诗的影子，都是完全崭新的，给人耳目一新、精神一振的感觉。也就是说，鲁迅一开始创作新诗，就达到了相当成熟的境地，也给后来写诗的人以示范和参考。鲁迅虽然不是专门写作新诗，但鲁迅新诗又起到了证明白话与白话诗成功的作用。鲁迅新诗之后，写新诗的人很快多起来了，并且越来越多，写作新诗也便成为一种风气和潮流，被称作诗人的人也出现了，鲁迅就真的不再作新诗了，而是将时间和精力集中转向了小说和杂文方面的创作。鲁迅虽然后来没有再作新诗，但他曾经写作的新诗却是那样的令人耐读，令人咀嚼，令人欣赏，令人回味，而且在新诗创作上留下了鲜明的印记，在新诗坛上占有一席之地。

说到白话新诗的作者，其实大多都是新文化运动的急先锋，其中有些人"无意去摘取诗人桂冠，只是有心做新诗的拓荒者，在完成开辟新诗道路的历史任务之后，多数人与新诗告别了，或转向学术研究，或潜心小说、散文创作，正如不想当诗人却也写新诗的鲁迅所说，'只因为那时诗坛寂寞，所以打打边鼓，凑些热闹；待到称为诗人的一出现，就洗手不作了。'"因此，"白话诗人群与其说是一个流派，毋宁说是攻打旧诗堡垒的战斗群体，'尝试'做新诗的开创群体，他们所提供的多种实验性样品，初步确立了白话诗的'正宗'地位"，[14] 从而揭开了中国新诗史的第一页。

注释

[1] 鲁迅 1934 年 11 月 1 日《致窦隐夫》。

[2] 鲁迅 1935 年 9 月 20 日《致蔡斐君》。

[3] 谢冕《历史将证明价值——〈朦胧诗选〉序》，《朦胧诗选》，春风文艺出版社，1987 年，第 4 页。

[4]《南腔北调集·〈自选集〉自序》，《鲁迅全集》，西藏人民出版社，1998 年，第 660 页。

[5]《〈呐喊〉自序》，《鲁迅全集》，西藏人民出版社，1998 年，第 126 页。

[6] 武德运《鲁迅谈话辑录》，北京图书馆出版社，1998 年，第 34 页。

[7]《热风·随感录五十九"圣武"》，《鲁迅全集》，西藏人民出版社，1998 年，第 107 页。

[8]《热风·随感录四十一》，《鲁迅全集》，西藏人民出版社，1998 年，第 99 页。

[9]《呐喊·故乡》，《鲁迅全集》，西藏人民出版社，1998 年，第 152 页。

[10]《华盖集续编·记谈话》，《鲁迅全集》，西藏人民出版社，1998 年，第 465 页。

[11]《华盖集续编·记谈话》，《鲁迅妙语录》，中国广播电视出版社，第 57 页。

[12]《坟·娜拉走后怎样》，《鲁迅全集》，西藏人民出版社，1998 年，第页。

[13]《集外集·序言》，《鲁迅全集》（二），中国人事出版社，2005 年，第 544—545 页。

[14] 卓立《"五四"前后新诗流派之我见》，《福建论坛》1994 年第 3 期。

鲁迅新诗创作的诗学意义

鲁迅新诗离现在已是 90 多年了，在 90 多年的历史长河中，产生的新诗可谓汗牛充栋、浩如烟海，其中也不乏激动人心、振聋发聩的诗作，中国新诗也逐渐走上了比较宽阔的道路。继鲁迅新诗之后，中国新诗已由五四前的孕育产生走向了五四后的兴盛繁荣，再到后来出现了生机勃勃、蔚为大观的盛景。继鲁迅新诗之后，写作新诗的人越来越多，阅读新诗的人更是越来越多，新诗人不断产生，新诗流派或新诗派别也不断出现。可以说，新诗如日中天，新诗坛气象万千。

但是，当我们回首新诗景象的时候，切莫忘了新诗在最初艰难行进的过程中那些为新诗付出心血、做出贡献的人们。而鲁迅就是其中最为重要的一个。在鲁迅创作新诗的 1918 年 5 月之前，新诗人寥寥无几，新诗坛一片沉寂，在鲁迅新诗在《新青年》上发表之后，新诗人逐渐增多，新诗坛开始热闹起来。这就说明鲁迅新诗起到了前与后的中介、桥梁、纽带和催化剂的作用，在时代的关节点上，它催生了中国新诗的热闹景象和更大发展。在新旧转轨的过程中，那些开辟新路而有重大创造的诗人们，其诗作必然有着重要的作用和价值。因此，鲁迅新诗自有它不可磨灭的诗学意义，值得我们去认真探究。那么，鲁迅新诗的诗学意义又到底是什么呢？

一、为中国新诗的真正产生奠定了一定基础

中国古典诗词经过了两千多年的艰难历程，早在唐宋时期就已经发展到了顶峰和极致，其后就很难迈步向前了，只是依循着前人开辟的路径原地踏步，这样又经过了一千多年的时间。到了 20 世纪的 10 年代，中国古典诗词由于受到自身各种条款的严重限制，实在难以反映新事物，表现新思想，抒写新感情，于是中国诗歌已经走到了历史的尽头，呼唤诗歌革命的

声音也便应运而生。在 20 世纪 10 年代的中期以胡适为首的先驱者们率先举起诗歌革命的大旗，提出了"以白话作诗"、"诗体大解放"、"作诗如作文"、"清新、自然、平实"、"实写今日之情状"的主张，之后又在《文学改良刍议》中提出"八事"主张并作了具体阐述，且从理论和实践两方面进行了尝试，现在看来，应该说是完全正确的，但当时呼应和响应者并不多见。而鲁迅对于诗歌革命的主张其实就更早了，他早在 1907 年所写的《文化偏至论》、《摩罗诗力说》等论文中就从理论上比较系统地阐述了诗歌主张。他认为诗歌不是"载道"的工具，而是愉悦性情、丰富人性；诗歌应该有益于人生，要以"诚、善、美"感染和影响人；诗歌必须"撄人心者也"，直刺人心，拨人心弦，扬其精神，改其行为；诗歌不要固守狭隘，停步不前，要努力进化，具有开放的眼光；诗歌要"别求新声于异邦"，要以西方积极浪漫主义的诗歌作为艺术范本。以现在的眼光来看，这些看法和主张确实具有前沿性和进步性，可惜当时应和者更是寥寥。时间进入到 1918 年，为了响应前驱者的号令和打破诗坛的寂寞，鲁迅也尝试作了几首新诗，从语言、形式、表意、手法等诸多方面进行了全方位的革新，完全打破了古典诗词约束性的规定，解除了古诗词的限制与束缚，使诗歌从以往严厉的羁绊中解放出来，进入自由书写与发挥的天地，从而面貌一新，清新别致，变成了真正的具有现代风味的新诗。这毫无疑问为中国新诗的真正产生奠定了必不可少的基础。

其实在鲁迅创作新诗的前几年，胡适在提出新诗理论主张的同时，就在进行新诗尝试，后来将其新诗尝试之作编辑为《尝试集》。但是胡适的新诗也确实只能算是尝试之作，因为胡适尝试的新诗只是在旧诗词的基础上慢慢放大而已，还残留着旧诗词的诸多痕迹，显然还不是全新的诗作。而诗歌的革命和解放首先是语言的革命和解放。而鲁迅新诗也就首先表现在诗语的全用白话，再也不像胡适新诗那样还或多或少地夹杂着古文的言词。鲁迅新诗还不仅表现在语言的全然革新上，也即是不仅全用白话，而且更重要的是新语言的运用。鲁迅新诗使用的白话自然而顺畅，又有语言色彩和意味，而且语言组合也巧妙自如，同时语句有长有短，长短相间又适宜。如果使用一种新的语言显得别扭拗口，那显然是失败的。而鲁迅新诗语言恰恰相反，显得流畅顺口，自然而然，读来犹如天籁之音。如果一种新语言运用到诗歌写作中，显得平淡如水，毫无意味，那也是失败的。而鲁迅新诗语言却绝不是如此，而是意味十足，含意深刻，令人咀嚼、揣摩和寻味，可见其白话运用的成功。像《梦》：

　　很多的梦，趁黄昏起哄。

　　前梦才挤却大前梦时，后梦又赶走了前梦。

　　去的前梦黑如墨，在的后梦墨一般黑；

　　去的在的仿佛都说："看我真好颜色"；

　　颜色许好，暗里不知；

　　而且不知道，说话的是谁？

　　暗里不知，身热头痛。

　　你来你来！明白的梦。

　　看得出来，这首诗全是用白话来抒写作者的情意，没有经过特意的雕琢，好像就是我们平常的话语表达，显得随意而自然，但又特有诗意和诗味，值得欣赏，又令人玩味。其中语言色彩尤为明显，语言组合自然而然，长短句也了了分明。表面看来是如此，但又看得出作者的艺术加工的成分。可以说，作者是在不经意中描述了某种不好的事物和现象，并对此进行了深刻的揭露、挪揄和批判。这首诗完全用白话写成，显得又是那么的朴实而自然，又有丰富的内涵，且毫无古诗词的味道，毫无矫饰做作之感。这就说明，鲁迅新诗白话语言运用的成功。鲁迅新诗是白话语言运用成功的典范，中国新诗也由此完全摆脱了陈旧诗词的窠臼，开始从时代的潮流中应运而生。所以我们说，鲁迅新诗为中国新诗的真正产生奠定了一定基础。从此以后，中国新诗也确实迈上了全用白话写诗的轨道。

二、为中国新诗的构造作出了示范

　　诗歌在语言上进行革命之后，恐怕就应该是诗体结构或构造了。中国古典诗词在形貌上主要表现为"方块式"或"豆腐块式"，讲求千篇一律的整齐划一，再加上格律的严格要求，写起来的确很受局限，不那么自由，不能更好地抒写自己的情思意绪。所以胡适在新诗理论的主张上，大力提倡"诗体大解放"。胡适《文学改良刍议》主要从内容和形式两方面议论和阐述了文学改良的必要性和必然性。在形式方面他强调"须讲求文法"（即文章的方法与结构）、"务去滥调套语"、"不用典"（即不用典故）、"不讲对仗"、"不避俗字俗语"。这就将古典诗词在形式方面的清规戒律全然打破，砸烂了束缚诗歌手脚的镣铐，揭去了披在诗歌上面所谓高雅美丽但却迂腐陈旧的面纱，使诗还原成应有的朴实、自然而清新的面貌。这种诗体大解放说穿了就是解除诗歌形体上一切人为的沉重的枷锁和锁链，使诗能够以轻松自如的体貌呈现出固有的雅致和美丽。鲁迅虽然没有在诗歌形式的革新上发表明确的意见，但他在《摩罗诗力说》中从更深刻也更深远的角度论述了诗歌的功用本质、进化原则和借鉴途径，而且从他认为的要借鉴西欧积极浪漫主义诗人诗作来看，分明包含了诗歌形式方面的借鉴与革新，就是说鲁迅还是间接地阐明了诗歌形式的解放。况且鲁迅后来所说的"也不喜欢做古诗"[1]，本就意味着他对古诗形式的反感和厌恶，表明对诗体解放的渴望与呼唤。所以鲁迅在五四前期所作的几首新诗是全然采用了崭新的诗体形式的。其新诗真的是解放了的诗体形貌，既有显明的章法，也有完好的结构，既没有滥调套语，也没有使用典故，既没有讲求严格的对仗，也没有避免俗字俗语。可以说，鲁迅新诗完全符合胡适《文学改良刍议》"八事"中的形式方面的主张。鲁迅新诗通体一新，面貌全新，在他之前还几乎没有如此新颖的诗作。因此，鲁迅新诗确也称得上是中国新诗形式方面的样本。

新诗构造主要是诗体的构造，诗体的构造是新诗构造的特别表现，也就是作为新诗必须打破旧体诗词的一切束缚，在体貌与体式上全然出新。如果没有消除旧体诗词的体形，即使书写的是新事物新思想，那么岂不成了旧瓶装新酒，从形式上看，岂不与旧体诗没有什么区别。所以新诗一定要以新体式书写新人新事新风尚，一定要新瓶装新酒，才能从形式上表现出"新"来。新诗要以自由的语言进行自由地书写，要以活泼新鲜的白话写成自由体的白话诗，这是以胡适为首的先驱者对于新诗的基本要求，也是新诗自身的规律性要求。胡适《尝试集》中的新诗越到后来其诗体解放的程度越大，但诗集中毕竟还有部分新诗没有完全达到"诗体解放"的要求，还有着古体诗的句法、气味和调子，还明显残留着古诗的体式与容貌，这也是胡适自己明白指出的。因而胡适新诗虽然具有开创性的文学史意义，但文学性和艺术性非常淡薄，严格说，也的确算不上真正的新诗。而鲁迅新诗就完全不同了，它全然打破了旧诗的束缚和羁绊，全都是以鲜活的生活语言写成的自由体白话诗，显得既自由架构诗体结构，又紧凑凝练，让人感觉整个诗的焕然一新，自由活跃，容光焕发，精神抖擞。鲁迅新诗再也没有古典诗词的严整了，而是顺着诗意自由地进行语言的流动和组构，其中大多是不规则不整齐的语句，写得仿佛轻松随意，即便当中有个别的语句显得整齐，但也完全摆脱了古诗词的味道，就像平常随口说出的话语一般，给人以轻松自然之感。请看《桃花》：

春雨过了，太阳又很好，随便走到园中。

桃花开在园西，李花开在园东。

我说，"好极了！桃花红，李花白。"

（没说，桃花不及李花白。）

桃花可是生了气，满面涨作"杨妃红"。

好小子！真了得！竟能气红了面孔。

我的话可并没得罪你，你怎的便涨红了面孔！

唉！花有花道理，我不懂。

再请看《爱之神》：

一个小娃子，展开翅子在空中，

一手搭箭，一手张弓，

不知怎么一下，一箭射着前胸。

"小娃子先生，谢你胡乱栽培！

但得告诉我：我应该爱谁？"

娃子着慌，摇头说，"唉！

你是还有心胸的人，竟也说这宗话。

你应该爱谁，我怎么知道。

总之我的箭是放过了！

你要是爱谁，便没命的去爱他；

你要是谁也不爱，也可以没命的去自己死掉。"

从对以上两首新诗的阅读与品赏看，我们不仅完全看出使用的全是白话，而且分明感觉到使用语言的生活化，让人感到平易近人，亲切可感，再也没有古典诗词那样有形无形中给人的距离感。我们还明显感觉到其诗体完全是自由体，既没有整齐划一的方块形状，也似乎没有特别的安排和布局，完全是自由地写来，自由地表达，又感觉应该如此，非此不足以表现和写意。如果我们再进一步欣赏，就感觉其诗主要是叙述事情或现象的。《桃花》叙述了"我"对桃李盛开景象的赞美和桃花的生气及"我"的感叹。《爱之神》叙述了爱神射箭的结果、中箭之人的问询以及爱神对中箭之人的反驳。这其实就是以对话结构组成的叙述体。从表达含意的层面看，我们也明显感觉到作者是以叙述事情来抒发自己的情感态度的。《桃花》无非表达了对封建思想中狭隘自私观念、固步自封意识、夜郎自大心理的反对和厌恶。《爱之神》无非表达了对自由恋爱、自主爱情、自定婚姻的新的婚恋观的热情呼唤和讴歌。因此鲁迅新诗除了自由体之外，还有更细微而具体的叙述体与抒情体，而且两者紧密结合与交融。所以鲁迅新诗一开始就没有停留在自由体的诗体层面，而是在自由体的诗体层面上又有新的突破，向更宽广更开阔更开放的诗体层面进发。这的确表现出鲁迅新诗眼光的独特和高远，也由此表现出鲁迅新诗的高人一等和不同凡响，为中国新诗体勾画出了必不可少的蓝本，同时又成为可以参照的范本。我们说鲁迅新诗为中国新诗的构造作出了示范，其道理也正在这里。

三、为中国新诗的成长指明了基本方向

诗歌在语言和诗体形式进行了改革之后，就涉及到内容的改革了。中国古典诗词的内容大多只是书写离情别绪、对人事现象的愤懑、对百姓疾苦的忧愁、对社会的哀怨、对个人的哀叹和对人生的忧虑，纵观两千多年的诗歌，大多都是沿着这样的脉络传承下来，其中自然不乏优秀的经典之作。这样的内容当然是可以的，也是无可厚非的。但是总体上说却是没有开创性的特色，更是缺乏反抗与战斗的色彩，长此以往，也就没有什么新意可言。时间进入二十世纪初叶，呼吁文学改革的声音越来越强，其中"诗界革命"的呼声更是高涨，预示着诗歌革命的时候已经到来。胡适在《文学改良刍议》的"八事"主张中，专门对文学的内容提出了革新的要求。他所说的"须言之有物"（即指文学要有情感和思想，也就是指文学要有生动的内容）、"不摹仿古人"（即是指一个时代有一个时代的文学，不同时代有不同时代的文学）、"不作无病之呻吟"（即是指文学要有真情实感），总的来看，都是讲的文学内容革新的问题。而鲁迅关于文学内容的改革讲得更是深透而精辟。他在《摩罗诗力说》中站在更高的高度阐明了文学改革的必要性和紧迫感。他认为中国以往很少激情之作，更多暮气之作。他说："暮气之作，每不自知，自用而愚，污如死海。""古民之心声手泽，非不庄严，非不崇大，然呼吸不通于今"，更难惠及子孙。"瞻顾人间，新声争起，无不以殊特雄丽之言，自振其精神而绍介其伟美于世界"。"夫国民发展，功虽有在于怀古，然其怀也，思想朗然，如鉴明镜，时时上征，时时反顾，时时进光明之长途，时时念辉煌之旧有，故其新者日新，而其古亦不死。若不知所以然，漫夸耀以自悦，则长夜之始，即在斯时"。他那么喜欢屈原，但还是要指出其诗的缺失和不足。他说："惟灵均将逝，脑海波起，通于汨罗，返顾高丘，哀其无女，则抽写哀怨，郁为奇文。茫洋在前，顾忌皆去，怼世俗之浑浊，颂己身之修能，怀疑自遂古之初，直到百物之琐末，放言无惮，为前人怕不敢言。然中亦多芳菲凄恻之音，而反抗挑战，则终其篇未能见，感动后世，为力非强。"对于中国文学的现

状，他深深感叹道："今索诸中国，为精神界之战士者安在？有作至诚之声，致吾人于善美刚健者乎？有作温煦之声，援吾人出于荒寒者乎？家国荒矣，而赋最末哀歌，以诉天下贻后人之耶利米，且未之有也。"所以他呼唤中国的"精神界之战士"，希望有"先觉之声""来破中国之萧条"。"意者欲扬宗邦之真大，首在审己，亦必知人，比较既周，爰生自觉。自觉之声发，每响必中于人心，清晰昭明，不同凡响。"对此，鲁迅认为摩罗诗人"大都不为顺世和乐之音，动吭一呼，闻者兴起，争天抗俗，而精神复深感后世人心，绵延至于无已"，值得借鉴和学习。又说："诗人为之语，则握拨一弹，心弦立应，其声澈于灵府，令有情皆举其首，如睹晓日，益为之美伟强力高尚发扬，而污浊之平和，以之将破。平和之破，人道蒸也。"[2]鲁迅这些富有个性化的理论主张真是震撼神经，促人猛醒，的确为中国新诗的成长指明了基本方向。

　　胡适和鲁迅对新诗内容都提出了富有见地的理论主张。相比之下，胡适的新诗理论更为务实，也是诗歌变革所必须做的基础性工作，鲁迅的新诗理论更为高远，站得高，看得远，预示着诗歌变革的发展走向。而且两人都进行了新诗创作的实践，将理论与实践结合起来，由此孕育出新诗的基本模样和面貌，给后起者以应有的参考。但两人的新诗内容又有本质上的明显差别。胡适新诗多写一般的事物现象，所含的社会内容较少，对人的关注比较淡漠，抒发的多是小感想小情绪，缺少个性化内容，更缺少反抗之声，难以触动灵魂，撼动人心。而鲁迅新诗就显得格外不同。鲁迅新诗都是具有个性的内容，它将个人的情思意绪融入具有社会意义的题材之中，使其既有个人性又有社会性，两者紧密结合。同时，鲁迅新诗反映了古老历史的终结、一个新时代的来临以及时代的深刻变化在人们心中的投影与反应。再者，鲁迅新诗无论反映社会状况与生活情状，还是反映人的所思所想，还是描写人的思想情绪与精神面貌，都更多反抗的声音。也就是说，鲁迅新诗的内容主题总是显得非常重大而震人心魄，尤其是那抗击的声响简直就是空谷足音，让人稀奇，让人震惊。比如《人与时》：

　　　　一人说，将来胜过现在。
　　　　一人说，现在远不及从前。
　　　　一人说，什么？
　　　　时道，你们都侮辱我的现在。
　　　　从前好的，自己回去。
　　　　将来好的，跟我前去。
　　　　这说什么的，
　　　　我不和你说什么。

这首诗毫无疑问使用的全是白话，而且读来非常流畅顺口，又显得干脆利落，干净简练。从内容上看，它先写了三个人的对话，一个望将来，一个要复古，一个装糊涂，就是没有执著现在，所以时间毅然站出来进行指责和批判。时间认为现在和眼前非常重要，决不能忽视，只有现在才有将来，否则就是什么也没有，现在和眼前都没有搞好，又谈何将来。这首诗反映了人与人的思想交锋和对立对抗，表现了时间的斗争意识和批判精神，这在当时是很难得的。特别是时间那种自我分析、自我判断、敢于发表意见和坦露自己内心的品格，更是少见而难能可贵。这首诗的时代性、社会性和个人性非常明显，既说明了内容的阔大和深远，也说明了内容的个性特色，而且内容实际上又显得简洁而凝练，却又使人深思很多。这大概就是作者作诗的高妙所在吧。我想真正的新诗其内容与内涵正应该如此。所以我们说鲁迅新诗为中国新诗的成长指明了基本方向，是有其道理和根据的。

四、为中国新诗的发展开辟了新路

诗歌在语言、结构、内容方面进行革新后，理应在形象内质和技法方面进行革新了。中国古典诗词的形象内质和技巧不能不说是不错的，在那么长的时间河流中也确实孕育出不少非常优秀的经典之作，以至唐诗宋词达到古典诗词的巅峰，也出现了不少感动人心、摄人心魄的诗歌形象，至今还留存在我们的脑海，为我们所称颂。但是一个时代毕竟应该有一个时代的文学，文学也应该跟随时代的变化、发展与要求而进行自身的创新。古代诗歌曾经的辉煌早已成为过去，它毕竟没有反映现代的时事变幻和内在精神，没有更好地关注人的独立性和自主性，没有写出新的时代和新的人生。因此新诗要成为真正意义上的新诗，就得在内部进行必然的革新，必须要有独到而崭新的创意。特别是诗歌主体形象应该具有独特性，要具有凌厉的个性，要具有不同凡响的举动。再也不能像古诗的主体形象那样只是哀怨感伤，毫无特行独立的动作，更没有挑战反抗的行为。关于这方面，胡适似乎没有多少理论主张，反倒是鲁迅多有论述。鲁迅所说的"掊物质而张灵明，任个人而排众数"，"立我性为绝对之自由"，"主我扬己而尊天才"，"惟发挥个性，为至高之道德"，"必尊个性张精神"，[3] "立意在反抗，指归在动作"[4]，正是如此。鲁迅基于国民精神孱弱的考虑，提出了与众不同的主张，发出了惊世骇俗的声音，的确犹如晴天霹雳，既使人惊奇不已又促人猛醒自觉。鲁迅关于诗歌的特新主张，不仅是对传统诗歌的彻底反叛，也是对诗歌改革所必须做的建设性工作，更是对"人"的独立和更好发展所必须做的开创性工作。鲁迅诗歌理论始终贯穿着一个"人"字，将文学作为人学来对待，早已符合后来"文学是人学"的理论主张和倡导。因此鲁迅新诗理论具有超前性和前瞻性。鲁迅不仅做了诗歌改革的理论性的开辟工作，而且之后还身体力行做了新诗的创作性工作，在实践上做了很好的验证。鲁迅所写的几首新诗其中心形象完全是全新的诗歌形象，给人一种傲然独立、坚定执著之感，使人从中受到思想上的启示和精神上的鼓舞，让人在震撼感佩之中获得深刻的教益。中国新诗要向前发展，鲁迅开辟的路径不失为一条新路。

根据鲁迅的新诗理论主张，我们深深感到诗歌更重要的还在于诗歌形象，其他什么都只是辅助性的手段。诗歌形象虽然说不是单一的，但说穿了其中心还是"人"的形象。诗歌的中心形象或主体形象也就是诗歌中的人到底怎么样，直接关系到读者或欣赏者对诗歌本身的接受心理和好恶态度。人都是喜欢新奇，爱好特别的，也都容易被奇特或罕见的东西所吸引所震动。如果诗歌形象平淡无奇，读者也便淡然处之，或者视而不见，就会远远离去；如果诗歌形象特别出奇，读者心动神摇，或者再三思虑，就会走进诗境。在新文学之初，胡适和鲁迅都创作了新诗，但两人的诗作给人的感念迥然不同。胡适新诗虽然具有自身的文学意义，但毕竟诗歌形象比较一般，缺乏特有的个性和凌厉的气质，因而感动人心，力量还显薄弱。而鲁迅新诗其诗歌形象的确不一样，其中心形象就是另类，其性格、气质和气度就是特别。鲁迅新诗的中心形象不仅抒发了与众不同的对人间事物的情感态度，而且表达了截然不同的锋利无比的个性精神，因而鲁迅新诗的中心形象是既具有抒情性又具有个性化，两者紧密结合，而且弥合无间，同样是显得特别与非常。所以鲁迅新诗单就中心形象而言，就已经给人以刺激和感动。比如《他们的花园》：

> 小娃子，卷螺发，
> 银黄面庞上还有微红，——看他意思是正要活。
> 走出破大门，望见邻家：
> 他们大花园里，有许多好花。
> 用尽小心机，得了一朵百合；
> 又白又光明，像才下的雪。
> 好生拿了回家，映着面庞，分外添出血色。
> 苍蝇绕花飞鸣，乱在一屋子里——
> "偏爱这不干净花，是胡涂孩子！"
> 忙看百合花，却已有几点蝇矢。

看不得；舍不得。

瞪眼望天空，他更无话可说。

说不出话，想起邻家：

他们大花园里，有许多好花。

再比如《他》：

一

"知了"不要叫了，

他在房中睡着；

"知了"叫了，刻刻心头记着。

太阳去了，"知了"住了，——还没有见他，

待打门叫他，——锈铁链子系着。

二

秋风起了，

快吹开那家窗幕。

开了窗幕，会望见他的双靥。

窗幕开了，——一望全是粉墙，

白吹下许多枯叶。

三

大雪下了，扫出路寻他；

这路连到山上，山上都是松柏，

他是花一般，这里如何住得！

不如回去寻去他，——呵！回来还是我的家。

细读这两首诗，我们似乎感觉到诗歌中心形象要做什么，但又不知为什么要那样做。当我们联系到当时的时代背景和社会情状，就知道其中的深味和意义。从《他们的花园》中，我们看到了一种开放的眼光和大胆拿来的举动，看到了一种不同别人的个性和借鉴别人的行动。那个小娃子也真是胆大包天，他竟然敢于违背传统文化的教条，敢于违反传统文化的规定，敢于跳出传统文化的圈套，进入别人的文化园地，去偷摘别人的文化成果，以此为自己的文化注入新鲜血液，而且遭到阻滞后还不死心，还将继续偷摘。这种人确实不同寻常，也确实难得，这种行为也确实为一般人所不能。从《他》中，我们看到了一种自我觉醒和自我更新的行为，看到了一种敢于执著追求和锐意进取的精神。那个他也真是胆大心细，他在觉醒之后不去经营自己的实际生活，也不去做更为现实的事情，而是踏上漫漫长路去追求更为高远的

理想，不管夏去秋来，冬天又至，也不管遇到多少艰难困苦，坎坷曲折，都决不停止追求的脚步，真是有着"路漫漫其修远兮，吾将上下而求索"的性格意志和个性精神。他的这一行为无非是想背叛常人的生活常规，打破现实的生活次序，重建更好的人生坐标，为后来人做出值得学习的榜样。这种人也确实难能可贵，这种行为也绝不是一般人敢去冒险的。鲁迅新诗的中心形象就是这样的特立独行，而且又是很有特色的抒情形象，难道这样的中心形象还不打动人心吗？鲁迅新诗不独在中心形象上的特异，而且在其他方面也很有特色。他多用象征手法，几乎诗歌的每个意象都带有象征色彩，也正是如此，才使诗歌的意味丰富而幽深，令人咀嚼和回味。他讲求适当押韵，韵散结合，强调新诗的情思性、抒情性、韵律美，使诗歌既有情感又有思想，同时还有内外的美质，所以赏读鲁迅新诗，有一种特别的美感。我们说鲁迅新诗为中国新诗的发展开辟了新路，是有其事实依据的。

综合上述所论，我们认为鲁迅新诗从自己的长期思考和艰苦求索中，从外来文化的学习和借鉴中，已经孕育出中国诗歌的新貌。鲁迅新诗的确与众不同，不同凡响，也的确如朱自清所说"他们另走上欧化一路"[5]，使中国新诗在崭新的轨道上产生、运行和发展，而逐渐走向成熟。鲁迅新诗的中心形象轮廓分明而突出，锋芒毕露，富有力量，直刺人心，显得高大、雄壮、伟美。鲁迅新诗情感丰富，意味深刻，韵味丰裕，充满了诗情、诗意、诗境、诗韵。鲁迅新诗创作不是一时的心血来潮，不是一时的感情冲动，而是顺应历史发展的趋势和时代情势的结果，因为他不是为了单纯的个人情趣，而是为了"撄人心者"，"移人性情"，[6]警醒人，教化人，鼓舞人，更是为了国民性的改造，使国民精神能够得以振作。正如他自己说的那样，"人既发扬踔厉矣，则邦国亦以兴起。"[7]也就是说，鲁迅新诗创作是为社会、为大众、为人民、为百姓的。总之，鲁迅新诗"思想新、形式新、包容广、内涵深，……特别是与西方现代诗直接接轨，为新诗现代化树起了鲜明的路标。"[8]鲁迅虽然说并不喜欢新诗，但他所写的几首新诗反却给人耳目一新之感，各方面都有改革和创新之意，彻底推翻了古典诗词独占鳌头的地位，为中国诗歌开创了更加新鲜、更加活跃、更加广阔的天地。因此，鲁迅新诗显然具有不可磨灭的诗学意义。

注释

[1]《集外集·序言》，《鲁迅全集》（二），中国人事出版社，2005年，第544页。

［2］《坟·摩罗诗力说》，《鲁迅全集》，西藏人民出版社，1998 年，第 19、20、21、35 页。

［3］《坟·文化偏至论》，《鲁迅全集》，西藏人民出版社，1998 年，第 13、15、16、18 页。

［4］《坟·摩罗诗力说》，《鲁迅全集》，西藏人民出版社，1998 年，第 19 页。

［5］朱自清《〈中国新文学大系·诗集〉导言》，上海良友图书公司，1935 年，第 3 页。

［6］《坟·摩罗诗力说》，《鲁迅全集》，西藏人民出版社，1998 年，第 20、21 页。

［7］《坟·文化偏至论》，《鲁迅全集》，西藏人民出版社，1998 年，第 13 页。

［8］刘扬烈《中国新诗发展史》，重庆出版社，2000 年，第 18 页。

简论鲁迅对新诗的见解及其当代意义

中国是诗的国度，诗是华夏文明显著而又重要的标志。要走上文化文明的必由之路必须从诗这个起点开始起步，诗又成为"更上层楼"的必然阶梯。这是中国文化历史与传统的事实现象。凡为文都必须接触诗的文本或诗歌范本。历代文人莫不手捧诗卷吟咏诵读，诗人骚客无不用尽心力与神思和诗神共舞酬唱。但要登堂入室进入诗的世界，却不是件容易的事。他必须首先对诗这个既神秘雅致、庄重高贵又平易朴实、亲热可近的概念及本质涵义有切实而熟透的了解、认知和意识。要想成为诗人或写成真正好诗，必须有对诗的观念认识的前提，必须对诗的气韵神髓、内在规律和外部特征准确把握，才能与诗神心气相会，心情相融，心意相随，进入诗的情境与化境，演奏成出神入化的旋律，谱写就动心感人的乐章，创作出具有感染力和生命力的诗篇。为此，千古百年留下不少博大精深的诗论专著和关于诗歌的深邃而又精粹的议论。

鲁迅作为中国现代文学的集大成者，在由旧诗到新诗的转轨期，也在他的著述中毫无例外地留下了关于诗的精辟论述。他在步入文学天地进行文学活动的开始就以"别求新声于异邦"[1]的开放心态对欧洲诗人诗作进行介绍和阐释作为发端。1907年写成的《摩罗诗力说》可以说就是对诗歌的专论，在这篇长文中他全面而系统阐述了诗歌的诸多方面。在他1918年正式迈步文坛后所写的杂文、书信中都有对新诗的精要见解。鲁迅虽然不是以诗人的风貌出现在文苑里，也不是诗评家，没有诗论专著，对于新诗的精简言论主要散见于一些文章中，总体上并不成体系，但就仅有的不多的诗论看，其论点之确切，议论之实际，见解之深刻，思维之辩证，确是鞭辟入里的带规律性认识的独到见地。时至今日，重读鲁迅有关新诗的要言论述，再结合他自己所作的诗，仍觉新颖，倍受启示，对今天的诗歌创作有着很大的警醒和指引。

综合鲁迅的新诗论述与言论，就我的阅读、观感与归纳，其看法和主张概括起来主要表现为五个方面：真实性、情感性、自然性、平实性和效用性。

一、真实性

真实是一切文艺的生命，是一切文艺赖以生存的基本条件。它决定文艺作品存在的可能性和长久性。对于新诗来说，真实好比飘动的云朵、映照的彩霞、流淌的泉水、闪耀的露珠，那是真真切切，活生生的。离开了它就像枯萎的花、干瘪的叶，没有生机与活力，转瞬之间就会凋落。这似乎是人们知道的，但在创作中又往往落空，难以真正做到。不是回避或粉饰现实，就是"万事闭眼睛，聊以自欺，而且欺人"。因此鲁迅尖锐指出由欺瞒之心造就出"瞒和骗"[2]的文艺。

真就是真切，了然于心，实就是实在，合乎实际。诗歌所抒写的内容不是纯然虚拟的而是经过内心体验的符合现实生活的实况，所抒发的情感不是乘兴模拟的而是经过内心激动的符合百姓民众的实情。无论社会风云、现实情形、生活景况、人生际遇怎样，诗歌都应该加以真实的艺术反映，不能夸大也不能缩小，不能随意勾画也不能凭空想象，更不能躲进个人的小天地栽培只属于个人的艺术之花，要快步迈入广阔的社会人生的舞台，展现人人关心的生活画面。那种把自己的艺术之宫营造在象牙塔里，是很快就要轰毁的。鲁迅对诗歌的主张就是首先要热切地面对现实，关注现实，将诗笔伸到现实生活的内部，用诗篇加以如实的描述和歌咏，传达来自内心的真声音。这才是诗歌的真实。

鲁迅特别注重文艺的真实性，并进行了坚决勇猛的大声疾呼。他说："世界日日改变，我们的作家取下假面，真诚地，深入地，大胆地看取人生并且写出他的血和肉来的时候早到了；早就应该有一片崭新的文场，早就应该有几个凶猛的闯将！"即便"是铁和血的赞颂"[3]，"是血的蒸气"，也毕竟是"醒过来的人的真声音。"[4]他诚恳而殷切地希望作家睁开眼睛，正视现实，"大胆地说话，勇敢地进行，忘掉了一切利害，推开了古人，将自己的真心话发表出来。""只有真的声音，才能感动中国的人和世界的人。必须有了真的声音，才能和世界人同在世界上生活。"[5]"自觉勇猛发扬精进"，"超脱古范，直抒所信。""刚健不挠，抱诚守真，不取媚于群，以随顺旧俗"[6]。如果"没有冲破一切传统思想和手法的闯将，中国是不会有真新文艺的。"[7]在这里，鲁迅不仅趋向于中国而且着眼于世界，不仅立足今天而且放眼未来，既从中国的文艺现状又从世界的文化潮流，既从中国文艺更新的急切又从世界文化发展的趋势，说明中国文艺革新的必要性与紧迫性，这样才能使中国的文艺走上活跃前进的生路；表明了鲁迅"睁眼看世界"，在立足自身改革发展的同时，将中国文艺与世界文艺接轨、同步和交融的长远眼光和超前意识。

诗不在于长短大小，只要用心抒写，写出活人的情意与感念，即使小也不见小，小中见大，一滴露珠照天地，几行文字写春秋，时代风貌蕴含其中，短短几句也能体现时代的风骨与神韵，表达一个时代的咏叹与感怀。他说："至于有骨力的文间，恐怕不如谓之'短文'，短当然不及长，寥寥几句，也说不尽森罗万象，然而它并不'小'。"[8]这里虽说的小品文，对诗也一样道理。诗也不在于写什么，而看怎么写，即便写些花草树木，鸟兽虫鱼，只要与生活的大地连通起来，也能从中看到现实生活中流动的情思，跳荡的音符，洋溢的诗心。他说："即或心应虫鸟，情感林泉，发为韵语，亦多拘于无形之囹圄，不能舒两间之真美；否则悲慨世事，感怀前贤，可有可无之作，聊行于世。"[9]这是从反面叙说诗心的缺失。也就是说"即或心应虫鸟，情感林泉"，也要"舒两间之真美"。当年朱光潜提出"静穆"为"艺术的最高境界"，离开实际地以断章摘句的钱起的两句诗"曲终人不见，江上数峰青"为诗的妙境极致，脱离现实地以古希腊的美为绝对标准，鲁迅批评说："立静穆为诗的极境，而此境不见于诗，也许和立蛋形为人体的最高形式，此形终不见于人一样。""凡论文艺，虚悬了一个'极境'，是要陷入'绝境'的"[10]。其意在于强调作诗要顾及生活的实际，力求现实的真实性。

鲁迅就是这样讲求真与实，以真实、真诚、真挚作为评判艺术的重要尺度，以实际、实在、实效为衡量艺术的重要准则。坚决反对那种漫无边际、虚伪矫情、假言假意、想入非非的东西，极力主张诗文要站立在人间大地，植根于现实生活的土壤，说真话，抒真情，表真意，吐真心。这才是一切文学艺术的最为要紧之事。

二、情感性

如果说真实是诗歌的生命，那么情感就是诗歌的灵魂。没有灵魂的吟唱是白费心机的徒劳，有了灵魂的歌唱就是撼动人心的盛举。古人早就说过："情动于中而形于言"；"情动而辞发"；"披文以入情"；"感人心者，莫先乎情"。无论创作主体的创作动因还是审美主体的审美动因，都是源于一个"情"字。任何文艺性的东西要是没有情感就不能构成创作和欣赏的条件和因由。没有情感的东西只能是苍白无力的，就像贫血的人一样没有血色没有血气。只有充满情感的抒写才能感触人，只有饱含浓厚情感的歌吟才能打动人，只有满蕴浓郁而又深刻的情感的诗篇才能震撼人心。所以诗歌必须以情感人，以情动人，以情服人，这是一条颠扑不破、一以贯之的美学原则。

当然，这种感情不是随心所欲地抒发，不是不讲原则界限的。这种情感不是个人小圈子的轻歌曼唱，也不是个人情绪化的低吟浅咏，这种吟咏是热烈的高格调的大抒情，是反映现实特征和时代趋向的大情感，是具有现实感时代感的高歌咏唱，是唱响生活主情调和社会主旋律的生动乐章。"诗人之思想感情，与人类普遍观念之一致。"[11] "诗歌是本以抒发自己的热情的"[12]。但是这种热情不能脱离现实大地，而要紧紧跟随时代行进的步伐，用自己深感于现时人们的深情的篇章去鼓舞推动现时人们将更加奋然而前行。这样的诗歌才有感动力、震动力和鼓动力，也才有真正的审美意义和审美价值。

由于诗的感情深蕴，不可能浮于表面让人轻易触摸而感到，而是要求欣赏者也要带着感情去欣赏，审美主体面对审美对象必须用情用心进入文本所表述的情境，细细品味，慢慢咀嚼，才能触动飞扬的情思，把握诗歌表意的脉搏。因为诗歌本身就是用情感作关键材料建造的艺术品，情感的意蕴就是其内核或核心，它内蕴着一个不易捉摸而又经过深思揣摩却能够得到其中的令人欣喜感怀令人愉悦感动的东西。所以鲁迅说："诗歌不是凭仗了哲学和智力来认识，感情已经冰结的思想家，即对于诗人往往有谬误的判断和隔膜的揶揄。"[13]这就说明欣赏者必须要有最基本的审美素质，必须有审美情感的驱动力、理解力、联想力和想象力，才能与审美对象心气一致心灵相通，在已有的审美情感的基础上产生情感共鸣，进而达到如刘勰《文心雕龙》所说"登山则情满于山，观海则意溢于海"的审美效应。

情感的抒发也不是随时随地随意地抒发，它必须经过时间冷静地酝酿与锤炼，这样才不至于浮躁肤浅而有深意深味，使诗美内含着耐人咀嚼寻味的特质，蕴藏着感染人心鼓舞人心的力量。诗人的创作欲望和冲动不是凭空产生的，他是在对现实事物细致观察的基础上有了情感反应并进行了情感积累，然后经过认真体味过滤集中，最后喷发而出创造出感人动心的艺术作品。对此鲁迅说："我以为感情正烈的时候，不宜做诗，否则锋芒太露，能将'诗美'杀掉。"[14]说的就是这个道理。又认为汪静之《蕙的风》有优美积极的情感态度，"然而颇幼稚，宜读拜伦、雪莱、海涅之诗，以助成长。"[15]因为情感有余而深沉不足，有些诗感情太直露，还缺乏一定的感情积蓄与蕴藉。

三、自然性

自然是诗歌的形式或风格。它既是内在的也是外在的，或者是由内在到外在的体现。没有内在的自然也难有外在的自然。内心本就自然，形之于外也就自然。自然常常有种亲近感，无形中缩短或消失诗与读者的距离。自然往往有种天生的吸引力，将人的感官引入它的身内，经过感知后赢得人们的赏识与青睐。是否自然，读诗的人稍加琢磨便会知晓，不要以为可以遮蔽人的眼睛，蒙混人的视线感觉。因此切忌别扭之态、矫情之语。那种矫揉造作、虚情假意的东西，让人反感厌恶，决不能引起人们的兴趣。

诗歌内容的抒写、形式的表达、情感的抒发都要力争做到流畅而自然，要使诗人飞动的情思、流动的情意以一种纯然的方式表现出来，就像细雨的飘飞，清泉的流淌，小鸟的鸣唱，花儿的开放。你看那莺歌燕语、鱼游水动等自然声响，显得多么自然而富有情趣。有人说一曲天鹅的舞蹈简直就是自然的绝唱，可说道出真谛。这种出自天然的纯响以至绝响，将人的审美情感自然牵动与连通，而进入美的陶醉和鉴赏的审美活动。因而诗不能生造硬做，"为赋新词强说愁"，否则白费力气浪费精神，也不可能产生审美效应。难怪鲁迅说："情感自然流露，天真而清新，是天籁，不是硬做出来的。"[16]这是对湖畔诗人汪静之的诗而言的。汪诗确实给人如此感觉，纯真纯美，新颖自然。

但要做好又不大容易。虽然白话新诗是对传统诗的全然反叛，要求彻底打破古典诗词的格律，但并不是随意以至随便写作，还是要求大致的格式和韵律。这好像有点矛盾，不易协调与统一，却又不得不如此。只有这样才使新诗不与人们长期形成的审美习惯相去甚远，才比较符合人们的审美心理。为此鲁迅说："但白话要押韵而又自然，是颇不容易的，我自己实在不会做，只好发议论。"[17]这既是鲁迅的谦虚也的确存在这样的情况。

诗能做到自然，甚至给人天然之感，可谓上乘之境界。有些不加任何修饰的诗作最能感染人感动人，也最易触动人的神经，进入人的肺腑，搏动人的心弦，让人产生自然而又动人心魄的感想与联想，在不经意的潜移默化中得到性情的陶冶、心灵的净化和情操的升华。

四、平实性

平实也是诗歌的形式或风格。平实就是质朴或素朴。也是内在和外在的同一，也是由内在到外在的表现。没有内在的平实就没有外在的平实。本是一颗朴素的心，表现在外也仍是朴素的心。平实与普通民众的心理气质、风貌神韵极为切近，甚至达到二者的一致性。新诗在艺术反映中如趋于同一，是最能给人亲切感，无形中消溶了诗与读者的阻滞，使人有种亲密无间的感觉。这样的诗不会让人望而却步，反而招引人们的喜爱。

情感的涌动要找到适合的方式。再好的思想感情如果没有相应的形式，是难以透视出其内在的精魂或精髓的。一个随意为之的人随意写几句就认为是诗，那是对诗的亵渎。诗歌的写作本是为百姓大众，而百姓大众本就以一种平实的风格生活在朴实的土地，以朴实的风貌映现在人们的眼前，因而诗歌写作应该与民众表现的外在形貌保持一致，才使百姓容易亲近接触和融会贯通，才使诗歌透露的情思意境发生熏染和感化，才使诗歌有强大的普视率和影响力。所以诗歌不能别出心裁地求取所谓雅致和新奇，这会影响诗歌本应深入人心、摄人心魂的诗美效果，丧失诗歌本应动感动情动心的审美效力。

那么怎样做到平实？鲁迅说得很清楚："我只有一个私见，以为剧本虽有放在书桌上和演在舞台上的两种，但究以后一种为好；诗歌虽有眼看的和嘴唱的两种，也究以后一种为好；可惜中国的新诗大概是前一种。没有节调，没有韵，它唱不来；唱不来，就记不住，记不住，就不能在人们的脑子里将旧诗挤出，占了它的地位。……我以为内容且不说，新诗先要有调，押大致相近的韵，给大家容易记，又顺口，唱得出来。"[18] "诗须有形式，要易记，易懂，易唱动听，但格式上不要太严。要有韵，但不必依旧诗韵，只要顺就行。"[19] 这样就能给读者打上深深的烙印，留下鲜明的记忆，何愁诗歌不能传唱，何愁诗歌不发生永久的美感效应。

五、效用性

鲁迅最讲求诗歌的效应性。这种效应是读者读诗后产生的心灵感应与响应，而最有效应的莫过于以真实的情感、自然又平实的形式与风格感动人心打动人心鼓动人心，让读者从中得到情感的熏陶、思想的洗礼与灵魂的升华。没有真情实感的东西不过是昙花一现的花开，不能给人深刻的印象，不能留人印象的诗作不如不作，作了无异于是对诗的玩弄或嘲弄。他讲究"诗歌较有永久性"，不要过眼烟云，"情随事迁，即味如嚼蜡。"[20]《摩罗诗力说》开宗明义提出："盖人文留遗后世者，最有力莫如心声。古民神思，接天然之閟宫，冥契万有，与之灵会，道其能道，爰为诗歌。其声度时劫而入人心，不与缄口同绝；且益曼衍，视其种人。"[21] 就是用心的歌唱来保证诗歌的经久性和生命力。

鲁迅特别注重诗歌启迪人生的作用。"故文章之于人生，其为用决不次于衣食，宫室，宗教，道德。""严冬永留，春气不至，生其躯壳，死其精魂，其人虽生，而人生之道失。""涵养人之神思，即文章之职与用也。""使闻其声者，灵府朗然，与人生即会。"因此反对平和之音，主张雄健伟美之声，他总括摩罗诗人诗作说："大都不为顺世和乐之音，动吭一呼，闻者兴起，争天拒俗，而精神复深感后世人心，绵延至于无已。虽未生以前，解脱而后，或以其声为不足听；若其生活两间，居天然之掌握，辗转而未得脱者，则使之闻之，固声之最雄桀伟美者矣。""而污浊之平和，以之将破。平和之破，人道蒸也。"反之则"外状若宁，暗流仍伏，时劫一会，动作始矣。故观之天然，则和风拂林，甘雨润物，似无不以降福祉于人世，然烈火在下，出为地囱，一旦偾兴，万有同坏。"[22]其议论周全，道理深刻。

鲁迅尤其讲求诗歌的移情效用。就是好的诗能使读者通过对诗的接触而受感染，发生性情的自我变化与发展，进而使国家和人民也随之更新。"以诗移人性情"，"此其源泉，灌溉人心"，"撄其后人，使之兴起"。"盖诗人者，撄人心者也。凡人之心，无不有诗，如诗人作诗，诗不为诗人独有，凡一读其诗，心即会解者。即无不自有诗人之诗。无之何以能解？惟有而未能言，诗人为之语，则握拨一弹，心弦立应，其声澈于灵府，令有情皆举其首，如睹晓日，益为之美伟强力高尚发扬"。诗歌是人民心声的震响，最好以"立意在反抗，指归在动作"的雄声震响于人，"意者欲扬宗邦之真大，首在审己，亦必知人，比较既周，爰生自觉。自觉之声发，每响必中于人心，清晰昭明，不同凡响。""夫国民发展，功虽有在于怀古，然其怀也，思想朗然，如鉴明镜，时时上征，时时反顾，时时进光明之长途，时时念辉煌之旧有，故其新者日新，而其古亦不死。""发为雄声，以起其国人之新生，而大其国于天下。"[23]可谓真知灼见。

好诗无论经过多长时间的冲刷、岁月的洗礼，都还活在人们心中，记忆犹新，时常诵读。而在历史的长河又有多少诗早已被历史的河流洗刷净尽，不曾留有一丝痕迹，有些诗从诞生到问世只是瞬间的存在，个别诗甚至产生的同时就意味着灭亡。要使诗进入人们的视野以至于内心，留下掠人心魄、不可磨灭的记忆，就得在生活生养的土地，以静观默察的深情厚意进行抒写和歌唱，以面向现实、面向世界、面向未来的眼光进行艺术之花的描画，作出心灵的烛照和反映，真正做到诗真、诗情、诗意、诗新、诗美，力求达到"最高之诗"的境界与魅力。我想这样的诗是有耐久性、延续性和永不衰竭的力量的。

中国新诗从产生到现在已走过90多年的风雨历程，中国新诗的天空开放着绚丽的花朵，闪烁着耀眼的光芒。其间滚动着现实主义和浪漫主义两大车轮，成为诗歌领地上两大主潮。其中又生出许多流派和派别，湖畔诗派、新月诗派、象征诗派、现代诗派、七月诗派、九叶诗派、归来诗派、朦胧诗派、新生诗派……，可谓群星灿烂，异彩纷呈。不管走过多少曲折坎坷，几多起伏升沉，几多中兴衰落，但都以各自的优长与特色为新诗园地孕育颗颗明珠，结出丰硕成果，都在所属的时空放射一缕璀璨的霞光，展现一道亮丽的风景，致使中国新诗的血脉绵延不断，兴盛不已。

然而，现在新诗艺苑的盛景似乎已成遥远的梦幻。也有不少诗人诗家作了辛勤大胆深入的探索，也产生过振聋发聩的力作，但到底只是划破天空的流星，不能一振诗苑之雄风。而且所出现的探索性的诗作虽有探索的足迹但大多只是"后现代"、"后诗歌"的模仿与遗迹，本想借别国之火却没有煮熟自己的肉。什么反传统、反理性、反崇高、反逻辑，什么回归自然性，回归史前期，回到原始性，回到人的本性，什么追寻人类历史的祖先，找回往古的幻梦，找寻人的本真意义，又是怎样地超越时空，超越现时，超越自我。这一切如果离开现实大地及其生活的人们，或没有映现出现世人的身影和关怀激励的热心，都将毫无意义。或故作高雅与高深，把诗写成只有所谓雅人高人看，甚至人为制造诗与民众的阻隔，无疑很快销声匿迹。目前网络诗歌方兴未艾，破解了诗歌神秘的神圣殿堂，似乎与普通百姓分外亲热，但其中有些诗却是污言秽语，不堪入目，肮脏龌龊，不忍卒读，把诗弄得七零八落，污七八糟，支离破碎，乌烟瘴气，造成一堆用诗歌装载的精神垃圾，毫无亮点也绝无看点，使诗陷入可怕的深渊，简直就是史无前例的深重灾难。没有树立很好的诗歌观念是很难把诗写好的。这不能不让人警醒与反思。要想拯救新诗，走出困境，还是回头看看前人前行的脚步，参阅前人关于新诗的具有远见卓识的论述吧。

鲁迅在新诗创作上虽不是有重大成就的诗人，但在诗歌与新诗理论的建树上其成就不可低估。本文试图将鲁迅散见于文章中的诗歌与新诗言论汇集起来，加以梳理、集中与阐发，可见很有其深刻性、警示性和当代意义，对于我们今天企望打破诗坛之沉寂，振作诗苑之精神，重现昔日之辉煌，可以从鲁迅留下的答卷中找到可资参考的答案。中国新诗园地应该出现灿烂美丽的光景，如鲁迅在《摩罗诗力说》题语中引用尼采的话说："新生之作，新泉之涌于渊深，其非远矣。"

（本文系与黄燕合作，发表于《四川文理学院学报》2009 年第 6 期）

注释

［1］［6］［9］［11］［21］［22］［23］《坟·摩罗诗力说》，《鲁迅全集》，西藏人民出版社，1998 年版。

［2］［3］［7］《坟·论睁了眼看》，《鲁迅全集》，西藏人民出版社，1998 年版，第 73、74、75 页。

［4］《热风·随感录四十》，《鲁迅全集》，西藏人民出版社，1998 年版。第 98 页。

［5］《三闲集·无声的中国》，《鲁迅全集》，西藏人民出版社，1998 年版，526 页。

［8］《且介亭杂文二集·杂谈小品文》，《鲁迅全集》，西藏人民出版社，1998 年版，1004 页。

［10］《且介亭杂文二集·"题未定"草七》，《鲁迅全集》，西藏人民出版社，1998 年版，1008 页。

［12］［13］《集外集拾遗·诗歌之敌》，《鲁迅全集》光盘版，北京银冠电子出版有限公司。

［14］［20］《两地书·三二》，《鲁迅全集》光盘版，北京银冠电子出版有限公司。

［15］［16］鲁迅 1921 年 6 月 13 日《致汪静之》。

［17］［18］鲁迅 1934 年 11 月 1 日《致窦隐夫》。

［19］鲁迅 1935 年 9 月 20 日《致蔡斐君》。

鲁迅新诗对当代诗歌创作的深刻启示

鲁迅新诗离我们现在似乎比较遥远了，然而我们感觉并不遥远，因为鲁迅新诗所体现的精神实质与现在的社会和时代是十分吻合的，鲁迅的诗歌精神正是我们今天的人们应该发扬光大的。鲁迅在那样一个群魔乱舞的乱世，在那样一个被黑暗与污浊包围着的环境，能够睁眼看社会，看时代，看世界，不闭眼，不回避，不倒退，能够敢于揭露与批判，敢于讽刺与讥笑，敢于反抗与战斗，敢于树立"人"的形象，显露"人"的精神与意志，实在是难能可贵，令人敬佩。

中国新诗在继鲁迅等早期诗人的诗歌之后，虽然走过了一段弯路，但毕竟是在发展的路上遇到的挫折而已，总体上说，中国新诗取得了辉煌而可喜的成就。但中国新诗发展到现在却有些迈步艰难，虽然中国新诗的主流意识和核心精神总是好的，中国新诗的多元化也是应该的，但其中毕竟充斥着一些乌七八糟、淫秽不堪、被称之为垃圾的东西，严重影响了中国新诗的纯洁性和高雅性，甚至可以说是对中国新诗的严重污染。正如网上有篇文章《新诗的末路——评鲁迅文学奖获得者于坚》中所说："其作者全盘接受西方个人利益至上的价值观，实用主义人生观，盲目照搬西方诗歌观念和诗歌形式，背离中国诗歌歌颂真善美、鄙弃假恶丑、忧国忧民、以天下为己任的优秀传统，背离中国诗歌一百多年来肩负的反帝反封建革命传统，不承认光明与黑暗、美与丑、崇高与邪恶的对立，高喊反崇高、反英雄、反抒情、反传统，甚至反诗歌的口号，走上一条没有光明，没有前途，真正的不归之路！"对此诗歌现象，北京电影学院教授崔卫平曾指出："为自己写作？这是所有虚假神话当中最虚假的一个。……若不是为了将自己的经验上升到共同的经验，写作还有什么意义？……命运是非常残酷的。本来是敏感到时代的问题所在，想超越于它，最终却发现并无例外地掉进了时代所布置的陷阱，甚至被它无情地超越。在新时期文学中，诗歌本来是处于先锋、先导的位置，它几乎影响了整整一代人乃至冲击了整个社会，但由于历史实践的狭隘，它所能释放的只能是私人的封闭性的话语，目前的先锋诗歌已经陷入了最艰难甚至是某种落后的境地。"

诗人应该是战士的形象，有着战士的情怀，而且这种战士式的诗人越多越好，方能促进社会的进步，催动文化的发展。回想鲁迅当年曾热切地呼唤战士的出现，其情其景犹在目前。他说："今索诸中国，为精神界之战士者安在？有作至诚之声，致吾人于善美刚健者乎？有作温煦之声，援吾人出于荒寒者乎？家国荒矣，而赋最末哀歌，以诉天下贻后人之耶利米，且未之有也。"[1]鲁迅后来在评价叶紫的小说集《丰收》时认为《丰收》是好的作品，"因为它更新，和我们的世界接近。"[2]鲁迅这些诚挚的话语至今言犹在耳，让我们感觉到文艺作品应有的思想动机和艺术方向。所以我们认为，鲁迅的文艺精神并不随着时间的久远与时代的变迁而过时，反而我们应该好好发扬鲁迅的文艺精神。就诗歌而言，当下诗歌在艺术精神上的确还存在着这样那样的不足，有着诸多不尽人意的地方，要使诗歌沿着一条正确而广阔的道路走下去，恐怕当代诗歌宜与鲁迅新诗相对接，才是较为美好的出路。那么，鲁迅有哪些诗歌精神值得我们延续、发扬以至对接呢？

一、现实精神的对接

文学的宗旨总是为现实服务的，无论采用什么题材，什么笔法，无论往古材料也罢，现实材料也罢，无论直笔也好，曲笔也好，总是要有现实精神的火花，离不开现实这个中心。像许仲琳的神话小说《封神榜》，虽然写了许多神仙鬼怪，但还是脱离不了殷商社会的人间世事；像吴承恩的神魔小说《西游记》，虽然写了很多传说故事，但还是脱离不了唐王朝的社会现实；像蒲松龄的志怪小说《聊斋志异》，虽然写了那么多的鬼怪狐媚的故事，但还是脱离不了清王朝的社会情形。这些小说虽然写了不少的人神之战、神仙之战，神奇怪诞诡异又精彩，但到底与现实社会紧密相联。现代的郭沫若创作了一部历史剧《屈原》，写的是远古的人物屈原的坎坷经历与抗争的过程，但却影射抗战时期的中国社会的现状，激励人们要奋起抗战，戮力而前。这就说明文艺作品一定要体现现实精神，但并不一定一定要写现实题材。

当然，从出现的作品看，更多的是写现时代的题材，因为如此更能真实地反映现实生活的情形与状态，能让读者更直接更近距离地了解现实社会生活的状况，从而更能关注所处社会的变化和自身的发展。从某种意义上说，写现实生活的题材更能体现出文艺作品的真实性，在这里文艺的现实性与真实性是一致的。所以别林斯基在赞扬普希金诗作的真实性说："普希金的诗里没有奇幻的、空想的、虚伪的、想入非非的东西；它整个浸透着现实。它没有给生活的面貌涂上脂粉，它只是把生活本然的、真正的美显示出来。普希金的诗里有天堂，可是那天堂总是浸透着人间。"又说："在诗的表现里，生活无论好坏，都同样地美，因为它是真实的，哪里有真实，哪里也就有诗。"[3]关于文艺要真实地反映现实，鲁迅也发表过精辟的见解，他说：文艺"倘若不和实际的革命斗争接触，单关在玻璃窗内做文章，研究问题，那是无论怎样的激烈，'左'，都是容易办到的；然而一碰到实际，便即刻要撞碎了。"[4]文艺需要的不是口号和矫揉造作的东西，"而是那全部作品中的真实的生活，生龙活虎的战斗，跳动着的脉搏、思想和热情，等等。"[5]当然，文艺作品反映现实生活决不能停留于生活的表面，而是要反映社会生活的本质，既要揭示出社会生活的阴暗面，也要反映出社会生活的亮光，指示出社会生活前进的方向，促使人们看到社会生活发展的大趋势。作品的内容和格调伤感也罢，愁苦也罢，欢乐也罢，只要不是低沉萎缩，苦闷颓废，迷惘倒退，而是激励警醒，斗志昂扬，意气风发，信心百倍，那么，这样的作品总是体现出相当的现实精神，给人以思考与向上的力量，于读者与社会总是有益的。正如别林斯基所说："如果一件艺术作品只是为描写生活而描写生活，没有任何植根于占优势的时代精神中的强烈的主观动机，如果它不是痛苦的哀号或高度热情的颂赞，如果它不是问题或问题的答案，它对于我们的时代就是死的。"[6]由此可见，现实精神就是要敏锐地把握住现实社会生活的脉搏，反映现实社会生活中出现的根本性问题，提出解决问题的意向性或可行性方法，从而有利于人与社会生活的共同进步，向着更加美好的目标进发。

郭沫若曾说："一个伟大的诗人是一首伟大的诗，无宁是指时代感情的，诗人要活在时代里面，把时代的痛苦、欢乐、希望、动荡……最深最广地体现于一身。"[7]而鲁迅正是生活在五四前后的时代生活中，将他所看到的、听到的、感触到的写进他的作品以及新诗中，充分地反映了当时的现实景况，为当时现实社会的重大问题作了很好的照相，让人们能够清晰地看见那个社会的弊端，并唤起人们对那个社会的憎恨与摒弃，以及对未来社会的想望与呼唤。鲁迅新诗中的《梦》揭露政坛的丑恶表演和流星似的变更；《桃花》揭示出人们的自私狭隘和妄自尊大的阴暗心理；《爱之神》暴露出人们在爱情上的保守落后、僵化畏缩的行为；《人与时》揭出并斥责人们各种错误的思想，指明应该采取的行为路向；《他们的花园》指出改造和更新传统文化的正确途径和方法；《他》赞扬自我更新的追求精神。这些新诗的主体精神无一不是紧密结合和联系着当时的现实实际，而发出的震撼人心的声音。鲁迅新诗的现实精神的表达，不仅表明鲁迅敢于面对现实、揭示问题的勇气，更重要的是促使人们去思考中国的前景，去探索中国未来的出路。

二、讽刺精神的对接

讽刺是自古以来就有的，我们常常听到的讽刺诗、讽刺剧、讽刺小说，就是如此。曲艺里面的相声可说是别具一格的讽刺作品。还有童话、神话、寓言、笑话等形式的作品，都带有程度不同的讽刺成分。绘画中的漫画可说最具有讽刺性，令人忍俊不禁，啼笑皆非。可见讽刺在文学艺术中无疑占有比较重要的地位。因为社会生活总不全是一片光亮和一片光辉，总是有着一些污泥浊水和一些溃烂腐朽的东西，它们应该也必然成为作者关注的写作对象，所以作者把它们写进不同形式的作品中，加以特别指出或放大，让人们知道它们不合时代的潮流，违背了社会发展的方向，从而加以改进和自新。正如老舍所说："在旧社会里，统治阶级不喜欢人民自由发表意见，可是人民会利用讽刺文学，声东击西，指桑骂槐，进行攻击，发泄愤恨，使统治阶级哭笑不得，十分狼狈。多么专暴的统治者也扼杀不了讽刺文学，反之，压迫越凶，通过讽刺而来的抗议就越厉害。"[8]这话虽是针对旧社会而言，其实在任何社会都有值得讽刺的东西。

社会生活中有不少可笑的令人鄙夷的人与事，而且还不为大多数的人们知晓，虽然不是反动的东西，但又确实不合时宜，总是让人厌恶而愤恨，这时就需要特别指出来，加以特别的讥刺。所以有些人事现象还没有达到被批判程度的就需要讽刺，无非是引起人们的高度注意和警觉。关于讽刺，鲁迅发表过诸多精辟的见解。鲁迅说："一个作者，用了精炼的，或者简直有些夸张的笔墨——但自然也必须是艺术地——写出或一群人的或一面的真实来，这被写的一群人，就称这作品为'讽刺'。"在人们流露出不合时尚而别扭难堪的言行的时候，"'讽刺'却是正在这时候照下来的一张相，一个撅着屁股，一个皱着眉心，不但自己和别人看起来有些不很雅观，连自己看见也觉得不很雅观……。倘说，所照的并非真实，是不行的，因为这是有目共睹，谁也会觉得确有这等事；但又不好意思承认这是真实，失了自己的尊严。于是挖空心思，给起了一个名目，叫作'讽刺'。""'讽刺'的生命是真实；不必是曾有的实事，但必须是会有的实情。……它所写的事情是公然的，也是常见的，平时是谁都不以为奇的，而且自然是谁都毫不注意的。不过这事情在那时却已经是不合理，可笑，可鄙，甚而至于可恶。……现在给它特别一提，就动人。""有意的偏要提出这等事，而且加以精炼，甚至于夸张，却确是'讽刺'的本领。"也不要认为平常的事情不值得讽刺，其实"在或一时代的社会里，事情越平常，就越普遍，也就愈合于作讽刺。"自然讽刺的目的并不是专门揭人短处和疮疤，而是加以暴露，让人自省。"讽刺作者虽然大抵为被讽刺者所憎恨，但他却常常是善意的"，"实际上不过表现了这一群的缺点以至恶德"，"他的讽刺，在希望他们改善"。[9]这其实是非常有益的。读者应该采取有则改之，无则加勉的态度来对待讽刺，应该采取欢迎和赞同的态度来对待讽刺作品。

　　鲁迅可说是讽刺的高手，读了鲁迅的作品，无不刺痛病人的心理，又让人在滑稽的笑声中感到悲痛，感到沉重，感到愤懑。这应该是达到了讽刺的效果和目的。鲁迅的小说《孔乙己》、《阿Q正传》、《肥皂》、《离婚》、《补天》、《理水》等无不具有浓重的讽刺色彩，鲁迅的诸多杂文更是具有浓烈的讽刺成分，这些作品将一些人生世相、滑稽可笑的嘴脸、荒唐背时的行为进行了简练而又淋漓尽致的描画，起到了"借一斑略知全豹，以一目尽传精神"的艺术效用，产生了相当大的讽刺意义。鲁迅新诗也一样有着讽刺的笔法，给人辛辣的嘲讽与犀利的讥刺之感。像《桃花》和《爱之神》就是两首典型的讽刺诗。前者写面对别人的赞美之声，不管有没有自己，都理应淡然处之，然而桃花却生气发怒，"满面涨作'杨妃红'"。这是一种怎样的狭隘自私的心理。这种心理其实不是个别现象，而是带有普遍性，作者在此特别指出，加以讥讽，也是为了告诫这种人还是要胸怀宽广，心地坦荡，在看重自己的同时，也要看重别人和尊重别人。后者写爱神已经射中了箭，但中箭之人却还要苛求于爱神，要求爱神直接告诉他所爱的对象和如何爱。这就难为爱神了。本来爱神射箭，只是让人发生爱情，至于爱不爱谁，纯属自己的事情。然而中箭之人却犹豫徘徊，迟疑不决，不敢迈开大步，追求爱情。这说明当时人们的思想是多么的不解放，至于情爱的意识就更加麻木与愚钝。作者在此特别指出，加以讥嘲，无非是要告诉人们：爱情是要靠自己的思想解放和大胆追求才能获得。同时，又说明思想的解放又是多么的难啊。鲁迅这两首诗都是对当时的某种典型形象而进行的讽刺性的书写，表达了应有的态度与看法。这对当时人们的开阔心胸和解放思想无疑起到了指示的作用，也有较好的教育意义。

三、批判精神的对接

在中国几千年的封建社会中，由于统治者为了便于他们的统治，老是钳制人们的思想，压制人们的情感，不给人们言论的自由，甚至制定严酷的刑法封住人们的口舌，所以社会中即便出现错误以至反动的言语和举动，一般的人们几乎是没有资格和权力去进行批判的，只有统治者才有处置的威权，对犯事的人，绝没有进行批判的步骤，要么特别提出严正警告，要么关进大牢，要么干脆处死，这是一种非常粗暴的做法，只能让人十分谨言慎行，万分小心，其实就像奴隶一样地仅仅活着而已，成为没有人的思维的生物体，这又是多么的悲哀。随着封建王朝的最终解体，随着历史走到现代的阶段，随着时代发展到现代的进程，也随着西方社会自由空气的逐渐带来，也随着留学国外的先觉者们对先进文化的努力传播，中国社会终于在五四时期掀起了一股批判之风，那些文化人敢于大胆争取自己的话语权，敢于大胆地说话，敢于大胆地发表意见，敢于大胆地指陈时弊，敢于大胆地批判现实。这其实是一个伟大的进步，它到底打破了几千年来中国社会的封闭与沉寂，使其终于有了作为中国人的生命的表征，或者有了一些生命的活力。这样也才使中国能够逐渐向现代社会迈进。

为了推动社会的进步和向前发展，作为文化战线的代表——作家文人，一定要有敢于批判的精神。社会生活总不是人们想象的那么纯良与平静，总是有着逆历史潮流而动的反动的人与事，总是有着妖魔鬼怪出来兴风作浪。对此，决不能等闲视之，睁只眼闭只眼，也不能袖手旁观，觉得与己无关，而要拿起批判的笔触进行批判。对于一些丑恶的人事，要有自己的不满和不平，而且还要诉诸笔墨文字进行深入的揭批。这样才能惩恶扬善，打击歪风，树立正气，弘扬文明，使社会风清气正。所以鲁迅说："不满是向上的车轮，能够载着不自满的人类，向人道前进。"[10] "不平还是改造的引线，但必须先改造了自己，再改造社会，改造世界"。[11]鲁迅在谈到发展问题时还说："苟有阻碍这前途者，无论是古是今，是人是鬼，是《三坟》《五典》，百宋千元，天球河图，金人玉佛，祖传丸散，秘制膏丹，全都踏倒他。"[12]而且国家和民族的命运是关系每一个国民，绝不能漠不关心，否则就会带来祸患，所以鲁迅又说："对祖国的未来和民族的前途，是每一个国民都应当关心的。如果不关心祖国的未来，那么，这个民族也就要灭亡了。"[13] "惟有民魂是值得宝贵的，惟有他发扬起来，中国才有真进步。"[14]鲁迅终其一生都在致力于拯救和发扬民魂的工作，他的国民性的批判和改造就是如此。只不过他是在揭露和批判中来促使国人的觉醒，从而达到医治心灵、发扬民魂的目的。深受封建思想毒害的人麻木而不自知，就像生有毒疮的人，只有挖出毒疮，然后敷上药物，才能使新的肌肉生长，最终健康成长。所以，鲁迅以揭露与批判的方式来达到改造和矫正国民性的目的是正确的。

　　鲁迅的批判是厉害的，痛快淋漓的，也是让人痛彻心扉的。他将旧社会的痼疾、人的病根毫不留情地也毫无保留地揭示出来，展示在人们的面前，简直触目惊心，惊诧不已，然后进行无情的批判，让人在悲痛之中感到羞惭，从而唤起人们的自觉与自省。像《狂人日记》、《孔乙己》、《阿Q正传》等小说就是这样的作品。至于他的不少杂文更是直接揭示弱点与病根的作品，在讥嘲与批判中让人感到羞愧与内疚。至于鲁迅的新诗，也同样具有批判的因素，充满批判的力量，发生批判的效力。比如《人与时》就是一首批判错误言论的诗作。诗中写到一个人太过理想，认为将来必定胜过现在，比现在更好，这是理想主义的典型；一个人太过悲观，认为现在远不如从前，从前比现在更好，这是悲观主义或复古主义或倒退主义的典型；一个人太过糊涂，不表言语，不置可否，得过且过，随意敷衍，这是糊涂主义的典型。作者将这几种错误言论展示出来，让人去思考与判定。突然有个"时"的人猛然站出来，进行了严厉的批驳与判定。这个人认为说来说去都忽视和否定了我们的现在，这是极端的错误。现在才是最重要的，现在是一切将要出现的新事物的基础，一切也只能从现在做起，才有望开辟美好的将来。所以"时"说："从前好的，自己回去。/将来好的，跟我前去。"时代社会总是在向前发展，要回到过去，几乎是不可能的，除非将自己封闭在过去陈旧的蛛网中，与世隔绝。将来是有望的，但要从现在做起，执著现在，再向美好的明天而努力奋斗。在这首诗中，作者严厉批判了那三个人的极其错误的言论，怀着天真烂漫的幻想是不行的，搞复古倒退更是不行，稀里糊涂也绝对不行。同时，作者又给人们指出了应该采取的正确态度，表明了社会前行的基本方向。这可说是对人们很好的激励、鞭策和鼓舞，让人看到了现在的重要和对将来的期待。整首诗虽然带有很大程度的批判性，但又使人充满信心和骨气，有利于激活人们奋发有为的精神和意志。

四、战斗精神的对接

　　在黑暗的旧社会里，人们受到统治者的奴役和压制，受到权势者的剥削和压迫，只能规规矩矩地做人活命，不敢有些微抗争的言语，甚至连愤怒的言语也只能埋藏在心底，就更谈不上争战的勇气了，也就更没有什么斗争、抗议和抗战的行为。即便连屈原这样的爱国主义大诗人，其诗作也只能是忧愁哀怨之音，更多芳菲凄恻之音，而反抗挑战之语却终难出现。屈原尚且如此，更何况其他的人呢。这样的状况一直延续了几千年的时间，真是令人悲叹。当历史进入五四时期，终于改变了沉默和静寂的局面，有识之士和先进的人们开始发出了心中的怨气，爆发了胸中淤积很久的怒吼。为了挽救国家和民族的危亡，也是为了更好地生存，于是他们敢做敢为敢当，开始了战斗的步伐。正如鲁迅所说："沉默呵，沉默呵！不在沉默中爆发，就在沉默中灭亡。""真的猛士，敢于直面惨淡的人生，敢于正视淋漓的鲜血。"[15]这其实就是鲁迅发出的战斗的誓言。

在光明的新社会里，似乎不需要战斗，似乎更不需要战斗的精神了，其实这是一种误解。这里所说的战斗并不是战场上的战斗，而是指在文化领域和意识形态领域里对坏人坏事坏现象的斗争。历史告诉我们，无论什么样的社会，都有坏的东西，即便是新社会，也有坏人坏事坏现象。对此，我们视而不见，听而不闻吗？我们等闲视之，听之任之吗？当然不能。关于文学的战斗性，鲁迅发表很多精辟的意见。他说："至于富有反抗性，蕴有力量的民族，因为叫苦没用，他便觉悟起来，由哀音而变为怒吼。怒吼的文学一出现，反抗就快到了；他们已经很愤怒，所以与革命爆发时代接近的文学每每带有愤怒之音；他要反抗，他要复仇。"[16]"何况在风沙扑面，狼虎成群的时候，谁还有这许多闲工夫，来赏玩琥珀扇坠，翡翠戒指呢。他们即使要悦目，所要的也是耸立于风沙中的大建筑，要坚固而伟大，不必怎么精；即使要满意，所要的也是匕首和投枪，要锋利而切实，用不着什么雅。"所以他自觉担负起"挣扎和战斗"的任务，坚决反对"靠着低诉或微吟，将粗犷的人心，磨得渐渐的平滑"的"小摆设"。他希望"有不平，有讽刺，有攻击，有破坏"。[17]况且是处在阶级社会中，必然要进行阶级的斗争。正如他说："生在有阶级的社会里而要做超阶级的作家，生在战斗的时代而要离开战斗而独立，生在现在而要做给与将来的作品，这样的人，实在也是一个心造的幻影，在现实世界上是没有的。要做这样的人，恰如用自己的手拔着头发，要离开地球一样"。[18]又说："现在是多么迫切的时候，作者的任务，是在对于有害的事物，立即给予反响或抗争，是感应的神经，是攻守的手足。潜心于他的鸿篇巨制，为未来的文化设想，固然是很好的，但为现在抗争，却也正是为现在和未来战斗的作者，因为失掉了现在，也就没有了未来。"[19]"我们应该看现代的兴国史，现代新国的历史，这里面所指示的是战叫，是活路，不是亡国奴的悲叹和号咷！"[20]鲁迅曾热情地称赞中国脊梁式的人物，说："他们有确信，不自欺；他们在前仆后继的战斗，不过一面总在被摧残，被抹杀，消灭于黑暗中，不能为大家所知道罢了。"[21]鲁迅也为中国的希望而欣喜，说："中国经了许多战士的精神和血肉的培养，却的确长出了一点先前所没有的幸福的花果来。也还有逐渐生长的希望。"[22]说到战斗的目的，鲁迅说："人固然应该生存，但为的是进化；也不妨受苦，但为的是解除将来的一切苦；更应该战斗，但为的是改革。"[23]鲁迅关于文学战斗精神的阐述，无疑使人认清了文学战斗的意义。

鲁迅生活的社会是黑暗浑浊的，是混乱无序的，是乌烟瘴气的。在这样的社会里，要生活得有骨气有志气，有人的色彩，有人的气象，恐怕就得要"含着挣扎和战斗"，而且也"只用得着挣扎和战斗"。[24]所以他认为叶紫的《丰收》"是对于压迫者的答复：文学是战斗的！"[25]鲁迅终其一生都在战斗，用他那支坚毅的笔进行战斗。鲁迅的诸多作品，小说也罢，杂文也罢，尤其是他的《野草》更是发出的"战叫"的响声，是对黑暗势力进行的决绝、勇猛而悲苦的战斗。至于他的新诗，也一样是在作奋勇的斗争。其中感人至深的就是《梦》。《梦》列举和描述了各种乌七八糟的梦的荒唐的表演，对它们的丑陋不堪而滑稽可笑的面目嘴脸进行了一次极好的照相，对它们深入骨髓的阴暗怪异的心理本质进行一次很好的画像，将它们那披在表面的面纱和所做的痴心妄想的美梦撕得粉碎。各种五花八门、五颜六色的梦其实就是各种丑恶势力的象征，喻示着当时中国政坛上各种势力的挤兑、倾轧、排斥和明争暗斗。他们都想成为当时社会的主宰，但都是居心叵测，不怀好意。他们做着丑恶的美梦，但又最终破灭。他们一个一个都是虎豹豺狼，在进行狗咬狗的争斗，真是前门驱虎，后门进狼，恰如鲁迅所说"狐狸方去穴，桃偶已登场"[26]，弄得中国社会更加黑暗混乱。对此，作者在诗中安排了一个"明白的梦"与之对峙，进行着针锋相对的斗争。"明白的梦"无情地揭出敌对势力的心怀鬼胎，直接地指出敌对势力的可悲下场，这让人真是痛快淋漓，大快人心。当然，鲁迅通过文学作品所进行的斗争以至于战斗，完全是为了社会的改革和将来的美好，其良苦用心是可想而知、显而易见的。

五、"立人"精神的对接

在奴隶社会里，人是不成其为人的，只能做着犹如牛马一样的任人摆布任人宰割的奴隶，在几千年的封建社会里，人还是不能成为真正的人，人心很古，精神迟钝，保守落后，愚昧麻木，正如鲁迅所认为的那样：中国整个封建社会无非只是"想做奴隶而不得的时代"和"暂时做稳了奴隶的时代"，这样两个时代伴随始终。在这样的时代里，人是没有尊严，没有性格，没有个性的，只能是奴隶一样地活着。皇帝和上级主宰和支配着一切，官员是皇帝的奴隶，下级是上级的奴隶，民众是官员的奴隶，但一切都是皇帝的奴隶。官员也只是暂时做稳了皇帝的奴隶，因为说不定哪一天会身败名裂，民众梦想跻身于官场想做皇帝的奴隶还没有机会。如果遇到太平盛世，也算暂时做稳了奴隶，如果遇到战乱时候，那就真的想做奴隶而不得了。可见整个封建社会就是一个奴隶的时代。对此，鲁迅是深恶痛绝又痛心疾首的。所以他要努力创造"中国历史上未曾有过的第三样时代"，[27] 也就是真正具有人的尊严和人的意志的时代，具有人的价格和人的地位的时代。

鲁迅对人的要求是很高很全面的，他不仅要求人应该有尊严，有个性，有意志，有地位，还应该勇猛刚健，敢拼敢闯，敢于奋勇前行，敢于承担责任，还要富有牺牲精神和建设精神。一个健全的社会是由健全的人构成的，人的健康活跃向上意味着社会的健康活跃向上，人的素质如何关系到社会的情状如何，人在社会发展中起着关键性的作用。所以鲁迅对人自身的素质十分看重，他的关于人的诸多话语既在提醒，也在激励，既在鼓励，也在鞭策。他说：要像"贮着力量的小狮子一样，刚强勇猛，舍了我，踏到人生上去就是了。""前途很远，也很暗。然而不要怕。不怕的人的面前才有路。"[28] "世上如果还有真要活下去的人们，就先该敢说，敢笑，敢哭，敢怒，敢骂，敢打，在这可诅咒的地方击退了可诅咒的时代！"[29] "人类总有些为他人牺牲自己的精神"，"自己背着因袭的重担，肩住了黑暗的闸门，放他们到宽阔光明的地方去；此后幸福的度日，合理的做人。"[30] 对于中国先进的人们，鲁迅曾说："中国从古以来，就有埋头苦干的人，有拚命硬干的人，有为民请命的人，有舍身求法的人"，"这就是中国的脊梁"。[31] 正是有了这些奋勇而坚强的人，中国社会才赖以生存和发展。当然，中国社会的许多方面还必须进行革命，而革命不是目的，只是一种手段，"革命当然有破坏，然而更需要建设"[32]，建设是革命的最终目的，只有建设才能使社会更好地生存和发展。鲁迅关于人的方面的论述，对唤醒人的自觉和激励人的奋进，把人从麻木愚昧和各种羁绊中解救出来，无疑有着重大意义。

鲁迅新诗从某种角度上说，正是通过文学的形式做着"立人"的工作。仔细研读鲁迅的每一首新诗，总觉得鲁迅的每一首新诗都可从"人"的角度进行审视和剖析。鲁迅的 6 首新诗从不同的层面说明了人应该做什么和应该怎么做。这不仅对处于黑暗时代的人们是一个重要的警醒，也是对后来的人们的一种重要的激励和鞭策。当然，鲁迅所做的立人的工作只是一个基础性工作，但又是一个非常重要的基础性工作。有了这个基础性工作，后来的人们便乘势更进一步做好这个工作。事实也正是如此。还是看看鲁迅新诗本身吧。《梦》中所写的"明白的梦"毅然指出各种乌黑的梦的黑暗本质，无疑提示人们要敢于揭露和批判，不能让黑暗势力随心所欲，更不能对丑恶事物听之任之，要通过揭露和批判使之消亡。《桃花》写桃花因嫉妒而生气，因狭隘自私而排斥，教育人们要心胸宽广，大度开怀，洒脱包容，理解体谅，要容得下自己，也容得下别人。《爱之神》通过爱神发射神箭而中箭之人却茫然无措的事实描写，激发人们要有自觉的爱情意识和追求爱情的自觉行为，方能赢得美丽而宝贵的爱情。《人与时》写"时"对三人错误思想的揭批，教导人们要勇敢面对人生，正确面对现实，执著追求明天，只有这样，才是美好的出路。《他们的花园》写小娃子不惜千辛万苦偷摘百合花拿回家里却又遭到破坏的事实，告诉人们新生事物在陈旧事物面前总要受到阻碍和曲折，但人们要更新自我，还得要主动借鉴拿来，融化新知。《他》写一个觉醒之人执著追求理想的自觉行为，意为只有追求才是应走的人生之路，只有执著追求才能开辟美好的人生方向和美好的人生前景。在这些诗中，其中心形象都是有尊严，有个性，有独到的思想和行为。由此可以看出，鲁迅新诗的确从不同的角度和层面做着"立人"的工作。其实，鲁迅一生都在做着这样的工作，为树立人，为树立堂堂正正的中国人而煞费苦心，这无疑为中国人的进一步觉悟、觉醒和解放奠定了基础，其精神可嘉，又可钦可佩。

观览中国的当代诗歌，不能不说没有取得相当大的成就，但仔细想来，又觉得有很多不足。新中国成立后的十七年诗歌虽然产生了不少佳作，也注重了现实，但更多的是歌功颂德、粉饰太平、夸大其辞的诗作；文革中的诗歌似乎也有浓重的现实成分，但却是逢迎吹捧阿谀之作满天飞，极不真实；新时期的诗歌特别是朦胧诗终于出现了崭新的面貌，既有现实的深情抒写，又有历史的沉重回顾，能给人深沉的思索和寻味。后来先锋派诗歌或新生代诗歌走上了反传统、反崇高、反高雅、反正义、反现实的道路，他们不关注现实，不关心民众，不关切社会与民生，也不管诗歌的社会效果和教育意义，他们任意妄为，想当然地自由写作，写出来的诗作太过俚俗，言辞用语俗不可耐，明明粗糙之极，粗鄙不堪，却偏偏沾沾自喜，自鸣得意。

中国今天确实有不知天高地厚的所谓诗人，他们否定一切，自视高超，随心所欲，肆意妄为，以为自己担任了急先锋的任务，自己的诗作就是战斗的武器，然而诗作其实就是随意调侃和亵渎，并没有值得赏鉴的闪光的东西。对此，鲁迅早就做出过批评。鲁迅说："以为诗人或文学家高于一切人，他底工作比一切工作都高贵，也是不正确的观念。"[33]"先前的有些所谓文艺家，本未尝没有半意识的或无意识的觉得自身的溃败，于是就自欺欺人的用种种美名来掩饰，曰高逸，曰放达（用新式话来说就是'颓废'），画的是裸女，静物，死，写的是花月，圣地，失眠，酒，女人。"[34]"好的文艺作品，向来多是不受别人命令，不顾利害，自然而然地从心中流露的东西"[35]"我只是说，战斗的作者应该注重于'论争'；倘在诗人，则因为情不可遏而愤怒，而笑骂，自然也无不可。但必须止于嘲笑，止于热骂，而且要'喜笑怒骂，皆成文章'，使敌人因此受伤或致死，而自己并无卑劣的行为，观者也不以为污秽，这才是战斗的作者的本领。"[36]弗雷德里克·詹姆逊在《后现代主义，或后期资本主义的文化逻辑》中说："当你把自己个人的主体性构成一种自足的领域和一种自身封闭的范畴时，你也因此使自己脱离了其它一切事物，宣告了自己无声无息的单体的孤独。"作家陈村在《作家的味道》里说得好："年轻时很不把伟人放在眼里，心想哪天写作，要是水平在托尔斯泰之下，立即愧死。好多年过去了，吃了点生活的苦头，也以写作自居了。不知是读书的长进还是脸皮增厚，反正没愧死。……自知当不成托尔斯泰，比过去心平气和多了。每个时代需要许多作家，而传给后世的只是极少几个。今天的伟人和大师，明天也许无人知晓。……所以首要的问题不是当托尔斯泰，而是不当文化垃圾，'造垃圾于后代'是说不过去的，他们自己的垃圾已经够他们受的。"这些话语真是说到了某种诗人的痛处，道出了某种诗人的丑陋的本质。

　　所以，鲁迅新诗虽然那么久远了，但其诗歌精神却是永不磨灭的。从现在某种不好的诗歌现象看，要真正消除不良现象，发扬诗歌应有的精神，我觉得还是可以从鲁迅新诗中获得有益的启示，当代诗歌创作完全可以与鲁迅新诗精神相对接。

注释

[1]《坟·摩罗诗力说》，《鲁迅全集》，西藏人民出版社，1998年，第35页。

[2]《且介亭杂文二集·叶紫作〈丰收〉序》，《鲁迅全集》，西藏人民出版社，1998年，第947页。

[3]别林斯基《论俄国中篇小说》，《中外格言》，重庆出版社，1982年，

第 271 页。

[4]《二心集·对于左翼作家联盟的意见》,《鲁迅全集》,西藏人民出版社,1998 年,第 589 页。

[5]《且介亭杂文末编附集·论现在我们的文学运动》,《鲁迅全集》,西藏人民出版社,1998 年,第 1060 页。

[6]《别林斯基全集》第六卷,《中外格言》,重庆出版社,1982 年,第 271 页。

[7]郭沫若《诗歌底制作》,《郭沫若全集》(第 19 卷),人民文学出版社,1990 年,第 404 页。

[8]老舍《谈讽刺》,《阅读与写作》,天津教育出版社,1996 年,第 431—432 页。

[9]《且介亭杂文二集·什么是"讽刺?"》,《鲁迅全集》,西藏人民出版社,1998 年,第 978、979 页。

[10]《热风·随感录六十一 "不满"》,《鲁迅全集》,西藏人民出版社,1998 年,第 107 页。

[11]《热风·随感录六十二 恨恨而死》,《鲁迅全集》,西藏人民出版社,1998 年,第 108 页。

[12]《华盖集·忽然想到(五至六)》,《鲁迅全集》,西藏人民出版社,1998 年,第 376 页。

[13]武德运《鲁迅谈话辑录》,北京图书馆出版社,1998 年,第 167 页。

[14]《华盖集续编·学界的三魂》,《鲁迅全集》,西藏人民出版社,1998 年,第 422 页。

[15]《华盖集续编·记念刘和珍君》,《鲁迅全集》,西藏人民出版社,1998 年,第 440、441 页。

[16]《而已集·革命时代的文学》,《鲁迅全集》,西藏人民出版社,1998 年,第 474 页。

[17]《南腔北调集·小品文的危机》,《鲁迅全集》,西藏人民出版社,1998 年,第 694 页。

[18]《南腔北调集·论"第三种人"》,《鲁迅全集》,西藏人民出版社,1998 年,第 655 页。

[19]《且介亭杂文·序言》,《鲁迅全集》,西藏人民出版社,1998 年,第 882 页。

[20]《集外集拾遗补编·"日本研究"之外》,《鲁迅全集》光盘版,北

京银冠电子出版有限公司。

[21]《且介亭杂文·中国人失掉自信力了吗》，《鲁迅全集》，西藏人民出版社，1998年，第914页。

[22]《而已集·黄花节的杂感》，《鲁迅全集》，西藏人民出版社，1998年，第471页。

[23]《花边文学·论秦理斋夫人事》，《鲁迅全集》，西藏人民出版社，1998年，第852页。

[24]《南腔北调集·小品文的危机》，《鲁迅全集》，西藏人民出版社，1998年，第695、694页。

[25]《且介亭杂文二集·叶紫作〈丰收〉序》，《鲁迅全集》，西藏人民出版社，1998年，第948页。

[26]《哀范君三章》，《鲁迅诗歌选》，四川人民出版社，1980年，第15页。

[27]《坟·灯下漫笔》，《鲁迅全集》，西藏人民出版社，1998年，第66、67页。

[28]《热风·随感录六十三"与幼者"》，《鲁迅全集》，西藏人民出版社，1998年，第108页。

[29]《华盖集·忽然想到（五至六)》，《鲁迅全集》，西藏人民出版社，1998年，第376页。

[30]《坟·我们现在怎样做父亲》，《鲁迅全集》，西藏人民出版社，1998年，第44页。

[31]《且介亭杂文·中国人失掉自信力了吗》，《鲁迅全集》，西藏人民出版社，1998年，第914页。

[32][33]《二心集·对于左翼作家联盟的意见》，《鲁迅全集》，西藏人民出版社，1998年，第589页。

[34]《二心集·"民族主义文学"的任务和运命》，《鲁迅全集》，西藏人民出版社，1998年，第613页。

[35]《而已集·革命时代的文学》，《鲁迅全集》，西藏人民出版社，1998年，第473页。

[36]《南腔北调集·辱骂和恐吓决不是战斗》，《鲁迅全集》，西藏人民出版社，1998年，第659页。

简析鲁迅《我的失恋》的形象色彩与艺术内蕴

作为中国新文学的奠基者和开拓者，鲁迅是当之无愧的。他的作品不仅以格式的特别与表现的深切而引起巨大反响，而且题材领域及反映社会生活的主题也非常广泛。凡是当时社会所显露出来的痼疾弊病都毫不保留地加以文字抒写，表明自己积极而明确的倾向与观念，甚至对当时在恋爱中的流弊也涉笔成文成诗，表明自己正确而坚定的立场、态度和主张。

一般人认为鲁迅先生那样严肃、冷峻而深沉，怎能与情爱有缘，自然不会触及婚恋题材。殊不知这是大错特错。其实对于有良知有社会责任感的作家，题材是不受限制的。无论什么题材，只要能够从中反映出深刻的社会问题，有利于世道人心，促进社会的发展方向，就坚决果断地诉诸文字，以此引起大家的注意，加以反省和自新。鲁迅正是有高度责任感的作家。他于1924年10月3日以诗歌的形式写成《我的失恋》，1925年10月21日以小说的形式写成《伤逝》，在一年前后就写了两篇反映爱情主题的作品，确也表现出鲁迅对人类生活的组成部分——爱情、婚姻和家庭——的高度关注。因为这些方面出现问题，不仅仅是个人问题，也是社会问题，也是造成社会不稳定不和谐的重要因素，也是造成个人与社会双重悲剧的表现形式。

特别是《我的失恋》，由于是以诗歌的形式写成的，所以就显得极为含蓄而蕴藉，不是一眼就能看出其中的真义和深义，而是需要反复品读、揣摩、体味，才能鉴赏出其中的本真含意，才能发现深藏其中的奥秘。

一、鲜明生动的形象色彩

诗歌离不开形象，诗歌是以形象歌唱生活的。一旦没有了形象，也就失去了诗歌的本性与本味。所以形象是诗歌赖以生存的基本条件，是诗歌意蕴表达的基本要素，也是诗歌生命组成的基本元素。诗歌形象有抒情主人公形象、景物形象和人物形象。抒情主人公形象即诗人自己是隐藏在诗歌文本的后面，是一个站在幕后作出评判的隐形形象。景物形象最为常见，是一般诗人表情达意的基本手段，写起来也较为容易。人物形象比较少见，由于涉及到人物塑造，增加诗歌创作的难度，因而不是那么容易把握的，不是手段高明的诗人是不能选择的。《我的失恋》所体现的自然是人物形象，就是诗歌中的"我"。由此表明鲁迅在诗中刻画形象的高妙。那么这个"我"究竟是个什么样的形象？

1. 执著追求的形象

读罢《我的失恋》，让人自然想到《诗经》中《国风·秦风》里的《蒹葭》。在这篇爱情诗中，描写了抒情主人公对恋人深情怀念和执著追恋的动人情景。无论在不同的时节，"伊人"在水中不同的地方，但诗人都不怕道路艰险，漫长而曲折，也要决心把她追寻，足见诗人的痴心与执著。《我的失恋》中，一个执著追求者的形象同样显现着。你看，"我的所爱"在山腰、闹市、河滨、豪家等不同的地方，虽然受到很多条件的限制，有着诸多的不便，但"我"还是一心想要把她追求，可见"我"追求的执著。试想，如果没有执著追求的心理驱动，恐怕在一个地方受阻，就会偃旗息鼓，止步不前了，也明知困难重重，怎么样追求，还是徒劳无益，又何须到另外的地方再次追求呢？然而"我"却并没有停止脚步，而是痴心不改、矢志不渝地追求自己的所爱。无论山腰还是闹市，无论河滨还是豪家，"我"总是追求着，不管遭遇多少艰难险阻，也在所不惜。看来，"我"并不在意追求的美好结果，而着意于追求的过程和追求行为的本身。就像《过客》中过客只知道也只管一直往前走，而丝毫不管源于何处又归于何处一样。而"我"也同样有着勇往直前的精神，同样有着执著追求的气魄、行为和过程，哪怕高山大川还是河流平地，哪怕纷纭闹市还是富豪之宅，尽管有着难以预料的艰辛困苦，也还是要坚定而执著地追求。不论来去何方与何处，只要处于生命运行的过程中，那么也就体现着生命的闪光与人生的价值。他们已经超凡脱俗，超越滚滚红尘，超脱种种世俗，将人的心灵与精神上升到非常纯净的程度和极其理性的高度。这不是常人所能想象和理解的，这是一种难得而可贵的人生境界。这种追求者的形象真是动心感人，叫人感怀万千，感佩不已。

2. 用心真诚的形象

任何虚伪的东西都是人们极端厌恶和反对的，文艺作品中更需要真心真情真意。文艺作品本是以真实的事实现象的抒写和真实的思想感情的抒发来实现感染人熏陶人启迪人的功能，只有抒写真的人情事理的艺术品才能达到这一根本目的，否则就失去文艺作品应有的功效。"真实是艺术的生命。离开了真实，也就谈不上作品的思想性和艺术性。"[1]《我的失恋》中"我"除了追求的执著外，还明显表现出对恋人的用心真诚。首先表现在限于各方面条件无法追求到心爱之人而可望不可即时，"我"是流泪伤感叹息的，这表明态度之恳切，感情之真切。其次是当爱人"从此翻脸不理我"，"我"便产生严重的情绪波动与紊乱，从而表明为真情的付出却得不到理解而生发的无可奈何的心态，因为用情太真太深，伤得最重。尤其是当爱人赠送百蝶巾、双燕图、金表索、玫瑰花时，"我"来而有往，决不怠慢，用心良苦，真心对待，及时回赠猫头鹰、冰糖壶卢、发汗药、赤练蛇。虽然爱人的礼品显得华美珍贵，而"我"的礼品显得平常一般，爱人的礼物显得光耀可喜，而"我"的礼物显得晦涩可怕，但是对"我"来说，这些赠品毕竟是自己心爱的东西，"我"能拿来相赠，足见"我"的真诚，毫无虚情假意之造作，没有丝毫的捉弄与戏耍，更没有丝毫的亵渎与玷污。那种调笑与戏弄的行为是为人不齿的，而"我"是严肃认真的，只因条件的局限，我只能拿出这些东西，而且是倾其所有，尽其所能，以表"我"对所爱之人的真情回应。其实有了这种用心真诚的行为，也就足够了，至于对方能否理解却是另一回事。鲁迅至交好友许寿裳在《鲁迅的游戏文章》里说："阅读者多以为信口胡诌，觉得有趣而已；殊不知猫头鹰是他自己钟爱的，冰糖壶卢是爱吃的，发汗药是常用的，赤练蛇也是爱看的。还是一本正经，没有什么做作。"一般人是舍不得至少不轻易将自己喜好的东西赠人的，即便自己的恋人，而"我"却果决快捷地拿出自己多年喜爱的东西回赠爱人，难道还不足以表达真诚的情感吗？从以上对"我"回赠爱人礼物的用意剖析中，可以看出，"我"是一个用心多么真诚的形象。关于文艺的真实性，清代诗论家叶燮说："诗是心声，不可违心而出，亦不能违心而出。……其心如日月，其诗如日月之光，随其光之所至，即日月见焉。故每诗以人见，人又以诗见。使其人其诗不然，勉强造作，而为欺人欺世之语，能欺一人一时，决不能欺天下后世。"[2]鲁迅也曾多次阐明自己的主张，他说：诗要"舒两间之真美"[3]。不管写的什么题材内容，"都要真的神往的心，否则一样是空洞。"[4]"因为真实，所以也有力。"[5]只要有颗真切的心，也就真实而有力量。这从《我的失恋》的形象分析中已经得到证明。

3. 非情所困的形象

爱情本是圣洁的花朵，是人人都想拥抱和拥有的，但如果沉迷其中而执迷不悟，就会使人精神萎靡，意志消沉，给人带来莫大的悲哀。因此我们渴望爱情渴求爱情，但千万不要为爱情所困。因为我们虽然需要爱情的滋养与丰富，却绝不可能生活在爱情里。爱情只是生活的一部分，决不是生活的全部。有了这种基本看法，就不应该在爱情的旋涡中产生茫然无际的困惑，而是以奋发进取的精神面貌去面对生活的各种情景，迎接美好的明天和光辉的未来。《我的失恋》中"我"就是一个不为情爱所困的形象。"我"有着强烈的爱情想望和追求，也有着对爱情执著追求的行为举动，但当他遭到对方的冷淡和拒绝的时候，虽然不免有些希望的失意和心理的失落，也产生心灵的震颤，但并不为此过分感伤、忧愁、苦闷与彷徨，而是从爱情的忧伤中猛然清醒过来，奋然振作起来，凛然站立起来。我的赠物表面看来的确不能与之对称和匹配，却毕竟也是我的爱物，但你"从此翻脸不理我"，你是那样的不理解，你是那样的不融洽，你是那样的不同心，说明我们有着思想与情感的巨大距离，不可能风雨同舟，同船共渡，更不可能"十年修得同船渡，百年修得共枕眠"，那么我又何必纠缠于你，迷恋于你，痴心于你。还是放手作罢，另谋追求。所以最后"由他去罢"这种斩钉截铁的话语便毫不犹豫，不加思索，脱口而出。"我"的态度是爱要坚决地爱，但决不困惑自己，伤害自己。如果你不爱我，那么我也决不爱你，更不必留恋以至流连忘返。可见"我"对爱情是拿得起，放得下的。这种不被情爱所困，决不陷入爱情困境的事实，的确给人以启迪与深思。然而世间又有多少人对爱情却是拿得起而放不下，于是造成几多痴男怨女，悲欢离合。他们迷恋爱情，痴情爱情，陶醉爱情，忠于爱情，这本是很好的，但遗憾的是不能正确认识爱情，感知爱情，领悟爱情，对待爱情，所以很容易沉醉其中而不能自拔，弄得自己无精打采，萎靡不振，怨天尤人，伤痕累累。为此，我们从《我的失恋》中"我"这个形象的品读中，难道没有揣摩到"我"对爱情的正确态度和原则吗？

4. 胸怀宽广的形象

从心理学得知，一个心胸狭隘的人遇到事情的时候，自然不会头脑清醒，保持平静，充满理智，冷静对待，而是郁郁寡欢，突生闷气，胡乱猜测，悲观失望，这也就是"抑郁质"气质类型的人的情态表现，就像林黛玉那样遇事便愁眉苦脸，疑神疑鬼，悲伤哀怨，唉声叹气。如果这样，它到底给人带来什么。我看只能使自己的情绪更加低落，使自己的情感活动日趋微弱，情感发生日趋迟缓，情感表现日渐模糊，情感反应日渐迟钝，对自己的行为没有信心，对自己的前途没有希望，由此更加加重沉重的心理负担。这种心理气质显然是不可取的。《我的失恋》中"我"恰是一个胸怀宽广的形象。请看，"我"的那句"由他去罢"说得多么轻松自如，多么洒脱自然，多么若无其事。从这句看似随口而出的言语中透射出他那开阔的心胸、坦荡的襟怀、豁达的心理、不凡的气度。当然"我"也不是一开始就是如此，并不是突然性地说出这样的话语，而是有一个思考与孕育的过程。如果一发现对方不爱自己就马上以此言语开解自己，安慰自己，那就使人物显得未免太单一，太没有丰富性和立体感了。而"我"在经过了因对方对自己的不喜欢不理睬而一度"心惊"、"胡涂"、"神经衰弱"的过程后，才毅然说出这样快哉爽朗的话语，这就使人物形象显得血肉饱满，真实可信，避免了单调与平直。从人的心理角度看，"我"真是一个襟怀坦白、心地坦荡、开怀放达、大人大量、大度宽容的人。按理，所爱之人那样对"我"，多少也是一个伤害，一般人是很难很快解脱的，但"我"却很快排解，很快开朗，很快释然，也能理解，而且不必计较也不须计较，的确难能可贵。当所爱之人不爱你时，又有什么办法呢。难道非得愁苦不堪，要死要活，发泄一通，方能解开心结？殊不知，这只能是"抽刀断水水更流，举杯销愁愁更愁"，"知我者谓我心忧，不知我者谓我何求"。受到创伤并不要紧，关键在于能否平衡自己的心态，调整自己的心理坐标。我们应该从中学会自我开释、自我开怀、自我洒脱、自我豁达、自我调节的心理疗法，也是舒畅心情、过好生活、快意人生的重要方法。

二、丰富深邃的艺术内蕴

没有艺术内蕴的诗歌算不上真正的诗歌，没有丰富深刻的艺术内蕴的诗歌算不上绝好的诗歌。那种明白晓畅的诗自有它的作用，那种明快爽朗的诗也自有它的妙用，而那种婉转含蓄蕴藉的诗更是美妙无穷，韵味无限，令人揣摩玩味，极富吸引力。这种极具深意深味的诗才是真正富有诗艺的好诗。这种诗才真正体现出诗人的创作力和读者的鉴赏力。这种诗才经得起时间的考验而具有流传不衰的生命力。《我的失恋》之所以初看起来不大明白，甚至有种不知所云之感，就在于其意蕴隐藏得太深，让人不易发觉。但经过反复咀嚼与品味，方才恍然大悟，豁然开朗，深感其中奥妙无穷与丰深无比的含意。这时便不得不佩服诗人诗笔的巧妙与高超。

1. 内在气质的对比突现

《我的失恋》是一首"拟古的新打油诗"，这是此诗副题已经标明的。此诗是模仿汉代张衡《四愁诗》的结构形式来写的，但两首诗中所写"我"赠送的爱情信物却是迥然不同，也由此表明两首诗在思想气质上的差异悬殊。张衡《四愁诗》中美人赠送的是金错刀、琴琅玕、貂襜褕、锦绣段，而

"我"意想回报的是与之相应的英琼瑶、双玉盘、明月珠、青玉案。这显然是对应的礼物互赠，都显示出明亮的色彩。然而"我"却无力实现美好愿望，因而忧心烦劳、惆怅踟蹰、叹惋哀伤。《我的失恋》中爱人赠送的是百蝶巾、双燕图、金表索、玫瑰花，这四样赠品皆是精美的爱情礼物，都充满亮丽的色彩，而"我"回赠的却是猫头鹰、冰糖壶卢、发汗药、赤练蛇，这四样东西确乎充满黯淡色调，有些粗俗不堪，甚至给人可怕感。表面看来双方所赠也不是对等的，但作为"我"来说，是尽力拿出自己的爱物，可见"我"的真心。一般人会认为先生只是随意选择四种俗物，搞恶作剧，但鲁迅的学生和老友孙伏园说过，先生私下亲口告诉他说"他实在喜欢这四样东西"，以此表明"我"的严肃认真。从文学形象的角度看，恰恰因为双方赠送的礼物形成极大的反差，才表明双方心理与气质的巨大差异，才突出"我"决不迎合对方的内在气质，才充分显现着"我"这个不同凡响的人物形象。也只有这样，才使二者构成强烈的对比关系，具有强烈的讽刺效果。否则，诗歌就失去了引动人心的亮点和看点。因此，此诗通过恋人双方赠送截然相反的礼物而显示出的内在气质的对比，充分揭示出爱情不是迎合、不是随顺、不是依从、不是讨好、不是谄媚的深刻道理。真正的爱情应该是潇洒的、自由的、自然的、保持人格的、保持自我的，是贯穿独立精神、个性精神、和谐精神、人文精神和人本精神的载体。所以，《我的失恋》也恰是颂扬这种精神的符合人们要求与愿望的优秀诗作。

2. 个性精神的大胆彰显

生活中人们对那种没有性格或者性格模糊的人是不屑一顾甚至嗤之以鼻的，而对那种性格鲜明甚至个性突出的人常常投以相当赞赏的目光，甚或口耳相传，称赞有加。这是由于人的高度觉醒、人性的普遍复苏和"立人"的普遍要求使然。人类社会毕竟发展到了现代，人要作为人的意识终于复活了。于是，人们对"人"的本质认识和本质意义也就有了清醒的自觉，那种为人奴隶的心理与观念已随着时代的行进而逐渐淡化，渐渐消失，而要求作为真正意义上的独立人的呼声日渐增强，并成为一个时代的主潮，这也是二十世纪一十年代至二十年代的时代情势，同时也是那些走出家庭、背离家庭、走向广阔社会生活的叛逆者、寻路者和追梦者的基本背景形势，这从中又充分体现出他们做人的独立精神和个性精神。《我的失恋》正照射和辉映着这种精神。诗中"我"明知求爱之艰难，山腰太高，闹市又拥挤，想到河滨，水深难行，想到豪家，没有汽车，可说是阻力重重，重重阻力，但还是偏要把她追寻，不依不靠，不怨不悔，这无疑是一种独立精神的表现，更是一种个性精神的彰显。尤其引人注目的就是"我"敢于不去赠送与爱人相对应的礼物，而且反而大相径庭。爱人送"我"百蝶巾、双燕图、金表索、玫瑰花，"我"偏要送与猫头鹰、冰糖壶卢、发汗药、赤练蛇，这真是"反其道而行之"，意气十足，个性凛然。"我"为什么要赠送这四样不合时尚的东西。虽然这是诗人的四样爱物，但作为爱情信物赠送爱人到底还是有失雅意。鲁迅在《写在〈坟〉后面》中这样说道："我有时也想就此驱除旁人，到那时还不唾弃我的，即使是枭蛇鬼怪，也是我的朋友，这才真是我的朋友。"[6] 在 1927 年 1 月 11 日给许广平的信中又写道："我对于名声，地位，什么都不要，只要枭蛇鬼怪够了，对于这样的，我就叫作'朋友'。"[7] 由此可以看出，诗中的"我"其实就是诗人的化身，是代表着作者进行行动的，是受作者个性精神鼓动和支配的。鲁迅之所以独爱枭蛇鬼怪，对不合时尚的所谓异物情有独钟，无非就是这些东西真实而不虚伪，对人与社会与自然都是有益的，又是经常或伴随身边或极为欣赏的，以此赠送爱人，既是对意中人能否理解、能否心意相通的考验，更是足见自己的真诚与个性。当然，这种个性精神的彰显，虽是快意人心，却不是有着精神境界的人所能理解与认可的，也无法认知和赞同，但不管怎么说，这种个性精神的彰显总是折射出诗人人本精神的呼唤和一个时代应有的走向。

3. 社会现象的深刻批评

鲁迅决不是个平和主义者，他坚决反对"中正平和"、"中庸之道"，这是他作为激进主义者和现实主义者的一贯立场和态度。也正因为如此，他的作品才具有革故鼎新的现代性意义，他对于现代文化的产生和发展才具有根本性作用，他本人才具有值得推崇和学习的品质。所以，他的作品离不开对时代趋向的思考，对现实生活的揭示，对社会现象的批评。这是他一生自觉努力完成的任务，也是他以此致力于改变社会、改良人生的方向。《我的失恋》正是对当时盛行的爱情主义的极好批评和讽刺。许寿裳在《鲁迅的游戏文章》里说："这诗挖苦当时那些'阿唷！我活不了，失了主宰了！'之类的失恋诗的盛行"。关于这首诗歌的创作，鲁迅本人并没有作直接的内涵揭示，只是作了写作背景的简单交代。他说："因为那稿子不过是三段打油诗，题作《我的失恋》，是看见当时'阿呀阿唷，我要死了'之类的失恋诗盛行，故意做一首用'由她去罢'收场的东西，开开玩笑的。这诗后来又添了一段，登在《语丝》上，再后来就收在《野草》中。"[8] "因为讽刺当时盛行的失恋诗，作《我的失恋》"[9]。这虽是简言几句，却还是给我们以深入理解和剖析此诗的契机和根据。在上个世纪二十年代初期，本是时代革命浪潮的冲击之际，正是时代青年感应革命的神经之机，但是当时有些青年不是积极投身于方兴未艾的人民革命斗争的洪流，而是沉溺于个人恋爱的狭小天地。他们把情爱看得重于一切，把恋爱看得至高无上，似乎失恋就失去了生命，就没有生存的必要；一旦失恋，他们就大作"阿呀阿唷，我要死了"之类的无聊的失恋诗。针对这种现象，作为始终奋发进取的鲁迅，是不会等闲视之，袖手旁观的。为了使一些青年头脑清醒，唤醒意志，端正态度，激励斗志，为了讽刺这种无聊的失恋诗的盛行，鲁迅"故意做一首用'由她去罢'收场的东西，开开玩笑"，并给予严肃的讥刺，应该说这是文学反映现实的必然表现，也是鲁迅以文学为武器针砭现实，对社会现象进行批评的必然手段。这首诗不但辛辣地讽刺了当时流行的失恋诗，而且还形象委婉地教育了青年：爱情不是强扭的瓜，不是强求的果，爱情是建立在共同志趣的基础上，门第不同，生活不同，立场观点各异，思想感情两样，怎能相互产生感情呢？这也是对当时流行的或则以地位、财富为条件，或则"一见钟情"的恋爱观所作的批评与讽刺。因而鲁迅以这首诗对社会现象进行的批评无疑有着非常积极而深刻的意义。

4. 人生观念的诗意表达

人生是丰富多彩的，人生的内容和目的是多种多样的。爱情虽是人生的一个可贵的内容，但不是唯一的内容，更不是人生的终极目的。爱情虽是五彩斑斓，耀眼夺目，但更多的只是身在局外的美丽的艺术想象，一旦身入其中，处理不好，就会成为负担和累赘，就会成为让人忧愁和苦恼的可怕物。况且人的一生还有很多的事情要做，不应纠缠于一次性的爱情，更不能在一棵爱情树上吊死。除了爱情追求外，人生还有很多东西需要追求，理想与事业，成才与成功，前途与生活，明天与未来，这些都是我们人生必须追求的东西。作为积极进取、境界开阔、目光远大的人，为何不放下包袱，迈开脚步，奋勇前行呢？如果我们有了这些认识，也就能够开阔心胸，放松心情，姿态朗然，集中精力，追求更加高远的人生。对此，《我的失恋》给我们以形象而明确的解答，也给我们以深刻的思索和启示。失恋之后怎么办？是继续沉溺于缠绵悱恻的恋爱纠葛之中，永不清醒，贻误一生，还是尽快地斩断温情脉脉、牵肠挂肚的情丝，开始新的更有意义的生活？这是每个失恋者都必须回答的问题。鲁迅用"由她去罢"一句作结，已经给了我们确切的答案。这看似简单的一句话，却蕴涵着丰深的道理。一是抒写自己坦荡而爽朗的心情；二是表明自己已经解脱也必须解脱；三是完全否定了那种"爱情至高无上"的观念。在《彷徨·伤逝》中就批评过"爱情至上主义者"，他说："只为了爱，——盲目的爱，——而将别的人生的要义全盘疏忽了。""人必生活着，爱才有所附丽。"这说得非常明确，由此指明了对爱情以及失恋之后所应取的态度，就是不要为了单纯的爱而把人生的其他意义都忘却了。别林斯基曾说："如果我们生活的全部目的仅在于我们个人的幸福，而我们个人的幸福又仅仅在于一个爱情，那么生活就会变成一片遍布荒茔枯冢和破碎心灵的真正阴暗的荒原，变成一座可怕的地狱。"[10]这也无疑给我们以很好的警戒。可见《我的失恋》不仅给那些哼着"阿呀阿唷，我要死了"的失恋诗与失恋者以辛辣的讽刺，而且重在于表达了一种严肃的人生观念和高远的人生理想。鲁迅曾在《集外集·序言》中说："我更不喜欢徐志摩那样的诗。"其根源恐怕就在于徐志摩的诗更多缠绵忧伤的抒情小调，更多"小我"之情趣，而缺乏人生之境界，太少"大我"之精神。鲁迅将此诗收入《野草》中，也就在于它高昂的格调、艰难的求索、深重的忧虑、个性的精神、现实的批判、人生的思考、观念的表达等，都与《野草》其他作品步调一致，内涵相同。

（本文发表于《淮海工学院学报》社会科学版 2011 年第 24 期）

注释

[1] 周扬《继往开来，繁荣社会主义新时期的文艺》，《文艺报》，1979年 11、12 期合刊，第 16 页。

[2] 叶燮《原诗》卷三，张耀辉编《文学名言录》，湖南文艺出版社，1986 年，第 144 页。

[3]《坟·摩罗诗力说》，《鲁迅全集》（一），中国人事出版社，2005 年，第 20 页。

[4]《集外集拾遗·〈十二个〉后记》，《鲁迅全集》（二），中国人事出版社，2005 年，第 652 页。

[5]《漫谈"漫画"》，《鲁迅论文学与艺术》，人民文学出版社，1980 年，第 805 页。

[6]《坟·写在〈坟〉后面》，《鲁迅全集》（一），中国人事出版社，2005 年，第 92 页。

[7]《两地书·一一二》，《鲁迅全集》（二），中国人事出版社，2005 年，第 525 页。

[8]《三闲集·我和〈语丝〉的始终》，《鲁迅全集》（二），中国人事出版社，2005 年，第 615 页。

[9]《二心集·〈野草〉英文译本序》，《鲁迅全集》，西藏人民出版社，1998 年，第 626 页。

[10]《人生珍言录》，地质出版社，1983 年，第 90 页。

鲁迅《而已集·题辞》的讽刺意味与战斗色彩

　　鲁迅在 1928 年 10 月编辑 1927 年所作杂文集《而已集》时所写的《题辞》，无疑是一首新诗。而《题辞》本身也不是在编完《而已集》时现写的，而是作者在 1926 年 10 月 14 日夜里编完《华盖集续编》后写在末尾的八句话，在编完《而已集》后顺便取来作为 1927 年杂感集的题辞。作者为什么对《而已集》没有另外单独题辞，却偏要摘取早已写成的现成的诗语作为序言呢？这恐怕与《题辞》的讽刺意味与战斗色彩有着紧密的关联。

　　鲁迅写作《而已集》的时候所处的时代社会，虽然不是满清王朝末期的黑暗的封建社会，而且辛亥革命已经过去了 17 年了，五四运动也已经过去 7 年多了，但正如鲁迅针对辛亥革命所说："知县大老爷还是原官，不过改称了什么，而且举人老爷也做了什么……带兵的也还是先前的老把总。"[1] 这就说明辛亥革命并没有改变中国社会的实际状况和本质特征，只不过是一种换汤不换药的表象的改观而已。在针对五四革命运动处于低潮时说道："后来《新青年》的团体散掉了，有的高升，有的退隐，有的前进，我又经验了一回同一战阵中的伙伴还是会这么变化"，[2] 后来又针对革命运动说："在行进时，也时时有人退伍，有人落荒，有人颓唐，有人叛变"。[3] 这就说明像五四那样的革命运动也只是一时的激进与热闹，之后革命人士在渐渐分化，整个中国的社会现状在本质上还是没有更新更好的变化。鲁迅还说：在那时的革命活动与过程中，"见过辛亥革命，见过二次革命，见过袁世凯称帝，张勋复辟，看来看去，就看得怀疑起来，于是失望，颓唐得很。"[4] 之后又是段祺瑞政府的反动统治，新旧军阀的混战，再后来就是国民党的反动统治，真是弄得国家混乱不堪，民不聊生。1926 年发生了"三·一八"惨案，反动派枪杀了许多青年学生，鲁迅认为这是"民国以来最黑暗的一天"[5]，1927 年发生了"四·一二"反革命事变，刽子手们更是大肆屠杀了大批革命进步人士。也就是说那时的社会仍然是黑暗的社会。鲁迅虽然"依然在沙漠中走来走去"，但又"怀疑于自己的失望",还是怀着"绝望之为虚妄,正与希望相同"的念想,[6]继续鼓起提笔写作的勇气和力量。因为鲁迅说过:"真的猛士,敢于直面惨淡的人生,敢于正视淋漓的鲜血。""沉默呵,沉默呵!不在沉默中爆发,就在沉默中灭亡。"[7]显然鲁迅不愿沉默,要做真正的猛士,要在沉默中爆发,所以鲁迅拿起战斗的笔墨,要向敌人进行猛烈的开火。

《而已集》写于1927年,这一年是大革命彻底失败的一年,国民党发动了"四·一二"反革命事变,大肆屠杀共产党人、革命群众和进步人士,造成了中国社会的极端黑暗和恐怖。面对反动军阀的血腥杀戮,残酷至极,灭绝人性,鲁迅既愤恨不已,又无能为力,只有写出战斗的文章进行无情的揭露和批判。《题辞》本是写在《华盖集续编》后面的话,可见鲁迅写作《而已集》的社会情势跟写作《华盖集续编》是一样的,都是那样的黑暗、恐怖、凶残、险恶。而鲁迅编定好《而已集》后实在气闷愤怒之极也无话可说了,还说什么呢?鉴于《题辞》所写的内容和抒发的情绪正与《而已集》相吻合,也正是对《而已集》的高度概括和集中表达,相当于现在电视剧的片头主题曲,所以就顺便拿来作为《而已集》的题辞了。

现在来看《而已集·题辞》的文本。整首诗八句话分三节,每节用空行隔开。前两句为一节:"这半年来我又看见了许多血和许多泪,/然而我只有杂感而已。"这一节直接说明作者再次所看见的社会惨象,面对许多的血与泪,作者深感无能为力,只有写作似乎不起作用的杂感而已。中间四句为一节:"泪揩了,血消了;/屠伯们逍遥复逍遥,/用钢刀的,用软刀的。/然而我只有'杂感'而已。"这一节指出了敌人的逍遥法外,揭露了敌人的凶残和阴险,面对敌人的狠毒和狡诈,作者更是无能为力,还是只有似乎不起作用的杂感而已。最后两句为一节:"连'杂感'也被'放进了应该去的地方'时,/我于是只有'而已'而已!"这一节是说连杂感也不准许写的时候,作者也就只好搁笔罢了。三节的每一节的最后都有"而已"的字样,反复运用,而且最后是两个"而已"叠加起来,连续反复,意味着不管怎样都只有叹息而又叹息,也只能叹息而又叹息,甚至还是深重的叹息。作者如此反复叹息,说明当时的社会情势是多么的凶险。

在如此简短的诗歌描述中,作者通过直接陈述的方法深刻揭露了社会的何等黑暗和丑恶,讽刺了敌人的何等阴险和狡诈,批判了敌人的何等毒辣和凶狠。整首诗的情绪是极端愤恨的,思想是相当进步的。整首诗的格调是愤激高扬的。虽然其中有着反复的哀叹,但哀叹之中有着隐藏不住的愤怒与爆发。特别是中间三句:"泪揩了,血消了;/屠伯们逍遥复逍遥,/用钢刀的,用软刀的。"作者以无法掩饰的怒斥，撕下了敌人的面纱，将笔锋直刺敌人的心脏，揭批了敌人的严重罪行，使敌人的丑恶面目暴露在光天化日之下。这三句也是全诗揭露性质最明的，讽刺意味最强的，批判力度最大的，战斗色彩最亮的。如果是胆小怕事的软骨头，恐怕早就躲进看不见的角落里，如果没有以身涉险和敢犯禁忌的态度，是不可能有如此辛辣的讽刺和严厉的批判的。可见鲁迅的战斗精神是多么的鲜明无比，又是多么的可歌可泣。

诗中的抒情主人公形象刚健、清新、诚实、伟岸，那种浩然正气，那种凛然骨气，那种可贵精神，正是鲁迅形象的鲜活的写真，让人不禁为鲁迅而称赞而钦佩。鲁迅就是这样，每当敌人肆无忌惮施以暴行的时候，都要站在前面冲锋陷阵。他绝不会哑口无言，绝不会沉默下去，绝不会躲藏逃避，而是宁折不弯，宁死不屈，大义凛然，用刀一样的笔墨文字，向着敌人刺杀过去，即便自己身负重伤，也要爆发与抗争。这恐怕就是鲁迅令人敬佩的战斗精神的表现吧。

从上述简要分析中，可知《而已集·题辞》有着鲜明的讽刺意味与战斗色彩。在鲁迅新诗中，这首诗其批判力度是很大的，讽刺意味是浓厚的，战斗色彩是显明的。马克思曾经指出："批判并不是理性的激情，而是激情的理性"，"它的主要情感是愤怒，主要工作是揭露。"鲁迅正是如此，他将愤怒的激情化为理性的批判，他将愤怒的情感化为深刻的揭露。所以他的工作能够得到人们的赞赏和欢迎。

其实，讽刺是为了战斗，是战斗的形式与手段，战斗需要讽刺作为媒介，需要讽刺加以表现与实现。当然，讽刺的对象不是无中生有，不是凭空捏造，而是实际发生的值得讽刺的事实。鲁迅说："所谓讽刺作品，大抵倒是写实。非写实决不能成为所谓'讽刺'。"[8]"一个作者，用了精炼的，或者简直有些夸张的笔墨——但自然也必须是艺术地——写出或一群人的或一面的真实来，这被写的一群人，就称这作品为'讽刺'。""'讽刺'的生命是真实；不必是曾有的实事，但必须是会有的实情。……它所写的事情是公然的，也是常见的，平时是谁都不以为奇的，而且自然是谁都毫不注意的。不过这事情在那时却已经是不合理，可笑，可鄙，甚而至于可恶。……现在给它特别一提，就动人。"这样就使讽刺对象暴露无遗，原形败露，"失了自己的尊严"。而且作者"有意的偏要提出这等事，而且加以精炼，甚至于夸张，却确是'讽刺'的本领。"也不要认为平常的事情不值得讽刺，其实"在或一时代的社会里，事情越平常，就越普遍，也就愈合于作讽刺。"更何况《而已集·题辞》中所写的事情并不是平常的事情，而是发生的震惊中外的大事，就更应该加以揭露、讽刺与批判。自然讽刺的目的并不是专门揭批别人，使人难堪。讽刺作者"却常常是善意的"，讽刺的目的只不过是"在希望他们改善"，[9]并非别有用心，居心叵测。至于讽刺之后能否发生好的作用，这是难以预测的，但只要作者尽了自己作为作者的责任，也就心地坦然，问心无愧了，同时总能发生一点"改善"的作用吧。我想鲁迅也是这样想的吧。

总之，《而已集·题辞》的讽刺意味与战斗色彩激励着人们的反抗意志和斗争精神，因为它告诉人们：在面对坏人坏事甚至敌人的时候，千万不要沉默不语，而要发出抗战的声音。只有如此，才有改变社会的可能，也才有更好生存的出路。

注释

[1]《呐喊·阿Q正传》，《鲁迅全集》，西藏人民出版社，1998年，第166页。

[2][4][6]《南腔北调集·〈自选集〉自序》，《鲁迅全集》，西藏人民出版社，1998年，第660、659页。

[3]《二心集·非革命的急进革命论者》，《鲁迅全集》，西藏人民出版社，1998年，第587页。

[5]《华盖集续编·无花的蔷薇之二》，《鲁迅全集》，西藏人民出版社，1998年，第437页。

[7]《华盖集续编·记念刘和珍君》，《鲁迅全集》，西藏人民出版社，1998年，第440、441页。

[8]《且介亭杂文二集·论讽刺》，《鲁迅全集》，西藏人民出版社，1998年，第964页。

[9]《且介亭杂文二集·什么是"讽刺?"》，《鲁迅全集》，西藏人民出版社，1998年，第978、979页。

论鲁迅歌谣体诗歌的讽刺性与战斗性

　　"讽刺"在中国文学中有着几千年的历史，每当历史进程进入到一个特别的时代或时期与阶段，便有大量的讽刺作品应运而生，从中揭示出社会生活里违背人意的丑恶现象，照见出社会人们要求进步的内在心曲，反映出社会历史发展的基本走向。

　　什么是讽刺？讽刺就是用文学艺术手法对不良的或愚蠢的或丑陋的或丑恶的行为进行揭露和批评。鲁迅说："一个作者，用了精炼的，或者简直有些夸张的笔墨——但自然也必须是艺术地——写出或一群人的或一面的真实来，这被写的一群人，就称这作品为'讽刺'。""'讽刺'的生命是真实；不必是曾有的实事，但必须是会有的实情。……它所写的事情是公然的，也是常见的，平时是谁都不以为奇的，而且自然是谁都毫不注意的。不过这事情在那时却已经是不合理，可笑，可鄙，甚而至于可恶。……现在给它特别一提，就动人。"[1]这样就使讽刺对象暴露在光天化日之下，"失了自己的尊严"[2]。人们总是希望社会生活的美好，而社会生活总不全是灿烂的阳光、鲜艳的花朵，总有一些污垢尘埃，总有一些浊流阴霾，如果不加以深刻揭示与批评，那么社会生活就难以清净和美，不利于人类的生存与生活。因此有良心的作家和诗人就"有意的偏要提出这等事，而且加以精炼，甚至于夸张，却确是'讽刺'的本领。"也不要认为平常的事情不值得讽刺，其实"在或一时代的社会里，事情越平常，就越普遍，也就愈合于作讽刺。"[3]自然讽刺的目的并不是专门揭人短处和疮疤，而是"在希望他们改善"[4]，最终希望社会的进步和生活的美好。这种看似跟人过不去的揭短实则大大激励着人们改过自新，促进了人类社会的更加向前。鲁迅既是如此理论的，又以自己的作品作了切实而有力的印证。他1931年12月11日发表在通俗刊物《十字街头》第1期上的《好东西歌》，同时发表在同一刊物的《公民科歌》，同年12月25日发表在同一刊物第2期上的《南京民谣》和1932年1月5日发表在同一刊物第

3 期上的《"言词争执"歌》,（这些诗歌后编入《集外集拾遗》）,就是为着一个崇高的目的而创作的很有讽刺性和战斗性的诗歌。

讽刺最明显的表现形式莫过于民歌民谣,或以民歌民谣的形式和曲调写成的诗作。无论《诗经》中那些揭露和讽刺统治阶级荒淫无耻的罪行的民歌,还是元曲中那些嘲讽并讥刺贪官污吏之丑恶行径的民谣,都在一定程度上通过讽刺的文字深刻映现出现实生活的黑暗,表达了普通百姓美好生活的意愿,推动了社会历史的进一步向前发展,同时也都表明作者对社会现实的极大关注。但历史前进的脚步总是那样的缓慢,就因为在前进的过程中总是遭受这样那样污泥浊水的阻挡,这就更需要富有社会责任感的作家诗人们用手中的笔触加以揭发与暴露,让那些阻碍社会进步的污秽之物没有藏身之地,从而促使社会生活的变化与更新。当历史发展行进到现代社会,作为奋然前行、密切关注现实、极具社会责任感的鲁迅,是不可能对那些社会丑恶现象听之任之的,是不可能让那些阻碍社会发展的跳梁小丑、魑魅魍魉从眼前溜掉,而是以手中战斗的笔加以揭露和批判,以歌谣式诗篇进行辛辣而犀利的讽刺和战斗。鲁迅的《好东西歌》、《公民科歌》、《南京民谣》和《"言词争执"歌》,就是揭露丑恶、鞭挞黑暗、勇猛战斗的诗歌力作。现在重读这些诗作,深感其意味深长,发人深思,促人猛醒。尤其是鲁迅歌谣体诗歌那深刻的讽刺性与战斗性,给人留下难以忘怀的印象和记忆,牵引着人们不由自主地探索蕴含其中的奥秘。

那么,鲁迅的歌谣体诗歌到底书写了什么样的讽刺内容? 表达了什么样的讽刺主题? 呈现出什么样的讽刺特色? 又如何体现出深刻的讽刺性和战斗性? 以及这种讽刺性和战斗性到底有着怎样的审美特性和社会意义?

鲁迅不愧是冲锋陷阵的战士,英勇革命的歌者。每当时代发生新的变化或出现新的情况时,他总是站在革命的前沿阵地,率先以战士的情怀和歌者的敏锐,吹奏出惊醒人心的嘹亮乐章和警醒世人的战斗号角。五四时期他以短篇小说《狂人日记》打响了反对封建主义和封建礼教的第一枪,揭示出封建"吃人"的罪恶,其意义重大而深远,也早有定评。事隔十二年后的三十年代初,当人们还没有完全看清国民党当局内在实质的时候,他就以一双雪亮的眼睛观看到了国民党当局的闹剧、丑剧和喜剧所体现出的丑恶本质,于是以四首歌谣体的诗歌加以披露、揭露和讽刺,让人们头脑清醒,不被国民党的表面文章所迷惑,认识到这种执政党暗含的危机和必然存在的危险性,从而使自己睁大明亮的眼睛,警惕当局的欺骗性、背叛性和反动性,防止反动势力向革命人民和进步人士的猖狂进攻。

这四首歌谣体诗歌——《好东西歌》、《公民科歌》、《南京民谣》和《"言词争执"歌》，所写的都是当时实实在在的实事，所反映的都是当时活生生的实情，然而经过诗人的艺术集中，将其展示出来，就让人感到格外惊诧，真是不看不知道，一看吓一跳，原来自诩为民为公为天下的国民党当局却是如此卑劣的行径，如此丑恶的表演，实在让人寒心和失望。对于这样的腐败政府，人民群众又怎能心怀友善良好的情感？又怎能寄托国富民强的希望？又怎能期望应有的亲和力、感召力和创造力？

《好东西歌》写了国民党两派在第四次全国代表大会上吵吵闹闹的丑剧。1931 年日本帝国主义悍然发动"9·18"事变，妄图将中国变为它的殖民地。面对国难当头的危局，国民党却奉行"不抵抗主义"，不思抗争与还击，反而加紧实行对革命根据地的反革命军事"围剿"，同时又紧锣密鼓地进行其内部的派系斗争，明争暗斗，各自排挤，相互倾轧。而且又别有用心地利用形势，打着"抗日"的旗号，耍弄政客手腕，捞取政治资本。"南京派"的蒋介石曾向积极要求抗日的学生表示，愿意做个岳飞式的人物，只是因为后方有秦桧式的民族败类（暗指广东的汪精卫、胡汉民等人）。"广东派"则反唇相讥，嘲笑蒋介石不过是个假岳飞。于是两派唇枪舌剑，互不相让，怒气冲天，争吵不休，弄得大会乌烟瘴气，一片混乱。他们尽管勾心斗角，但实质上都是出卖民族利益、榨取人民血汗的元凶。所以他们上演了一场吵吵嚷嚷的闹剧之后，又很快聚首一堂，共享安乐了。真是滑稽透顶，可笑之极。本诗正是写出了国民党两派在第四次全国代表大会上的闹剧和丑剧，以示世人，识破嘴脸。

《公民科歌》写了反动军阀何键在国民党第四次全国代表大会上玩弄教育的政治把戏。他在大会上提议要在中小学课程中增设公民科，说什么用以保持民族的固有道德，拯救已经沉溺的人心。这个以血腥屠杀革命人民而著称的刽子手，居然一夜之间热衷于教育，真是让人奇怪而十分费解。追其根源，原来不过是对民众实行驯化以便有利于进行反动统治的手段而已。当时国民党反动派在对革命根据地进行军事围剿的同时，又妄图在思想文化领域内进行反革命的文化围剿。所以"何键将军捏刀管教育"，就是他秉承独夫民贼蒋介石的旨意，在军事、文化两条战线上进行反革命围剿的具体行动。鲁迅用代编"公民科"教科书的方式，揭示了所谓"公民科"乃是腐朽的"孔孟之道"与反动的法西斯主义在半封建半殖民地的中国相结合所产生的畸形儿。由此暴露了国民党反对统治的极其腐朽。

《南京民谣》写了国民党党国政要参拜中山陵的虚伪与丑态。国民党"宁派"和"粤派"在四届一中全会上经过激烈的讨价还价后终于宣告成立了闹嚷一时的"统一政府",而后那些国民党要员去拜谒孙中山先生陵墓,其惺惺作态,丑陋之极。去参加"谒灵"仪式的党国政要、头面人物,表面上装束仪态威严整肃,道貌岸然,"正经"之态可掬。然而盛装礼服之下却是他们的强盗嘴脸,虔诚恭谨之中却是他们的强盗心肝。他们"谒灵"是假,争权夺利是真。他们企图极力装出一副正人君子的"正经"相,却无奈自持不住,掩饰不了,反而露出强盗本相。他们表面一本正经,实则心怀鬼胎,诡计多端,肮脏卑鄙,是十足的"满口仁义道德,一肚子男盗女娼"的伪君子。他们打着"尊崇"孙中山先生的招牌,只是为了掩人耳目,实际上早已背叛了孙中山先生的事业。这帮在孙中山先生灵前装着正经的强盗们,骨子里正酝酿着新的狗咬狗的斗争。他们正是中国战乱不息、民不聊生的祸根。鲁迅洞察入微,正是看到这一点,深知国民党各派之间表面的和解,掩盖着更加剧烈的倾轧和争斗,便借"党国要员"们开会期间去中山陵"谒灵"这件事,写成民谣对他们进行辛辣的揭露和讽刺。

《"言词争执"歌》写了国民党宁、粤两派在四届一中全会上争吵不已的滑稽而丑陋的表演。当时,由于国民党反动政府采取不抵抗政策,致使日本侵略者在9·18事变之后不到三个月时间便占领我国东北全境。全会上"粤方委员"以此指责南京政府,南京方面的吴稚晖立即跳起来痛骂对方"放屁",并说"国内有卖国贼,此贼即在眼前",由此影射粤方的亲日派汪精卫之流。会场顿时闹得不可开交。随后粤方的孙科一气之下离会出走,国民党要人赶忙劝驾。这位"皇太子"是两派议定的将要出任政府"行政院长"的重要角色,他的出走显然非同小可。诗中通过"要人"们劝慰孙科的"体己话",巧妙而形象地揭露了宁、粤两派原本是一丘之貉,都是货真价实的卖国贼。所谓"一同赴国难"不过是用以骗人的幌子而已。诗中还揭示了孙科"圣驾"被劝回后,国民党内部依然各怀鬼胎,存在着重重矛盾,表明"统一"政府根本无"统一"可言。诗人对此尖锐地诘问:堂堂"中华民国老是没头脑",那些党国要员们争来争去,小民百姓可就受苦了。诗人最后模拟吴稚晖的语气,点明所谓"言词争执",确实是"放屁放屁放狗屁,/真真岂有之此理。"这次全会上明明是相互指责谩骂,明争暗斗,闹得乌烟瘴气,但是他们对外偏偏只说发生了"言词争执"。鲁迅正是看到了他们妄图掩饰自己的丑态,便写下这首民歌体的政治讽刺诗,撕开了"言词争执"这块遮羞布,让读者看到了一幅活灵活现的"群丑图"。

国民党内部就是这样的派系纷争,四分五裂,阳奉阴违,矛盾重重。他们表面上说着动听的言辞，喊着漂亮的口号，打着正确的旗号，而实际上却尽是干着不可告人的勾当，他们竟然为一己私利而争吵不断，闹嚷不止，是一群地地道道的势利之徒和跳梁小丑。他们虽然勾心斗角，但为了遮掩自己的丑行而道貌岸然，伪装正经，却是惊人的相似，在反人民、反革命、反民主和卖国获利的恶德败行上却是完全的一致。对此，鲁迅曾形象地描绘道："忽而误会消失了，忽而杯酒言欢了，忽而共同御侮了，忽而立誓报国了，忽而……。不消说，忽而自然不免又打起来了。"[5]后来毛泽东更是一针见血地指出："这不过是大狗小狗饱狗饿狗之间的特别有趣的争斗"[6]罢了。鲁迅这四首民谣体诗歌，通过对所谓党国要员丑陋表演的绘声绘色的描摹，简直成了一个党国内部群丑的画像。从他们那不得人心的可笑的言行中，看到了他们那可耻而又可怕的灵魂，也预示着如此党国将要面临摇摇欲坠的命运。

这几首歌谣体诗歌很明显是具有深刻的讽刺性和战斗性的特色，并以一种巧妙而自然的手法体现出这种特色。1. 如实描述，集中精炼。从上述的讽刺内容看，诗歌所写都是国民党内部真实发生的事实，诗人只是在真实的基础上进行了如实描述而已。当然进入艺术之中免不了艺术的概括与提炼，使之高度集中与精炼，成为具有形象化与表现力的艺术品。《好东西歌》写国民党两派高官们骂来骂去，内讧激烈，互不相让，各有理由，"说得自己蜜样甜"，结果"相骂声中失土地，/相骂声中捐铜钱，/失了土地捐过钱，/喊声骂声也寂然。"到最后双方谁都知道不是真心爱国，而是虚情假意，只好发表声明，冰释前嫌，"大家都是好东西，/终于聚首一堂来吸雪茄烟。"这真是绝妙的讽刺。鲁迅认为讽刺就在于艺术地写出真实的东西，他在这里并没有夸大或缩小，只是将实际情形集中描述一番，就将国民党假爱国真卖国的本质揭示出来，从而实现讽刺和战斗的目的。既然大家都是好东西，为什么还要相互叫骂呢？其答案不言自明。既然不是好东西，骂来骂去又有什么作用呢？又有什么改变呢？这种现象上是好东西，本质上并不是好东西，只需指点出来，其讽刺效果也就自然显现出来。2. 揭示矛盾，指出对立。人有时往往有着一种虚伪的面孔，外表俨然庄严与华赡，内里却是轻佻与丑恶。作为讽刺对象，诗人只要指出表里不一、内外相悖的实质，揭开堂皇的面纱，点破隐藏的鬼魅，就露出讽刺对象的本相，也就自然体现出强烈的讽刺效果。《南京民谣》就是如此。"大家去谒灵"，多么庄重，多么威严，然而"强盗装正经"，又多么虚假，多么阴险。"静默十分钟"，多么认真，多么肃穆，然而"各自想拳经"，又多么伪善，多么诡怪。诗人正是指出了内外矛盾对立的关系和虚假心理，将国民党要员惺惺作态的面纱撕得粉碎。从而巧妙地指出

"谒灵"的虚伪性，揭露了这种伪装的把戏。这真是一种不露痕迹的讽刺和战斗。3. "笑"的艺术。前苏联著名讽刺诗人马尔夏克说："笑，是一种很有力的力量。"[7]笑的产生，就在于诗人具体生动而形象地描画出讽刺对象的滑稽表演，尖锐地不留情面地指出了如车尔尼雪夫斯基所说"被冒充为有内容和真实的外衣所掩饰了的空虚与无聊"[8]，辛辣地无情地解剖出丑陋事物的表与里、口与心、言与行、形式与内容、现象与本质之间的矛盾与对立，让人忍俊不禁，从而充分发挥"笑"的艺术性。鲁迅所写的这四首民谣体诗歌可说都是引人发笑的，因为它们都写出了讽刺对象那一系列矛盾得十分可笑的怪异表演。《好东西歌》里大会与烽烟、捐钱与赚钱、相骂与聚首的对立关系；《公民科歌》里"要能受"、"要磕头"、"莫讲爱"、"要听话"的险恶用心；《南京民谣》里的貌似正经、口是心非、阳奉阴违；《"言词争执"歌》里的"放屁放屁"、"嘻嘻嘻"、"夹屁追"、"恭迎圣驾"等。这些表演简直丑态百出，洋相出尽，难道还不令人好笑吗？这些小丑表面是人，背后是鬼，表面说人话，背后要诡计，难道还不叫人耻笑吗？真是当局者恬不知耻，旁观者忍不住笑。4. 夸张色彩。夸张是讽刺的基本手法，可以使讽刺形象塑造得更加活灵活现。它抓住被讽刺事物最突出、最本质的特征，借助想象，进行高度集中的点染与描绘，使讽刺形象露出马脚，现出原形。它不求形同，但求神似，只要显露出讽刺对象的真实用意即可。它虽然表面有些夸大，但却更深刻地表现出原有事物的本质特征，正所谓"遗其形似，反得神韵"。《公民科歌》里写道："蛮如猪猡力如牛"就能受得了，杀了能吃，瘟死熬油，这就是"要能受"的意思；"先拜何大人，后拜孔阿丘，/拜得不好就砍头，/砍头之际莫讨命，/要命便是反革命"，这就是"先要磕头"的含意；"自由结婚放洋屁，/最好是做第十第廿姨太太"，这就是"莫讲爱"的本意；"大人怎说你怎做"，唯大人是从，这就是"要听话"的目的。这些描绘真是形神毕肖，逼真传神。虽事实上不大可能，但实质上正是如此。似乎唯其如此，方才将讽刺对象的丑恶本质揭露得入木三分，发人深省，提高警惕。5. 归谬之法。归谬法就是引申法，就是假设讽刺对象的谬论是正确的，但按照他的逻辑加以引申，却得出一个更明显、更荒谬的结论。讽刺对象的谬论一旦引申下去，往往站不住脚，经不住推敲，其荒谬与错误暴露无遗，使其无法掩藏十分丑陋的面目，达到不打自招的讽刺效果。像《公民科歌》里写何大人要人受得了，推敲起来就是要受得了他的鸟气；要先磕头，推敲起来就是要先向他磕头；不要爱，一引申才是他想娶很多姨太太；要听话，一引申原来才是一切对他唯命是从。这样通过引申，就使何大人提倡所谓公民科的反动本质原形毕露，无处藏身。6、以言写形。语言是人的心理外化，是人的心灵的真实写照，是人的内心世界折射出来的意识反映，并同时表现在人的外在形态上，有什么样的语言就有什么样的外在形态，有什么样的话语就有什么样的表情神态。正所谓言为心声，言如其人，那种富有个性化的语言往往叫人闻其言而知其人。像《"言词争执"歌》里摹写到"吴老头子""放屁放屁来相嚷"，"有的叫道对对对，/有的吹了嗤嗤嗤"，"皇太子""一声不响出'新京'"，"许多要人"忙相劝，"恭迎圣驾请重回"，"理论和实际，/全都括括叫，/点点小龙头，/又上火车道"。这简直把讽刺对象的外在形貌、情态和神态写得惟妙惟肖，如在目前。通过对人物的言语进行描摹，人物的口吻、形态和状貌活生生地展现在读者眼前，起到如闻其声、如见其形、如见其人的功效。如此也就自然实现对讽刺对象进行讽刺和战斗的意图。

鲁迅的确不愧是笔墨文字的高手，不愧是诗歌创作的行家。不管写什么样的文章，他都能以逼真传神的描绘吸引读者的心，以艺术而深切地揭示事物的本质来启发人们的思考。哪怕是几首民谣体诗歌，他也能做到内容与艺术的高度结合，将现实的状况与未来的忧虑凝聚起来，供人们去深入的思索与探求。他善于抓住事物的本质特征进行高度集中和传神描摹，恰当而自然地使用最能传达人物和事物内在神髓的表现方法，由此达到讽刺和战斗的目的。这已从这几首歌谣体诗歌的本身实际而真切地显现出来了。

鲁迅所写的这几首民谣体诗歌，从美学的形态看，无疑是喜剧的表现形式，也正由于此，才具有强烈的讽刺性和战斗性特色。马克思在《黑格尔法哲学批判》中说过这么一段话："一切历史形态的最后阶段，就是它的喜剧。……历史进程为何？为了人类愉快地与自己的过去相诀别。"[9]鲁迅说：喜剧是"将那无价值的撕破给人看"[10]。这几首诗都写出了国民党反动派奸人小丑的滑稽表演和人面兽心的肮脏灵魂，都写出了党国要人那蒙在冠冕堂皇上面的虚伪面纱，都写出了"不合理，可笑，可鄙，甚而至于可恶"的事实现象。这正符合喜剧抒写的基本内容。古罗马诗人尤维纳利斯说过："愤怒出诗人。"鲁迅正是出于对丑恶现象愤怒的心情，才以民谣体的诗歌形式写出这样具有深刻揶揄意义的喜剧，无非最终达到战斗的目的。这也正说明这几首充满喜剧色彩的诗是鲁迅有意撕破那毫无价值的东西，将它展示在人的面前，为了人们从中看出社会生活的黑暗与污浊，为了人们以此谋划明天应该是怎样的出路，为了人类愉快地与自己的过去诀别。

喜剧的艺术特征是"寓庄于谐"。"庄"是指喜剧体现了深刻的社会内容和主题思想，显得严肃与庄重；"谐"是指思想内容体现出谐谑幽默的表现形式，显得诙谐可笑。喜剧中的"庄"与"谐"是辩证统一的关系，没有高深的主题精神，喜剧就失去了灵魂，如果没有诙谐可笑的形式，喜剧也就不能成为真正的喜剧。司马迁在《史记·滑稽列传》中讲优旃"善为言笑，然合于大道"，刘勰在《文心雕龙》中提出"谐辞隐言"，李渔在《笠翁偶集》中提到"于嬉笑诙谐中包含绝大文章"，卓别林也说："既勾出眼泪，又引起笑声"。显然，喜剧的目的并不是完全在于笑和为了笑，而是让人们通过笑的形式得到反躬自省，完成思考与批评的艺术过程。这都说明喜剧庄严的思想内容与有趣的表现形式两相结合的特性。由此对照鲁迅这几首歌谣体诗歌，我们分明看到其中的庄与谐，看到在忍俊不禁的外在形式包裹之下潜藏着的令人肃穆与深思的思想特质和精神内涵。透过这几首歌谣体诗歌，让我们在笑话国民党政要那一系列荒唐、丑陋、卑鄙的表演的同时，不得不发出党国如此不堪的深沉感叹，不得不发出民族陷入深重灾难的痛苦感慨，不得不产生明天将在何方、未来又在哪里的疑问，为国家与民族的前途而深深忧虑，为老百姓饱受生活的磨难而痛心疾首。这种慨叹、疑问、忧虑和痛心又自然引发出对国民党反动派无比愤怒、切齿痛恨的深刻情怀和坚决批判、英勇抗击的斗争精神。

高尔基曾说："艺术也描绘庸俗的东西和粗野的东西，为的是嘲笑这些东西，消灭这些东西，而且在这样做的时候，是把优美的东西和庸俗的东西并列在一起，把高尚的东西和卑下的东西并列在一起，把柔和的东西和粗野的东西并列在一起。"鲁迅虽然在这里主要是揭示与暴露、讽刺与嘲笑、批判与战斗，但其根本目的正是在于追求优美与柔和、高尚与美好、理想与崇高。他深知一切优良而和美的东西是不会从天上掉下来的，是不会自动出现在人们面前的，尤其是在腐败政府当政的时期和黑暗势力肆虐的时代，所以他是怀着满腔愤恨，用火与血的笔触，以揭露和批判的笔调进行着诗篇抒写的，也是以这种方式进行着一场批判现实、寄托明天、期望未来的战斗。

鲁迅这几首歌谣体诗歌其实就是用民歌和民谣形式写成的讽刺诗。这几首讽刺诗可谓揭露黑暗，触目惊心，指陈时弊，不留情面，促进社会，意义深远。它通过揭开一个党国的黑幕，让人们看清了国民党政府的真面目，让世人擦亮曾经蒙蔽的眼睛，再睁开雪亮的眼睛，提高警惕，防止反动派继续伪装、迷惑与欺骗，然后将希望寄托在当时进步的人士和真正革命的党派身上。这恐怕就是诗歌尤其是讽刺诗的震撼力吧。正如马雅科夫斯基所说："歌，就是力量，就是战斗的号角，就是人们思想的火花。""诗歌是炸弹和旗帜"。鲁迅这几首歌谣体讽刺诗恰好体现出诗歌独特的特性，发挥了诗歌特有的威力。它既是进攻敌人的炮火，又是引领人们方向的旗帜，又是吹响时代前进的号角。

一个期盼社会向前的作家，一个冀望时代前行的诗人，他决不可能写什么闲适幽默的小品，这种无关痛痒和麻痹心志的小品文是需要匕首和投枪的社会所不需要的，是需要枪炮和炸弹的时代所不欢迎的。鲁迅曾不无气愤地说："何况在风沙扑面，狼虎成群的时候，谁还有这许多闲工夫，来赏玩琥珀扇坠，翡翠戒指呢。他们即使要悦目，所要的也是耸立在风沙中的大建筑，要坚固而伟大，不必怎么精；即使要满意，所要的也是匕首和投枪，要锋利而切实，用不着什么雅。"所以他自觉担负起"挣扎和战斗"的任务，坚决反对"靠着低诉或微吟，将粗犷的人心，磨得渐渐的平滑"的"小摆设"。他希望"有不平，有讽刺，有攻击，有破坏"[11]，方能从根本上促使社会的进步和时代的发展。他又说："选取有意义之点，指示出来，使那意义格外分明，扩大，那是正确的批评家的任务。"[12]鲁迅既是如此说的，也是如此做的。他这几首歌谣体讽刺诗正是射向国民党反动派的子弹，使之栗栗危惧，不敢放肆，同时又是一颗投向敌人的炸弹，在成群的虎狼鬼怪中炸响，使之原形毕露，无处躲藏，的确尽了正派诗人的责任，完成了正确批评家的任务。

从鲁迅这几首歌谣体讽刺诗的本质内容看，的确既向人们指出国民党冠冕堂皇背后的事实真相，又对反动派玩弄的把戏进行了无情的嘲弄，给人一种痛快淋漓、大快人心之感。同时，叫人不得不对如此腐败透顶的党国的前途甚是堪忧，不无重重危机之虑。如果继续下去，这样的党国必将陷入灾难的深渊而不能自拔，并且预示着如此党国的即将灭亡。马克思曾经说过："任何一个统治阶级愈是到了退出历史舞台的时候，他们的挣扎也就愈激烈，他们的统治也就愈黑暗。"从后来的历史实际的发展情况看，国民党的统治也着实愈加黑暗，挣扎也确实愈加激烈，即使做最后的垂死挣扎，也还是免不了其最终失败与覆灭的命运，而自然宣告退出中国历史的舞台。

本文写到这里，也让我们不得不佩服鲁迅眼光的敏锐、观察的精细、讽刺的尖锐、批判的深刻、战斗的勇猛和预见的准确。鲁迅这几首歌谣体讽刺诗看似几首诗歌而已，实则是以笔墨文字和诗行向着敌人冲锋陷阵的武器，是以战斗的诗篇为国民党反动派的命运所作的灵验的预言，为敌人敲响了覆灭的丧钟，从而显示出鲁迅作为战士的战斗精神，也显示出鲁迅的崇高和伟大。这些都为当时和后来的历史事实充分验证了。正如别林斯基所说："任何一个诗人，也不能由于他自己和靠描写他自己而显得伟大，不论是描写他本身的痛苦，或者是描写他本身的幸福；任何伟大诗人之所以伟大，是因为他的痛苦和幸福的根子，生长自社会和历史的深处，因为他是社会、时代以及人类的器官和代表。"[13]鲁迅正是当时的时代和社会的杰出代表，将自己融入其中，与之同呼吸，共命运，因此才有可能成为特定时代和社会的代言人，高歌猛进，以为将来。

注释

[1][2][3][4]《且介亭杂文二集·什么是"讽刺?"》，《鲁迅全集》（二），中国人事出版社，2005年，第303、304页。

[5]《伪自由书·观斗》，《鲁迅全集》（一），中国人事出版社，2005年，第645页。

[6]《论反对日本帝国主义的策略》，《毛泽东选集》第1卷，人民出版社，1966年，第134页。

[7]《马尔夏克谈诗》，《文艺报》，1954年第8期。

[8]《车尔尼雪夫斯基全集》，俄文版卷二，第31页。

[9]《马克思恩格斯论文学与艺术》，人民文学出版社，1982年，第126页。

[10]《坟·再论雷峰塔的倒掉》，《鲁迅全集》（一），中国人事出版社，2005年，第63页。

[11]《南腔北调集·小品文的危机》，《鲁迅全集》（二），中国人事出版社，2005年，第50页。

[12]《二心集·关于小说题材的通信》，《鲁迅全集》，西藏人民出版社，1998年，第630页。

[13]《杰尔查文的作品》，《别林斯基论文学》，新文艺出版社，1958年，第26页。

写在《鲁迅新诗散论》之后

很早以前，我对鲁迅并不了解，更谈不上认识，只是因在中学语文课本中读了鲁迅的几篇作品而有点印象而已。后来就读重庆师范学院中文系，也只是因学习中国现代文学课程而对鲁迅加深了一点印象，有了点认识。再后来在四川民族学院教授中国现代文学课程，才有了对鲁迅的些微认知，但也只是皮毛而已。之后到武汉大学中文系进修，受教于陆耀东、易竹贤、孙党伯和龙泉明几位先生，在他们的精心传教和指导下，才对鲁迅有了更深的认识。几年前，到四川大学文学与新闻学院访学，在靳明全教授的耐心教诲和指点下，才对鲁迅有了比较全面而深刻的认知。随着时间的行进和上述几位老师的亲临指教，使我渐渐地对鲁迅有了感情并发生了兴趣。

我是搞中国现代文学作家作品研究的，涉及到鲁迅、冰心、郭沫若、郁达夫等诸多作家作品的研究，尤其是鲁迅及作品方面的研究，花费的时间和心力更多。随着对鲁迅研读的深入，使我对鲁迅特别有好感，似乎有点"钟情"于他，而且鲁迅研究的空间相对来说特别大，因此我便梦想对鲁迅做进一步更细致的思考与探索。虽然有人曾说鲁迅是一座高山，常人难以企及，但我想这是就意想成为鲁迅样的人物而言的。的确也是，我们一般人要想达到鲁迅那样的深度与高度，真是不易。如果换一个角度，作为研究者，还是可以在这座高山的下面匍匐前进的，在前行的探索路上总能够有所发现，总能够找到鲁迅之所以成为鲁迅的一点因由吧。

在中国现代文学史上，鲁迅是一个非常特别的人物和作家，没有哪一个作家像鲁迅那样历尽遭遇、风波、曲折和坎坷，生前如此，死后还是如此，可以用这样一句话"赞誉之语满人间，生前死后遭非难"加以概括。无论生前还是死后，褒扬的人把他捧上了天，贬抑的人把他打下了地。有人说鲁迅毁誉参半，是个极有争议的人，有人说鲁迅博大精深，是个极其复杂的人，而我认为鲁迅平凡而伟大，是个最受敬重的人。不同的人对鲁迅产生了不同的感受，这本是自然而正常的，也表明了学术研究的民主与自由，表明了学术研究的多元化和"百花齐放，百家争鸣"的和美气象与氛围。鲁迅也并不是十全十美的（他也无意做到十全十美），对鲁迅的批评也是自然而正常的，只要是怀着一颗坦荡而善意的心。

　　然而有些人却是以一种恶意对鲁迅进行恶毒的指责、诋毁、污蔑和攻击，故意否定、玷污和抹杀鲁迅的形象，这就让人心寒心痛了。鲁迅生前有些人对他的贬抑且不说了，鲁迅死后的解放前有人对他的贬低也不说了，鲁迅死后的解放后的上世纪八十年代的中后期和九十年代的后期有人对他的损毁也不说了。总之，他们不是站在人的平等地位来研究鲁迅，更不是将鲁迅放在特定的文化背景和社会历史的环境中去考察去探索，而是以居高临下的姿态仿佛他们站在高山之巅来俯视鲁迅，让人感觉似乎他们才是高大的伟大的不凡的，而鲁迅却是矮小的渺小的猥琐的。尤其是其中很多不实的言语和不少污秽的言辞，对鲁迅所作的恶意攻击（甚至人身攻击），简直达到令人作呕的地步，实在令人气愤之极。这哪里是什么研究，这分明就是一个强盗怀着恶毒的心态对鲁迅进行的心怀巨测的诋毁、污蔑与玷污。这样的研究只能歪曲鲁迅，污染鲁迅，抹杀鲁迅。稍有良心和正直的人也是不会答应的。更何况有民族自尊心和正义感的人们是绝对不能容忍的。

　　鲁迅从产生到而今是经过了风风雨雨的时间流程举世公认的"前不见古人，后不见来者"的民族的文化伟人，而产生这样的伟人又是经历了多少历史的曲折与坎坷，实属不易。他是公认的"民族魂"，是中华民族的形象符号和象征符号。正如俄国的列夫·托尔斯泰、英国的莎士比亚、法国的雨果、德国的歌德、意大利的但丁、印度的泰戈尔等，都是他那个民族的代表，代表着他那个民族的聪明与智慧，代表着他那个民族所经历的那个时代的文化制高点。因而理所当然应该倍加珍惜和爱护。

　　郁达夫先生早就说过："没有伟大人物出现的民族，是世界上最可怜的生物之群；有了伟大人物而不知拥护爱戴崇仰的国家，是没有希望的奴隶之邦。"从此话中，我们应该获得深刻的启示。

　　我厌恶那些对鲁迅不敬的人，我痛恨那些恶意攻击鲁迅的人，我愿意为鲁迅研究做点什么。也许正是这个原因，使我对鲁迅更加敬重，也更有兴趣，更想探究，觉得他经得住也经受住了时间的冲刷和岁月的洗礼，而又让人更觉得鲁迅的坚固与伟大，也就更想探个究竟。可是鲁迅研究成果又那么丰富而卓著，简直就是汗牛充栋，浩如烟海。我想对鲁迅有点具体而系统的研究，又到底从哪里切入呢？2007 年 9 月至 2008 年 7 月，正好有一次就读访问学者的机会，我选择了四川大学文新学院靳明全教授作为指导教师，在靳老的悉心教导下，我认真读完《鲁迅全集》，又认真阅读了很多鲁迅研究的著述、文章及相应的文字，企图从中发现鲁迅的光辉照人、光彩夺目的方面，找到鲁迅的创造性和创意性。最后我终于从《鲁迅全集》中看到了鲁迅新诗，又从众多鲁迅研究资料中读到了极为少量的鲁迅新诗研究的文字，觉得鲁迅新诗研究还甚是薄弱，于是便开始了鲁迅新诗研究的行程。由于鲁迅新诗一直没有引起大多数人的高度注意，国内外研究者对鲁迅新诗几乎是一种淡然以至冷漠的态度，甚至有不少人根本就不知道鲁迅也有新诗创作，因此就几乎没有专门而系统的研究著述和成果，即便屈指可数的研究文章也不过是简单的研究而已。没有更多的参考文献，无疑给鲁迅新诗研究带来了很大难度和压力。不过在反复阅读和审视鲁迅新诗文本之中，还是发现了鲁迅新诗特有的创新点和闪光点，以及与五四时期其他白话诗明显的差异性，也找到了鲁迅新诗研究的切入点与重要点。然后拟出25个专题，形成带有规模性的研究内容，于2012年底以"鲁迅新诗研究"的课题名目成功申报四川省教育厅人文社科重点项目，项目编号为11SA115。于是倍加勤奋，潜心钻研。前后经过近3年的刻苦努力，凝神静思，终于写成《鲁迅新诗散论》一书。

鲁迅集中写作和发表的新诗主要集中在1918年5月15日至1919年4月15日，并全都发表在《新青年》上，一共6首，就是《梦》、《桃花》、《爱之神》、《人与时》、《他们的花园》、《他》，之后就再没有集中写作和发表新诗了。但他后来所写的《我的失恋》和《而已集·题辞》也是新诗。再后来所写的民歌民谣体诗歌《好东西歌》、《公民科歌》、《南京民谣》和《"言词争执"歌》也算是新诗。这样鲁迅新诗总共12首。此书研究鲁迅新诗，主要集中在《新青年》上发表的6首，其他新诗也做了简要研究，并附在后面。鲁迅新诗虽然不多但很精致巧妙，而且研究的空间也很大。鲁迅给我们后人能够留下精致巧妙的诗作已经足够了，因为他本身就无意于要做一个诗人。

此书对鲁迅新诗进行了比较全面而系统的研究，论述了鲁迅新诗理论以及与外国诗人的关系、所受影响和创作实践，还有创作的背景与动因；论述了鲁迅新诗文本所表现出的诸多方面的特点；还论述了鲁迅新诗的时代性、现代性、个性与气质以及对当代诗歌创作的深刻启示。此书将鲁迅新诗放在特定的时代背景与社会环境中，对之进行了较为多面与立体的透视，寻找出鲁迅新诗特有的创新点与闪光点，这将使人们从中既了解到那个时代社会的风云变幻在文学中的投影，也了解到文学对现实社会生活的反映情况，从而给今天人们的创作带来很好的启迪和教益。

　　鲁迅新诗的真正研究似乎延误得太久了，恐怕也只有从现在做起，对鲁迅新诗高度关注，进行深入而系统的研究，从不同的角度对鲁迅新诗作全方位透视，逐步做好基础性工作和开创广阔的研究前景，才使鲁迅新诗研究在鲁迅研究中占有一席之地，也才使鲁迅研究更为全面、更为细致、更为科学。

　　这本关于鲁迅新诗研究专著的出版发行，将为不大知晓或知之甚少的人们提供鲁迅新诗创作的信息，并为人们认识鲁迅新诗的作用与意义提供一个有益的参考，同时也以此能够引起更多的人们对鲁迅新诗的广泛关注，引发一些研究者对鲁迅新诗研究的浓厚兴趣，由此开辟鲁迅新诗研究的广阔前景。

　　由于鲁迅新诗研究资料的极为有限，加上本人的研究水平的不高，所以此书难免有疏漏和欠缺，还望读者诸君海涵为是。在此我要特别感谢四川大学文新学院的靳明全老师对我的真诚帮助和支持，还要感谢北京中联学林文化发展中心及中心的张金良老师对我的鼎力相助。

蒋道文
2013 年 4 月 24 日于四川民院 A 校区

附二

鲁迅新诗作品

梦[1]

很多的梦，趁黄昏起哄。
前梦才挤却大前梦时，后梦又赶走了前梦。
去的前梦黑如墨，在的后梦墨一般黑；
去的在的仿佛都说："看我真好颜色"；
颜色许好，暗里不知；
而且不知道，说话的是谁？

暗里不知，身热头痛。
你来你来！明白的梦。

[1] 本篇最初发表于一九一八年五月十五日北京《新青年》月刊第四卷
第五号，署名唐俟。

桃 花[1]

春雨过了，太阳又很好，随便走到园中。
桃花开在园西，李花开在园东。
我说，"好极了！桃花红，李花白。"
（没说，桃花不及李花白。）

桃花可是生了气，满面涨作"杨妃红"[2]。

好小子！真了得！竟能气红了面孔。

我的话可并没得罪你，你怎的便涨红了面孔！

唉！花有花道理，我不懂。

[1] 本篇最初发表于一九一八年五月十五日北京《新青年》月刊第四卷第五号，署名唐俟。

[2] "杨妃红"《开元天宝遗事·红汗》："贵妃……每有汗出，红腻而多香，或拭之于巾帕之上，其色如桃红也。"

爱之神[1]

一个小娃子，展开翅子在空中，

一手搭箭，一手张弓，

不知怎么一下，一箭射着前胸。

"小娃子先生，谢你胡乱栽培！

但得告诉我：我应该爱谁？"

娃子着慌，摇头说，"唉！

你是还有心胸的人，竟也说这宗话。

你应该爱谁，我怎么知道。

总之我的箭是放过了！

你要是爱谁，便没命的去爱他；

你要是谁也不爱，也可以没命的去自己死掉。"

[1] 本篇最初发表于一九一八年五月十五日北京《新青年》月刊第四卷第五号，署名唐俟。

爱之神，古罗马神话中有爱神丘比特（Cupid），传说是一个身生双翅手持弓箭的美少年，他的金箭射到青年男女的心上，就会产生爱情。

人与时[1]

一人说，将来胜过现在。
一人说，现在远不及从前。
一人说，什么？
时道，你们都侮辱我的现在。
从前好的，自己回去。
将来好的，跟我前去。
这说什么的，
我不和你说什么。

[1] 本篇最初发表于一九一八年七月十五日北京《新青年》月刊第五卷
第一号，署名唐俟。

他们的花园[1]

小娃子，卷螺发，
银黄面庞上还有微红，——看他意思是正要活。
走出破大门，望见邻家：
他们大花园里，有许多好花。
用尽小心机，得了一朵百合；
又白又光明，像才下的雪。
好生拿了回家，映着面庞，分外添出血色。
苍蝇绕花飞鸣，乱在一屋子里——
"偏爱这不干净花，是胡涂孩子！"
忙看百合花，却已有几点蝇矢。
看不得；舍不得。
瞪眼望天空，他更无话可说。
说不出话，想起邻家：
他们大花园里，有许多好花。

[1] 本篇最初发表于一九一八年七月十五日北京《新青年》月刊第五卷第一号，署名唐俟。

他[1]

一

"知了"不要叫了，

他在房中睡着；

"知了"叫了，刻刻心头记着。

太阳去了，"知了"住了，——还没有见他，

待打门叫他，——锈铁链子系着。

二

秋风起了，

快吹开那家窗幕。

开了窗幕，会望见他的双靥。

窗幕开了，——一望全是粉墙，

白吹下许多枯叶。

三

大雪下了，扫出路寻他；

这路连到山上，山上都是松柏，

他是花一般，这里如何住得！

不如回去寻去他，——呵！回来还是我的家。

[1] 本篇最初发表于一九一九年四月十五日北京《新青年》月刊第六卷第四号，署名唐俟。

我的失恋

——拟古的新打油诗

我的所爱在山腰；
想去寻她山太高，
低头无法泪沾袍。
爱人赠我百蝶巾；
回她什么：猫头鹰。
从此翻脸不理我，
不知何故兮使我心惊。

我的所爱在闹市；
想去寻她人拥挤，
仰头无法泪沾耳。
爱人赠我双燕图；
回她什么：冰糖壶卢。
从此翻脸不理我，
不知何故兮使我胡涂。

我的所爱在河滨；
想去寻她河水深，
歪头无法泪沾襟。
爱人赠我金表索；
回她什么：发汗药。
从此翻脸不理我，
不知何故兮使我神经衰弱。

我的所爱在豪家；
想去寻她兮没有汽车，
摇头无法泪如麻，
爱人赠我玫瑰花；
回她什么：赤练蛇。

从此翻脸不理我，

不知何故兮——由她去罢。

一九二四年十月三日

而已集·题辞

这半年我又看见了许多血和许多泪，

然而我只有杂感而已。

泪揩了，血消了；

屠伯们逍遥复逍遥，

用钢刀的，用软刀的。

然而我只有"杂感"而已。

连"杂感"也被"放进了应该去的地方"时，

我于是只有"而已"而已！

以上的八句话，是在一九二六年十月十四日夜里，编完那年那时为止的杂感集后，写在末尾的，现在便取来作为一九二七年的杂感集题辞。

一九二八年十月三十日，鲁迅校讫记

好东西歌

南边整天开大会，

北边忽地起风烟，

北人逃难南人嚷，

请愿打电闹连天。

还有你骂我来我骂你，

说得自己蜜样甜。

文的笑道岳飞假，

武的却云秦桧奸。

相骂声中失土地，

相骂声中捐铜钱，
失了土地捐过钱，
喊声骂声也寂然。
文的牙齿痛，
武的上温泉，
后来知道谁也不是岳飞或秦桧，
声明误解释前嫌，
大家都是好东西，
终于聚首一堂来吸雪茄烟。

公民科歌

何键将军捏刀管教育，
说道学校里边应该添什么。
首先叫作"公民科"，
不知这科教的是什么。
但愿诸公勿性急，
让我来编教科书，
做个公民实在弗容易，
大家且莫耶耶乎。
第一着，要能受，
蛮如猪猡力如牛，
杀了能吃活就做，
瘟死还好熬熬油。
第二着，先要磕头，
先拜何大人，后拜孔阿丘，
弄得不好就砍头，
砍头之际莫讨命，
要命便是反革命，
大人有刀你有头，
这点天职应该尽。
第三着，莫讲爱，

自由结婚放洋屁，
最好是做第十第廿姨太太，
如果爹娘要钱化，
几百几千可以卖，
正了风化又赚钱，
这样好事还有吗？
第四着，要听话，
大人怎说你怎做。
公民义务多得很，
只有大人自己心里懂，
但愿诸公切勿死守我的教科书，
免得大人一不高兴便说阿拉是反动。

南京民谣

大家去谒灵，
强盗装正经。
静默十分钟，
各自想拳经。

"言词争执" 歌

一中全会好忙碌，
忽而讨论谁卖国，
粤方委员叽哩咕，
要将责任归当局。
吴老头子老益壮，
放屁放屁来相嚷，
说道卖的另有人，
不近不远在场上。
有的叫道对对对，

有的吹了嗤嗤嗤，
嗤嗤一通不打紧，
对对恼了皇太子，
一声不响出"新京"，
会场旗色昏如死。
许多要人夹屁追，
恭迎圣驾请重回，
大家快要一同赴国难，
又拆台基何苦来？
香槟走气大菜冷，
莫使同志久相等，
老头自动不出席，
再没狐狸来作梗。
况且名利不双全，
那能推苦只尝甜？
卖就大家都卖不都不，
否则一方面子太难堪。
现在我们再去痛快淋漓喝几巡，
酒酣耳热都开心，
什么事情就好说，
这才能慰在天灵。
理论和实际，
全都括括叫，
点点小龙头，
又上火车道。
只差大柱石，
似乎还在想火挤，
展堂同志血压高，
精卫先生糖尿病，
国难一时赴不成，
虽然老吴已经受告警。
这样下去怎么好，
中华民国老是没头脑，

293

想受党治也不能，
小民恐怕要苦了。
但愿治病统一都容易，
只要将那"言词争执"扔在茅厕里，
放屁放屁放狗屁，
真真岂有之此理。